Nas Sendas do Judaísmo

Coleção Estudos
Dirigida por J. Guinsburg

Equipe de realização – Revisão: Margarida Goldstjan; Sobrecapa: Sergio Kon; Produção: Ricardo W. Neves, Sergio Kon e Luiz Henrique Soares.

*O Professor Walter Rehfeld foi assíduo,
dedicado e competente colaborador
da Associação Universitária de
Cultura Judaica, em cujo nome
ministrou inúmeros cursos em diversas
universidades.*

Em sua Mística Judaica, *ele ensinava
que amor e justiça, no judaísmo, estão
reunidos no conceito de* Tzedek, *de tal
modo que não há justiça sem amor, nem
amor sem justiça.*

*Apoiar a presente edição, para
os componentes da Associação
Universitária de Cultura Judaica, é
praticar Tzedaká, no sentido de que
tal ato lhes permite exprimir com
muita singeleza o afeto que tinham
por sua pessoa e o respeito que têm
por sua memória, fazendo um pouco
de justiça a seu extraordinário mérito
e cumprindo a missão de difundir seus
ensinamentos.*

*Livro publicado sob os auspícios e com o apoio da
Tecnisa Engenharia e Comércio Ltda.*

Walter I. Rehfeld

NAS SENDAS DO JUDAÍSMO

J. Guinsburg e Margarida Goldsztajn (orgs.)

Dados Internacionais de Catalogação na Publicação (CIP)
(Câmara Brasileira do Livro, SP, Brasil)

Rehfeld, Walter I., 1920 - 1993.
 Nas Sendas do Judaísmo / Walter I. Rehfeld ; J. Guinsburg
e Margarida Goldsztajn, (orgs.). -- São Paulo : Perspectiva :
Associação Universitária de Cultura Judaica : Tecnisa, 2003.

 ISBN 85-273-0677-8 (Perspectiva)

 1. Bíblia judaica 2. Filosofia judaica 3. Israel - História
4. Jejuns e festas - Judaísmo 5. Judaísmo - História 6. Rehfeld,
Walter I., 1920-1993 - Crítica e interpretação I. Guinsburg, J.
II. Goldsztajm, Margarida. III. Título.

03-6119   CDD-296.09

Índices para catálogo sistemático:
1. Judaísmo : História   296.09

[PPD]

Direitos reservados à
EDITORA PERSPECTIVA LTDA.
Av. Brigadeiro Luís Antônio, 3025
01401-000 – São Paulo – SP – Brasil
Telefax: (11) 3885-8388
www.editoraperspectiva.com.br
2020

Sumário

Nota de Edição XI

Walter Rehfeld: Um Percurso Brasileiro na Ciência do
    Judaísmo – *Enrique Mandelbaum e J. Guinsburg* XIII

Parte I: CULTURA E FILOSOFIA JUDAICA

1. CULTURA
    Cultura Judaica: Uma Introdução. 5
    Alguns Conceitos Básicos do Judaísmo. 8

2. FILOSOFIA
    A Consciência Histórica: Inspiração Religiosa de Israel 27
    A Identificação de Futuro e Passado 34
    Dialética e o Nome de Deus. 38
    Brit e Contrato Social. 45
    Profecia e Apocalipse no Messianismo Judaico. 47
    O Princípio da Esperança: Das Profecias Bíblicas aos
      Neomarxistas 54
    Destino e História. 63
    Tradição Religiosa e Pesquisa Filosófica na Filosofia Judaica
      Medieval. 66
    Da Autenticidade Histórica do Judaísmo 71
    Identidade Judaica e Filosofia 75
    O Pensamento de Maimônides e o Ecumenismo Moderno 79

VIII   NAS SENDAS DO JUDAÍSMO

Spinoza e o Pensamento Judaico Medieval 84
O Deus de Spinoza. 88
Transcendência: Uma Perspectiva Judaica 99
Religiosidade e Saúde Mental 105

Parte II: BÍBLIA E FESTAS JUDAICAS

1. BÍBLIA

Em Busca do Homem Bíblico 117
Duas Formas de Apreciar o Valor da Mulher Judia 134
A Bíblia e o Conceito de História 137
A Prece no Talmud. 139
A Experiência do Milagre pelo Homem Bíblico 142
Dez Mandamentos 149
O Universal no Livro de Jonas. 151
A Profecia aos Olhos de um Profeta 153
Considerações sobre o Trabalho em Tempos Bíblicos. 156
Conceito de Lei no Judaísmo. 159
Yehezkel Kaufmann e a Pesquisa da Bíblia Hebraica 177
O Escravo nos Códigos de Lei do Pentateuco 181

2. FESTAS JUDAICAS

A Vivência Judaica do Tempo 189
Do Círculo e da Reta 194
O Mundo por Nascer 196
Os Dias Temíveis 198
Liberdade num Mundo Bitolado 205
As Festas de Peregrinação 207
O Hippie e *Simkhat Torá* 216
Hanucá: Nem Somente na Guerra há Milagres 219
Purim 222
Ietziat Mitzrayim 224
A Procura do Porquê 226
Neste *Iom Haatzmaút*: A Lembrança dos Pioneiros. 228
Tischá Be-Av: A Dor e a sua Dignidade 230
Reflexão de *Havdalá* 232
A Fonte. 236

Parte III: ISRAEL E OUTROS

1. ISRAEL

Fim do Povo Judeu?. 249

SUMÁRIO IX

Perspectivas do Judaísmo... 254
A Sião de Israel e das Nações ... 260
A Fobia da Dupla Lealdade ... 267
Anti-Israelismo, Antissionismo e Antissemitismo... 270
Nomina Sunt Omina... 274
Fraternidade Universal... 278

2. OUTROS
Experiência Religiosa e Psicoterapia... 283
Nossa Dívida para com as Vítimas do Holocausto ... 287
Sete Teses sobre a Recordação Histórica... 289
Lunicultura e Judaísmo ... 291
De Deus Criador da Doença, a Deus, Criador do Médico:
    Um Caminho de Dúvidas... 294

Nota de Edição

Os textos ora apresentados ao leitor, divididos tematicamente pelos organizadores, reúnem, em sua maior parte, a larga colaboração na imprensa do filósofo, professor, ativista social e articulista que os assina. Escritos em distintos períodos, com propósitos dos mais diversos, compreendem desde ensaios abrangentes até artigos ocasionais, mas todos voltados para um tema que foi, sem dúvida, uma das principais razões de vida ou pelo menos de preocupação intelectual e espiritual do Prof. Walter I. Rehfeld: o judaísmo, em seus múltiplos aspectos. Quanto aos critérios de edição dos textos, vale observar que a redação original foi mantida na íntegra, e as poucas alterações efetuadas restringiram-se a atualizações ortográficas e uniformização de transliterações hebraicas. No tocante às citações bíblicas, elas são de tradução livre do próprio autor, ou extraídas da Bíblia de Jerusalém.

Organizadores

Walter Rehfeld:
Um Percurso Brasileiro na
Ciência do Judaísmo

Os escritos que compõem o presente volume constituem uma seleção de ensaios, textos destinados a cursos ministrados e artigos que Walter Rehfeld estampou em sua coluna regular, durante mais de 15 anos, no órgão comunitário *Resenha Judaica*. Através deles, o leitor verá desdobrar-se diante de si uma abordagem crítica do judaísmo que tem a sua origem na Berlim de 1869, com a fundação da *Hochschule für die Wissenschaft des Judentums* (Escola Superior da Ciência do Judaísmo). Foi nesse centro extremamente criativo – cujas portas foram brutalmente fechadas pelo regime nazista em 1942, após um longo processo de editos e perseguições antissemitas que se estenderam tenebrosamente por toda uma década, a partir do ano de 1933 – que se deu uma ampla introdução das diversas metodologias das ciências humanas numa aproximação polivalente do campo judaico. Nos seus 73 anos de existência, participaram da *Hochschule*, entre tantos outros mestres destacados, Moritz Lazarus, P. F. Frankl, Haim Steinthal, Abraão Geiger, Martin Schreiner, David Cassel, Herman Cohen, Julius Guttmann e Leo Baeck, e mantiveram laços estreitos com as atividades intelectuais ali efetuadas, entre outros, Franz Rosenzweig, Leo Strauss, Martin Buber e Gershom Scholem – laços que não apenas fazem parte da biografia desses autores, mas que atravessam por inteiro suas produções teóricas e o modo específico como cada um deles realizou suas investigações. Foi nesse contexto que os estudos judaicos, além de ganharem uma amplitude em sua abordagem que incluía, entre outras áreas, a filologia e a linguística hebraica, a história comparada das religiões, a exegese bíblica, a filosofia da religião, o desenvolvimento das ideias religiosas na Bíblia, a literatura judaica e homilética e a história da filosofia judaica – com ênfase nos estudos da filosofia judaica medieval e da ética –, passaram a afirmar um *ethos* humanista que, herdeiro das ideias iluministas, tomava como horizonte a fraternidade universal.

Com o ingresso de Hermann Cohen na *Hochschule*, em março de 1905, a ciência do judaísmo aprofunda seu sotaque kantiano, colocando-se como tarefa investigar o evolver histórico do que seria a ideia judaica, de forma a deixar surgir criticamente a essência desse conceito, livre das imbricações míticas presentes na tradição. Tratava-se de submeter o campo religioso e histórico judaico ao crivo da razão, para derivar dessa operação as noções religiosas que seriam inerentes ao judaísmo, alçando-as à condição de respostas singulares a problemas éticos e filosóficos universais. A partir do profundo impacto de Hermann Cohen, e subsequentemente da escola fenomenológica, sobretudo no terreno da filosofia da religião e de seu enfoque existencial, os estudos judaicos ganham uma linguagem que permite ao judaísmo expressar a si próprio, na sua especificidade, sem perder de vista uma dimensão universal. Mais do que expor uma doutrina, importava descrever como foi se desenvolvendo uma fé – a fé judaica – a partir da preocupação com o sentido da vida. Visto desde uma perspectiva histórica, todo o trabalho dos *scholars* da *Hochschule* pode ser compreendido como um esforço múltiplo que pretendia, numa via de mão dupla, ao mesmo tempo o aprofundamento da identidade pessoal e a transcendência das fronteiras de suas comunidades de origem. Neste sentido, cabe fixar nesse processo intelectual uma fonte importante do humanismo contemporâneo, que procura superar, sem destruir, os solipcismos culturais e éticos.

Walter Rehfeld, que foi aluno da *Hochschule* até ver-se obrigado a deixar a Alemanha devido às perseguições nazistas, pode ser tido como um legítimo herdeiro de tais concepções. Em seus trabalhos maiores e em todas as suas reflexões, também considerava que, enquanto pensador judeu, cumpria-lhe ver-se integradamente como cidadão de uma comunidade que, ao menos potencialmente, deveria poder abraçar toda a humanidade. É de Hermann Cohen a ideia de que a filosofia do judaísmo é a essência do judaísmo. E somente o filósofo pode expressar a referida essência. A profunda compreensão dos problemas da filosofia que Walter Rehfeld tinha – durante todo seu percurso intelectual, manteve o interesse pela filosofia pura, produzindo análises de excelente qualidade nesse domínio – permitiu-lhe operar com maestria no campo da religião judaica, trazendo à tona um judaísmo que se apresenta como uma resposta singular e profunda a questões que são da humanidade como um todo. Se fosse possível filiar o pensamento de Rehfeld a alguma corrente filosófica, com certeza não seria apenas

WALTER REHFELD: UM PERCURSO BRASILEIRO...   XV

na kantiana que ele encontraria o seu lugar, mas no entrecruzamento dos campos da razão crítica, da fenomenologia e da filosofia da religião. Porém, com uma liberdade intelectual tão grande que o levava a estabelecer pontes entre os domínios da filosofia, da história, da antropologia filosófica e cultural, da hermenêutica e da semiótica. Dentro da Universidade de São Paulo, Walter Rehfeld trabalhou por 25 anos no Centro de Estudos Judaicos da Faculdade de Filosofia, Letras e Ciências Humanas, ajudando a consolidar em nosso país a estruturação acadêmica dos estudos judaicos, de um modo fiel aos princípios da *Hochschule*, tais como apregoados entre nós pelo Prof. Fritz Pinkuss – também ele egresso da *Hochschule* e primeiro diretor do Centro de Estudos Judaicos, fundado na FFLCH da Universidade de São Paulo por iniciativa da Professora Anita Novinsky – e promovidos, entre outros, pelo infatigável trabalho da Profa. Rifka Berezin desde 1966. Walter Rehfeld junta-se a esse Centro desde o início e passa a ministrar nos anos 70 as disciplinas de Bíblia Hebraica, Filosofia Judaica e Conceitos Básicos do Judaísmo. Seu trabalho de filósofo o levou a desenvolver uma definição ampla da religião, capaz de incluir em seu interior tradições morais comumente pensadas como formas de humanismo secular. É isto que ele investigou em sua dissertação de doutorado, *Considerações sobre a Ocorrência de Estruturas de Consciência Religiosa em Filosofia*, e podemos ver, em diversos ensaios que fazem parte da presente coletânea, os frutos desse seu labor. Walter Rehfeld submetia o judaísmo a uma fenomenologia cultural que propiciava a configuração de seu corpo de ideias centrais. De acordo com ele, o estudo de uma cultura deveria ser realizado com critérios a ela inerentes, para não reduzi-la a um denominador comum, porém, ao mesmo tempo, tomando-se o cuidado de não encerrá-la num campo fechado e segregado. Ele aborda o texto escritural e a vasta literatura rabínica a partir de uma visada fenomenológica, na qual adquire predominância o interesse pela experiência do tempo, em cuja perspectiva as concepções bíblicas são tematizadas e significadas no âmbito de um debate maior, que inclui as proposições de Husserl, Heidegger e Bergson sobre a experiência humana do tempo. Em sua tese de livre- docência, *Tempo e Religião: a Experiência do Homem Bíblico* (Perspectiva, 1988), realiza um minucioso levantamento filológico das expressões do tempo constantes da Bíblia hebraica, bem como uma viva descrição da temporalidade na experiência do homem bíblico. Todo esse espectro de pesquisa do filósofo também comparece no volume ora editado, em suas anotações sobre as diferentes datas do calendário religioso judaico. Dentro da Congregação Israelita Paulista, como diretor cultural, já tivera a oportunidade de traduzir e organizar todo o material litúrgico para as celebrações nos diversos serviços religiosos diários, semanais e anuais que fazem parte da tradição judaica. E são dados, neste livro, exemplos do modo como o seu autor sabia

XVI NAS SENDAS DO JUDAÍSMO

desvendar profundas relações e implicações entre a liturgia e a ética, que ele formula ao salientar os elementos básicos da expressividade religiosa em cada uma das celebrações. Para Rehfeld, todo o campo religioso é uma esfera na qual os homens podem adquirir ferramentas para tomar consciência de si e de seus limites, conquistando nexos e, acima de tudo, abrindo-se para uma demanda que os impulsione em direção ao seu aperfeiçoamento. Ele, que sofrera de perto o impacto da ação destrutiva de um poder totalitário e discriminador, nunca abriu mão de ensinar em sala de aula e expor em seus escritos a profunda certeza de que o essencial dos homens se acha na sua condição de perfectibilidade, levando assim à frente um pensamento que, desde as vozes dos Profetas, vem suscitando a exigência ética imperiosa de aperfeiçoar o mundo humano, para o qual todos devem contribuir.

Rehfeld vai atrás das concepções basilares do judaísmo, porém sem nunca obliterar a dimensão histórica em que elas foram se articulando. Sua apresentação do monoteísmo ético, tal como urdido na Bíblia hebraica, o faz trazer à cena uma dialética entre a Vontade Divina e o livre-arbítrio humano da qual emerge uma historiografia particular, em que a interpretação dos eventos relatados adquire sentido a partir de um determinado esquema de compreensão, fundado nessa mesma dialética. Mais do que uma apologia do judaísmo e de seu povo, coloca-se aqui um dever que o coletivo judaico escreva a sua história mobilizando os acontecimentos do passado e tomando em consideração os do presente, sem esquecer as expectativas messiânicas em devir desde a época bíblica. Importa, pois, não silenciar essa dimensão utópica projetada para o futuro, de modo que o coletivo judaico possa dar conta das sérias implicações em que se vê envolvido no presente, ao qual deve saber responder. São concepções que afloram inclusive do texto de Rehfeld sobre Israel.

Tal como Emile Fackenheim, importante filósofo judeu também aluno da *Hochschule* e que também teve a sua vida marcada pela violência hitleriana, pode-se dizer que, para Walter Rehfeld, a experiência do Holocausto deveria ser encarada como um imperativo que exige dos judeus levar adiante a sua existência judaica e, munidos de sua especificidade histórica e cultural, contribuir para o aperfeiçoamento do viver dos homens. Neste nexo, merece relevo o empenho, que chega a apresentar traços heróicos, de continuar, aqui no Brasil, os estudos abruptamente interrompidos na Alemanha. Nosso país, quando da chegada do jovem imigrante, estava muito longe do debate intelectual que era agilizado pelos estudiosos das ciências do judaísmo, e as dificuldades de adaptação e vida do recém-vindo absorviam grande parte de suas energias e de suas horas do dia, para que pudesse assegurar o seu sustento e o de sua família. No entanto, prosseguiu em seus estudos, obtendo um merecido reconhecimento tanto no campo da filosofia quanto no das matérias judaicas. *Nas Sendas do Judaísmo*, o leitor encontrará não apenas a profunda erudição de Walter Rehfeld, mas também toda a generosidade que o tornava um professor exemplar para as centenas de alunos que tiveram o privilégio de conviver com ele. A reflexão e as pesquisas nas disciplinas que abordam o judaísmo e o seu espírito guardam a peculiaridade de lidar com um universo conceitual que, antes de mais nada, envolve e propõe atitudes do homem em face de seu semelhante. Se dos estudiosos exigimos um mínimo de coerência entre a teoria que concebem e o modo de existência que praticam, Walter Rehfeld é um exemplo de uma vida em que a teoria era não menos uma prática.

Enrique Mandelbaum e
J. Guinsburg

Parte I

Cultura e Filosofia Judaica

1. Cultura

1. Cultura

Cultura Judaica:
Uma Introdução*

1. Ao aprendermos uma língua, jamais chegaremos a compreendê-la de maneira mais profunda, sem adquirirmos noções da "cultura" que vem expressar. Cultura e língua correspondem-se e somente se penetra mais profundamente no espírito de uma língua e nas suas estruturas quando se conhece o pensamento que nela se expressa, como, inversamente, uma cultura somente se abre totalmente quando tivermos conhecimento da língua em que se expressou originalmente.

2. Para que fim estudamos uma cultura estranha? Em última análise para melhor conhecermos a nós mesmos. *Homo sum – humani nihil a me alienum puto* ("Sou homem e nada do que for humano julgo alheio para mim"; Terêncio, primeira metade do século II a.C.). O que um homem pode pensar e sentir é, em tese, compreensível para nós – esta é a pressuposição fundamental para a possibilidade do estudo de línguas e culturas estranhas – mas nós geralmente compreendemos apenas o que pertence a nosso próprio âmbito de vida, à conceituação do nosso próprio dia a dia. Daí o estudo de uma cultura alheia vem forçar-nos a abrir os nossos horizontes a experiências inéditas; e o quanto mais diferente essa cultura for da nossa própria,

---

* Este texto é introdutório a um curso de Cultura Judaica, encontrado entre os originais deixados pelo professor Rehfeld. Os itens especificados no seu final são abordados ao longo deste livro, à exceção do item "d", sobre o qual não foi encontrado nenhum manuscrito, mas cujo tema foi desenvolvido em *Introdução à Mística Judaica*, São Paulo, Editora Ícone, 1986. (N. de E.)

6 NAS SENDAS DO JUDAÍSMO

mais diferentes serão as vivências pelas quais teremos que passar para compreendê-la, tanto maior a abertura do nosso horizonte, vivencial, não apenas intelectual.

3. No entanto, justamente por serem as culturas muito diferentes entre si, o estudo de culturas alheias contribui para melhor compreender a nossa. Pois os traços distintivos daquilo que é muito familiar, jamais chegam a ser encarados na sua peculiaridade, sem termos de comparação que somente o estudo de culturas diferentes pode nos fornecer.

4. No caso da "cultura judaica" há ainda que considerar o fato que as nossas culturas ocidentais todas, em grau maior ou menor, assimilaram, por intermédio do cristianismo, elementos de cultura judaica, cujo conhecimento, portanto, permitirá melhor discernimento dos vários componentes e do seu relacionamento mútuo na nossa própria cultura.

5. O termo "cultura judaica": Nem sempre nos conscientizamos do fato de quantas significações diferentes possui a palavra "cultura". Comparamos a "cultura" grega com a "cultura" turca, queremos homens de "cultura" no governo de São Paulo, deploramos que este ano a "cultura" do café foi prejudicada por geadas, e às vezes o nosso médico nos exige um exame de "cultura" de fezes.

Para encontrarmos a significação global da palavra "cultura", partimos da sua etimologia. Deriva da palavra latina *colere* que significa: Trabalhar a terra, criar plantas e animais, elaborar, aperfeiçoar ou beneficiar alguma coisa, preocupar-se com o estudo, com o corpo numa ginástica, com a alma na oração. *Cultus*, como adjetivo, significa trabalhado, elaborado e, a mesma palavra, como substantivo quer dizer plantio, instrução, adoração de um monarca ou de Deus. "Cultura", finalmente engloba tudo quanto é fruto do trabalho, da elaboração, da instrução, da formação e da veneração. Observamos ainda que todos estes sentidos se referem, igualmente, ao que for transformado na natureza externa, na minha própria pessoa ou, ainda, na sociedade.

Como fenômeno humano, no entanto, cultura é sempre comunicável, transmissível de indivíduo para indivíduo, de geração para geração, acumulação de aptidões que evita que o homem tenha, em qualquer época, que reconhecer a aprendizagem de seu primeiro antepassado. Chegamos dessa forma a conceituar *cultura como desenvolvimento e a elaboração do dado individual e social, exterior e interiormente, na medida em que a forma desta elaboração for suscetível a ser transmitida de indivíduo a indivíduo, de geração a geração.*

Comparemos esta definição com aquela, dada por alguns dos mais importantes antropólogos. O grande patriarca da antropologia no séc. XIX, Edward Burnett Taylor, escreveu em *Primitive Culture* (1871): "Cultura é um todo complexo que inclui: Conhecimentos, crenças, artes, moral, direito, costumes e todas as demais capacidades e hábitos adquiridos pelo homem como membro da sociedade".

CULTURA JUDAICA: UMA INTRODUÇÃO

O famoso antropólogo e linguista americano Edward Sapir, numa definição que data de 1932 e que pode ser encontrada em *Selected Essays in Culture, Language and Personality* (1949):

"Cultura" é a totalidade de elementos da vida, materiais e espirituais, na medida em que são transmissíveis em sociedade". Cultura pessoal "a totalidade de significados que cada pessoa pode, por si mesma, abstrair, inconscientemente, da sua participação na interação social que se chama "cultura".

Finalmente, destacando o que distingue cultura de cultura, Ruth Benedict, em *Patterns of Culture* (1934), apresenta a seguinte formulação:

Cada cultura é caracterizada por configurações específicas que permeiam todas as suas instituições, toda a sua vida social e todos os comportamentos dos seus indivíduos. Toda "cultura" persegue objetivos próprios, podendo ser definida, e, de certa forma, compreendida como *realização específica das grandes correntes ideológicas e afetivas que nela se desenvolvem e que a impregnam totalmente.*

É evidente que nossa apresentação da "cultura judaica" terá que renunciar a muitos aspectos de um conceito tão abrangente de "cultura". Não trataremos dos aspectos econômicos, de produção agrícola ou industrial, nem de aspectos pessoais que nos remetem à psicologia social, nem de aspectos propriamente sociológicos, restringindo-nos ao que Ruth Benedict, com tanta propriedade, chamou de "grandes correntes ideológicas e afetivas que nela se desenvolvem e que a impregnam totalmente", aspectos que são os que mais concorrem para os característicos distintivos do judaísmo.

Tentaremos, portanto, desenvolver no que segue:

a. Alguns conceitos básicos que enformam a "cultura judaica";

b. A concepção e a vivência do tempo que resultam no calendário judaico;

c. O ideal da convivência social perfeita, dos tempos bíblicos até hoje;

d. Experiências do Divino: Noções do misticismo judaico;

e. A polêmica com o pensamento da época: Noções de filosofia judaica;

f. Conceitos da sobrevivência política e o sionismo moderno.

Alguns Conceitos Básicos do Judaísmo

I. O MONOTEÍSMO ÉTICO

Passamos a examinar o conceito que, mais do que qualquer outro, moldou e enformou a cultura judaica: A concepção de Deus do monoteísmo ético.

Todas as representações do divino baseiam-se em experiências de *poderes* que, irresistivelmente, dominam a vida humana, temíveis e misteriosos, muitas vezes cruéis e horrendos, outras vezes benéficos e favoráveis. Estes poderes podem ser apercebidos sem assumir contornos claros, conceituais ou sentimentais, como espíritos ou demônios no *demonismo* ou *polidemonismo*; pois, ao lado dos espíritos individuais que nos encontram a cada passo do nosso caminho de vida, há a apercepção do poder como tal, indiviso e indiferenciado, que se impõe à nossa vida para o bem ou para o mal. Tal é a concepção do "Mana" nas religiões da Melanésia, descrita por R. H. Codrington[1].

Dos demônios, forças misteriosas sem clara identidade e sem personalidade diferenciada, distinguem-se os deuses do *politeísmo*, designação de toda fé numa pluralidade de deuses com identidade e personalidade bem-definidas e com poder sobre determinadas áreas da natureza e da vida pessoal e social do homem. O politeísmo pode assumir formas de *henoteísmo*, como Max Mueller[2] chamava uma religiosidade

---

1. R. H. Codrington, *The Milanesians, their Anthropology and Folklore*, 1891.
2. Max Mueller, *Origin and Development of Religion*, Hibbert Lectures, 1878.

em si politeísta que, por motivo de amor, temor, ou afinidade especial, concentra a adoração numa única divindade, sem com isso negar a existência de outros deuses ou condenar seu culto. Outra forma limítrofe de politeísmo é o que se tem chamado *monolatria* que, sem negar a existência de outras divindades, admite o culto de somente um Deus e condena rigorosamente a adoração dos demais. No *panteísmo* postula-se a identidade entre Deus e a natureza. Sua formulação mais famosa encontramos na obra de Spinoza (*Deus sive natura*). O *panenteísmo*, no entanto, faz da natureza somente uma pequena parte, do divino que a transcende amplamente. Ao panteísmo e ao panenteísmo se opõe o *teísmo*, que separa o divino da natureza e do homem e o concebe em modelo personalista, possibilitando, dessa forma, um relacionamento pessoal entre Deus e o homem. O teísmo é contestado pelo *deísmo* que, embora não negando a existência de Deus, restringe a Sua atuação à criação do mundo que, uma vez acabado, jamais precisará de outra intervenção do seu criador, assim como o relógio perfeito jamais necessita da mão do relojoeiro (Iluminismo britânico e francês).

Monoteísmo é a fé num Deus único que exclui a existência de outras divindades. O monoteísmo como tal não é descoberta de Israel. Já antes do monoteísmo bíblico havia um movimento monoteísta no Egito encabeçado pelo faraó Amenófis IV (1362-1333 a.C.), cognominado Akhenaton, "querido de Aton", Deus do sol, único e todo-poderoso. Totalmente independentes do judaísmo surgem o bramanismo na Índia e o taoísmo na China.

No judaísmo, no entanto, o monoteísmo assume feições muito especiais: Diferentemente de outras formas de monoteísmo, o monoteísmo de Israel não procurava o ser da divindade; bem ao contrário, proibia "fazer modelo ou qualquer representação" (segundo mandamento) de Deus. O que era permitido, e mesmo exigido, era procurar a vontade de Deus, jamais Seu ser. Tal monoteísmo, que costumamos chamar de "monoteísmo ético", via no mundo não a expressão do ser de Deus mas da Sua vontade. E esta vontade era considerada o fundamento de toda moral, pessoal e social. O monoteísmo ético, na sua forma pura, nega, pois, a legitimidade da teologia como estudo dos atributos de Deus.

Da mesma forma não é legítimo formular perguntas como: "O que é o homem?", "Qual é a natureza do homem?" perguntas que são colocadas pela antropologia, nas suas três disciplinas: Psicologia, estudo da pessoa individual e do seu comportamento; sociologia, descrição e análise das estruturas do comportamento social do homem; etimologia, descrição das variadas formas de cultura humana. *O que importa* ao monoteísmo ético *é como o homem, a sociedade e a cultura deveriam ser e não como são.*

A vontade divina manifesta-se como expressa nas leis da natureza, e igualmente, como exigência moral. São ambas formas de revelação, não do ser de Deus, mas da Sua vontade.

A norma moral somente pode ser uma única. O assassinato não pode ser um crime e uma boa ação ao mesmo tempo. Consequentemente, a vontade de Deus somente pode ser uma única e o Deus que nutre esta vontade somente pode ser um. Seu reino, portanto, tem que ser universal, pois as regras morais que decorrem da Sua vontade não podem variar de nação para nação.

O Deus único do monoteísmo ético cria *o homem à Sua semelhança*: Não como os demais seres da natureza como algo acabado, pronto e determinado, mas *com a capacidade de escolher*, com o livre arbítrio que lhe permite tornar-se o que deveria ser, sempre de novo superar a si mesmo. O homem é a única criatura que não é delimitada pelas estruturas existentes do seu ser, mas que pode, em certos limites, é claro, criar-se a si mesmo e ao seu mundo. Portanto, não importa ao monoteísmo ético o que o homem, individual e coletivamente, é, mas o que pode e deveria ser.

Esta autoescolha do homem *não é um processo natural*. Todos os processos naturais são previamente determinados, não há neles liberdade para serem diferentes do que de fato são. Não conhecem o confronto do ser com o dever-ser. Pelo seu livre arbítrio o homem pode elevar-se acima da natureza, escolher entre o bem e o mal, transformar a sua vida numa existência como "deve ser" ou deixar-se arrastar por paixões, desejos e conveniências, entregando-se passivamente à situação em que se encontra, como qualquer outro ser da natureza.

A vida em sociedade é o domínio por excelência onde a norma, a vontade divina deve ser realizada. Ninguém pode ser bom no isolamento. O monoteísmo ético impõe ao judaísmo o cunho da *realização social*: Paz, igualdade e fraternidade, justiça social e a felicidade de todos que daí resulta são os objetivos primordiais da vontade divina.

O monoteísmo ético não admite que o homem se limite a afirmar a sua fé no ser de Deus. Exige engajamento na realização da Sua vontade, no aperfeiçoamento da vida social e da estrutura moral segundo as normas do querer divino.

O Deus único do monoteísmo ético que criou a natureza segundo moldes eternos, as leis da natureza, como criou o homem em "Sua semelhança", com a liberdade de escolher entre o bem e o mal, revela a Sua vontade no decorrer da *história universal que resulta da interação dialética entre a vontade divina e a liberdade humana*.

A Bíblia hebraica é o registro fiel desta interação, refletida no diálogo existencial entre o povo de Israel e o seu Deus. Este diálogo fundamenta-se no conceito da Aliança, pela qual o povo se compromete a realizar a vontade de Deus, e Este a proteger Israel e lhe garantir a posse da terra escolhida para tornar-se a base territorial de um "reino de sacerdotes e de uma nação santa". (Cf. Êx. 19, 6)

O monoteísmo ético inspira, dessa forma, *a primeira historiografia* da humanidade. Pois registros cronológicos dos acontecimen-

ALGUNS CONCEITOS BÁSICOS DO JUDAÍSMO   11

tos ainda não podem ser considerados história, que começa com a *interpretação dos eventos relatados segundo determinados esquemas de compreensão*. O esquema de compreensão da história é, universalmente, para o monoteísmo ético, *a dialética entre vontade divina e liberdade humana*. Sendo que a vontade divina tem que predominar em última instância, a história universal se movimenta em direção a um fim (concepção escatológica da história) em que a vontade divina será totalmente e universalmente realizada na terra. (Outra concepção escatológica da história: A marxista, segundo a qual a história chegará ao seu fim quando a luta de classes tiver alcançado, universalmente, a sociedade sem classes.)

Embora tivéssemos dado um desenvolvimento conceitual da noção de Deus segundo o monoteísmo ético, este Deus não é um Deus da teoria, um Deus de filósofos e cientistas. Seu ser está acima de toda compreensão humana, mas Sua vontade nos é revelada e se cumpre pela realização moral e social. De fazer Sua vontade somos capazes, mas entendê-Lo vai acima das nossas capacidades, como imediatamente verificamos quando filosofamos sobre os Seus atributos: Sua onipotência e onisciência são de difícil conciliação com a Sua criação do homem como ser livre e responsável. Mas tanto estes atributos como a "criação do homem em Sua semelhança" são essenciais para o monoteísmo ético. Sem os primeiros não seria monoteísmo, sem a segunda, não seria ético.

II. O CONCEITO DE LEI NO JUDAÍSMO

O conceito pelo qual o judaísmo foi mais atacado por seus inimigos e mais elogiado pelos seus simpatizantes é, sem dúvida, o conceito de "Lei". É fundamental para o pensamento judaico, pois nele expressa-se a vontade divina, e com ela se mede todo e qualquer progresso individual e social. Como acabamos de ver no capítulo anterior, a primeira concepção de uma história universal, a bíblica, utilizava como esquema de compreensão dos acontecimentos a interação entre a vontade divina e a liberdade humana. Ora, sem que a vontade divina se expresse na Lei, esta dialética não seria compreensível, tampouco a própria história.

A Lei como a encontramos nos cinco livros de Moisés, apresenta-se, principalmente em quatro códigos, compilados em lugares e épocas diferentes, durante as monarquias de Judá e Israel, todos, no entanto, mostrando o impacto de antigas tradições jurídicas, difundidas por todo o Oriente Médio. Quando em 1902 as leis de Hamurabi forma descobertas – na época em que o cientificismo e o cetismo com relação à Bíblia estiveram no seu auge – uma grande parte da intelectualidade acreditava que o último e decisivo golpe contra a originalidade e divindade da Bíblia tivesse sido dado: Pois a Lei de Moisés parecia em grande parte copiada de uma lei muito mais antiga, a lei de Hamurabi. Com o decorrer dos anos, no entanto, na busca de estudos comparativos, verificou-se que a Lei mosaica, embora profundamente enraizada numa tradição jurídica muito antiga no Oriente Médio, da qual hoje conhecemos ainda muitos outros rebentos nas culturas ugarítica, hitita, assíria etc., apresenta uma considerável originalidade e importantes diferenças em alguns pontos fundamentais que se resumem nos seguintes:

a) A legislação mosaica não é obra de homens, nem necessitou do intermédio de um reino divino, mas *é a expressão imediata da normatividade da vontade divina*.

b) O escopo da legislação bíblica é muito mais amplo do que estamos acostumados com as demais legislações. A mesma "Lei" abrange todos os aspectos da vida, inclui não apenas o direito penal e o direito civil mas igualmente as vidas religiosa e moral.

c) Sentimos completa ausência da menção do poder político. Não se fala de órgãos repressivos, policiais, constituídos pelo Estado.

A lei do assassínio não prevê nenhuma autoridade coatora que executa a pena capital no culpado. Esta é deixada a cargo do *goel damim*, o parceiro mais próximo, a quem cabe o dever da vendeta. Os juizes pronunciam-se apenas se há ou não caso de assassinato premeditado. Se não houver, enviam-no a uma das "cidades de refúgio", onde o vingador não pode atingir quem não foi criminoso intencional (Êx. 21, 12-14; Nm. 35, 9- 34; Dt. 19, 1-8; Js. 20, 1-4).

Também o apedrejamento, principal pena de morte naqueles dias, não é executado pelo Estado, mas pelo próprio povo.

d) A sociedade que se reflete na Lei, é uma *sociedade tribal-familiar-descentralizada*, encabeçada pelos anciãos e chefes de família, em que Deus se faz representar diretamente por Seu eleito que não pode atuar a não ser por representação de Deus, nem fazer passar o seu poder aos descendentes ou parentes. Esta *teocracia* pretende estar acima dos interesses de pessoas, maiorias ou minorias que exercem o poder em outras formas de governo.

e) A Lei procura *preservar estas antigas estruturas sociais e conservar a primitiva distribuição de riquezas*, evitar o acúmulo de bens e isto em plena monarquia centralizadora, sob a qual recebe a sua redação, depois de ter sido transmitida verbalmente de geração em geração. A Lei é, portanto, *eminentemente crítica* para com as condições políticas reinantes na monarquia e para com o poder estabelecido.

Sendo a Lei divina e não decorrente da vontade de monarcas, ditadores, minorias e maiorias que pretendem representar o povo, mas que dificilmente podem libertar-se das influências dos seus próprios interesses, todos, monarca, ministros oficiais e povo devem obedecer à Lei que está acima de qualquer decreto das instituições estatais, jamais dependente ou decorrente de qualquer poder humano. Na história

ALGUNS CONCEITOS BÁSICOS DO JUDAÍSMO   13

ocidental a Declaração da Independência dos Estados Unidos em 1776, a Declaração dos Direitos do Homem e do Cidadão, promulgada pela Revolução Francesa em 1789, e antes de mais nada, a "Declaração Universal dos Direitos do Homem", formulada pela Assembleia Geral da ONU em 1948 são exemplos de lei que está acima dos legisladores humanos, como se emanada diretamente de Deus, cujas disposições somente são legais quando de acordo com estas fórmulas absolutas que, dessa forma, se consagraram com a Lei segundo a concepção judaica.

As principais codificações da Lei no Pentateuco, cada uma compilada de fontes distintas, em lugar e época diferentes, todas, no entanto, inspiradas por uma tradição antiga comum, são:

1. O Código da Aliança – Ex 21-23, do século VIII a.C.
2. O Código Deuteronomista – Dt 12-16, encontrado em 632 (II Rs, 22).
3. O Código da Santidade – Lv 17-26, do começo do século VI a.C.
4. O Código Sacerdotal – Lv 1- 6 e 27; Ex 25-31 e *passim* em Números, do século VI.

Muito próximo ao código sacerdotal, em conteúdo e intenções, é um conjunto de leis que encontramos em Ezequiel, 40-46.

Mas a elaboração da Lei jamais pára. Com a mudança das condições de vida, a Lei deve ser interpretada de geração em geração, para fazê-la aplicar a circunstâncias específicas. Entre 100 a.C. e 200 d.C. surge a Mischná, primeiro compêndio de leis do judaísmo pós-bíblico; entre 200 d.C. e 500 d.C. lei por lei é rediscutida e interpretada nas academias da Babilônia e da Palestina, sendo o protocolo destas discussões chamado Guemará que, juntamente com a Mischná, perfaz o Talmud: Mesmo depois do encerramento do Talmud, continua o reexame da Lei na "Literatura de Responsa" com que autoridades rabínicas, até o dia de hoje, respondem a consultas a elas dirigidas. Em 1180 o grande filósofo, médico e rabino Moisés Maimônides publica uma monumental sistematização do imenso material legislativo, criando seu código chamado *Mischné Torá*, "Repetição da Lei", e finalmente, em 1567, Iossef Karo renova e amplia este empreendimento, criando o *Schulkhan Arukh*, a *Mesa Posta*, que ainda hoje é a última autoridade para todo judeu ortodoxo.

A Lei *não* deve ser encarada visando apenas *correção formalista*, mas, como dissemos inicialmente, como expressão da normatividade contida na vontade divina. *E a única dimensão que nos pode salvar da arbitrariedade e do domínio de interesses*, como mostram as "Declarações" modernas de direito do homem. A Lei, assim entendida, jamais compactua com o *status quo*, nem com o poder, mas visa a alcançar a sociedade justa. Somente uma Lei concebida como acima dos interesses humanos pode garantir a paz, tanto no convívio dos homens em sociedade, quanto dos povos no palco internacional.

Os profetas não são, como muitas vezes é afirmado erroneamente, avessos a uma Lei como a caracterizamos: Bem ao contrário, opõem-se ao esvaziamento desta lei pelo crescente formalismo da sua compreensão. As grandes ideias da Lei – liberdade, justiça, igualdade e ajuda aos necessitados – são, aos seus olhos, mais importantes do que formalidades de culto nos sacrifícios do Templo.

A mesma luta dos profetas é travada por Jesus, de quem encontramos pronunciamentos inequívocos a favor da Lei (Mt. 5, 17-19; Lc. 16, 7) no meio de um texto que já reflete atitudes bem negativas para com o judaísmo, como ensinadas pelo apóstolo Paulo, para quem a Lei, longe de salvar, apenas torna o homem pecador, sendo a única salvação possível não uma atuação correta de acordo com a Lei, mas a fé em Jesus que, "sem obras", salva do pecado em que todos os homens são iguais (Rm. 3, 20-28).

III. *MIDAT HA-DIN* E *MIDAT HA-RAKHAMIM* HUMANISMO COMO IMITAÇÃO DE DEUS

A Lei, como vimos, é a expressão da vontade divina; é a Lei, respectivamente a vontade de Deus, que cabe investigar, jamais o "ser" ou a "natureza" de Deus. Pois "não poderás ver a Minha face, porque o homem não pode ver-Me e continuar vivendo" (Êx. 33, 20).

Para que a lei tenha sentido o homem deve possuir a capacidade de escolher livremente entre aceitá-la ou rejeitá-la. Esta capacidade coloca-o acima de todo o resto da criação, faz do ser humano o único ser livre fora do próprio Deus. Nesse sentido a Bíblia deve ser entendida quando conta: "E disse Deus: façamos o homem à nossa imagem, como nossa semelhança!" (Gn. 1, 26)

O homem é criado como portador da imagem divina e *seu humanismo consiste na imitação de Deus*.

Como pode ser compreendido um "humanismo como imitação de Deus"? Já vimos que o "ser" divino não pode nem deve ser conhecido e muito menos imitado. Imitação de Deus, portanto, somente pode significar tentar viver de acordo com a orientação fornecida pela Sua vontade, segundo Suas exigências ao homem. Se, de um lado, humanismo é imitação de Deus, de outro, Deus somente pode ser compreendido a partir do humanismo que é o Seu reflexo no homem.

O texto básico das treze *midot* (Êx. 34, 6-7) não apresenta especulações a respeito dos atributos de Deus, como fará, mais tarde, a teologia cristã, judaica e muçulmana, não tenta dar uma explanação do "ser" de Deus, mas oferece uma caracterização dos caminhos de Deus, da Sua atuação que deve ser a atuação dos homens, uma compreensão da vontade divina segundo as Suas exigências ao homem.

Reveladas em resposta à solicitação de Moisés, "Mostra-me o Teu caminho" (Êx. 33, 13), as treze *midot* (qualidades divinas), segundo

ALGUNS CONCEITOS BÁSICOS DO JUDAÍSMO 15

a tradição rabínica, são assim especificadas: "Eterno (1), Eterno (2), Deus (3) misericordioso (4) e bondoso (5) longânime (6) e cheio de amor (7) e de veracidade (8), guarda amor a milhares (9) anula a transgressão (10), o pecado (11) e o erro (12) e purifica (13)..."

Um e dois são duas formas de amor, a primeira se estende ao homem que não pecou, a segunda a quem pecou e se arrependeu. Três simboliza a compaixão de Deus, invocada pelo salmista quando canta: "Meu Deus, meu Deus, por que me abandonaste?!" (Sl. 22, 2). Quatro invoca a misericórdia de Deus que se comove com o sofrimento das Suas criaturas, cinco a Sua bondade que tende a esquecer ofensas, assim como seis ensina que Deus não se irrita facilmente. Sete apresenta Deus que ama todas as suas criaturas que, segundo oito, jamais desaponta com promessas ou pronunciamentos falsos. Nove vê Deus como Aquele que não Se esquece jamais da dedicação dos Seus filhos, nem mesmo muitas gerações depois do seu falecimento. Deus sabe perdoar, não somente o pecado que provém do egoísmo e do orgulho, segundo dez, mas igualmente as ofensas provenientes do ódio (onze) e mesmo as que são consequências de mero engano (doze). É somente o verdadeiro perdão que restabelece a intimidade anterior e que, portanto, purifica o pecador (treze).

Desta forma, o texto das treze *midot* assumiu grande importância no culto judaico, na oração diária, na súplica pelo perdão divino (*Takhanun*) como nas *Selikhot** das Grandes Festas, que igualmente imploram a remissão das transgressões, perdão somente concedido se interiormente o homem tiver perdoado ao seu próximo.

Da importância e antiguidade deste texto na oração judaica, o testemunho do Talmud (*Rosch Ha-Schaná* 17b):

> Se estes versículos não estivessem contidos nas Escrituras, seria impossível recitá-los [em oração]. Isto mostra que o Santo Louvado Seja, para expressá-lo metaforicamente, vestiu-Se de *hazan* [cantor sinagogal] e ensinou a Moisés a ordem desta reza. Disse-lhe: "Toda vez que Israel pecar, que orem em Minha Frente segundo esta ordem e Eu vou perdoá-los". Disse R. Iehudá: "Há um acordo com relação às treze *midot* que jamais são pronunciadas sem efeito".

Desta forma a conscientização dos "caminhos de Deus" restabelece a intimidade entre homem e Deus, não obstante as falhas do primeiro. O homem atinge a sua plena humanidade pela imitação de Deus, e por ela se purifica dos seus desvios, conseguindo retomar o rumo certo.

No entanto, o texto recitado no *Takhanun* e nas *Selikhot* corta as palavras no meio da frase, invertendo o sentido: *Venakê*, "purificar", é seguido pelas palavras *ló yenakê*, significando o conjunto: "purificar não purificará". Portanto a última *midá* não é de compaixão mas de justiça, contendo o texto completo doze expressões de amor e uma de justiça.

* Orações pelo Perdão. (N. de E.)

16 NAS SENDAS DO JUDAÍSMO

Amor e justiça, como apresentados nas "Treze *Midot*" são compreendidos como caracterização fundamental da vontade divina e, portanto, da Lei. Na verdade, amor e justiça implicam-se mutuamente e se completam, não podendo nenhuma das duas grandes manifestações divinas exercer seu efeito construtivo sem a outra:

O Eterno [Nome divino que indica Sua compaixão] Deus [Nome que indica Sua justiça] fez a terra e os céus" (Gn. 2, 4). Parecido a um rei que possuía copos vazios. Disse o rei: "Se puser nelas líquido quente estourarão; se os encher de algo gelado, racharão". O que fez o rei? Misturou o quente com o gelado e encheu os copos, que ficaram intactos. Assim também o Santo Louvado Seja, "Se criar o mundo segundo *Midat ha-Rakhamim* [a "medida da compaixão"], os crimes se multiplicarão; se segundo *Midat ha-Din* [a "medida da justiça"], como o mundo poderá subsistir? Portanto, criarei o mundo segundo as medidas da compaixão e da justiça associadas e, oxalá, irá durar. (Midrasch, *Bereschit Rabá*, 12, 15).

A mera implicação mútua e complementaridade de justiça e amor podem ser apontadas na vida humana que espelha a normatividade da vontade divina. Para fazer justiça a uma pessoa é indispensável compreendê-la e toda compreensão que não seja apenas superficial, requer simpatia e amor. Inversamente, também, todo amor visa à completa realização do ente amado, o que é impossível sem compreensão; mas não há compreensão humana sem justiça. Portanto, o verdadeiro amor requer justiça como a verdadeira justiça requer amor, ambos mediados pela compreensão.

Midat ha-Din e *Midat ha-Rakhamim* caracterizam a vontade divina e são, portanto, exigências fundamentais com relação ao comportamento humano, consistindo o humanismo na imitação de Deus, possibilitada pela Lei que é expressão da vontade divina. Segue-se daí que os múltiplos pormenores da Lei fundamentam-se em *Midat ha-Din*, na "medida da justiça", assim como na *Midat ha-Rakhamim*, na "medida da compaixão". No Talmud (Tratado *Makot*, 24a) a multiplicidade formal da Lei é reduzida, progressivamente, a um número sempre menor de princípios fundamentais:

Moisés deu-nos 613 mandamentos, 365 mandamentos negativos (proibições) que correspondem aos 365 dias do ano e 248 mandamentos positivos (determinações) que correspondem aos 248 membros do corpo humano. Veio David (Sl 15) e os reduziu a somente onze: "Quem, ó Eterno, pode hospedar-se em Tua tenda, E quem pode habitar em Teu monte sagrado? Quem anda com *integridade* (1) e pratica a *justiça* (2): fala a *verdade* no seu coração (3), e *não difama* com a sua língua (4); *não faz mal* ao seu próximo (5) *nem trouxer vergonha* a quem com ele lidar (6); *rejeitando* com os olhos *o desprezível (7)*, *dando honra* a quem *temer o Eterno* (8); quem *jamais voltar atrás com seu juramento* (9) mesmo quando resultar em prejuízo próprio; *não emprestar dinheiro com usura* (10), nem *aceitar suborno* contra o inocente (11). Quem atuar assim, jamais cambaleia". Veio Isaías (33, 15) e os fundamentou em seis: "Quem andar com a *justiça* (1) e falar com *retidão* (2), *recusar o ganho da opressão* (3) e *sacudir das mãos* todo *suborno* (4), tampar os ouvidos para *não ouvir falar de sangue* (5), fechar os olhos para *não ver o mal*". (6) Veio Miqueias (6, 8) e o reduziu a três: "Ele te fez saber, ó homem,

ALGUNS CONCEITOS BÁSICOS DO JUDAÍSMO   17

o que é bom, e o que o Senhor deseja de ti: Apenas que *pratique a justiça* (1) ames a *caridade* (2) e andes *humildemente* com teu Deus" (3). Veio de novo Isaías (56, 1) e os fundamentou em dois: "Assim diz o Senhor: Guardem o *direito* (1) e pratiquem a *caridade* (2), pois a minha salvação está próxima..." Veio, finalmente, Habacuc (2,4) e o reduziu a um: "Mas o justo viverá pela sua *fidelidade!*" (1)

A segunda formulação de Isaías que reduz os 613 mandamentos a dois princípios fundamentais, aproxima-se, como não podia deixar de ser, à *Midat ha-Din*, à "medida da justiça" de Deus e à *Midat ha--Rakhamim*, à sua "medida da compaixão", sendo os 613 mandamentos, assim como os seus dois princípios uma receita de "humanismo como imitação de Deus."

Mas o processo de redução não pára na dualidade "justiça-amor"; ainda reduz os dois, nas palavras do profeta Habacuc, a um único princípio, a *fidelidade*. O que significa esta fidelidade? Somente pode ser uma combinação de justiça e amor. Uma fidelidade amorosa que não fecha os olhos à justiça, pois somente esta pode indicar o que se pode exigir da pessoa à qual permanece fiel; e fiel somente é quem não bajula mas exige. Uma fidelidade justa, que sabe que somente o amor pode proporcionar à pessoa à qual guardo fidelidade tudo a que ela faz jus.

Quem é autenticamente fiel é chamado *tzadik*, homem que pratica *tzedek*, a suprema qualidade de atuação de Deus e dos homens, unindo, em proporções perfeitas, a justiça com o amor. E quando o equilíbrio entre justiça e amor é perturbado, *tzedek* não é mais realizável. Se a justiça enfraquecer, predominam a desordem, a anarquia e a corrupção, e sempre que o amor permanece subdesenvolvido, o formalismo desumano, a burocracia e o frio calculismo acabam com o humanismo na sociedade como no indivíduo.

A importância de *tzedek*, do equilíbrio entre amor e justiça, para o ajuste pessoal, tem sido descoberto pelo grande psicanalista Prof. Henri Barukh, da Sorbonne, que desenvolveu um *tzedek*-teste para medir em que medida atitudes amorosas ou justiceiras transpassam as proporções adequadas do *tzedek* e, pelo desequilíbrio resultante, causam síndromes mórbidas e neuróticas no indivíduo. Do outro lado, na sua terapia específica, o Prof. Barukh tenta recuperar *tzedek*, o equilíbrio entre justiça e amor e, dessa forma, restituir aos seus pacientes a sua normalidade.

IV. O PRINCÍPIO LIBERTADOR DO *SCHABAT*

Falamos da noção de *tzedek* que reúne amor e justiça, os dois pilares em que se baseia todo humanismo, como reflexo dos dois atributos correspondentes de Deus.

Tzedek, humanismo como imitação de Deus, representa um princípio que transcende os confins da natureza, mas que, não obstante, deve ser introduzido no funcionamento natural da vida coletiva, particularmente aos seus mecanismos de produção. Passaremos agora a examinar a ideia do *schabat* que visa a manter sob controle certos efeitos desumanizantes do trabalho da produção econômica, elevando a realidade social ao nível da justiça e da autorrealização do homem.

A origem da comemoração do *schabat* provavelmente foi a marcação das fases da lua. Já em tempo de Hamurabi foram observados os dias da lua nova, da meia lua crescente, da lua cheia e do desaparecimento da lua, respectivamente os dias primeiro, sétimo, décimo quinto e vigésimo oitavo do mês lunar. Sabemos, também, que entre os assírios o sétimo, décimo quarto, vigésimo primeiro e vigésimo oitavo dia eram considerados dias de má sorte. Na Babilônia *shabattum* ou *shapatum* designava o dia da lua cheia e, possivelmente, também, na antiga Canaã. Hoje a semana não tem mais nada a ver com o ciclo lunar, e a transposição do sétimo dia da sua significação natural e astrológica para uma compreensão puramente social e religiosa foi uma das contribuições mais originais do pensamento judaico.

Para podermos avaliar toda a importância desta contribuição, convém considerar, por um momento, o que chegou a significar para a humanidade o conceito da semana, do "fim de semana", do dia de descanso e como esta ideia deve ter sido revolucionária num mundo que ainda se baseava numa economia escravagista, da mesma forma como parece tão obviamente indispensável, corriqueiro mesmo, no nosso mundo presente. Que hoje nos parece inimaginável um regime de trabalho ininterrupto, sem o ritmo semanal, evidencia a importância da instituição da semana, da primeira legislação trabalhista da humanidade.

A significação literal da palavra *schabat* podemos induzir do uso verbal da sua raiz: "parar". Talvez o *shabattum* dos babilônios tenha significado: "O dia de cessação do crescimento da lua". *Schabat* é o dia de parada da obra divina na criação do mundo e da cessação rigorosa de todo trabalho humano.

Entre as principais motivações dadas na Torá para a instituição do *schabat*, encontramos a cessação dos trabalhos divinos da criação no sétimo dia, razão da bênção especial que distingue este dia e que estabelece a sua santidade: "Assim foram concluídos o céu e a terra com todo o seu exército. Deus concluiu, no sétimo dia, a obra que fizera e no sétimo dia descansou, depois de toda a obra que fizera. E Deus abençoou o sétimo dia e o santificou, pois nele descansou depois de toda a sua obra de criação." (Gn. 2, 1-3)

Podemos realmente presumir que Deus tinha ficado cansado e necessitou do *schabat* para a regeneração das Suas forças? A infinidade divina nos faz desconfiar deste "descanso" por demais humano para ser atribuído a Deus. Não haveria por detrás desta motivação algo menos parecido com a fraqueza dos homens que explicasse a rigorosa parada que Deus se impôs?

A mesma motivação encontramos no quarto mandamento segundo

ALGUNS CONCEITOS BÁSICOS DO JUDAÍSMO 19

uma das duas versões que dele possuímos, apresentando a outra uma motivação essencialmente social. A versão dos "Dez Mandamentos" do segundo livro de Moisés é, como o texto de Gênesis anteriormente citado, de origem sacerdotal, bem posterior à versão do Deuteronômio, semelhante, aliás, à menção do *schabat* no Livro da Aliança (Êx. 23, 12), certamente muito antiga. Para facilitar a análise, citamos as duas versões paralelamente, colocando, na primeira parte, os excedentes da versão deuteronomista em parênteses, na segunda parte citando, de forma completa, as duas motivações totalmente diferentes:

Lembra-te (Observa) do (o) dia de *schabat* para santificá-lo (como o Eterno teu Deus te ordenou). Trabalharás durante seis dias e farás todo o teu serviço; o sétimo dia, porém, é o *schabat* ao Eterno, teu Deus: não farás nenhum trabalho, nem tu, nem teu filho, nem teu escravo, nem tua escrava,nem (teu boi e nem teu jumento, nem todos) os animais, nem teu estrangeiro que está em tuas portas. (Êx. 20, 8-11 e Dt. 5, 12-16)

Pois em seis dias fez o Eterno o céu e a terra, o mar e tudo que neles há e descansou no sétimo dia. Por isso o Eterno abençoou o dia de *schabat* e santificou-o. (Êx. 20, 11, versão sacerdotal)

Deste modo o teu escravo e a tua escrava poderão repousar como tu. Recorda que foste escravo na terra do Egito e que o Eterno, teu Deus, te fez sair de lá com mão forte e com braço estendido. É por isso que o Eterno, teu Deus, te ordenou guardar o dia de *schabat*. (Dt. 5, 14-15, versão do Deuteronômio)

Como conciliar uma motivação essencialmente teológica que reproduz o mandamento do *schabat* à imitação de Deus, que no sétimo dia descansou da sua obra de criação, com outra motivação essencialmente social, que o texto deuteronômico partilha com a menção da lei do *schabat* no Código da Aliança (Êx. 23, 12)?

A chave do problema reside na interpretação do termo "trabalho" que o *schabat* suspende rigorosamente. Segundo ensinamento rabínico, nem toda atividade deve ser considerada trabalho: O estudo da Lei, por exemplo, mesmo o mais difícil e fatigante, não é proibido no *schabat*. No *schabat* pode-se carregar, se necessário, uma poltrona pesada do primeiro andar da nossa casa para o rés-do-chão, sem que o nosso suor infrinja o mandamento do *schabat*. Mas acender um fósforo ou a luz elétrica, mediante um leve toque no interruptor: Isso não!

No seu comentário ao quarto mandamento em Êxodo 20, baseando-se nas elaborações talmúdicas e nas decisões tradicionais, o rabino Samson Raphael Hirsch, pai da neoortodoxia na Alemanha, apresenta a seguinte definição geral do "trabalho" (*melakhá*), proibido no *schabat*: "Imprimir a um material ou a uma coisa uma feição permanente, de forma que, doravante, tornem-se utilizáveis para uma finalidade desejada e determinada por nós, servindo, portanto, à execução da nossa vontade e dos nossos propósitos"[3].

3. Samson Raphael Hirsch, *Comentário ao Pentateuco, Segundo Livro de Moisés*, Ed. J. Kaufmann, Frankfurt, 1920, p. 208.

Em nossa linguagem, portanto, *melakhá* é uma atividade consciente e intencional que intervém na ordem natural ou social, a fim de obter alterações permanentes, visando à produção ou apropriação de algo que se afigura como um bem a quem executar o "trabalho".

O "trabalho" assim definido praticamente se identifica com o trabalho da produção econômica que, de um lado, é o grande motor do progresso da humanidade, do outro, provoca graves distorções no equilíbrio social e na autorrealização do homem, entre as quais destacamos:

1. A divisão do trabalho, que produz desigualdade social entre os homens, tornando-se alguns chefes e planejadores, sendo outros rebaixados à mera "mão de obra".

2. A divisão do trabalho e o domínio que alguns conseguem exercer sobre meios e modos de produção trazem consigo a acumulação dos bens nas mãos de uns poucos, produzem, portanto, a desigualdade econômica e a exploração do homem pelo homem, motivos de profundas tensões sociais e de lutas de classes[4].

3. A dedicação sem trégua à produção econômica produz uma distorção muito séria na escala dos valores pessoais do homem: Os valores de utilidade são superestimados por conta do desprezo dos demais valores do bom, do justo, do verdadeiro. Isto acontece inclusive nas profissões acadêmicas, quando o resultado em termos de carreira se torna critério único de avaliação.

A função do *schabat* em que todo trabalho de caráter produtivo no mais lato sentido da palavra, tem que ser rigorosamente suspenso, consiste precisamente na correção das distorções sociais, econômicas e pessoais, causadas por atividades que se caracterizam como *melakhá* (trabalho). Ao corrigir seus efeitos nocivos colaterais, o *schabat* reabilita o trabalho como criatividade plenamente positiva.

No dia do *schabat* não há divisão de trabalho e não prevalecem as desigualdades social e econômica por ela impostas. Todos desfrutam de direito igual perante o *schabat* que, segundo tradições muito antigas, é comparado a uma princesa que é saudada pelo seu príncipe, Israel, em cuja figura todos, ricos e pobres, poderosos e humildes, adquirem conjuntamente a nobreza do amor e da paz.

Sendo todo trabalho profissional rigorosamente proibido, o tempo é dedicado ao convívio familiar, à meditação, à reza e ao estudo. Dessa forma valores não úteis como o amor familiar, a cultura pessoal, a arte e a solidariedade social são acentuados diante do valor da utilidade e da sua hipertrofia unilateral.

---

4. Consulte, a este respeito, John Locke, *An Essay Concerning the True, Original Extent and End of Civil Government*, cap. V; J. J. Rousseau, *Discurso sobre a Origem da Desigualdade entre os Homens*; Adam Smith, *Wealth of Nations*, I, pp. 46 e ss.; Karl Marx, *Öckonomisch-Philosophische Manuskripte*, Paris, 1844 – *Karl Marx*, col. Os Pensadores, vol. 35, São Paulo, Abril Cultural, 1978.

ALGUNS CONCEITOS BÁSICOS DO JUDAÍSMO   21

Uma obra completa-se somente quando pararmos de trabalhar nela e folgamos em contemplá-la, quando a apreciamos na sua totalidade. O trabalhador que jamais pára o seu serviço nunca chega a criar uma obra. Pois somente o distanciamento e a apreciação crítica podem transformar o trabalho em obra. Por esta razão foi somente no sétimo dia, quando Deus parou de trabalhar, que "acabou a obra que tinha feito", que transformou o trabalho em obra de criação. É essa transformação do trabalho em obra que tornou o *schabat* necessário, não um impossível "cansaço de Deus", e esta mesma razão torna o dia de *schabat* indispensável também ao homem, transformando-o de um escravo do trabalho num criador, à semelhança do grande Criador do universo. Daí a motivação teológica da versão sacerdotal do mandamento do *schabat*: A parada que é essencial à criatividade divina é igualmente indispensável ao homem na medida em que este também é criador. Todo *schabat*, portanto, é recordação da criação do mundo e imitação da pausa criativa e do distanciamento divino da sua obra.

Libertando o trabalho das suas distorções, o *schabat* reabilita e dignifica o esforço produtivo, transformando o trabalho escravo numa obra criativa, lembrando a libertação de Israel quando, igualmente, a escravidão foi substituída pela dedicação espontânea e livre. Daí o texto tradicional da "consagração" (*kidusch*) do *schabat* que coloca lado a lado o *schabat* como recordação da criação do mundo e como lembrança da saída do Egito, da libertação do trabalho que é a base do próprio homem. Assim se encontra a motivação da versão sacerdotal do quarto mandamento com a da versão do Deuteronômio.

Mas, na cultura judaica, a ideia sabática assume amplitude excepcional, passando do ritmo semanal dos dias para um ritmo de semanas de anos. Uma compreensão adequada do *schabat* é impossível sem a consideração do *schabat*-ano, que mais, talvez, do que o *schabat*-dia, evidencia as correções sabáticas no domínio econômico e social.

Já na primeira codificação da Lei em Israel, no "Livro da Aliança", encontramos, antes mesmo da determinação a respeito do *schabat*-dia, a seguinte disposição acerca do *schabat*-ano:

> Durante seis anos semearás a tua terra e recolherás os seus frutos. No sétimo ano, porém, a deixarás descansar e não a cultivarás, para que os pobres de teu povo achem o que comer e o que restar comam os animais do campo. Assim farás com a tua vinha e com o teu olival (Êx. 23, 10-11).

Ao parar, no sétimo ano, todo trabalho agrícola no campo, cessa, igualmente todo direito de propriedade do fruto da terra. No ano sabático todos os homens se tornam iguais frente ao que a terra produz e desaparecem todas as desigualdades de posição e de propriedade, introduzidas pelo trabalho de produção econômica.

22 NAS SENDAS DO JUDAÍSMO

Em complementação a esse afrouxamento das relações de propriedade que o ano sabático impôs, o sétimo ano é ainda o ano de remissão em que todas as dívidas devem ser perdoadas. Por força do princípio sabático, todas as relações de crédito e de débito, consequências do trabalho de produção econômica e das relações de propriedade particular por ele introduzidas, desaparecem e de novo os homens se encaram como seres humanos com direitos iguais.

Mas a ideia sabática admite inclusive uma elevação à segunda potência: O ano sabático dos sabáticos, isto é, o ano que segue-se a sete anos sabáticos, o quinquagésimo ano é o ano do jubileu (Lv. 25, 8-11) em que a radicalidade da correção sabática das distorções sociais e econômicas do trabalho de produção atinge o seu auge: Neste ano, todo escravo, queira ele ou não abandonar o seu amo, forçosamente se torna livre (25, 54) e com isto é eliminada a determinação mais repugnante do relacionamento humano, a escravidão, evidentemente também causada por desigualdades econômicas resultantes da produção. O caráter inovador destas disposições somente pode ser apreciado devidamente, quando nos lembramos de que estas leis foram formuladas num período de economia escravagista.

Mas isto não é ainda tudo o que o ano do jubileu determina para corrigir as distorções econômicas e sociais que acompanham o trabalho. O próprio acumulo de bens de produção – naquela época a terra era praticamente o único bem de produção de importância – é corrigido pela devolução aos seus antigos donos de todas as terras rurais produtivas:

Neste ano do jubileu tornará cada um à sua possessão.Se venderes ao teu compatriota ou dele comprares, que ninguém prejudique a seu irmão. Segundo o número dos anos decorridos depois do jubileu comprarás do teu compatriota e segundo o número dos anos das colheitas ele te estabelecerá o preço de venda. Quanto maior o número de anos, mais aumentarás o preço, e quanto menor o número de anos mais o reduzirás, pois ele te vende um determinado número de colheitas. (Lv. 25, 13-16)

A venda de um bem de produção, dessa forma, não é mais uma alienação, mas um simples arrendamento por prazo determinado.

O período do trabalho e o intervalo de parada forçada que constituem o ritmo semanal, com seus imensos benefícios sociais e humanos, aplicável não somente a dias mas também a anos e semanas de anos, é uma criação altamente original da cultura judaica. Com ponto de partida no ritmo lunar como observado na antiga Babilônia e na antiga Assíria, o ritmo da semana tornou-se, para o israelita, independente de toda sequência temporal, como observável na natureza. Introduziu na vida social um elemento libertador de profunda significação humana, pessoal e coletiva. Somente em parte é universalmente aceito, hoje em dia, o que o princípio sabático e o ritmo semanal trouxeram de alívio a um mundo escravizado pelo trabalho; mas distorções sociais,

ALGUNS CONCEITOS BÁSICOS DO JUDAÍSMO

econômicas e humanas produzidas pela produção, ainda hoje constituem um problema não resolvido e uma grande parte das exigências sabáticas continuam, uma mera aspiração de uma humanidade explorada e sofrida.

2. Filosofia

2. Filosofia

A Consciência Histórica:
Inspiração Religiosa de Israel

I. UMA NOVA VISÃO DA REALIDADE RELIGIOSA

Não há dúvida de que os tempos mudam! Compare-se a mentalidade de uma sociedade ocidental moderna com a de cem anos atrás, e compreender-se-ão as profundas modificações que atingiram as próprias raízes da cultura.

Por conseguinte, não podemos, hoje em dia, tecer as mesmas considerações sobre a religião, como há um século. O progresso impressionante das ciências e da tecnologia provocou, nas últimas décadas, importantes alterações no espírito humano que, dificilmente, voltará a reagir como antes.

Não que o homem contemporâneo ou o homem do futuro não tenha mais fé. Se definirmos a fé como *aceitação, não somente por motivos de procura da verdade, de postulados últimos, sem possível demonstração adequada*, verificaremos, facilmente, que as grandes doutrinas sociais e políticas dos nossos dias, inclusive as ciências, a pressupõem como as religiões.

Mas não é uma fé imutável, inalterada através dos tempos. Quem não perceber que a fé dos homens também muda, em determinado grau, de acordo com a sua visão do mundo, jamais compreenderá o conjunto de problemas religiosos profundos e altamente inquietantes que se coloca em nossos dias.

Pois a fé, normalmente, é estreitamente ligada às experiências do homem para com a realidade. É evidente que a experiência empírica

28 NAS SENDAS DO JUDAÍSMO

jamais chega a cobrir todo o âmbito da fé; neste caso não haveria mais fé! Nunca, porém, pode a fé encontrar-se em franca contradição com aquilo que o homem verifica empiricamente. Em condições de sanidade mental, o homem não pode crer naquilo que sua verificação empírica desmente. Consequentemente, existe um contínuo reajuste entre fé e experiência que se processa despercebida e harmoniosamente.

Sabe-se que este reajuste contínuo exige dos cientistas e filósofos uma ininterrupta reformulação das grandes generalizações, em face das últimas descobertas das ciências físicas e sociais; não menos importante é essa mesma exigência para os que se propõem compreender a religião.

No que se refere às religiões, esta reformulação já está sendo feita por um número limitado de estudiosos e cientistas, homens como Whitehead, Buytendijk, Van der Leeuw, Soederbloom e outros. Com a mesma orientação, o presente ensaio propõe-se a contribuir para a elucidação do papel preponderante da consciência histórica nas vivências religiosas do povo de Israel.

II. UMA DISTINÇÃO PRELIMINAR: RELIGIÃO E RELIGIOSIDADE

Para toda análise de fenômenos religiosos, julgo indispensável uma distinção clara entre religião e religiosidade. Por religião compreendemos uma formação histórica específica, que surgiu dentro de um contexto determinado de fatores culturais, sociais e econômicos. Religião, portanto, é um fenômeno essencialmente social, fenômeno de coletividade. Religiosidade, ao contrário, é um atributo universal e direto do homem, que se manifesta até num indivíduo solitário, isolado completamente da sociedade. A religiosidade, muitas vezes, é mais forte no homem quando só do que quando em companhia. É verdade que a religiosidade somente é possível num indivíduo quando membro de uma sociedade ou formado por esta; é igualmente válido, porém, que a própria religião pressupõe a religiosidade como fator constituinte. A religião como fenômeno cultural e histórico-social é bem diferente da religiosidade como atributo antropológico universal, que tem as suas raízes diretamente na natureza da experiência humana[1].

---

1. Pois em qualquer vivência consciente que tenhamos como seres humanos, seja esta intelectual, sentimental, estética, destaca-se o "Eu" da objetividade, cria-se uma polaridade entre sujeito e mundo e destrói-se, desta maneira, uma unidade orgânica que integra o animal no seu ambiente. Assim, qualquer ato de consciência provoca, pela polaridade "Eu-Objeto" que produz, um estado de insegurança e de solidão existencial que evoca uma nostalgia pelo estado paradisíaco perdido, em que o ser pertencia ainda plenamente à totalidade vital que abraçava o organismo vivo e o seu ambiente. Tal nos-

A CONSCIÊNCIA HISTÓRICA: INSPIRAÇÃO RELIGIOSA DE ISRAEL 29

Uma vez que a religiosidade é um fator da maior importância na formação das religiões, embora certamente não o único, nenhuma análise das influências históricas exercidas sobre uma determinada religião, nenhum estudo da sua estrutura sociológica ou das suas bases econômicas, pode substituir a investigação das particularidades da religiosidade que nela vive. Dela tratará o presente ensaio, na medida em que resulta do encontro do povo de Israel com a sua história.

III. A CONSCIÊNCIA HISTÓRICA

Resta provar que a história não é um aglomerado de fatos isolados ocorridos, criado por um empirismo reminiscente, mas sim uma condição existencial em que se encontra qualquer consciência, seja esta individual ou coletiva.

Toda personalidade, individual ou coletiva, possui uma vivência toda especial e própria do tempo. Diz Buytendijk, o grande cientista, cujos vastos conhecimentos abrangiam a fisiologia, a zoologia, a psicologia experimental e a comparada, e até a antropologia:

> Em toda melodia experimentamos a unidade estruturada do devir, que bem poderíamos denominar de *Zeitgestalt* (tempo estruturado). Refletindo sobre a nossa existência imediatamente vivida, a subjetividade do "Eu", constatamos uma formação orgânica das experiências da nossa vida, presente nesta hora, nesta manhã ou ainda neste minuto ou num período qualquer. O que se encontra organizado nessa duração variável são percepções, experiências, ideias, atitudes, disposições, atividades das mais variadas, *um período maior ou menor da nossa história* que, em sua totalidade, tem presença, ou melhor, de que, espontaneamente, criamos um presente indivisível: que presenciamos[2].

História é então, conforme conceitos largamente aceitos nos meios científicos de hoje, a extensão temporal de uma totalidade estruturada de experiências de um indivíduo, de uma coletividade maior ou menor, da humanidade toda. As ocorrências pertencem ao passado mas as experiências continuam atuais, vivas e focalizadas em qualquer momento de um presente conscientemente vivido[3].

A consciência histórica constitui uma área de inspiração religiosa única no gênero. Nela o indivíduo e a coletividade encontram, sem

talgia é uma das raízes da religiosidade; e, numa intuição metafísica imediata, bastante alheia às especulações abstratas dos filósofos, o homem sente-se parte de uma realidade mais ampla, além da divisão criada pela consciência, entre subjetividade e objetividade. Enquadrar-se numa tal realidade maior, eis o derradeiro alvo da religiosidade. Tratamos detalhadamente do assunto na Revista Brasileira de Filosofia, n. 42, sob o título "Ensaio Sobre a Religiosidade".

2. F. J. J. Buytendijk, *Mensch und Tier*, pp. 47-48.

3. Compare Max Scheler, *Der Formalismus in der Ethik und die materiale Wertethik*, p. 524, Francke-Verlag, Berna.

30 NAS SENDAS DO JUDAÍSMO

cessar, a ação providencial de forças superiores. Por quê? Há dois motivos para isto. De um lado, as transformações históricas, enquanto se referem a um povo, transcendem o indivíduo, as de uma cultura transcendem o povo e as da humanidade transcendem a cultura, dando assim a toda personalidade, individual ou coletiva, a sensação de influências estranhas e poderosas que atuam, inexoravelmente, sobre o seu destino. Do outro lado, as experiências que um indivíduo faz baseiam-se, numa proporção importante, nas disposições e inclinações, no conjunto das preferências valorizantes que perfazem a sua personalidade; da mesma maneira, a história de um povo desenrola-se, apreciavelmente, em função do seu caráter coletivo. Ora, as nossas inclinações e o nosso caráter, a nossa própria natureza, individual ou coletiva, dependem somente em parte da nossa vontade consciente. Assim, não há que se admirar que muitos fatores internos do nosso destino individual e da nossa história nacional, fugindo do nosso domínio, sejam projetados fora e assumam a aparência de necessidades externas, às quais temos de sujeitar-nos, como à vontade divina.

Esta experiência é muito antiga em Israel. Creio que se pode afirmar, sem receio, que uma consciência histórica é claramente evidenciada nas escrituras bíblicas. Os seus heróis e cronistas, profetas e salmistas, percebem claramente desígnios superiores nas ocorrências passageiras do cotidiano.

Para esclarecer o que isto significa, deve-se deixar bem claro que uma documentação histórica ainda longe está de implicar numa consciência histórica[4]. Nem os historiógrafos gregos a possuíram nem o próprio Aristóteles; de outro modo não poderia ter escrito o que se segue:

> Pois o historiador e o poeta não se distinguem pelo fato de que o primeiro escreve prosa e o segundo versos. Poder-se-ia transcrever a obra de Heródoto em versos e nem por isso cessaria de ser uma obra histórica. O que os distingue é que um relata o que aconteceu e o outro conta o que poderia ter acontecido. Por isso, a parte dos poetas é mais filosófica e mais séria do que a historiografia: A poesia aspira ao universal, enquanto que o historiador se ocupa com o particular. O universal consiste em que um homem de determinado caráter, por probabilidade ou até por necessidade, tende a falar ou agir de tal ou tal maneira [...] O particular, no entanto, é o que fez Alcebíades, o que lhe aconteceu [...][5].

Evidentemente, o relato "do que fez Alcebíades e do que lhe aconteceu" não exprime consciência histórica em maior grau do que a descrição dos feitos heróicos dos faraós. Falta aqui, inteiramente, o senso da "melodia" nas sequências do vir-a-ser, pela continuidade

---

4. Embora todo povo viva uma história da maneira que acaba de ser escrita, poucos, comparativamente, disto adquirem consciência. Aliás, a conceituação da consciência histórica se deu só recentemente.

5. *Poética*, 9, 1451-B.

A CONSCIÊNCIA HISTÓRICA: INSPIRAÇÃO RELIGIOSA DE ISRAEL 31

orgânica, rica em sentido, que une a multiplicidade dos acontecimentos e lhes empresta significação histórica. Nisso inspiram-se não somente os crentes que se apoiam na Bíblia, seguros da orientação divina do desenrolar dos acontecimentos; mas ainda os comunistas ateístas dos nossos dias, numa ansiosa expectativa de uma confirmação das suas previsões político-sociais, baseadas na ação rigorosa e necessária de leis históricas.

IV. FUTURO E MESSIANISMO: A "TERCEIRA DIMENSÃO" DA CONSCIÊNCIA HISTÓRICA

O passado e o presente nunca chegam a satisfazer a consciência histórica. Falta algo que somente é dado por uma terceira dimensão que se impõe às duas mencionadas: O futuro. Este completa o sentido do que lhe oferecem o passado e o presente. Encontramos consciência histórica legítima somente onde se reconhece ao futuro este papel decisivo de remodelador e aperfeiçoador dos tempos imperfeitos. O futuro nasce nas visões dos grandes profetas. Eles não somente exigem do homem um "coração novo"; predizem "um novo céu e uma nova terra", como se fossem o substrato natural de um novo espírito que aperfeiçoará o passado[6]. Enquanto que os gregos escreviam história contando os fatos do passado, "o que Alcebíades fez e o que lhe aconteceu", enquanto o grande Zoroastro e seus discípulos concebiam a luta cósmica entre o bem e o mal, luta em que todos os seres participam e que terminará, no fim dos dias, com a grande vitória do bem; o povo de Israel, desde os tempos remotos da Bíblia, formula e fixa as suas reminiscências coletivas como o fizeram os gregos, integrando porém, a realidade dos fatos passados nas exigências e normas da vontade do seu Deus. Numa palavra, escreviam a sua história, mobilizando os acontecimentos do passado, conjuntamente com os anseios do presente, para a grande epopeia da conquista do futuro, para o qual conduziam, irremediavelmente, as grandes linhas da sua evolução.

O futuro, como complemento e aperfeiçoamento do imperfeito, que são o passado e o presente, revela-se nas visões messiânicas. O Messias é o símbolo personificador das derradeiras esperanças que um povo nutre quanto à sua história. Com o seu aparecimento, alcança-se tudo o que falta ao presente e aos tempos passados. Ele é o homem no mais amplo e elevado significado do termo; para a consciência histórica judaica, o Messias não pode ser nem super-homem nem homem-deus, sem que seja rompida a base histórica, que é dos homens.

6. Cf. Ernst Cassirer, *Die Philosophie der symbolischen Formen*, vol. 2, p. 146, Ed. Bruno Cassirer, Oxford; e Isaías 65, 17.

Pela obra do Messias completa-se e supera-se a história. Mas o que o mundo em cada época carece, depende da opinião dos contemporâneos, isto é, varia com o nível de interpretação que cada geração alcança. No período compreendido pelas escrituras do Antigo Testamento, as atribuições do Messias, na apreciação do povo de Israel, passaram por profundas modificações, reveladoras do desenvolvimento da sua consciência histórica. Inicial e primitivamente, o Messias é o monarca poderoso que conquista o mundo e submete os seus povos ao jugo de Israel. Mais tarde, é o enviado de Deus para estabelecer o Seu reino na terra, reino político, mas principalmente religioso e ético, um reino universal de justiça e amor. Quando a ideia messiânica atinge o seu auge, nas profecias sobre o "servo de Deus" do Deutero-Isaías, o Messias não se identifica mais com monarca ou enviado algum, transcende qualquer personalidade, tornando-se o homem que sofre e que, embora inocente, aceita voluntariamente todas as agruras para expiar pela humanidade. O "servo de Deus" é o grande anônimo que cada um poderia e deveria aspirar a ser[7].

Contrastando com a inspiração religiosa dos gregos pela harmonia cósmica, com seu culto da perfeição e da beleza no mundo natural e social, a vivência religiosa do povo de Israel tem suas raízes, em grande parte, na profunda impressão que lhe causa a história. Aceitando a existência, passada e presente, com todas as suas falhas que, reconhecidas como tais, revelam elevados objetivos de uma ação sanadora. Sabe das vastas possibilidades da ação do homem em prol de sua própria libertação da miséria material, moral e espiritual. Israel sente Deus justamente no desenrolar dos acontecimentos e nas exigências morais e sociais que deles surgem. O seu Deus é Deus dos Exércitos, Deus da História, que não se satisfaz com a perfeição de um "outro mundo", mas é antes de mais nada, "dono do aquém" e pede que este "aquém" seja posto em ordem.

E por ser a consciência histórica uma fonte proeminente das vivências religiosas judaicas, o messianismo nelas sempre assumia um papel predominante, e a pessoa do Messias sempre ocupava boa parte da fantasia do povo de Israel; herói humano e humilde, incorpora todas as justas aspirações, próprias e alheias, a fim de transformar os tempos imperfeitos numa eterna perfeição. E não foge destas afirmações este último e grandioso capítulo da história de Israel, a volta a Sião, realização de esperanças nutridas desde milênios, fazendo parte daquelas expectativas universais segundo as quais algum dia seriam remediados definitivamente os sofrimentos de uma longa história, sentidos na própria carne e na solidariedade com o destino dos povos.

---

7. Esta me parece a explicação mais convincente e mais nobre. A maioria dos nossos exegetas, no entanto, entende pelo "servo de Deus" o próprio povo de Israel; os cristãos tomam-no como alusão a Jesus Cristo.

V. O HISTORICISMO JUDAICO E O PENSAMENTO CONTEMPORÂNEO

Tentamos fazer ver que toda história nacional e individual se fundamenta num projeto preestabelecido, embora não concebido conscientemente; que com relação a este, o passado e o presente, tempos imperfeitos, necessitam de aperfeiçoamento, querem ser superados. Vimos que as vivências religiosas milenares do povo de Israel eram dominadas por estas mesmas ideias e evidenciamos o notável paralelismo destas com o pensamento científico e filosófico moderno.

Há muito tempo se conhece a diferença entre o tempo físico-matemático e o tempo vivencial. Este último foi recentemente submetido a muitas pesquisas na psicologia experimental, na psicologia comparada, na etnologia e na mitografia. Tem sido estudado com igual interesse pela filosofia contemporânea, na maioria das suas escolas. Os resultados têm sido unanimemente demonstrativos de uma determinada estruturação do tempo vivencial que, mesmo quando não ao alcance do consciente, molda os destinos e configura a história das nações.

Existe aqui alguma influência das concepções religiosas israelitas por intermédio das religiões cristãs, suas progênitas? Seja como for! A profunda afinidade entre antiquíssimas concepções do povo de Israel e o pensamento secular moderno não deixam de constituir grandes promessas para aqueles que conservam a essência viva destas tradições. Pois uma religiosidade atualizada, ligada ao pensamento filosófico e científico dos nossos dias, pode dar novos e preciosos frutos na majestosa árvore da vida espiritual da humanidade.

A Identificação de Futuro e Passado

Em todas as culturas o movimento do tempo é sentido tanto na direção do passado como na direção do futuro. Mostrei em "A Denotação das Expressões de Tempo na Bíblia Hebraica"[1] que no pensamento do homem bíblico prevalece a ideia de que avançamos no tempo em direção do passado, ficando o futuro para trás. Porém, também o homem bíblico reconhece que, na medida em que enfrenta a escolha entre possibilidades, o avanço do tempo deve necessariamente ser em direção do futuro, pois no passado tudo já está terminado, isto é, determinado, havendo somente fatos e não opções. Contrastando com estas ideias do homem bíblico, o homem ocidental se vê, geralmente, avançando para o futuro, deixando o passado para trás. Admite, no entanto, que segue os "antepassados", marchando, portanto, em direção ao passado.

Superamos a aparente contradição destas duas perspectivas ao conscientizar-nos de que o homem se vê marchando do futuro em direção ao passado na medida em que escolhe entre possibilidades e opções, as quais, uma vez decididas e/ou realizadas, deixam de ser opções para se tornarem fatos, como todo passado consiste de fatos consolidados que não deixam lugar para opções. De outro lado, o homem vê-se marchando do passado para o futuro, na medida em que enfrenta possibilidades, opções que somente o futuro pode abrir.

No pensamento do homem bíblico, a prevalescência da direcionalidade do tempo em direção ao passado explica-se ainda por uma

---

1. *Tempo e Religião*, São Paulo, Perspectiva, 1988, pp. 120 e ss.

A IDENTIFICAÇÃO DE FUTURO E PASSADO 35

outra razão: Neste pensamento tanto o tempo quanto o espaço são teocêntricos. O "para a frente", temporal como o espacial, é em direção a Deus, enquanto o homem ocidental conhece como centro do tempo e do espaço somente a si mesmo. Somente conhece, portanto, um tempo e um espaço egocêntricos. Passado, presente e futuro são passado, presente e futuro do falante. Para o homem bíblico, no entanto, o que está em frente está na direção de Deus e o que está atrás, está na direção oposta. Por isso o profeta Jeremias podia falar: "Porém não ouviram nem inclinaram seus ouvidos, mas andaram nos seus próprios conselhos, no propósito de seu coração malvado: *E tornaram-se para trás e não para a frente*" (Jr. 7, 24).

Esta teocentricidade estende-se também ao tempo, como evidenciado por inúmeras características da linguagem bíblica, nos âmbitos semântico, sintático e morfológico[2], sendo claro que a presença de Deus no tempo está no passado, nos momentos da Sua revelação, que marcam para o homem bíblico a direção para frente no tempo.

A isto acrescenta-se que, na especulação escatológica bíblica e pós-bíblica, há uma perfeita correspondência entre o passado remoto e o futuro distante, entre a criação e a redenção, correspondência que foi apontada com grande acerto na obra magistral de Hermann Gunkel[3]. Afirma o profeta Isaías: "Eis que crio um novo céu e uma nova terra e não mais serão lembrados os primeiros nem mais serão considerados" (65,17). Em correspondência perfeita com esta visão profética vem a visão apocalíptica: "Antes que os portões do céu estavam erigidos/ E antes que as tempestades deram os seus golpes/..." continuando o texto com a enumeração de muitos pormenores da criação [...] "Eu predeterminei tudo isso/ Por Minha ação e de ninguém mais tudo isto foi criado/ E por Minha ação será feito também o fim/ E por ninguém mais..." (II Esd. 6, 1-6). Esta conclusão pressupõe que o fim será criado como o começo, pelo mesmo Autor e nos mesmos moldes, uma das convicções fundamentais da escatologia judaico-cristã. Tudo que será no futuro, foi também no passado e tudo que foi no passado virá também no futuro.

Dessa forma outra dificuldade é solucionada:

Um dos problemas aparentemente insolúveis da teologia consiste na afirmação simultânea da onisciência divina e do livre-arbítrio humano. Se Deus, ontem, já sabia tudo o que hoje aconteceria, como posso eu ter o livre-arbítrio, a capacidade de escolher entre duas alternativas? O que hoje resolvo fazer, de livre e espontânea vontade, não poderia ter sido sabido por ninguém, nem mesmo por Deus, a não ser que minha decisão fosse livre apenas na aparência,

---

2. *Idem, ibidem.*

3. Hermann Gunkel, *Schöpfung und Chaos in Urzeit und Endzeit* (*Criação e Caos no Tempo Primordial e Final*), Göttingen, 1921.

36 NAS SENDAS DO JUDAÍSMO

tendo sido, na verdade, predeterminada desde ontem, uma vez que já ontem podia ser conhecida.

Mas ambas as afirmações, não obstante a contradição lógica que encerram, são indispensáveis ao teólogo. O que seria um Deus que não fosse onisciente e onipotente? Certamente não seria Deus, mas apenas um ser predeterminado pelas condições de sua existência como qualquer outra criatura. O que seria, por outro lado, um ser humano sem livre arbítrio? Um ser irresponsável, que não poderia ser culpado por nada, já que não foi ele que determinou o seu comportamento. De nada lhe adiantaria a revelação da Lei, pois não teria possibilidade de decidir acatá-la ou infringi-la.

O grande mestre da Lei Oral, R. Akiva ben Iossef (começo do século II) já sabia deste problema, como atesta seu importante dito: "Tudo está previsto e a liberdade garantida" (*Avot*, III, 15). Com estas palavras R. Akiva não teria, antes, escapado ao problema do que o resolvido?

Israel ben Guedalia Lipschütz (1782-1860), autor de um dos mais importantes comentários à Mischná, intitulado *Tiferet Israel*, oferece a este dito de R. Akiva a seguinte explicação:

Isto quer dizer que Deus sabe tudo que acontece no mundo, e mesmo assim a liberdade e o arbítrio são garantidos a todo homem, a opção de ser justo ou malvado. A fim de que não digas: Uma vez que Deus sabia ontem o que faria hoje, cumpriria esta ou aquela *mitzvá* [preceito bíblico] ou cometeria esta ou aquela transgressão; uma vez, portanto, que o homem é obrigado a proceder de determinada maneira, não merece nem recompensa, nem castigo. Certamente tal conclusão seria correta, caso o conhecimento de Deus fosse igual ao conhecimento humano que recai sob o tempo, está caracterizado como passado, presente ou futuro. Mas Deus criou o tempo e não recai sob o tempo com referência a qualquer um dos seus atributos. O atributo do conhecimento divino é sempre presente. Portanto o conhecimento divino não é um conhecimento prévio que obrigue o homem a determinada atuação.

O fato, portanto, de que nos parece impossível coexistir um conhecimento universal divino com o livre arbítrio humano, explica-se pela incapacidade humana de compreender um conhecimento que não recai sob o tempo e que, portanto, jamais é "prévio" ou "posterior", mas eternamente presente, enquanto o livre arbítrio, necessariamente, se processa no tempo.

Isto corresponde, de certa forma, à doutrina aristotélica da potencialidade[4]: "O que é posterior segundo o surgimento, é anterior pela espécie e pela substância". Tudo o que surge, já preexiste na qualidade da forma, muito antes de que uma existência potencial se transforme em existência atual. Esta visão de uma criação segundo formas preexistentes terá profunda influência sobre a filosofia medieval, inclusive a filosofia judaica e ainda ressoa no hino de acolhida da "princesa

4. Aristóteles, *Metafísica*, cap. VIII, p. 1050.

schabat", cantado ainda hoje toda sexta-feira à noite na sinagoga: *Sof maassé be-makhschavá tekhilá,* "O que está no fim da execução estava primeiro no pensamento". Esta afirmação, de autoria de Salomão Alkabetz (1500-1580, Safed, Galileia) ressalta a primordialidade do *schabat* na criação, não obstante surja apenas no sétimo dia.

No entanto, esta afirmação de Alkabetz pode levar-nos a uma generalização muito incisiva: Em tudo o que fazemos segundo um planejamento prévio, avançamos no tempo em direção ao passado, cujo conteúdo espera realização; passado que está em nossa frente, enquanto que a indeterminação, a falta de realização, fica por trás de nós, num eterno futuro.

Dialética e o Nome de Deus

I. DIALÉTICA PLATÔNICA E DIALÉTICA PROFÉTICA

Antes de entrar na discussão do movimento dialético na conceituação religiosa no judaísmo, é necessário esclarecer o conceito de "dialética". Quando se fala, por exemplo, do conceito marxista de "materialismo dialético", entende-se um mundo em constante transformação em movimentos triádicos de tese, antítese e síntese. Quando se diz de um orador que tem muita dialética, quer se dizer, nem sempre em sentido de aprovação, que possui muitos meios, nem todos recomendáveis, de convencer. O que é afinal a "dialética"?

O conceito provém da filosofia grega. A palavra διαλεκτικηα (dialética) significa "arte de debater e argumentar". A arte de tratamento de conceitos em vista da sua definição e da estruturação do seu significado e da sua relação com conceitos afins, de maior ou menor generalidade, foi iniciada por Sócrates e levada à mestria por Platão. Este caracteriza seu método dialético para atingir o conhecimento como "sinopse", como síntese do diverso na unidade da ideia[1].

Mas esta sinopse não se alcança por um caminho reto: Investigando uma virtude, por exemplo, esta será compreendida somente passando em revista uma virtude após outra. Com razão dizia Hegel que o caminho do espírito é o rodeio[2]. "Enfocar o uno e o múltiplo na sua

---

1. Werner Jaeger, *Paideia*, versão portuguesa de Artur M. Parreira, Editora Herder, São Paulo, p. 575.
2. *Idem*, p. 809.

DIALÉTICA E O NOME DE DEUS   39

relação natural... isto chamo até agora de 'dialética' "[3]. "É o encontro do conceito genérico superior, em que o conceito que investigamos se une com conceitos correlacionados; e, do outro lado, a subdivisão correta deste conceito genérico superior em suas diferentes articulações é de suma importância para a compreensão das coisas. Perfaz uma arte que se pode chamar "dialética", enquanto que a "retórica" é apenas a arte de convencer e não de encontrar a verdade[4].

Concluímos, pois, que na filosofia grega, antes do surgimento do neoplatonismo, já influenciado pelo pensamento bíblico por intermédio da obra de Filo de Alexandria, a dialética é uma arte de tratar do conceito por meio de mudança de enfoque, dinamicamente, em vista da definição e da estruturação do seu significado. O movimento, portanto, restringe-se, nos diálogos platônicos, aos passos dados na procura, enquanto que a verdade visada é imutável. É o "ser" que, no fundo, não conhece nem mudança nem movimento. Pois toda mudança do "ser" viria, necessariamente, do "não ser" e o "não ser" não pode nem ser nem ser pensado, segundo o clássico pronunciamento de Parmênides (século VI a.C.), tão fundamental para a filosofia posterior, grega e ocidental.

Há, no entanto, uma outra concepção de dialética, talvez ainda mais antiga: Uma dialética que se refere a uma constante transformação da realidade histórica, como concebida na visão dialética e escatológica da história pelos profetas de Israel. Ela não decorre duma compreensão do "ser", decorre antes duma negação total do "ser".

O homem bíblico não pensava, como o filósofo grego, um "ser" como origem de todas as coisas. Do próprio Deus, o "ser" era um tabu inviolável. "Não pode ver-Me o mortal e continuar vivendo" (Êx. 33,20), correspondendo esta afirmação divina à contundente proibição do segundo mandamento: "Não faças para ti nenhuma figura e nenhuma representação daquilo que está no céu acima, nem daquilo que está na terra embaixo, nem daquilo que está nas águas debaixo da terra!" (Êx. 20, 4). Tampouco quanto à investigação do "ser" de Deus, desenvolvia-se, na cultura do povo da Bíblia, a pesquisa do "ser" da criação, do homem, dos animais, da natureza toda. O que realmente podia e devia ser procurado é a vontade divina que estabelece o que o homem, a sociedade e a natureza deveriam ser e não são.

Valores e normas imutáveis e transcendentes, imanentes à vontade divina, no seu encontro com a realidade em constante transformação, produzem o tempo linear da história, não somente do povo de Israel, mas de toda a humanidade, um tempo irreversível, que em nenhum

---

3. *Platon, Sämtliche Dialoge*, Otto Appelt (ed.), Felix Meiner, Leipzig, 1922, vol. II – Fedro, cap. 50, 266b.

4. Constantin Ritter, "Introdução ao Diálogo 'Fedro' ", em *Sämtliche Dialoges, op. cit.*, p. 20.

momento retornará, um tempo escatológico que tem começo e fim, assim como toda a criação de Deus que nele está colocada.

Esta historiosofia dos grandes profetas de Israel é dialética: A história é produto duma constante interação da vontade divina e da liberdade humana. A linha de evolução resultante é ascendente na medida em que prevalece a vontade divina e descendente na medida em que prevalece o capricho humano. Fundamental para esta concepção da história é uma verdadeira liberdade humana que pode escolher entre múltiplas alternativas, inclusive a de seguir a razão contra as imposições dos impulsos. Esta razão é essencialmente afinada com a vontade divina. Consequentemente, esta última vai prevalecer a longo prazo e a linha da evolução histórica, no seu conjunto, será ascendente, até atingir uma última fase, em que a vontade divina e a liberdade humana serão totalmente coincidentes, até atingir a "era messiânica", um *escaton* ou fim da história.

Encontramos, portanto, na profecia de Israel, uma concepção da história que é tipicamente dialética, por originar-se da constante interação dinâmica de dois fatores, a vontade divina e a liberdade humana, sendo a síntese a linha histórica. Trocando o fator "vontade divina" por outro, "forças de produção" e "liberdade humana" por "condições sociais de produção", o esquema da concepção profética da história aplicar-se-á, também, ao materialismo dialético de Marx, igualmente dialético e escatológico, não obstante as profundas diferenças no conteúdo.

Esta correspondência estrutural entre duas concepções tão diferentes não se dá por mero acaso. Fundamentam-se ambas na mesma certeza que permanece presente na mente humana: É a certeza da perfectibilidade do homem e do seu mundo, certeza que, a partir da brilhante pregação dos profetas de Israel, inspira o pensamento político da humanidade até o Iluminismo europeu, nos escritos de Thomas More, John Locke, Jean Jacques Rousseau, Immanuel Kant, Auguste Comte e muitos outros, incluindo Karl Marx e sua escola: Todos imbuídos duma confiança inquebrantável de que o desenvolvimento da humanidade levará um dia, mesmo que este esteja muito distante, a uma "paz perpétua" como é intitulada uma das obras de Kant.

Somente na base de uma dialética muito diferente da platônica, na base duma dialética da realidade e não apenas das suas interpretações; somente com a despedida do conceito de um "ser" estático e imutável, tão caro ao filosofar grego e ocidental, raia a dimensão de uma verdadeira esperança.

Uma grave dúvida surge neste ponto. Platão não teria apresentado, também, no seu famoso diálogo *A República*, no *Protágoras* e em outras partes da sua vasta obra, uma nítida orientação pedagógica, querendo educar seres humanos e melhorar seu nível moral, social, intelectual, sentimental e artístico? Sendo assim, pode-se negar a ele a "fé na perfectibilidade do homem e do seu mundo"?

DIALÉTICA E O NOME DE DEUS   41

E ainda mais: Não haveria também para o pensamento platônico uma "interação dialética", não apenas entre teorias mas na própria realidade? Uma interação dialética entre a "ideia do bom", que corresponderia às normas inerentes à vontade divina, e a natureza humana, que corresponderia à liberdade humana, resultando daí a educação, tanto de indivíduos como de grupos e nações?

É justamente este conceito "natureza humana" que faz toda a diferença. Ele é desenvolvido já antes de Platão pelos sofistas. Origina-se na medicina grega. A natureza, inicialmente compreendendo o universo todo, é focalizada agora pelos sofistas no indivíduo humano. Em ambos reconheciam a mesma φυσσις (natureza). Do lado humano como organismo físico, dotado de determinadas propriedades e sujeito a certas leis e regras fixas, cujo conhecimento é indispensável para viver corretamente. Tucídides, o historiador, fez a memorável tentativa de não apenas enumerar e datar os eventos históricos, mas de interpretá-los também a partir da "natureza humana", de qualidades universalmente constatáveis no homem como ser moral e social. O conceito de "natureza humana", viria a ser um instrumento criado pelos gregos para fundamentar o que hoje chamamos "ciências humanas". Já Platão compreendeu que somente com este conceito seria possível criar uma teoria científica da educação.

Nesta segura e ampla fundamentação do fenômeno educativo manifesta-se o principal característico do espírito grego, *sempre na procura do que há de universal e de total no "ser"*. Como o cultivo do corpo vivo foi considerado uma atividade de formação, análoga à escultura, assim a educação aparece a Protágoras como uma atividade de formação da alma e os meios da educação como instrumentos formativos.

Em claro contraste com esta concepção, o profetismo de Israel não reconhece um "ser humano" acabado, uma "natureza humana" que pode ser *formada*. Antes, considera o homem e a sociedade como precisando de *transformação*, para corresponderem aos desígnios do seu Criador. E esta transformação é possível justamente pela "perfectibilidade do homem e do seu mundo", que não é circunscrita por um conjunto de leis e regras da natureza. A personalidade humana, para o profeta bíblico, não é um dado da natureza, mas fruto de uma criação livre, com amplas possibilidades de escolha entre valores e desvalores. Esta personalidade está sempre aberta à transformação e não limitada a uma "formação" do que é dado pela natureza. O mesmo vale para a sociedade. Contra a ideia da formação, o pensamento do homem bíblico desenvolve a ideia da *transformação*, da *perfectibilidade essencial do homem e do seu mundo*.

Em sua obra *O Princípio da Esperança*[5], o filósofo marxista Ernst Bloch acentua a importância de se descartar a ideia de um "ser" estático e

---

5. Ernst Bloch, *Das Prinzip der Hoffnung*, Frankfurt, Suhrkamp Vlg., 1959.

42 NAS SENDAS DO JUDAÍSMO

de retomar a certeza da perfectibilidade do homem e do mundo, ignorando que a mesma ênfase já tinha sido dada por Herman Cohen sete décadas antes, ao dirigir-se ao Iluminismo europeu[6]. Bloch interpreta a "Décima Primeira Tese Contra Feuerbach", de Marx, afirmando que a vontade do pensamento marxista que a distingue de toda a filosofia passada, consiste em ser um filosofar que se propõe a transformar o mundo no contexto de um processo de mudança da realidade que ainda não está concluído, mas aberto: Portanto "não é suficiente interpretar apenas o mundo" como algo acabado, estático, imutável, "mas é preciso transformá-lo"[7].

II. TETRAGRAMA E HISTORICIDADE

Em 1892, Herman Cohen tinha afirmado que a esperança de um aperfeiçoamento social e moral da humanidade como aspiração da consciência humana que eleva a esperança, em si uma sensação lasciva e egocêntrica, a um nível impessoal e ético social, que uma tal esperança não se encontra em nenhuma parte da cultura pagã. É decorrência e sinal seguro de um encontro com a ideia da unicidade de Deus[8]. E já uns sete séculos antes, o filósofo judeu medieval Abraão ibn Daud tinha explicado o livre-arbítrio pela indeterminação que Deus pôs no mundo objetivo, que foi criado de tal maneira que possa aceitar, indiferentemente, duas determinações contrárias. Deus criou o possível no mundo justamente para garantir que permanecesse inacabado, sujeito a transformações e melhorias, para permitir e estimular a colaboração criadora do ser humano[9].

O que tem a perfectibilidade do homem e do seu mundo, base de toda a historicidade dialética, profética assim como marxista, a ver com a concepção profética de Deus, relacionamento tão terminantemente afirmado por Herman Cohen? Fundamenta-se na noção da "*imperfectividade*" de Deus, contida no Tetragrama, "Nome das Quatro Letras", que tentaremos explicar a seguir.

O Tetragrama deriva de um verbo, *havá*, forma arcaica de *hayá* que, como tem sido provado sem sombra de dúvida[10] significa "ser" e "vir a ser", "transformar-se" simultaneamente, por mais estranha que esta afirmação nos possa parecer com sua aparente contradição lógica,

6. Herman Cohen, "Die Messiasidee", *Jüdische Schriften*, vol. I, Berlim, C.A. Schwetschke & Sohn, 1924.

7. *Op. cit.*, p. 284

8. *Op. cit.*, p. 105.

9. Abraão Ibn Daud, *Sefer ha-Emuná ha-Ramá* (*A Fé Sublime*), em *Do Estudo da Oração*, São Paulo, Perspectiva, 1968, p. 402.

10. Comparar Karl Heinz Ratachov, "'Werden und Wirken' – 'Eine Untersuchung des Wortes 'Hayah' als Baitrag zur Wirklickeitsserfahrung des Alten Testaments'" ("'Ser e Atuar' – Uma Investigação da Palavra *hayá* como Contribuição para a Experiência da Realidade no Antigo Testamento), *Zeitschrift fur alttestamentliche Wissenschaft*, Beiheft n. 70, Alfred Töpelman, Berlim, 1941.

DIALÉTICA E O NOME DE DEUS   43

incompatível com o nosso raciocínio lógico ocidental, escolado pela filosofia grega. No entanto, também a palavra alemã *Wirklichkeit*, "realidade", designa não apenas um "ser", mas antes de mais nada o que *wirkt*, "atua" e se transforma.

Neste contexto deve ser compreendido o *Eheyé Ascher Eheyé* com que Deus responde à pergunta de Moisés sobre o que deveria responder aos hebreus que o indagassem quem o mandara libertar o seu povo. (Êx. 3,14) Estas palavras são geralmente traduzidas, erradamente, "Serei quem Serei", no lugar do seu sentido completo "Serei e Virei-a-ser o que Serei e Virei-a-ser".

Além do fato de *hayá* significar "ser" e "vir-a-ser" conjuntamente, é importante, para uma correta interpretação do Tetragrama, o fato de se tratar de uma flexão verbal na terceira pessoa do imperfeito. A terceira pessoa permite falar d'Ele – função de todo nome próprio – algo que deve ter parecido um grande atrevimento ao homem bíblico, acostumado a dirigir-se a Deus como "Tu". Isto talvez explique, em parte, o extremo receio do judeu de pronunciar o Nome.

O mais importante, contudo, na compreensão do Tetragrama é o fato de que esta flexão verbal está no imperfeito.

As flexões verbais no hebraico bíblico não significam apenas, não significam em primeiro lugar, o tempo da realização de uma ação ou de um acontecimento, não encaixam, como em nossas línguas, todo e qualquer evento em uma de três caixas – no passado, no presente ou no futuro – sempre referidos no momento da fala ou da redação de um texto – mas indicam o aspecto de uma ação, se ela está encerrada (no aspecto do perfeito) ou ainda em curso (no aspecto do imperfeito). Apenas secundariamente indicam também o tempo, o passado para eventos encerrados e o presente ou o futuro para eventos ainda em curso.

Na flexão do imperfeito o Tetragrama refere-se, portanto, a algo que não está acabado, em eterna atividade, no passado, no presente e no futuro. Para Deus não há "estases do tempo": "Deus reina [e não reinará como o imperfeito é traduzido erroneamente] para sempre e eternamente" (Êx. 15,18). Este "reinar" está eternamente em curso, jamais está encerrado, para ele não há passado, presente, nem futuro. Muitos outros exemplos poderiam ser citados, em que o imperfeito é erroneamente compreendido como futuro. Eternamente em curso encontra-se o atuar de Deus, Seu "vir-a-ser". Jamais o Tetragrama refere-se a um mero ser que, como tal, seria completo, acabado, imutável. "Segundo os Meus atos Sou chamado", interpreta Rabi Aba ben Mamal da Palestina, no século III, as palavras divinas mencionadas *Eheyé ascher Eheyé* de Êxodo 3, 14. (*Schemot Raba*, III, 6.)[11]

---

11. O Tetragrama corresponde, na 3ª pessoa do *hifil*, à forma *Eheyé* que está na 1ª pessoa da construção simples (*kal*). *Eheyé*, na 1ª pessoa, Deus refere-se a Si mesmo; no Tetragrama outros referem-se a Ele.

E, finalmente, pesa ainda na interpretação do Tetragrama a construção verbal que no caso é o *hifil*, forma causativa, que nos leva a compreender o Nome de Deus como Nome de Quem é eternamente a Fonte que jamais acaba, jamais encerra Sua ação, jamais Se completa, de todo "ser" e de todo "vir-a-ser", do que causa e se transforma.

Concluindo: Aquele imperfeito da flexão verbal do Tetragrama, aquela imperfectividade, eterna abertura e não encerramento da divina fonte de todo real que jamais está perfeito e encerrado mas em constante evolução, aquela imperfectividade universal distingue a dialética da concepção profética da história da dialética platônica, orientada em direção a ideias eternas e imutáveis. Nenhuma dialética messiânica jamais poderia, como Marx bem o viu, fundamentar-se num "ser" imutável e estático. Pois este "ser" somente admite uma dialética de interpretações do mundo, jamais uma dialética do processo real da história.

Brit e Contrato Social

Segundo tradições bíblicas, a mais antiga formulação da lei judaica, civil e criminal, religiosa e moral ao mesmo tempo, teria sido revelada a Moisés no Monte Sinai, logo depois dos Dez Mandamentos. E todo o povo, depois de ouvir a leitura da Lei, teria declarado solenemente: *Naassé ve-nischmá*, "Vamos fazer e obedecer".

Não há dúvida que se trata aqui de um código muito antigo, bem mais de 1000 anos mais velho que o famoso direito romano, relacionado com toda uma tradição de jurisprudência no antigo oriente. Pois conhecemos boa parte de um código civil e criminal, editado pelo rei semita Hamurabi, que data de mais ou menos 2000 a.C. A relação deste código com o Código da Aliança (Êx. 21-23) é hoje firmemente estabelecida.

No entanto, há diferenças significativas. Não apenas é a lei judaica mais humana e frisa mais o aspecto moral da situação meramente jurídica; ela, como Código da Aliança entre o Eterno e o Seu povo, quer abranger toda a vida, coletiva e individual; contudo, ela é, em primeiro lugar, lei do cidadão e lei do Estado. O fato inédito, no entanto, consiste em que o Código da Aliança é o primeiro estatuto político e civil legalizado pelo consenso do povo: Pois este, depois de ouvir a leitura da Lei, declarou-se disposto a cumpri-la.

Quando na Europa o dogmatismo medieval teve que ceder ao racionalismo do pensamento moderno, a filosofia política renascentista não se satisfez mais com a aceitação de uma autoridade indiscutível, com a validade das condições políticas existentes, com o poder dos príncipes e prelados, dos imperadores e reis "pela graça de Deus", como rezava nos seus respectivos brasões. Procurava-se uma justificação para o reinado de homens sobre homens, inquiria-se com que legitimidade o poder do Estado é exercido por poucos sobre muitos. Encontrou-se, então, o expediente do "contrato social", pelo qual o povo teria transferido parte de sua liberdade, principalmente o direito ao uso da violência, para uma única pessoa ou para um grêmio de poucas pessoas, para que este acumulasse o poder de toda a coletividade e protegesse todos de arbitrariedades e violações das suas pessoas e das suas propriedades, de ameaças oriundas de dentro ou de fora da sociedade.

Ora, a "aliança", a *brit*, que foi concluída pela aceitação do nosso código, constitui o fundamento de uma sociedade civil, é uma espécie de "contrato social", como já observou Thomas Hobbes no seu famoso livro *Leviatã*, publicado em 1651. Ali diz Hobbes:

> É suficientemente claro que se entende por "Reino de Deus" um Estado, propriamente instituído pelo consenso daqueles que devem ser seus súditos, para fins de seu governo civil e de regulamento de seu comportamento, não apenas para com Deus, seu rei, mas também de um para com o outro, em casos de justiça, e frente a outras nações, tanto na guerra como na paz[1].

Os judeus são o povo escolhido para Hobbes, não por observância de determinados preceitos religiosos, mas porque são o único povo do mundo que celebrou um "contrato social" com o próprio Deus, Soberano de quem emana a legislação civil e criminal, as leis do Estado e da sociedade, e não apenas regulamentos morais e religiosos.

Como este pensador inglês, há trezentos e vinte anos atrás, compreendia melhor em que consiste a particularidade do povo judeu, do que muitos judeus hoje em dia! A religiosidade judaica é, paradoxalmente, religiosidade por não ser apenas religiosidade no sentido restrito da palavra. Abrange a política, a jurisprudência e a economia, além da vida familiar e social. O judaísmo quer dominar e moldar a vida toda, incluindo o profano tanto quanto o santo, o processo de produção como os momentos de lazer.

---

1. Thomas Hobbes, *Leviatã*, Parte III, cap. 1.

Profecia e Apocalipse no Messianismo Judaico

I. PROFECIA E APOCALIPSE

Israel não foi o primeiro povo a venerar um Deus único. Akhenaton, rei do Egito no século XIV a.C. já tentou introduzir um culto monoteísta a Aton, deus do sol, muito antes de que o monoteísmo israelita tivesse amadurecido. Mas o monoteísmo de Israel é fundamentalmente diferente do monoteísmo egípcio, como também do monoteísmo hindu dos Upanixades, igualmente bastante antigo. A grande diferença consiste em que, na experiência israelita, o ponto de partida é a unidade da norma ético-social que, como expressão da vontade divina, leva necessariamente à unicidade de Deus, enquanto que, nos demais monoteísmos mencionados, o caminho era o inverso: a unicidade do ser de Deus levava à unidade da norma ético-social. O monoteísmo da Bíblia hebraica é, portanto, chamado *monoteísmo ético* enquanto que às outras formas cabe a designação de *monoteísmo naturalista*. Que me seja permitido ilustrar isto por um *midrasch*, uma antiga interpretação lendária das Escrituras, no caso do primeiro versículo do capítulo 12 do livro de Gênesis:

Terakh, pai de Abrão, era negociante de ídolos. Um dia teve que viajar e deixou seu filho Abrão em seu lugar na loja. Veio um freguês comprar um ídolo. Abrão lhe perguntou: "Quantos anos tem o senhor?" "Cinquenta e cinco", foi a resposta. "Coitado de um homem de cinquenta e cinco anos, disposto a prosternar-se diante do que tem pouco mais de um dia". Logicamente, o freguês sentiu-se humilhado e se foi sem comprar. Logo em seguida chegou uma senhora, trazendo uma vasilha com farinha. Disse ao vendedor:

48 NAS SENDAS DO JUDAÍSMO

"Por favor, oferece-lhes isto. Depois voltarei e levarei o meu ídolo". Imediatamente depois da sua saída, Abrão pegou um pau e quebrou todos os ídolos exceto o maior, em cuja mão colocou o pau.

Ao voltar, Terakh ficou indignado com o que tinha acontecido e gritou: "Quem fez este estrago?" Respondeu Abrão: "Para que esconder a verdade de meu pai? Chegou uma senhora, trazendo uma vasilha com farinha, pedindo-me: 'Oferece-lhes isto e depois buscarei o meu ídolo'. Quando aproximei-me com a oferta, um gritou: 'Eu vou comer primeiro!' e logo outro: 'Não, sou eu o primeiro!' Até que o maior dentre eles pegou um pau e quebrou todos os menores."

Exclamou o pai: "Por que quer fazer-me de bobo?! Acaso são capazes de fazer isto?" Respondeu Abrão: "Que pena que seus ouvidos não conseguem captar o que sua boca acaba de dizer."

E falou o Eterno a Abrão: "Anda, vai-te da tua terra, da tua pátria e da casa de teus pais para a terra que te mostrarei!" (Gn. 12,1) (*Bereschit Rabá* 38,13).

Além da sua graça literária, de sua fina ironia, este pequeno texto mostra claramente como, para Abrão, o chocante no politeísmo não era a multiplicidade de existências divinas, mas a contradição das vontades divinas, que não se coadunava com a univocidade da consciência ético-social do ser humano. Se há apenas uma única certeza ético-social em nosso íntimo, somente pode haver uma única vontade divina e, portanto, um único Deus.

A vontade deste Deus único manifesta-se, para o judaísmo, no ensinamento divino que contém mandamentos e proibições. Mas mandamentos e proibições têm sentido somente se dirigidos a seres humanos livres, que podem obedecer ou desobedecer. Portanto, a Torá tem sentido apenas para uma humanidade dotada de livre arbítrio.

A vontade divina e o livre arbítrio do ser humano são as pressuposições básicas em que os profetas de Israel fundamentam a primeira visão de uma história universal da humanidade. Pois o mero registro de acontecimentos e ações, conforme as suas datas, não constitui ainda historiografia propriamente dita. É, no máximo, cronologia. Historiografia tem que apresentar mais: Tem que mostrar como, a partir de um único critério de compreensão, se explicam todos os fatos históricos. Os profetas encontraram um tal critério: *a interação dialética de vontade divina e liberdade humana*, da qual resulta uma linha, às vezes ascendente, às vezes descendente, da história humana, de acordo com o grau em que prevalece a vontade divina ou o capricho humano. Mas, no seu conjunto, esta linha tem uma tendência ascendente culminando numa posição superior, num fim da história, numa era messiânica, quando a vontade divina tiver prevalecido totalmente e a dialética mencionada tiver cessado.

Em hebraico, este fim da história chama-se *akharit ha-yamim*, "fim dos dias". Rabi Schelomó Yitzkhaki, o famoso Raschi, afirma que estes dias chegarão quando os malfeitores tiverem acabado de atuar; outro grande comentarista hebraico medieval, Rabi David Kimkhi, acrescenta que, sempre que se fala na Bíblia de *akharit ha-yamim*,

PROFECIA E APOCALIPSE NO MESSIANISMO JUDAICO 49

trata-se da vinda do Messias. O fim dos dias virá, portanto, quando os malfeitores tiverem acabado de fazer o mal: este será o momento da vinda do Messias.

No seu aspecto escatológico, isto é, relativo ao fim da história, o messianismo profético sempre conta com a liberdade humana, capaz de tirar das suas duras experiências as consequências que correspondem aos ensinamentos da Torá, ao ensinamento divino. Convencidos pela razão divina, voluntariamente e não obrigados, "transformarão suas espadas em arados, suas lanças em podadeiras e nenhuma nação levantará mais as armas contra outra e não aprenderão mais a guerra". (Is. 2,4)

A importância da liberdade humana no pensamento profético fica muito mais clara no texto do livro bíblico de Jonas, que é antes uma metaprofecia, dando uma visão do que a profecia é. Jonas recebeu a incumbência difícil e desagradável de ir à grande cidade pagã de Nínive, e pregar aos seus habitantes que a cidade seria destruída dentro de quarenta dias se não mudassem totalmente de vida. E, eis, aconteceu o inesperado: os habitantes da metrópole, do rei ao modesto trabalhador, arrependem-se das suas más ações, jejuam e voltam ao caminho do bem... e a cidade não é destruída. É justamente o não cumprimento de sua previsão que caracteriza em Jonas a verdadeira profecia, cuja realização é sempre condicionada pelo comportamento humano.

No entanto, esta fé na aprendizagem humana choca-se contra a realidade dos acontecimentos históricos, que mostram tudo exceto um progresso moral. Nos assim chamados "salmos asmoneus" (nºs 44,74,79,83) que, segundo os especialistas, foram compostos na época do levante dos macabeus, não se relaciona mais o sofrimento de Israel com os seus pecados, como costumavam fazer os profetas e os historiadores deuteronomistas. Seus autores sentiam-se esmagados pelos impérios pagãos, e perseguidos, particularmente, por Antíoco Epífanes. Não viam nenhum caminho de salvação por meios normais. Somente Deus poderia redimi-los, com o Seu infinito poder. Nestas condições, os atributos de poder e de onipotência de Deus tornaram--se mais importantes do que os atributos tradicionais de justiça e de misericórdia. Há um profundo relacionamento entre a questão da teodiceia, do porquê do bem-estar dos malvados e do sofrimento dos justos, sentida particularmente na história de Israel, e o surgimento do apocalipse. Pois para a solução deste problema parecia não ser mais possível confiar numa evolução em que prevalecessem a justiça e a misericórdia: Era indispensável um ato de força do próprio Deus. Com o desaparecimento da profecia no século V a.C., surgem os visionários apocalípticos que afirmavam uma predeterminação total da história de Deus, não admitindo mais o livre arbítrio do homem como decisivo.

Assim, este povo, tão alegre e cheio de vida em tempos passados, foi tomado por um lúgubre pessimismo (muito impressionante no livro de Eclesiastes), pessimismo que naquela época se expandia pelo Oriente todo, em povos descendentes de um glorioso passado, submetidos por um império de bárbaros após outro, oprimidos e escravizados. Uma vez que uma explicação de um tal regime de Deus parecia impossível nesta realidade, o apocalipse recorre ao conceito de um novo evo a vir, depois do fim de nossa história.

A palavra "apocalipse" vem do grego e significa desvelamento, descoberta de algo que até então estava encoberto. O que era desvelado eram justamente os últimos tempos, *akharit ha-yamim*, os dias do Messias e dos fenômenos perturbadores que os anunciariam. É claro que se pode desvelar somente o que já existia, um plano divino que predestinaria o futuro. Como os profetas, os apocalípticos falam dos últimos dias, de um fim escatológico da história, mas agora sem qualquer contribuição da decisão humana livre: Um fim precedido de terríveis atribulações em que muitos serão condenados e apenas poucos serão salvos.

Tanto a profecia como o apocalipse contribuem para moldar o messianismo judaico. Assim se explica um aspecto duplo, aparentemente contraditório, de um messianismo resultante do amadurecimento humano de um lado, e de um fim da história por uma intervenção irresistível de Deus, por outro.

II. PROFECIA E APOCALIPSE NO MESSIANISMO JUDAICO

Rabi Yokhanan disse: "O filho de David (o Messias) chegará somente numa época que será totalmente boa ou totalmente pecadora". Neste estranho pronunciamento reflete-se a associação de duas posições aparentemente antagônicas: alguns dos mestres do Talmud diziam que a vinda do Messias depende exclusivamente de nós mesmos. Na mesma página do Talmude em que encontramos o pronunciamento de R. Yokhanan (*Sanhedrin* 98a), encontramos a seguinte lenda, muito profunda e significativa:

R. Yehoschua ben Levi encontrou uma vez o profeta Elias na entrada à cova da sepultura do lendário R. Schimon bar Yokhai, em Meiron. O profeta Elias, segundo tradição judaica milenar, será o precursor do Messias, futuro redentor de Israel e da humanidade.

Perguntou R. Yehoschua ben Levi ao profeta Elias: "Quando virá o Messias?" Recebeu a estranha resposta: "Vai e pergunta-lhe pessoalmente". "E onde posso encontrá-lo?" "Está sentado junto aos portões de Roma entre os mendigos e leprosos". R. Yehoschua ben Levi viajou a Roma – naqueles dias uma longa e incômoda viagem – e saudou o Messias: "*Schalom*, mestre e guia!" Respondeu: "*Schalom*, ben Levi!" Perguntou este: "Quando virás, senhor? E este respondeu: "Hoje!".

Decepcionado, retornando mais tarde a encontrar o profeta Elias, Yehoschua queixou-se: "Mentiu e enganou-me! Disse que viria hoje e ainda não veio". Explicou o profeta Elias: "Ele quis dizer, de acordo com o Salmo 95 (v. 5), que entoamos toda sexta-feira à noite: *ha-yom, im be-koli tischmáu*, "Hoje, se ouvirdes a Minha voz".

Este "hoje" é o dia em que tiverdes adquirido a maturidade moral e religiosa que é a condição da vinda do Messias. E este "hoje" pode realmente ser hoje, se quiserdes ouvir a voz de Meu ensinamento. Uma explicação que faz depender a vinda do Messias exclusivamente do livre arbítrio do ser humano.

Na mesma página do Talmud – suas páginas são bem grandes – encontra-se outro pronunciamento de R. Yokhanan: "Quando te encontrares numa época inundada de calamidades, como que por uma poderosa corrente de água, então fica à sua espera [à espera do Messias], pois está escrito: "Pois virá como uma corrente que o assopro do Eterno impele...", e logo em seguida: "E virá o redentor para Sião". (Is. 59,19) Neste caso, evidentemente, a vinda do Messias independe totalmente do comportamento humano e se dá como por um ato de destino, indiferente às reações morais do homem.

Decorrência do impacto conjunto do profetismo e do apocalipse sobre o messianismo judaico é também a dupla imagem do Messias: o Messias ben Iossef e o Messias ben David. Esta dupla imagem foi possível no judaísmo, devido à ausência de contornos claros da personalidade do Messias, resultante de tantas ideias diferentes, às vezes até contrastantes. No judaísmo, a personalidade do Messias é superdeterminada e permanece, portanto, vaga, muito diferentemente do que acontece no messianismo cristão e xiita, onde a personalidade do Messias se apoia em pessoas reais.

Assim, de um lado, o Messias representa o fim da história, morre na sua última batalha, na luta contra os reinos do mal de Gog e Magog e com ele morre a própria história. O Messias ben Iossef é descendente, evidentemente, das dez tribos do reino de Israel no norte da Palestina, destruído pelos assírios em 722 a.C., sendo sua população exilada para as inóspitas montanhas ao norte da Mesopotâmia, para nunca mais voltar ao palco da história. Nesta última luta, estas dez tribos reaparecem e lutam ao lado das duas restantes sob o comando do Messias ben Iossef. Este luta com extraordinária valentia mas perde a batalha e morre, focalizando todos os aspectos catastróficos do apocalipse. Figura trágica esta de um redentor que não redime. Seria ela um reflexo, na alma do povo, daquela outra figura trágica de redentor que não redimiu, que era Bar-Kokhbá, tão entusiasticamente acolhida pelo grande mestre da Mischná que era R. Akiva? Como a Moisés, não lhe era concedido entrar na Terra Prometida, ver a libertação de Israel e da humanidade, pela qual batalhara. Mas como Moisés, será indispensável para que Israel e a humanidade alcancem o seu derradeiro destino.

Muito diferente, por outro lado, é o Messias ben David, que não lutará, mas com seu sofrimento redimirá toda uma humanidade pecadora. Concebida pelo profeta Isaías e pelo Deutero-Isaías, o Messias ben David fundamenta um novo mundo, com ele chega uma nova era.

52 NAS SENDAS DO JUDAÍSMO

Suas dores serão aceitas por Deus como sacrifício de expiação de Israel e de todos os homens.

Possivelmente deve-se ver na figura do Messias ben Iossef a inspiração dos assim chamados movimentos pseudomessiânicos, em que um povo desesperado tenta acabar com a passividade do sofrimento e tomar a salvação nas suas próprias mãos. Isto contraria o etos do Messias ben David, para quem a paciência e a confiança na ação divina devem impedir todo ativismo precipitado por parte de Israel. Este deve concentrar todas as suas forças exclusivamente no cumprimento dos mandamentos da Torá para que chegue o dia, o "hoje, se ouvirdes a Minha voz", mencionado acima.

Esta posição é derivada da interpretação de um versículo do Cântico dos Cânticos (2,7), por R. Helbo, um mestre do Talmud Babilônico do século IV:

> Eu vos conjuro, filhas de Jerusalém,
> Pelas corças e pelas gazelas do campo,
> Que não acordeis nem desperteis o amor
> Até que queira.

Segundo R. Helbo, há quatro advertências nestas palavras: 1. Que Israel não se rebele contra a autoridade constituída nos países de sua dispersão; 2. Que não apresse o fim; 3. Que não revele os segredos do fim dos tempos aos povos do mundo; 4. Que não flua em massa para a Palestina.

É o etos da passividade e do sofrimento, da inatividade histórica e política que deixa aos cuidados de Deus os preparativos para a vinda do Messias, enquanto que a Israel, cabe apenas o preparo espiritual.

Esta contradição, aparentemente insolúvel, entre a vinda do Messias imposta por Deus e sua chegada como fruto do empenho moral de Israel e da humanidade, corresponde a uma aparente contradição entre a onipotência divina e o livre arbítrio dos homens. Se Deus realmente for onipotente, predeterminará tudo que o homem fizer; e, se tudo que o homem fizer for predeterminado por Deus, para que servem então Torá e mandamentos, para que tribunais e leis, uma vez que cada um atua apenas como lhe for predeterminado?

No entanto, as duas posições não são tão irreconciliáveis quanto parece à primeira vista. A Lei, que é expressão da vontade divina, não implica na eliminação da liberdade humana. Isto já nos ensina uma interpretação rabínica, comentando o relato da entrega das tábuas da Lei por Deus a Moisés.

Está escrito: "A Lei estava gravada sobre as tábuas" (Êx. 32, 16). Não leia "gravada" *(harut)* nas tábuas, mas "liberdade" *(herut)* nas tábuas. A Lei é a liberdade do homem nas tábuas. Liberdade não deve ser confundida com ilegalidade ou irracionalidade mas, bem ao contrário, liberdade é a possibilidade de se reger por aquela lei que está

PROFECIA E APOCALIPSE NO MESSIANISMO JUDAICO

gravada profundamente no nosso íntimo. Seguindo-a seremos livres, abandonando-a, cairemos no abismo do acaso, dos nossos impulsos e desejos momentâneos, que jamais nos permitirão encontrar a nossa linha própria.

Assim, as duas antíteses, a liberdade humana e a onipotência divina, encontram-se em síntese na Lei, cuja razão nos levará na direção certa, na direção da nossa autorrealização.

Esta síntese está claramente aparente na última *mischná* do tratado *Sota*. Na primeira parte desta *mischná* enumeram-se os fenômenos de decadência que sobrevieram a Israel desde o falecimento dos seus grandes mestres, fenômenos estes que tornarão a pronta vinda do Messias indispensável. Na segunda parte desta *mischná*, no entanto, esboça-se a reviravolta que, por necessidade, por uma lei psicológica, se verificará no fim deste processo, uma reviravolta que é ao mesmo tempo necessária e também desejada pela pessoa humana ao se libertar dos fatores degradantes da degeneração: Ela é, ao mesmo tempo, consequência do livre arbítrio humano e da onipotência divina.

R. Pinkhas ben Yair – genro de R. Schimon bar Yokhai, o grande personagem da Cabala, que já no século II, criou as bases da mística numérica – disse:

> O zelo [ainda pelo bem-estar físico e corporal que impele o homem a afastar-se de objetivos mais elevados] leva à limpeza [ainda apenas corporal e física]; a limpeza leva à pureza [já psíquica e espiritual]; a pureza leva ao pudor; o pudor leva à santidade [ao autodomínio sexual e moral]; a santidade leva à humildade [o reconhecimento dos direitos do próximo que são pelo menos tão importantes quanto os meus próprios]; a humildade leva ao temor do pecado [de injuriar este próximo, de feri-lo, de magoá-lo]; o temor do pecado leva à piedade, à *hassidut*; a *hassidut* leva ao espírito da santidade; o espírito da santidade leva à ressurreição dos mortos e esta se dá através da ação do precursor do Messias, o profeta Elias, que seja lembrado para o bem, amém!

O caminho indicado pelo Rabi Pinkhas é o caminho da libertação que, no entanto, é predeterminado pela própria natureza do homem – uma fase leva à outra – e, ao mesmo tempo, tomado por ele por livre iniciativa, pois corresponde aos ditames do seu íntimo, a uma lei que carrega em si mesmo. Nesta lei coincidem a onipotência divina que, entre outros, se expressa pela causalidade natural e o livre arbítrio do ser humano. A libertação que oferece é ao mesmo tempo imposição dos eternos desígnios do Senhor.

O Princípio da Esperança:
Das Profecias Bíblicas
aos Neomarxistas*

História é mais que cronologia. Enquanto que esta se resume a juntar os eventos do passado segundo a ordem de sua sucessão, a primeira esforça-se a explicar, não apenas a ordem da sucessão dos acontecimentos, mas também a razão pela qual se deram nesta ordem, a razão que fez seguir um acontecimento a outro, razão esta fundamentada num princípio de validade universal.

Foi o monoteísmo ético, tal como concebido pelos profetas bíblicos que, pela primeira vez, apresentou uma tal interpretação, primeira noção de história universal. Eis o seu esquema:

I. A HISTÓRIA HUMANA RESULTA DUMA INTERAÇÃO DIALÉTICA ENTRE VONTADE DIVINA E LIBERDADE HUMANA

Na medida em que a vontade divina, contendo todas as eternas normas da ética, prevalece, a linha da história é ascendente; na medida em que predomina o capricho humano, é descendente. Mas sendo que a razão da vontade divina prevalece a longo prazo, no seu conjunto a história tem tendência ascensional e chegará ao fim quando todos os

---

* Publicado em *Cultura Oriental e Cultura Ocidental: Projeções*, Simpósio Internacional (org. Rifka Berezin), Depto. de Línguas Orientais da FFLCH da Universidade de São Paulo, 1990, pp. 244-255. (N. de E.)

O PRINCÍPIO DA ESPERANÇA: DAS PROFECIAS BÍBLICAS... 55

seres racionais tiverem aceito, por convicção e não por imposição, a razão da vontade divina. Será o fim da história e o começo duma era messiânica de plena felicidade e paz para toda a humanidade. Esquematicamente, isto pode ser apresentado assim:

$$EM$$

$$\frac{VD}{LH}$$

As pressuposições básicas desta concepção da história são duas:

a) *O livre-arbítrio do ser humano*. Sem esta pressuposição não haveria história, mas um desenrolar automático de eventos, como as engrenagens de um relógio, cada uma seguindo seu percurso necessário e predeterminado pelo relojoeiro. Um tal processo seria analisável pelas leis da mecânica, uma análise gnoseologicamente diferente da análise histórica na qual é indispensável o concurso da hermenêutica, teoria e arte da compreensão de motivações, essencialmente diferente do entendimento causal, que estabelece uma decorrência necessária de um estado de coisas para outro. Não há interpretação histórica, portanto, sem que se tome em consideração o fator do livre-arbítrio do homem.

b) *A fé na perfectibilidade essencial do homem e da sociedade* é a segunda pressuposição da concepção profética da história. Homem e sociedade não constituem uma "natureza" acabada, algo que é formado definitiva e inalteravelmente, regido por leis eternas e imutáveis; mas homem e sociedade estão sujeitos a uma contínua evolução com inesgotáveis possibilidades de melhorar ou piorar. O homem é um pequeno criador, criado à imagem do grande Criador, Deus. Esta característica privilegiada do homem é bem apresentada num pequeno *midrasch*, interpretação talmúdica do versículo 26 do livro de Gênesis, o primeiro da Bíblia: Ao falar da criação do homem, o texto transmite palavras de Deus: "Vamos fazer um homem à Nossa imagem e conforme a Nossa semelhança!" Como explicar o plural da primeira pessoa? A quem se dirige ao pronunciar estas palavras? Não podia ter-se dirigido a outros deuses que não existem, tampouco aos anjos que são, exclusivamente, executores da vontade divina e não possuem vontade própria. A resposta dada é que Deus, neste pronunciamento, dirigiu-se aos homens de todas as gerações, convocando-os a criarem o "homem" em colaboração com Ele.

Isto quer dizer que o homem e, consequentemente a sociedade, não são algo criado para sempre, mas estão sendo criados de novo, continuamente, de geração em geração, por iniciativa do próprio homem em colaboração com Deus.

Daí a ideia fundamental duma criação contínua do homem e da sociedade, em oposição ao conceito grego de natureza humana, a noção de uma *perfectibilidade essencial* do ser humano e da sociedade, formulada pela primeira vez por Hermann Cohen, o grande pensador do neokantianismo em Marburg[2] e, mais tarde, pelo filósofo neomarxista Ernst Bloch, que a fez o preceito central da sua grande obra[3].

Voltando ao esquema já traçado da história universal segundo os profetas bíblicos: Se trocarmos os fatores VD (vontade divina) por FP (forças de produção), LH (liberdade humana) por CSP (condições sociais da produção) e EM (era messiânica) por SSC (sociedade sem classes), obteremos o exato esquema do materialismo dialético, da concepção marxista de história. Por mais diferentes que sejam entre si a concepção marxista e a profética da história, as duas apresentam a mesma estrutura. Será por mero acaso que isto acontece? Creio que não. Ambas as concepções apoiam-se no mesmo legado deixado pelo monoteísmo ético bíblico, legado que tem inspirado inúmeros pensamentos e movimentos de libertação social na cultura ocidental: A fé na perfectibilidade essencial do homem e da sociedade. Homem e sociedade não constituem uma natureza acabada e imutável, mas realidades que estão em processo de contínua criação, *Wirklichkeiten*, como seria a expressão alemã para "realidades", ou seja, uma esfera onde algo atua, *wirkt*.

A utopia social de maior impacto na Idade Média, foi criada pelo abade Joaquim di Fiore (1145-1202). Rompendo com a concepção estática da Igreja, que encarava o testamento de Cristo como definitivo, com validade em todas as terras e todas as épocas e com a ideia duma redenção definitiva trazida pela encarnação divina no Cristo, pela sua crucificação e ressurreição, Joaquim di Fiore renovou a ideia duma humanidade em evolução, duma continuação da criação humana que se dá em três fases, uma ainda para vir. A primeira fase do desenvolvimento do gênero humano teria sido a fase do "Pai", a fase do homem israelita como descrita no Antigo Testamento, a fase da Lei e do julgamento. A segunda fase teria sido a do "Filho", caracterizada no Novo Testamento, fase da fé e de submissão filial, fase em que a humanidade se encontra agora. A terceira fase, em tempos futuros, será a fase do "Espírito Santo", a era do Terceiro Testamento, fase em que o reino da luz, que o cristianismo paulino tinha colocado para além deste mundo, para uma esfera de transcendência, iluminará esta terra. Esta visão implica na transferência da redenção do além para este mundo, da transcendência para a história. Com isto, o Cristo não representava mais o centro fixo da história, mas apenas um dos seus momentos, embora muito importante. Nesta visão das três fases do desenvolvimento da humanidade já se preconizam teorias modernas como a de Auguste

2. Hermann Cohen, "Die Messiasidee".
3. Ernst Bloch, *Das Prinzip der Hoffnung* (*O Princípio da Esperança*), 2 vols, 1954-1955.

O PRINCÍPIO DA ESPERANÇA: DAS PROFECIAS BÍBLICAS... 57

Comte, pai do positivismo: A fase religiosa, a fase metafísica e a fase científica, positiva; e a de Marx da fase do comunismo primitivo, da luta de classes e da sociedade sem classes.

No entanto, a fase do Espírito Santo não virá sem a intensa colaboração do homem. O regime atual, feudal e eclesiástico, profundamente corrupto, deve ser derrubado e dar lugar a uma nova convivência de fraternidade em forma de comunidade de produção e consumo, uma era da liberdade do espírito em que não exista o temor dos escravos, o medo do rigor da lei e do domínio do clero. Não haverá riqueza nem propriedade; cada um viverá em pobreza voluntária.

A influência da pregação de Joaquim di Fiore foi grande e duradoura. Com ela, a Idade Média iniciou uma nova vivência de uma herança deixada pelos profetas bíblicos: A esperança de uma humanidade em amadurecimento e a caminho duma era em que seria totalmente boa e feliz. Para atingir este sublime alvo, vários movimentos, em parte muito violentos, se revezaram e a alguns dos quais faremos em seguida menção sumária.

O comerciante Peter Waldo converteu-se em 1176 a uma vida de rigorosa pobreza, seguindo o mandamento de Cristo (Mateus 19, 24). Mandou apóstolos para pregar o arrependimento em preparação a uma nova era. Pregação semelhante, embora como ideologia diferente, neomaniqueísta, desenvolveram os albigenses e os cátaros, cruelmente exterminados por uma cruzada convocada pelo papa Inocêncio III. Figuras revolucionárias religiosas como John Wycliff (1320-1384), reformador inglês, João Hus (1369-1415), professor universitário e pregador checo, morto na fogueira como herege e Thomas Muntzer (1488-1525), que criou uma igreja dos eleitos que, em forte oposição contra ambos, católicos e luteranos, se propôs a preparar o caminho para o milênio com as forças das armas. Ensinou a distinção entre o Cristo histórico e um Cristo íntimo e vivo que nasce na alma de cada um. A seita dos anabatistas, enfim, opôs-se ao catolicismo e ao luteranismo com uma pregação de fraternidade e comunidade de bens e levou à criação duma "Nova Jerusalém" na cidade de Münster, sob o regime tirânico de João Bockelson, conhecido como João de Leyden (1510-1536), rei da Nova Jerusalém e de Bernard Knipperdollink, prefeito de Münster e chanceler do rei da Nova Jerusalém. Neste reino foi instaurado um regime comunista sem propriedade particular e com um código moral autoritário e cruel, tudo encontrando seu fim em 1535, num ataque combinado dos exércitos do bispo e dos príncipes da região, sendo o rei e seu chanceler mortos com cruéis torturas.

Na modernidade o princípio da perfectibilidade essencial do homem e da sociedade inspira o pensamento político do Iluminismo, nos escritos, entre outros, de filósofos da importância de um John Locke, Jean Jacques Rousseau, Immanuel Kant, incluindo Karl Marx: Todos estavam imbuídos da confiança inquebrantável de que o desenvolvi-

58 NAS SENDAS DO JUDAÍSMO

mento da humanidade levará um dia, mesmo que seja distante, à vitória da razão e com ela a uma "Paz Perpétua", como é o título de uma das obras de Kant. Mas a mais significativa foi a inspiração do princípio da perfectibilidade essencial do homem e da sociedade sobre o pensamento social do mundo ocidental. No começo da era moderna, em 1516, apareceu um livro, de autoria do chanceler inglês Sir Thomas More (Morus) (1478-1535), mais tarde decapitado pelo seu rei Henrique VIII, intitulado *De optimo reipublicae statu deque nova insula Utopia* (*Da Melhor Constituição de um Estado ou da Nova Ilha Utopia*). Eis um sonho do melhor dos Estados. "Utopia" significa literalmente "de nenhum lugar". É, em contraste com o lugar que existe com suas inúmeras falhas, o lugar que não existe, é o lugar do "dever-ser", um lugar perfeito que, no entanto, é plenamente alcançável para uma humanidade que realmente queira progredir. Sonho das experiências de um navegante que conta suas aventuras de viagem. Nesta ilha não há desigualdade, pois a desigualdade leva à miséria. Ali não há crime, pois é a miséria que leva ao crime. Lá preferiram melhorar as estruturas sociais e sanar as injustiças a construir prisões para criminosos. Nesta sociedade não há mais propriedade privada e, portanto, não há injustiça social nem violência.

Um século mais tarde, em 1628, Tommaso Campanella (1568-1639) lança seu livro *Civitas Soli*, (*A Cidade do Sol*), descrevendo um Estado comunista sacerdotal, muito rigorosamente organizado e regulamentado. Somente o patos da ordem do tipo Campanella pode levar a uma liberdade ideal do tipo Morus. Mas como a ilha Utopia de Morus, a Cidade do Sol de Campanella representa um "dever-ser", não uma realidade, algo que pode e deve ser atingido na base do princípio da perfectibilidade essencial do homem e da sociedade.

É evidente que esta minha apresentação não poderá ser completa. Não visa a dar um histórico do pensamento social nas culturas ocidentais, mas mostrar com base em alguns exemplos, como este pensamento se fundamenta na pressuposição duma perfectibilidade essencial do homem e da sociedade.

No século XIX surgiram vários pensamentos sociais renovadores, já na época em que a indústria e, portanto, o proletariado, ainda não estavam plenamente desenvolvidos e ainda não apresentavam todos os característicos que mais tarde levaram à crítica marxista. Estes pensamentos, portanto, não podiam satisfazer plenamente as exigências de Marx e Engels que os classificaram de "utopistas", expressão pejorativa utilizada por eles também com relação a obras socialistas posteriores, já em época de plena desenvoltura do proletariado, por não seguirem a linha "científica" do socialismo marxista. Para os marxistas dogmáticos é somente em seu próprio campo que se encontra ciência, em campos opostos apenas "utopia", ou seja, fantasia. Mas como já foi indicado acima, o utópico é uma imagem do dever-ser, ligada a uma

O PRINCÍPIO DA ESPERANÇA: DAS PROFECIAS BÍBLICAS... 59

verdade suprapessoal que se comunica à alma mas não está condicionada por ela. É a imagem do homem e da sociedade como deveriam ser e não são, mas como podem e devem vir a ser graças à perfectibilidade essencial do homem e da sociedade, pressuposta já na pregação dos profetas bíblicos. O que aqui predomina é o anseio pelo justo, tão claramente expresso ainda nos escritos do jovem Marx, antes que uma metodologia de economia política, pretensamente científica, tivesse suplantado este anseio pela justiça, por uma profunda renovação, não apenas da economia, mas da própria sociedade e das relações sociais.

Neste sentido, Claude Henri de Saint-Simon (1760-1825) teria dito, ainda no seu leito de morte: "Todos os meus esforços fundamentaram-se num único anseio: O de garantir a todos os homens o livre desenvolvimento das suas capacidades". Todos os membros da sociedade que não desfrutassem de privilégios feudais, herdados, pertenciam, segundo Saint-Simon, à classe produtora: Capitalistas, lavradores, operários, negociantes, engenheiros, artistas, cientistas, produtores de propriedade conquistada pelo trabalho e não obtida por herança. E é a esta classe que cabe a gerência da sociedade, porque a sustenta com seu trabalho. Uma vez eliminado o direito à herança e a outras formas de renda sem trabalho, então a industrialização tornar-se-á uma bênção social. Não é a indústria, propriamente dita, que leva à exploração do homem pelo homem, mas a burocracia do Estado e um conjunto de privilégios que exploram a indústria sem trabalhar nela.

Entretanto, cresceu a miséria do operário muito além de qualquer outra, mesmo daquela que o lavrador sofreu em tempos feudais. Depois que David Ricardo (1772-1823) descobriu que o valor de um produto industrial equivale ao valor do trabalho nele investido, concluiu Robert Owen (1771-1858) que, numa sociedade futura, cada um deveria receber a quantia do valor por ele produzido, eliminando-se o lucro do capital, que consistiria de um valor de trabalho não pago. Isto seria viabilizado pelo estabelecimento de grandes depósitos, onde cada um entregaria o que produziu, recebendo em troca uma nota de crédito, com a qual pudesse adquirir mercadorias do mesmo valor de trabalho; um lugar onde produtores se encontrariam sem o intermédio do capitalista e eliminar-se-ia o acréscimo do lucro. Este depósito teve que falhar, assim como a colônia industrial New Harmony em Indiana, Estados Unidos, onde os operários pudessem produzir sem a interferência do capital. Pois Owen não queria, em primeiro lugar, melhorar a produtividade para chegar a uma situação humana mais digna dos operários, mas queria, desde já, melhorar a situação do trabalhador, instrumento mais nobre da produção. Isto, a seu ver, seria possível somente em pequenas unidades cooperativas de produção, onde não existiria divisão de trabalho nem separação de indústria e agricultura, sem nenhuma burocracia. Entre parênteses, tais unidades foram criadas pelo sionismo socialista nos *kibutzim*, a partir da primeira década do século XX. O passado era, para Owen, uma única noite de imobilidade e o futuro deveria destacar-se de imediato, desta fase por uma nova mobilidade, fundamentada no princípio da perfectibilidade essencial do homem e da sociedade.

Owen pensava de modo anistórico, ao contrário de outro grande pensador cooperativista da mesma época, que era Charles Fourier (1772-1835). Propõe uma teoria das quatro eras que se sucedem irreversivelmente: A era de uma convivência comunista primitiva; a era da pirataria e da troca direta; a era do patriarcado e do desenvolvimento do comércio; a era em que ainda vivemos, a do barbarismo e dos privilégios econômicos. Esta última estender-se-á até uma quinta era, com a qual, em parte, coincide, a era da civilização industrial. Nesta, a pobreza resulta da própria abundância, sendo a miséria o avesso, dialeticamente necessário, do brilho capitalista. Já em 1808, Fourier previu o fim da livre concorrência pela formação de monopólios. A salvação seria a produção cooperativista e a distribuição cooperativista. Como Owen, projeta comunas pequenas, chamadas *phalanstères*, com abolição total da propriedade privada, à exceção daqueles bens de consumo conquistados pelo trabalho. As *phalanstères* são federadas entre si. Seriam unidades sociais em que reinaria a harmonia do puro amor ao próximo.

Pierre Joseph Proudhon (1809-1865) coloca, já na sua primeira publicação, a pergunta: "O que é a propriedade?" e responde: "Propriedade é roubo". Mais tarde moderou-se, dizendo que a propriedade tem suas raízes na natureza do homem e na necessidade das coisas. Mas todos os homens devem ser proprietários pequenos para evitar que a propriedade se torne meio de dominação. Assim se formaria uma sociedade sem atritos, sem violência, portanto, sem Estado. Uma convivência na base do contrato entre parceiros e não na base de leis do Estado. O que gerenciaria esta convivência seria a vontade geral.

Mikhail Bakunin (1814-1876), no entanto, dá ênfase à liberdade. "Não pode haver nada de vivo e de humano fora da liberdade, e um socialismo que a excomungasse do seu meio, ou não a aceitasse como único princípio criador, conduziria diretamente à escravidão e à bestialidade. Não seria o capital o mal maior, mas o Estado". Ao abolir-se o Estado desapareceria também o capital, pois este se mantém somente nesse aglomerado de prisões, soldados e decretos que chamamos "Estado". O Estado foi criado por conquistadores e imposto aos vencidos os quais, por seu intermédio, são levados ao trabalho escravo. Consequentemente, Bakunin recusa também qualquer forma de "ditadura do proletariado". Também o marxismo prevê o desaparecimento do Estado, mas somente muito depois da revolução proletária, com estabelecimento duma sociedade sem classes.

Todos esses pensadores socialistas utopistas distinguem-se dos socialistas economistas pelo fato de não analisarem o "ser" do caos

O PRINCÍPIO DA ESPERANÇA: DAS PROFECIAS BÍBLICAS.... 61

econômico, mas por se esforçarem em encontrar um "dever-ser", um ideal que lhes mostre o caminho que os leve para fora dele.

Karl Marx (1818-1883) reunia os dois socialismos na sua poderosa personalidade: Era um socialista utópico, na medida em que o utopismo for compreendido como anseio de libertação dos trabalhadores da escravidão do trabalho, e era ao mesmo tempo economista que descrevia objetiva e cientificamente o caos econômico do seu tempo. Era discípulo da filosofia grega, na medida em que investigava cientificamente a essência, a natureza da economia capitalista e discípulo dos profetas bíblicos, na medida em via na economia capitalista não um ser imutável, não uma natureza eterna, mas, como fase de uma transformação, que clamava um "dever-ser", em direção ao qual a sociedade deveria caminhar. Este "dever-ser" encontrava-se na imagem duma sociedade sem classes.

Marx era discípulo dos profetas na medida em que admitia uma perfectibilidade indiscutível do homem e da sociedade, na medida em que pregava um humanismo ativo e combativo no lugar de um pensamento teórico apenas abstrato. *A Décima Primeira Tese Contra Feuerbach* disso dá pleno testemunho: "Os filósofos apenas interpretaram o mundo de diversas maneiras. O que importa é mudá-lo". Muito antes da sua obra máxima, *O Capital*, em que analisa cientificamente a essência e o funcionamento do capital na sociedade industrial, expressa sua fé na perfectibilidade essencial do homem e da sociedade que constróem o mundo. Uma vez que é possível mudar este mundo, não é suficiente analisá-lo, afirma Marx, voltando-se dessa forma, sem o saber e sem o querer, ao primado do "dever-ser", como colocado pelos profetas de Israel sobre a descrição do "ser", desenvolvida pela filosofia grega.

A criação do homem em cada época, numa colaboração entre Deus e o homem, ressoa ainda no seguinte pronunciamento de Marx: "Toda assim chamada história mundial não é outra coisa que a produção do homem pelo trabalho humano e a formação da natureza para o homem"[4].

Querendo dar à consciência revolucionária uma formulação mais adequada às conquistas da nova filosofia, e particularmente das pesquisas gnoseológicas desenvolvidas pelas escolas neokantianas e neo-hegelianas, Georg Lukács e Karl Korsch retornaram aos escritos do jovem Marx. Lukács, e seguindo-o mais elaboradamente, o assim chamado Círculo de Frankfurt (Max Horkheimer, Walter Benjamin, Theodor Adorno e Herbert Marcuse), acharam mais importante estabelecer a continuidade histórica entre o novo pensamento filosófico e o movimento proletário, do que provocar uma ruptura radical na evolução das ideias, não apenas entre a revolução burguesa e a revolução

4. Karl Marx, MEGA, IA. Sec., vol. 32, p. 125.

proletária, mas também entre as respectivas visões do mundo.

Lukács e Korsch e os pensadores do Círculo de Frankfurt compreenderam a obra de Marx como solução, através da praxis e da revolução proletárias, dos problemas colocados pela filosofia clássica alemã. Já Marx tinha dito "que a filosofia podia ser superada somente ao ser realizada"[5]: Realizada pela revolução proletária.

Em sua obra *O Princípio da Esperança*, o filósofo marxista Ernst Bloch acentua a importância de descartar a ideia duma natureza, de um "ser" estático do homem e da sociedade, e de retornar à aceitação da sua perfectibilidade essencial. Bloch interpreta a *Décima Primeira Tese Contra Feuerbach*, afirmando que a verdade do pensamento marxista consiste em ser uma filosofia que se propõe a transformar o mundo, no contexto de um processo de mudanças de uma realidade que ainda não está concluída, mas cujo futuro continua em aberto. Portanto, não é suficiente apenas interpretá-lo como algo pronto e acabado, mas é preciso transformá-lo, para que chegue a ser aquele mundo em que, de fato, vale a pena viver.

Uma realidade que ainda não está concluída, mas cujo futuro continua em aberto, é uma realidade que oferece esperança; que promete que a injustiça, a violência e a crueldade que caracterizam a nossa era, poderão ser superadas, para dar lugar a um mundo de justiça, de igualdade e de felicidade, como previsto na pregação dos grandes profetas bíblicos. Particularmente num momento de derrocada das estruturas econômicas, sociais e ideológicas do mundo marxista, continua a necessidade de um "dever-ser" social, uma imagem do homem e da sociedade como deveriam ser e não são, mas como podem e devem vir a ser graças a um princípio que continua válido, o princípio da esperança, da perfectibilidade essencial do homem e da sociedade.

5. Karl Marx, *Contribuições à Crítica da Filosofia do Direito de Hegel*, I, p. 94.

Destino e História

Uteschuvá, utefilá, utzedaká maavirin et róa ha-guezerá
Retorno, prece e boa ação fazem a amargura do decreto passar
(*da* Keduschá* *do* Mussaf** *das Grandes Festas*)

Nenhum homem escapa à experiência frustadora da dependência de forças incontroláveis que determinam, pelo menos em parte, a sua vida. Sente-se a pessoa humana como que jogada num ambiente que lhe é alheio e, muitas vezes, hostil, ao qual é incapaz de impor sua vontade. Desde os tempos da Idade da Pedra até nossos dias, o sentimento de impotência diante dos acontecimentos inculcou no homem o temor do destino, estranho, irracional, ameaçador.

A experiência do destino, de sujeição a uma contingência irracional, é um dos mais poderosos fatores de inquietação religiosa. Para Homero, mesmo os deuses se submetem ao poder da incompreensível Moira, personificação do destino. Na mitologia germânica, os próprios deuses terão que morrer quando um destino todo-poderoso determinar "o crepúsculo dos deuses". E *Zervan Akarana*, o tempo incompreensível e eterno, está para os parsis acima das grandes divindades do bem e do mal, acima de Ormuzd e de Ahriman, que lutam entre si pelo domínio do mundo.

A concepção de um único Deus onipotente que muito cedo empolgou a consciência religiosa de Israel, forçou o destino a transformar-se em vontade divina. Contudo, por resultar de um decreto divino, a sorte do indivíduo não se tornou mais compreensível. O livro bíblico de Jó descreve, em cores vivas e comoventes, os conflitos dolorosos que

* Bênção. (N. de E.)
** Prece adicional. (N. de E.)

a inescrutabilidade da vontade divina acarreta ao crente. Somente a certeza de que se trata de um "decreto de Deus" pode levá-lo a conformar-se com o aparentemente absurdo.

Consequentemente, desde Jó até Kierkegaard, o desespero existencial diante da impossibilidade de racionalizar o destino, resultou num salto para além do de raciocínio e adentro de uma fé incondicional. Um Deus, essencialmente incompreensível, impõe submissão absoluta. A obediência de Abraão, pronto a sacrificar seu único filho Isaac, sem mesmo questionar a legitimidade de um tal pedido, é o exemplo clássico da renúncia à reflexão racional e livre frente à vontade superior de Deus.

Muitos dos elementos do existencialismo moderno encontram-se já na Bíblia; daí o recurso constante de Kierkegaard às atitudes de Abraão e de Jó. Mas há no judaísmo clássico algo totalmente ausente no existencialismo. Tão incompreensível se apresenta ao indivíduo o seu destino, quanto claramente se delineia, aos olhos dos profetas, o futuro do povo de Israel e da humanidade, um futuro em que vencerão a paz e a concórdia entre os homens e se imporá a justiça social. Será o futuro em que os homens esquecerão a arte da guerra e forjarão as suas espadas em arados. É o ponto para o qual convergem todas as linhas do desenvolvimento histórico. Deus, com a Sua onipotência, garante este desfecho. Assim, foi o profetismo que concebeu, pela primeira vez, a ideia de uma história universal, consequência lógica da providência divina com relação ao desenvolvimento e à educação do gênero humano.

Vemos, pois, duas concepções, aparentemente contraditórias, coexistindo lado a lado no pensamento judaico. Admite-se a irracionalidade e incompreensibilidade do destino individual sem desistir da afirmação de que a história universal reflete uma suprema razão. E mais ainda: estas duas concepções completam-se e resultam numa visão única: o absurdo do sacrifício, exigido a Abraão, torna-se aceitável precisamente pelo fato de partir do Sábio Orientador da história da humanidade. A razão da história universal, de outro lado, escapa à banalidade de um esquema superficial e racionalizante, somente por exigir a passagem pela escuridão impenetrável dos regozijos e sofrimentos humanos que o Seu decreto incompreensível impõe.

Consequentemente, se um comportamento moralmente impecável não pode garantir ao homem os favores do destino, uma recompensa histórica se torna indispensável. Esta é a explicação de tantas promessas de felicidade coletiva como recompensa por virtudes individuais. O quinto mandamento, por exemplo, promete "uma longa vida na terra que o Eterno, teu Deus, te dá" pelo respeito que devemos aos pais. Pois evidentemente, "uma longa vida na terra que o Eterno, teu Deus, te dá", não pode significar que aqueles que honram pai e mãe viverão, na média ou individualmente, mais tempo do que os outros que não cum-

DESTINO E HISTÓRIA 65

prem com este mandamento fundamental. A nosso ver, o que o texto quer afirmar é que uma comunidade, em que os pais são honrados, é moralmente melhor estruturada e mais segura contra a decadência dos laços familiares e da ajuda que a solidariedade de uma família pode prestar; uma comunidade em cujo meio se observa o quinto mandamento tem mais chances, portanto, de vencer as dificuldades da vida.

Rezamos nas Grandes Festas: *Uteschuvá, utefilá, utzedaká maavirin et róa ha-guezerá*: "Retorno, prece e boa ação fazem a amargura do decreto passar". Também esta frase é incompreensível no plano individual: Como retorno, prece e boa ação podem fazer passar a amargura de algo que já aconteceu ou terá que acontecer pela necessidade da vontade imutável de Deus? Qualquer desgraça, no entanto, pode ser mais facilmente aceita na certeza de que se enquadra num plano superior da razão histórica universal; "no mundo que criou segundo a Sua vontade e que governará segundo a Sua vontade", nas palavras sublimes do *kadisch**. É mais confortador, ainda, para os que sofrem da amargura do decreto divino, a consciência de poder contribuir com as próprias atitudes, com sua renovação espiritual, com a sua prece e com a sua ação, para a concretização dos supremos alvos da história.

Deriva-se o trecho citado da nossa reza de um versículo de II Crônicas (7, 14): "E humilhar-se-á meu povo, sobre quem paira o meu nome, e orará [*tefilá*] e buscará a minha presença [*tzedaká*] e retornará dos seus maus caminhos [*teschuvá*] e Eu, da altura dos céus, escutarei,perdoarei os seus pecados e curarei a sua terra". Também aqui não se pensa nos indivíduos, mas "no meu povo sobre quem paira o meu Nome".

Os efeitos concretos de uma titude de *teschuvá, tefilá* e *tzedaká* fazem sentir-se no plano coletivo. A consciência disto, no entanto, é altamente confortadora para quem carrega a sua mágoa e alivia bastante as amarguras do inevitável.

---

* Em aramaico, equivalente à palavra hebraica *kadash*, que significa "sagrado". Depois do *schené*, é revenciada como a mais sagrada das orações judaicas. (N. de E.)

Tradição Religiosa e Pesquisa Filosófica na Filosofia Judaica Medieval

Antes de qualquer apreciação do nosso tema, deve ser reconhecido que, para o judaísmo pré-filosófico, a incompatibilidade entre fé e razão não existe, devido a uma conceituação diferente de "fé". No judaísmo bíblico, fé não é crença que salva, não é a virtude de acreditar incondicionalmente no que não pode ser comprovado – se pudesse ser comprovado, seria conhecimento e não fé – mas fé no judaísmo é uma combinação de duas virtudes: *Emuná* ou fidelidade e *bitakhon* ou confiança. Ambas mostram-se, antes de mais nada, no comportamento do judeu segundo os ditames da lei divina e não em ideias que se tem sobre Deus, o homem e o mundo. Para formulá-lo de forma rudimentar: No judaísmo é a obra que salva, no cristianismo a fé e no islã uma combinação de ambas.

Mas a Bíblia recusa o conhecimento de Deus por meios contemplativos e racionais. Temos textos bíblicos muito categóricos a este respeito. No segundo mandamento do Decálogo se diz: "Não faças para ti imagem de escultura, representação alguma do que há em cima nos céus, nem embaixo na terra, nem nas águas debaixo da terra" (Êx. 20,4). Isto significa que nenhum objeto criado, nada que se possa perceber com os sentidos, pode ser equiparado com o divino.

Isto corresponde àquela trágica passagem que mostra Moisés, desesperado, depois da sua descida das alturas do Sinai, onde tinha permanecido quarenta dias e quarenta noites; após uma das experiências mais sublimes que um homem pode ter, vê o seu povo ao qual se destina o complexo ensinamento que recebera lá no alto, dançando ao

TRADIÇÃO RELIGIOSA E PESQUISA FILOSÓFICA NA FILOSOFIA... 67

redor do bezerro de ouro. Como poderia ele, Moisés, guiar um povo de cabeçudos através de um deserto cheio de perigos, sem a certeza de Quem o ajudaria e orientaria? Sua súplica para que Deus Se lhe mostre recebe, no entanto, uma resposta decepcionante: "Nenhum ser humano pode ver-Me e continuar vivo" (Êx. 33, 20). O máximo que Deus pode fazer por Seu fiel servidor, é colocá-lo numa das fendas das rochas do Sinai, pôr sua mão protetora sobre a entrada, passar e depois tirar Sua mão, deixando Moisés ver, não o Eterno, mas os rastros da Sua passagem.

Segundo o judaísmo pré-filosófico esta é a única maneira de perceber o Divino: Reparar os rastros da Sua passagem ao maravilhar-se com a natureza e a história, as duas estradas principais da Sua passagem.

De tal forma antiteológico, o judaísmo bíblico não estava exposto a um conflito com uma filosofia que normalmente abrange também a teologia. Simplesmente a ignorava.

Mas a era pré-filosófica do judaísmo teve que terminar quando o mundo civilizado todo, dominado pelo helenismo, considerava a filosofia como o caminho mais adequado para o conhecimento. Nenhuma cultura, numericamente fraca, pode viver num mundo dominado por outra cultura, sem dela tomar conhecimento. Isto era impossível ao judeu vivendo num mundo helenístico, como seria hoje para um pensador nigeriano, por exemplo, sem entrosamento, também, na cultura ocidental. Pois para comprovar a verdade do seu pensamento para si e para os outros, não pode deixar de recorrer à linguagem universalmente aceita. Assim surgiu com Filo, de Alexandria, uma filosofia judaica que é a simbiose de filosofia e tradição religiosa judaica. O mesmo se deu na primeira fase da Idade Média, quando o mundo civilizado era dominado pela filosofia árabe e as obras de filosofia judaica tinham que ser escritas em árabe, se quisessem ter um mínimo de repercussão internacional.

Não foi, portanto, a divergência entre fé e razão que motivou a filosofia judaica medieval, mas a possibilidade de atingir a verdade, uma verdade somente, da filosofia e da religião e isto numa linguagem internacionalmente compreendida e reconhecida.

Seguindo os rumos traçados pelo Kalam desde o século VIII e reconhecendo plenamente a validade de dois caminhos, do caminho da tradição religiosa e do caminho da especulação filosófica, Saádia ben Iossef al Fayumi, geralmente citado como Saádia Gaon (*Gaon* sendo o título de reitor da academia talmúdica de Sura), nascido em 892 em Fayum no Egito e falecido em Sura na Babilônia em 942, deu uma resposta extremamente interessante à pergunta do porquê destes dois caminhos: Com uma teoria pedagógica, prova a necessidade tanto da especulação filosófica como da revelação religiosa.

Argumenta Saádia: Quem especula filosoficamente tanto pode encontrar a verdade pelo caminho direto, como não encontrá-la, a

68 NAS SENDAS DO JUDAÍSMO

não ser depois de muitas tentativas. Não há nenhum critério confiável sobre o estágio do processo cognitivo racional em que a verdade tenha sido encontrada ou se houve um erro no raciocínio que pode levar a outros erros.

Quem procede pelo caminho da filosofia, segundo Saádia, pode levar muito tempo para encontrar a verdade. Mas certas verdades são indispensáveis desde já, para dar-nos a orientação necessária de como proceder na vida e isto antes de que a pesquisa filosófica tenha chegado aos seus resultados definitivos. Spinoza, no seu *Tratado sobre a Reforma do Entendimento* e Descartes no seu *Discurso sobre o Método*, também acentuam a necessidade de uma "verdade provisória" antes do fim do processo de cognição filosófica. Para Saádia, esta "verdade provisória", que para ele não é nada provisória mas tão definitiva quanto a própria verdade filosófica, é dada pela tradição religiosa e tem que ser reconquistada pela investigação racional.

Nem todo mundo, segundo Saádia, tem capacidade para atingir a verdade intelectualmente, e os que não a tiverem, não merecem ficar sem a verdade e sem orientação existencial. Poderão tê-la recorrendo à tradição religiosa.

Finalmente, diz Saádia, mulheres e crianças não podem ficar na dependência da especulação filosófica para chegarem à verdade orientadora da sua vida. *Por isto a revelação das verdades básicas foi nos dada por Deus, independentemente da nossa obrigação de tentarmos conquistar pela filosofia o que a religião nos revelou.*

A importância deste argumento pedagógico, a favor da cooperação de filosofia e religião, mostra-se no fato de que uma teoria praticamente idêntica foi formulada por Gotthold Ephraim Lessing, grande poeta, dramaturgo e crítico literário clássico alemão em 1780, oitocentos e cinquenta anos depois de Saádia Gaon, num ensaio importante intitulado *Da Educação do Gênero Humano*. Cito desta obra:

§ 1º O que a educação significa para o indivíduo, a revelação o é para o gênero humano.

§ 2º A educação é uma revelação que se dá aos indivíduos e a revelação é uma educação que se dá ao gênero humano.

§ 4º A educação não dá para a criança mais do que ela poderia ter alcançado por ela mesma, apenas o dá de modo mais fácil e mais rápido. Da mesma forma, a revelação não dá ao gênero humano nada que a razão, deixada a si só, não pudesse encontrar também, mas deu e ainda dá as mais importantes verdades de maneira mais fácil e mais rápida. Portanto existe o dever – não apenas o direito – de procurar as verdades apresentadas pela revelação religiosa também por meios racionais.

Já uns duzentos e cinquenta anos depois de Saádia Gaon, Moisés ben Maimon, Maimônides (1135-1204), sem tentar estabelecer a concordância entre filosofia e religião, tentou formular a essência da relação entre filosofia e religião por meio de uma antropologia metafísico-religiosa. Segundo ele, e como já tinham ensinado os filósofos árabes, todo conhecimento deriva de um impacto do Intelecto Ativo, que pode atingir uma pessoa apenas em pequena proporção, ao passo que atinge outra com tamanha violência que, além de causar a sua própria perfeição, tornar-se-á ainda o meio do aperfeiçoamento de muitos outros. Ao atingir pessoas que combinam forte raciocínio lógico com uma imaginação fértil, o Intelecto Ativo produzirá profetas; ao atingir pessoas fortes apenas na lógica, produzirá filósofos; e ao atingir pessoas que possuem apenas imaginação produzirá estadistas, visionários, adivinhos e políticos. Dessa forma, os dois caminhos se abrem, não por uma providência pedagógico-divina nem pela diferença das verdades que visam, mas pela natureza da pessoa que procura conhecimento e a forma de inspiração que o ilumina. O esquema abaixo decorre, portanto, de uma antropologia metafísico-religiosa:

Intelecto Ativo	Imaginação	Razão	Imaginação e Razão
Forte	Visionários Estadistas	Filósofos criadores de escola	Profetas para nações
Fraco	Adivinhos Políticos	Filósofos na vida particular	Profetas na vida particular

Hasdai Crescas (1340-1412), rabino-chefe de Aragão, interpretou a coexistência dos dois caminhos, do caminho da revelação religiosa e do caminho da especulação filosófica, de maneira vivencial. Para Crescas, sentimento e vontade não eram apenas fenômenos concomitantes com o pensamento, mas formas independentes da consciência humana e divina que são, de fato, superiores ao conhecimento meramente intelectual. Mediante o conhecimento somente não se atinge a felicidade, mediante a criatividade e o amor sim. O Supremo não é apenas verdade à qual todos os caminhos têm que conduzir, mas em Deus a verdade meramente cognitiva é envolvida por uma realidade de amor divino e uma realidade de criatividade. Dessa forma, a essência multiforme do supremo objeto de pesquisa, Deus, exige modalidades diferentes de abordagem. Ao lado da abordagem meramente intelectual da filosofia deve operar uma procura sentimental e voluntarista, que encontra seus caminhos no exercício da religião.

Ao lado dessas três formas de encarar o problema da coexistência de filosofia e religião existem, evidentemente, outras na filosofia judaica medieval. Uma palestra em mesa-redonda não pode esgotar este assunto. Existem outras soluções numa escala delimitada pelas posições extremas de um Yehudá ha-Levi (1080-1145) que, com metodologia filosófica, tenta demonstrar que somente a revelação religiosa pode atingir as verdades supremas, e do ensinamento de Spinoza – que neste contexto pode ser considerado também filósofo judaico – que somente a filosofia, jamais a revelação religiosa, pode atingir o conhecimento verdadeiro.

Todo este pensamento filosófico acerca da duplicidade dos caminhos para a verdade exige uma definição moderna, antropológica e fenomenológica, do que é "religiosidade" e do que, dentro dela, significam as religiões. Dessa forma, mostrar-se-ão que são as estruturas da consciência religiosa que são comuns aos dois caminhos e que dão validade a ambas, como tentei demonstrar em minha tese de doutoramento intitulada *Considerações sobre a Ocorrência de Estruturas de Consciência Religiosa em Filosofia.*

Da Autenticidade Histórica do Judaísmo

Em Torno de um Trabalho de Vilém Flusser

Um artigo de Vilém Flusser sempre significa um encontro. Pode-se concordar com os seus dizeres ou discordar deles; não é possível ficar indiferente. Portanto, sei apreciar devidamente a oportunidade que me foi proporcionada pela redação da crônica.

"Tratarei primeiro daquilo que me parece ser a teoria de conhecimento judaica, embora seja o pensamento judeu visceralmente oposto a toda teoria, portanto estranho à filosofia. (Os filósofos judeus superam, por serem filósofos, a cosmovisão judia.)" Assim exprime-se Flusser, introduzindo a primeira parte de seu trabalho. Tem toda razão o autor ao afirmar que no período clássico, ou bíblico, do judaísmo "o pensamento judeu era visceralmente oposto a toda teoria, portanto estranho à filosofia" que jamais chegou a desenvolver-se nas montanhas de Efraim ou de Judá, contrastando com o maravilhoso desenvolvimento que conheceu na península grega. O pensamento judaico clássico era um pensamento puramente existencial religioso – por isso a profunda influência das figuras bíblicas sobre um pensador existencialista moderno como Kierkegaard – e toda formulação da cosmovisão judaica da era clássica em termos filosóficos importa numa alteração do seu sentido.

No entanto, o que Flusser veda à filosofia judaica, ele mesmo o faz despreocupadamente. Fala de epistemologia e de ontologia judias, afirma que "a ética judia é uma consequência lógica de sua ontologia" embora sendo a ética judaica clássica uma ética existencial religiosa que, no seu imediatismo intuitivo, jamais pode ter sido resultado de uma dedução lógica, menos ainda de uma ontologia, pois tanto a lógica quanto a ontologia eram inexistentes no judaísmo bíblico.

Consequentemente, conceitos como "verdade" e "realidade" ressentem-se de profunda ambiguidade no uso que lhes é dado por Flusser neste artigo. A revelação bíblica não é um processo epistemológico mas uma modalidade da experiência religiosa irracional. O resultado, a verdade revelada, é algo inteiramente diferente de uma verdade filosófica. A primeira funda-se numa relação vivida entre o sujeito e o seu Deus transcendente, fora da qual não se concebe nem tem sentido. A segunda aspira a um valor objetivo, completamente independente das condições subjetivas em que se originou, pretensão inteiramente alheia à verdade revelada.

Não tenho dúvida que Flusser não ignora tudo que acabo de expor – a sua observação sobre a filosofia judaica é prova – mas fez uso da terminologia filosófica meramente por conveniência. Julgo importante, no entanto, alertar o leitor para o perigo de mal-entendidos, inerente nesta linguagem.

Com observações profundas e interessantes Flusser caracteriza a cosmovisão judaica e traça as suas influências importantes sobre a cultura ocidental. Em seguida tenta provar que "o projeto existencial judeu é *aufgehoben* [no sentido hegeliano] na civilização ocidental da qual todos participamos, sejamos ou não judeus". Lembro o leitor que na teoria de Hegel qualquer tendência histórica era uma reação, uma antítese que, conjuntamente com a tese que a gerara, se integra numa síntese em que os elementos da tese e da antítese são *aufgehoben* no sentido duplo da palavra alemã, superadas e conservadas num nível superior e mais amplo. Assim, a história avança dialeticamente, através de inúmeras teses, antíteses e sínteses, num progresso ininterrupto, dos estados de consciência e de vida os mais primitivos ao apogeu da perfeição... o *Estado prussiano* dos dias de Hegel.

Ora, hoje em dia há poucos historiadores que aceitariam incondicionalmente a afirmação de um progresso absoluto do espírito nos moldes do que Hegel ensinava. As pretensões de uma filosofia do espírito absoluto tiveram que ceder a concepções muito mais modestas, apoiadas em pesquisas minuciosas de historiadores e sociólogos, que descobriram a importância do pormenor, das condições ecológicas, econômicas, sociais e culturais das quais, em cada caso, depende o desenvolvimento histórico e que dificilmente admitem um progresso incondicional e absoluto nos termos de Hegel. As descrições científicas de culturas primitivas que proliferaram enormemente no começo deste século substituíram, por um "relativismo étnico" que admite o julgamento de uma cultura unicamente por critérios que lhe são inerentes, o etnocentrismo dominante até então, que teve a civilização europeia como modelo e medida de tudo quanto é cultura e que permitiu a Hegel considerar o Estado prussiano como último grau de perfeição

DA AUTENTICIDADE HISTÓRICA DO JUDAÍSMO   73

do Espírito Universal.

Sem o dogma do progresso absoluto não se concebe mais o sentido do *Aufgehobensein* hegeliano. Por que a filosofia aristotélica deveria ser superada pela filosofia tomista na qual entrou em síntese com o pensamento cristão? Por que haveríamos de considerar o pensamento platônico "superado" pelo neoplatonismo ou pelas inúmeras sínteses, às quais o platonismo ficou sujeito, *e. g.*, no panteísmo renascentista? Pelas mesmas razões não me parece lícito julgar o judaísmo "superado" pelo cristianismo, pelo islamismo ou pelos movimentos socialistas modernos, os quais, como Flusser mostra com muito acerto, se baseiam grandemente em concepções éticas provenientes do judaísmo. Pois no conceito de *Aufgehobensein* – "superação", "conservação" – esconde-se um julgamento de valor que seria admissível somente na pressuposição de um progresso absoluto da história, não mais aceito pelos meios científicos mais representativos.

O termo "judaísmo", todavia, também é ambíguo. Significa a cultura quadrimilenária de Israel e a existência física dessa tradição em nossos dias. Parece-me sumamente difícil negar ao judaísmo atualidade religiosa ou política. Hitler não exterminou seis milhões de seres humanos porque "estes eram menos radicalmente judeus do que um católico fervoroso ou um marxista convicto". O boicote árabe contra Israel não visa um projeto ideal.

Existe o judaísmo como entidade religiosa (não somente como conjunto de ritos, como o quer Flusser), representada pelas diversas formas de expressão religiosa judaica (não somente pela ortodoxia), existe como realidade nacional, representada pelos esforços de renovação nacional (que significa mais que sionismo). O fator religioso e o fator nacional são correlacionados significativamente desde os primórdios do judaísmo e são nitidamente discerníveis nos próprios textos bíblicos, muito anteriores a um "sentido medieval" ou a "moldes de um nacionalismo do século XIX", sentidos em que, segundo Flusser, a ortodoxia e o sionismo tentariam "preservar a pureza do judaísmo".

O judaísmo, como toda realidade histórica, não representa uma escolha arbitrária de preservar a pureza de qualquer coisa em um sentido qualquer. Não é uma associação voluntária para fins determinados por mero capricho. O que é o judaísmo e quais suas perspectivas no futuro?

Esta questão tem sido discutida desde que o judaísmo saiu do isolamento seguro mas pouco fértil do gueto, quando novas estruturas de vida, sociais, nacionais e religiosas lançaram o povo de Israel num mar de dúvidas referentes a tudo o que era automaticamente aceito até então. De acordo com as preferências políticas ou doutrinárias, têm sido realçados o aspecto religioso, o aspecto nacional-cultural, o aspecto nacional-político, o aspecto cultural-linguístico (idichista), o aspecto de identificação étnico-histórica, etc. Os mais esclarecidos sempre perceberam que cada um destes aspectos pode ser justificado embora, abstraído de todos os demais, leve a uma apreciação bem unilateral do judaísmo.

Vejo a unidade de todos estes aspectos no destino histórico do povo judeu. As experiências milenares deste povo, que se fundiram numa unidade que perfaz tanto a personalidade histórica do judaísmo como o seu sentido todo peculiar e pessoal, pertencem ao passado como ocorrências, mas como vivências continuam atuais, vivas e focalizadas em qualquer momento de um presente conscientemente vivido.

O judaísmo vive enquanto possui história, enquanto que, no seu presente, um passado vivo aspira corrigir-se com vistas a um futuro melhor, aperfeiçoamento e complemento que todo passado histórico requer e que no judaísmo se concretizaram maravilhosamente no ideal messiânico.

Identidade Judaica e Filosofia

Todos conhecem o tipo da *idische mame* (mãe judia): o amor excessivo da mãe judia, a emotividade irrestrita que faz esta mãe ver no filho um prodígio único de beleza, inteligência, bondade etc. A mãe judia dá ao seu filho uma identidade falsa.

Existe um *midrasch*[1] que fala sobre uma mãe que tinha um filho anão, de movimentação difícil. Chamou-o *macroelafros*, o que em grego significa "grande e veloz". Vieram funcionários do rei para alistar jovens em condições de prestarem serviço militar. Viram o menino e não o registraram. E a mãe, indignada: "Meu filho é *macroelafros* e vocês não o alistam?" Responderam os funcionários do rei: "Se aos seus olhos ele é *macroelafros*, para nós ele é apenas um anão de movimentação difícil".

Qual era a verdadeira identidade do menino? Certamente seu tamanho tinha que ser apreciado em comparação ao tamanho de outros meninos na mesma idade; a facilidade de movimentação em comparação ao desempenho dos colegas.

Ora, a identidade judaica aos olhos dos judeus é distorcida pela afeição da *idische mame* para com seu filho único: o povo judeu seria o mais inteligente, mais belo, mais bondoso, mais justo de todos os povos. O que é a verdadeira identidade judaica? Não a que resulta dos nossos sentimentos, mas de uma análise comparativa das propriedades

---

1. Interpretação de Gn. 27,1: "...E chamou [Isaac] a Esaú, seu filho grande...". (*Bereschit Rabá* 65, 11)

76 NAS SENDAS DO JUDAÍSMO

e da criatividade do povo judeu, análise que somente a filosofia judaica, uma fenomenologia cultural do judaísmo, pode produzir.

É esta, ao meu ver, a área que deveria ser privilegiada nos recém-inaugurados estudos de pós-graduação na Universidade de São Paulo. Pois todos os estudos de história, sociologia, demografia carecem de sentido sem uma clara noção da identidade do que é estudado.

Como podemos chegar a uma conceituação científica, objetiva, da existência e da criatividade do povo judeu?

Desde Aristóteles, na sua *Metafísica*, livro 6, escrito no século IV a.C., sabemos que definição e conceituação, e com isso, todo saber positivo, se fundamentam no encontro da categoria de generalidade imediatamente superior (*genos*) e no apontamento subsequente dos característicos específicos do conceito investigado (*diaphorá*).

Não compreendemos, por exemplo, o que é um isósceles, a não ser que reconheçamos nele o *genos* dos quadriláteros, para a subsequente *diaphorá* que consiste no paralelismo de dois lados. Todo estudo que se restringir à contemplação do isósceles, sem referência à categoria de generalidade superior que é a dos quadriláteros, jamais vai chegar a um conhecimento satisfatório daquela figura geométrica.

O que vale para a geometria, vale também em toda pesquisa conceitual. Quem se limitar a ler os textos da Bíblia ou do Talmud, jamais compreenderá o que são a Bíblia e o Talmud; tampouco quem se restringir à leitura de *Os Lusíadas*, jamais compreenderá esta obra.

Aplicado ao estudo de pós-graduação do judaísmo, isto significa: Em história judaica, os princípios gerais e os conceitos básicos da historiografia têm que ser aplicados ao estudo da história judaica; em demografia judaica, os conceitos gerais da sociologia e da economia etc.

No caso da minha área de pesquisa, no pensamento religioso e na filosofia do judaísmo, deve ser aplicada a fenomenologia da religião, que vale tanto para um pensamento teísta como ateísta. Como mostrei na minha tese de doutoramento[2] todo pensamento totalizante sobre o mundo e a minha posição neste mundo, mesmo quando ateísta, mostra estruturas de consciência religiosa.

Uma distinção fundamental está na base deste enfoque: A distinção entre religião e religiosidade. A religiosidade é uma sensibilidade humana universal que pode ser comparada à musicalidade. Todas as culturas da humanidade são musicais, produzindo músicas, embora estas possam ser extremamente diferentes de nação para nação, como a música de uma dança ritual hindu é diferente de uma sinfonia de Beethoven. Mas ambas são expressão da mesma sensibilidade humana. Da mesma forma, há muitas religiões extremamente diferentes entre si,

---

2. *Considerações sobre a Ocorrência de Estruturas Religiosas em Filosofia*, Faculdade de Filosofia, Letras e Ciências Humanas da USP, Boletim n. 34 (Nova Série), São Paulo, 1981.

IDENTIDADE JUDAICA E FILOSOFIA 77

embora provenham da mesma sensibilidade humana, da religiosidade. Para chegar a uma melhor apreciação da universalidade destas estruturas da consciência religiosa demonstrei, na referida tese, a sua *decorrência direta* das estruturas do próprio ato consciente humano, de cuja universalidade ninguém pode duvidar. É a estrutura que Edmund Husserl, o pai da moderna fenomenologia chama de "intencionalidade". "Na percepção algo é percebido; na imaginação algo imaginado; na afirmação algo afirmado; no amor alguém ou algo amado etc..."[3]. O comum a todos estes exemplos é a intencionalidade em direção a algum objeto. Husserl viu nesta intencionalidade um característico de todo ato consciente, característico constitutivo da objetividade, do "mundo" em contraposição ao conjunto dos próprios atos que constituem a autoconsciência, o "eu", sempre colocado fora do mundo.

O custo desta polarização é muito alto: a consciência humana se vê alienada do seu mundo, caindo em total solidão existencial. A angústia de ver superada esta solidão existencial é a estrutura universal da perda da consciência religiosa, razão de toda procura religiosa que somente pode ser satisfeita pelo encontro de uma "terceira realidade" a reunir a "primeira realidade", a da autoconsciência, com a "segunda realidade", do mundo exterior. Onde há polarização, existe um eixo entre os polos; a polarização da realidade pelo ato consciente não escapa a esta regra. O eixo será uma "terceira realidade", a reunir as realidade polarizadas. Ela é encontrada pela procura religiosa nas condições socioculturais as mais diversas, nas diferentes religiões institucionais, em religiões teístas que identificam a terceira realidade com o divino, ou em religiões ateístas como o budismo e pensamentos filosóficos que identificam a terceira realidade com o nirvana em que os dois polos se perdem, na natureza como compreendida por Spinoza, no monismo neutro de um Bertrand Russel ou mesmo num materialismo dialético de Karl Marx.

Somente ao analisarmos o judaísmo – o mesmo valeria para qualquer outra religião – no contexto de uma categoria de generalidade superior e em seguida apontarmos as diferenças características que o distingue dos demais membros desta categoria (*diaphorá*), o compreenderemos realmente. Evitaremos dessa forma dois perigos opostos: o perigo de uma descaracterização da peculiaridade do pensamento judaico, compreendendo-o e avaliando-o a partir de conceitos da cultura ocidental. Do outro lado, seria um desvio grave, também, restringir-se total e unilateralmente a uma interpretação e avaliação judaicas perdendo-se, dessa forma, toda perspectiva do que o judaísmo significa num contexto universal.

As modernas ciências humanas oferecem um número não desprezível de instrumentos para uma tal análise. Um destes instrumentos

---

3. Edmund Husserl, *Logische Untersuchungen*, vol. 2, Max Niemeyer Vlg., Halle, 1913, pp. 366-367.

consiste nos estudos comparativos da língua hebraica, que fornecerá determinados característicos do pensamento hebreu. Outros instrumentos consistem na pesquisa comparativa das soluções que o pensamento judaico tem dado a determinados problemas levantados pela consciência religiosa; problemas como o da teodiceia, do livre arbítrio, o relacionamento pessoal com Deus, a sociedade e o próximo, tendo este último problema sido analisado com grande repercussão, inclusive fora dos círculos judaicos, pelo filósofo moderno Martin Buber.

Todas estas pesquisas desvelam uma maravilhosa originalidade do pensamento judaico sem, no entanto, colocá-lo como o único possível ou o único válido. Apontarão a verdadeira identidade judaica, encontrada pela filosofia, por estudos feitos por judeus e não judeus.

Que esta identidade, descoberta pelo estudo analítico em graduação e pós-graduação nas universidades brasileiras tem grandes atrativos não somente para judeus, foi uma descoberta que fiz nos longos anos do meu magistério.

O Pensamento de Maimônides e o Ecumenismo Moderno*

Em 1985, Moisés Maimônides completaria 850 anos. A pedido da Espanha, onde o grande filósofo nasceu (Córdoba, 1135), a UNESCO declarou 1985 "Ano de Maimônides", em resolução unânime e com aprovação, mesmo, das delegações árabes.

Em atenção a isto, a Faculdade de Filosofia, Letras e Ciências Humanas patrocina um Congresso Internacional de Estudos sobre Maimônides, que começa com esta sessão inaugural e continuará com sessões de trabalho até quarta-feira à noite, quando será encerrado com a palestra do professor R. J. Zwi Werblowsky, da Universidade Hebraica de Jerusalém. A ideia, lançada pela Federação Israelita do Estado de São Paulo, através do seu presidente, Dr. José Knoplich, teve acolhida muito boa em todos os meios universitários, dentro e fora da Universidade de São Paulo.

O que foi que deu a Maimônides uma apreciação tão universal? A nosso ver, foi a conclusão ética a que sua filosofia chegou.

Em que consiste a derradeira perfeição da vida humana? pergunta Maimônides, no último capítulo da sua grande obra filosófica, intitulada *Guia dos Perplexos* (parte III, cap. 54). Não na abundância de propriedades, nem em saúde física. Mas também não – e isto é muito importante no contexto do nosso enfoque – na minuciosa perfeição da

---

* Esta palestra foi proferida na abertura do Congresso Internacional de Estudos sobre Maimônides, realizada dia 12 de maio de 1985, na Universidade de São Paulo, congresso este coordenado pelo autor, e publicada em *Cadernos USP*, n. 3, Universidade de São Paulo, setembro de 1987. (N. de E.)

80 NAS SENDAS DO JUDAÍSMO

prática dos mandamentos. Diferentemente de outros filósofos do judaísmo, para Maimônides o homem não pode saber as razões pelas quais Deus criou o mundo: Não para que a Lei da Torá seja observada. Esta visa, antes de mais nada, à paz interna do indivíduo e sua integração na sociedade e no Estado.

A última perfeição à qual o ser humano deveria aspirar é o seu conhecimento de Deus. Aqui, o amor intelectual de Deus de Spinoza é, de certa forma, pré-tomado. Esta é a verdadeira sabedoria, da qual fala o profeta Jeremias: "Não se glorie o sábio do seu saber [o especialista do seu conhecimento especializado], nem se glorie o forte da sua força, nem se glorie o rico da sua riqueza. Porém, aquele que se gloriar que se glorie de Me conhecer, de saber que eu sou o Senhor que pratica a misericórdia, a justiça e a retidão" (Jr. 9, 23-24).

I. O INTELECTO ATIVO

Esta sabedoria, que é conhecimento de Deus, Maimônides não a restringiu aos judeus. Ela é o grande objetivo da humanidade toda. Na segunda parte de sua obra máxima filosófica, capítulos 35-37, Maimônides elabora um esquema que relaciona toda a espiritualidade religiosa, filosófica, política e artística, com a proporção da incidência do Intelecto Ativo sobre o grau da faculdade lógica e da faculdade imaginativa a que um indivíduo tiver chegado. O Intelecto Ativo, conceito criado por Aristóteles e desenvolvido por Alexandre de Afrodísias e a filosofia árabe posterior, chega a ser (diferentemente da concepção original aristotélica) uma emanação divina que fecunda e estimula as faculdades intelectuais humanas.

O Intelecto Ativo, incidindo poderosamente sobre uma faculdade lógica bem forte, produzirá grandes filósofos, autores de obras importantes e fundadores de escolas. Se a incidência for fraca, a consequência serão filósofos que filosofam somente em ambientes particulares e não chegam a ser conhecidos e admirados em círculos amplos. E somente pela incidência do Intelecto Ativo sobre ambas, a faculdade lógica e a faculdade imaginativa, é que se formarão profetas, estes, sim, verdadeiros possuidores do conhecimento de Deus. E, novamente, se a incidência for fraca, serão profetas apenas no seu círculo particular e somente quando o Intelecto Ativo atuar fortemente é que surgirão grandes profetas, com profundo impacto sobre a história.

A importância desta tentativa de classificar esquematicamente as múltiplas formas de inteligência e capacidade mental humanas, nelas incluídas o dom da profecia e do conhecimento de Deus, consiste justamente na abordagem antropológica, na abordagem que analisa o gênio humano independentemente de tradição, cultura, religião e educação que o tiver produzido. São fatores universais, independentes

O PENSAMENTO DE MAIMÔNIDES E O ECUMENISMO MODERNO   81

das verdades com as quais um indivíduo tenha sido educado, é um esquema antropológico e não histórico, que nos possibilita analisar e compreender as capacidades intelectuais humanas. Portanto, não é mais do que justo e racional recorrer, no projeto de adquirir conhecimento de Deus, tanto à filosofia grega clássica quanto aos grandes pensadores árabes e, evidentemente para um rabino, às milenares tradições religiosas judaicas.

II. CONCEPÇÕES ECUMÊNICAS

Dessa forma, Maimônides deve ser considerado um pensador autenticamente ecumênico do seu tempo. Autenticamente ecumênico, pois seu ecumenismo estava baseado numa análise filosófica e em argumentos, naquela época, considerados plenamente científicos, e não num vago sentimento de condescendência e convicções alheias. E esta atitude de ecumenismo autêntico criou raízes na filosofia judaica. Não conheço palavras mais lindas para expressar o ecumenismo do que as de outro filósofo judaico chamado Moisés – refiro-me a Moisés Mendelssohn – que no seu livro *Jerusalém*, responde à pergunta como, dessa forma, se chegaria à realização da profecia de que um dia há de existir um único rebanho e um único pastor:

> Caros irmãos que desejais o bem dos homens, não vos deixeis seduzir! Para que exista esse pastor onipresente não é necessário que o rebanho inteiro paste no mesmo campo, nem que entre e saia por uma mesma porta na casa do Senhor. Isso não correspondia nem ao desejo do pastor, nem é salutar para o crescimento do rebanho...

Para Mendelssohn, o pluralismo religioso já não é mais um atavismo, um vício remanescente de fases primitivas do desenvolvimento humano mas, bem ao contrário, um sinal de força da criatividade humana, na procura do caminho que leva ao conhecimento de Deus, visto por Maimônides como a suprema das perfeições humanas.

A conclusões semelhantes chega também a igreja católica numa "Declaração sobre o Relacionamento da Igreja com Religiões Não-Cristãs", acrescentada como apêndice ao documento *Nostra Aetate*, promulgado pelo Concílio Vaticano II, convocado pelo grande papa João XXIII:

> A Igreja não rejeita nada que é verdadeiro e sagrado nestas religiões. Encara com o mais sincero respeito estes modos de conduta e de vida, aquelas regras e doutrinas que, embora diferindo em muitos pormenores do que ela acredita e prega, e que, mesmo assim, muitas vezes, refletem um raio daquela verdade que ilumina todos os seres humanos...

Assim como na moderna antropologia, o etnocentrismo foi superado por uma nova abordagem que avalia o nível alcançado por uma cul-

82   NAS SENDAS DO JUDAÍSMO

tura, não por comparações com a cultura ocidental, mas pelo grau em que conseguiu realizar os seus próprios objetivos, assim também, neste novo enfoque da religião, passamos de um domínio unilateralmente doutrinário para um domínio existencial universalmente humano. E era bem dentro deste domínio que Maimônides, no capítulo 51 do seu *Moré Nevukhim* (*Guia dos Perplexos*), como conclusão da sua procura do conhecimento de Deus, propõe a seguinte metáfora:

> Um rei está no seu palácio e seus súditos encontram-se em parte na pátria, em parte no exterior. Dos que estão na pátria, alguns dão as costas para o palácio e seus olhares estão dirigidos para alguma outra direção. Outros querem avistar a residência do rei, que é o objetivo do seu olhar, embora, até esse momento, não tivessem chegado a ver nem mesmo as muralhas do edifício. E entre os que querem aproximar-se do rei há os que conseguiram chegar ali, dando voltas para encontrar o portão de entrada. Entre os que entraram pelo portão, alguns andam pelos corredores, e outros, finalmente, encontraram a corte. Mas não é ainda por este fato que já conseguem ver o rei ou falar com ele. Isto necessita de um outro esforço, de posicionar-se diante dele, ouvir a sua palavra ou mesmo falar-lhe.

Sem poder aprofundar-me no assunto por nos levar muito longe, não quero deixar de apontar a afinidade, provavelmente dependência, desta imagem de milenares visões dos místicos judaicos, de antigas visões da *Merkavá* ou "Carruagem", de um misticismo do trono que leva os sábios atravessando inúmeros espaços, *hekhalot* ou "átrios", um após o outro, para finalmente, tentarem a entrada ao sétimo átrio, ao sétimo céu, que constitui o salão de presença do palácio do Senhor do Universo.

A metáfora de Maimônides descreve a combinação da formação tradicional com a erudição filosófica que, a seu ver, é indispensável para atingir o conhecimento de Deus, aprendizagem dupla que, para alcançar o seu objetivo, deve ser coroada de um esforço pessoal apaixonado e sincero para encontrar o Senhor do Universo, uma metáfora que retrata a procura existencial do ser humano, a procura existencial de um sentido e de um centro na vida, procura que as modernas psicoterapias também tentaram com muita frequência; procura que todas as religiões tentam satisfazer a seu modo e que está na raiz do moderno ecumenismo.

III. SEMELHANÇA COM KAFKA

A metáfora que citei tem grande semelhança com a metáfora proferida por um grande escritor judeu do nosso século. Refiro-me a Franz Kafka. Esta semelhança é apontada no livro sobre a filosofia de Maimônides, recentemente publicado por um grande amigo nosso, hoje presente, o professor Jaime Barylko, que falará amanhã à noite neste Congresso.

O PENSAMENTO DE MAIMÔNIDES E O ECUMENISMO MODERNO 83

Diante da Lei e *O Castelo*, de Kafka, usam uma simbologia parecida para caracterizar o problema existencial do homem que não encontra o sentido da sua vida. Não sei se Kafka, que foi um judeu consciente e até estudou o hebraico, chegou a ler Maimônides. Mas isto também não é importante. O que importa é a constatação de uma certa maneira de compreender o problema existencial religioso que, aparentemente, constitui uma linha-mestra que se estendeu dos antigos místicos da carruagem, passando por Maimônides e por Mendelssohn, até chegar a Kafka, uma linha de pensamento no judaísmo que hoje encontra paralelos no pensamento cristão e que fundamenta o moderno ecumenismo religioso.

Eis como Maimônides se tornou o filósofo judeu de maior influência sobre as culturas europeias de toda a Idade Média. Não ao fechar-se aos ensinamentos de outras culturas e religiões, nem ao declarar a sua própria religião como a única verdadeira e, muito menos, ao desertar os ensinamentos da tradição do seu povo. Mas sim, ao examinar todos os pensamentos que chegou a conhecer à luz da razão filosófica, inclusive os da religião judaica.

Spinoza e o Pensamento Judaico Medieval

O gênio excepcional de Spinoza proporcionou-lhe duas posições de grande importância na história da filosofia: de um lado ele levou a soluções inéditas e finais vários problemas da filosofia judaica medieval; do outro deu um impulso enorme ao desenvolvimento da filosofia ocidental moderna. Apresentaremos a seguir alguns problemas da filosofia judaica medieval e as soluções que lhes deu Spinoza.

I. ATRIBUTOS

O problema dos atributos de Deus preocupou os filósofos medievais, judeus, cristãos e muçulmanos. Seria possível atribuir a Deus qualidades sem com isso enquadrá-Lo nas categorias de seres criados? Chamá-Lo de "bom" não equivaleria a compará-Lo a outros seres "bons"? Julgá-Lo "poderoso" não significaria enquadrá-Lo na categoria dos demais seres poderosos, enquanto Deus deveria permanecer muito acima e totalmente além das criaturas?

A solução do judaísmo clássico, ou seja, bíblico, foi a condenação de toda teologia, de toda tentativa de formular atributos de Deus. "Não farás para ti figura nem representação qualquer de tudo que está no céu acima, nem na terra embaixo, nem nas águas debaixo da terra" reza o segundo mandamento (Êx. 20, 4). Isto não se refere apenas à representação de Deus pelas artes plásticas, mas também, e principalmente, à representação de Sua essência no pensamento, na teologia. Quando

Moisés, num momento particularmente difícil da sua missão, rogou que Deus Se lhe mostrasse, recebeu a resposta que "Nenhum mortal pode ver Deus e continuar vivo" (Êx. 33, 20). O máximo que Deus pôde conceder ao Seu fiel servidor foi colocá-lo numa das cavernas do deserto montanhoso do Sinai, colocar Sua mão protetora sobre a entrada e, depois de ter passado, tirá-la e deixar Moisés ver... não o ser de Deus, mas os rastros de Sua passagem. Conforme esta metáfora, o judaísmo clássico tem que se restringir a procurar "os rastros de Sua passagem", seja na história, seja na natureza; jamais ousar procurar o Seu ser.

No encontro do judaísmo com a filosofia grega surge a reflexão sobre a essência de Deus, a teologia. No entanto, a procura teológica continua, na filosofia judaica medieval, carregada de fortes dúvidas, o que leva à doutrina dos "atributos negativos" de Maimônides: Não é possível formular atributos positivos da substância divina, pois todos estes atributos são derivados da análise de substâncias finitas e, portanto, enquadrariam o Infinito em categorias do finito. O que é possível, no entender de Maimônides, é formular "atributos negativos" de Deus, dizer o que Ele não é. Não posso dizer que Ele é visível, mas sim que é invisível, imortal etc.

Spinoza, por sua vez, resolveu este problema de forma totalmente inédita: A substância divina não é comparável a outra substâncias pelo simples fato de que é a *única* substância. Pois segundo a terceira definição da primeira parte da sua *Ética*, uma substância é "o que existe em si e por si é concebido, isto é, aquilo cujo conceito não carece do conceito de outra coisa do qual deva ser formado". Esta definição aplica-se unicamente a Deus, que é a única substância.

Ora, esta única substância que é Deus, segundo a definição número seis de Spinoza, contém "um numero infinito de atributos, cada um dos quais exprime uma essência eterna e infinita". Deste número infinito de atributos, somente dois são conhecidos por nós: O atributo da extensão (a corporalidade) e o atributo do pensamento. Estes dois atributos perfazem o que costumamos chamar "natureza".

Deus é natureza. A natureza é o que de Deus é acessível para nós. Mas Deus não é somente natureza, é muito mais. Além dos dois atributos que conhecemos e que perfazem a natureza, Deus possui um número infinito de atributos que desconhecemos. Portanto, Spinoza não era panteísta, o que costuma-se dizer, mesmo entre os especialistas. Pois o panteísmo postula a identidade entre natureza e Deus. Esta identidade não existe para Spinoza. Embora a natureza seja Deus, Este não é natureza, é muito mais que isso. O "panenteísmo"[1] é comum no misticismo religioso, desde a Idade Média até nossos dias. Moisés ben Azriel, no século XIII, diz: "Tudo está Nele e Ele vê tudo, pois

---

1. Panenteísmo: sistema teológico/filosófico que vê todos os seres em Deus.

Ele é todo percepção, embora não tenha olhos, pois Ele tem o poder de ver o universo dentro de Seu próprio ser". Ben Azriel expressava então uma posição não panteísta mas panenteísta, e sua visão de Deus assemelhava-se à de Rav Kuk, para quem "tudo está em Deus, embora Deus seja mais que tudo".

II. CONTRADIÇÕES

Outro problema que perturbou os teólogos em todos os tempos é a contradição entre a onipotência divina e o livre-arbítrio do homem. Ambas as noções são indispensáveis para uma visão religiosa do mundo: Como imaginar um Deus que não seja onipotente; simplesmente não seria Deus. E é igualmente difícil conceber uma lei divina, sem que o homem tenha o poder de obedecê-la ou desobedecê-la. O problema já esta formulado no *Pirkei Avot* (*Ética dos Pais*) III, 16, onde R. Akiva afirma: "Tudo está previsto, mas o livre-arbítrio é dado".

Durante a Idade Média, os filósofos religiosos, judaicos, cristãos e muçulmanos, fizeram inúmeras tentativas de eliminar esta contradição. Spinoza resolveu o problema, negando totalmente a livre vontade tanto de Deus como dos homens.

Para Spinoza, a atribuição de uma vontade a Deus implica a diminuição da Sua onipotência. Se Ele criou apenas o que queria criar, poderia ter criado mais. Limitou-se, dessa forma, a capacidade criadora de Deus, por causa da Sua vontade. Se tivesse criado tudo que podia, Sua vontade seria limitada, pois mesmo querendo não poderia ter criado mais. Para não limitar a potência de Deus, Spinoza nega Sua vontade. E sendo o homem parte de Deus, também o homem não pode ter um livre-arbítrio. É evidente que esta solução contraria profundamente os ensinamentos das religiões, particularmente do judaísmo, acerca da responsabilidade moral do homem.

III. CONHECIMENTO

Diz Spinoza no seu *Tratado Político-Teológico*, no prefácio desta grande obra sobre o judaísmo e as religiões em geral:

> O conhecimento revelado não tem outro objetivo a não ser a obediência e é, portanto, totalmente diferente do conhecimento natural, das ciências e da filosofia, tanto na sua finalidade, como nos seus princípios e métodos; de modo que estes dois tipos de conhecimento não têm nada em comum e podem ocupar, cada um, o seu próprio espaço sem se contradizerem mutuamente e sem que um precise ser subserviente ao outro.

Com esta observação, Spinoza dava sua solução radical a mais um problema da filosofia religiosa medieval: Como se relacionam a filosofia e a ciência de um lado, com a revelação religiosa do outro. Seria a primeira apenas servidora da teologia, fornecendo-lhe a necessária metodologia? Ou, como argumentou o grande filósofo judaico do século X, Rabi Saádia Gaon, daria a revelação ao homem apenas verdades às quais poderia chegar também pelo exercício das suas faculdades racionais?

Através dessa solução do problema, Spinoza dava cobertura filosófica à visão ortodoxa do judaísmo, quatorze anos depois de ter sido excomungado por esta mesma ortodoxia. Que a religião judaica fosse obediência incondicional a todos os pormenores de uma Lei revelada, é convicção básica da ortodoxia judaica. Spinoza acrescentava ainda que esta Lei é inatingível e totalmente fora do alcance da crítica das ciências e da filosofia.

Não deixa de ser uma das grandes ironias da história que a ortodoxia judaica tivesse recebido uma justificação filosófica justamente da parte daquele filósofo que excomungou.

O Deus de Spinoza

I. DAS ASPIRAÇÕES DA FILOSOFIA SPINOZISTA

Depois que a experiência me ensinou que tudo que encontramos comumente na vida cotidiana é vão e fútil e que todas as coisas que constituíam ocasião e objeto dos meus temores, em si não possuíam nada de bom ou de ruim, a não ser na medida que a minha mente fosse por elas afetada, resolvi, finalmente, inquirir se existe algo que representa um bem verdadeiro, que pode ser transmitido, pelo que minha mente pudesse ser afetada com a exclusão de todo o demais; se de fato existe algo por cuja descoberta e aquisição chegasse a desfrutar suprema e contínua felicidade para toda a eternidade.

Com esta confissão pessoal, rara aliás, numa obra de estilo sumamente objetivo, Spinoza, ao iniciar o *Tratado da Reforma da Inteligência*, formula prontamente uma das aspirações fundamentais que orientaram as suas pesquisas filosóficas: atingir o bem supremo, a derradeira felicidade, reservada ao homem como recompensa pelos esforços de toda uma vida.

Mas a última finalidade do filosofar de Spinoza não é algo que possa parecer de valor meramente utilitário, por mais sublimado que for. O mérito do próprio conhecimento é motivo constante do seu empenho também: "A suprema virtude da mente é conhecer Deus ou entender as coisas pelo terceiro gênero do conhecimento" (*Ética* V, 27); pelo conhecimento intuitivo que é mais primoroso por compreender as coisas particulares em função da substância infinita, por ser, ainda, perfeitamente claro e distinto e evidente em si.

O DEUS DE SPINOZA   89

Todo o alcance do pensamento spinozista, no entanto, somente avaliaremos ao compreendermos que, para Spinoza, valores práticos, valores éticos, valores teóricos, enfim, todos os valores, se resumem no da salvação do homem das restrições e privações, às quais a sua condição de um modo finito dos atributos divinos necessariamente o sujeita. "A nossa mente", diz Spinoza, "concebendo a si mesma e ao seu corpo *sub specie aeternitatis*, necessariamente tem conhecimento de Deus, certa que persiste em Deus e foi concebida por Ele" (*Ética* V, 30). Esta certeza resulta em amor, num amor intelectual de Deus. "Tal amor ou beatitude é chamada de 'glória' nas Santas Escrituras..." (*Ética* V, 36, Escólio).

A essência de toda religiosidade é o anseio do homem pela redenção da contingência, da arbitrariedade e da solidão da sua condição de um "modo finito", condição em que "é agitado por causas externas de muitas maneiras e nunca encontra a verdadeira paz de espírito; vivendo, também, na ignorância de si mesmo de Deus e das coisas, por assim dizer; quando acaba de sofrer, cessa de existir" (*Ética* V, 42, Escólio); ou como diríamos hoje, o anseio do homem pela redenção do isolamento existencial, resultado de sua condição de indivíduo, irremediavelmente separado, na sua subjetividade, do mundo objetivo.

Como afiguram-se, então, a função e os característicos do conceito spinozista de Deus no quadro desta religiosidade profunda, inequivocamente caracterizada em toda a obra de Spinoza?

II. FUNÇÃO DO CONCEITO DE DEUS NA CONSCIÊNCIA RELIGIOSA

Só podemos compreender a religiosidade e a enorme variação das suas formas expressivas nas religiões históricas, se observarmos o despertar do impulso religioso no encontro vivo com a realidade. Este encontro se dá nos nossos atos de consciência, sejam eles racionais, emotivos ou sensitivos. Em todos estes atos um "eu" encontra um "mundo" de objetos. Esta polarização entre sujeito e objeto que caracteriza todos os atos da nossa consciência é irremovível, embora nenhuma demarcação fixa possa ser estabelecida entre as duas partes. No reino animal existe somente a unidade indivisível que une o ser vivo ao seu ambiente. Somente o homem a perdeu definitivamente; só ele possui um "eu" que jamais se confunde com o ambiente, sempre permanece num isolamento existencial. Por isso, somente o homem pode ter vivências religiosas, pois ele, em todas as fases do seu desenvolvimento, já alcançou um mínimo de individuação. Na linguagem de Spinoza diríamos que o homem é um modo finito (*Ética* II, 1), mas bastante complexo (*Ética* II, Postulados) dos atributos divinos da extensão e do pensamento. Pela complexidade da sua constituição,

90 NAS SENDAS DO JUDAÍSMO

o homem é afetado de maneira incomparavelmente mais variada que uma planta ou animal, representando, portanto, a ordem natural de maneira muito mais completa (*Ética* V, 14). Somente a ideia de um corpo humano pode ser chamada de mente; somente esta pode chegar a possuir ideia de si mesmo, como das coisas que afetam o seu corpo. Apenas a mente humana pode conhecer-se como "modo finito", tornar-se ciente das suas restrições e sentir a necessidade da beatitude que o "amor intelectual de Deus" pode proporcionar.

Surge, pois, no homem, um profundo anseio de superar o abismo que o separa da realidade objetiva, de vencer a solidão de um "eu" que existe em constante polaridade com o "mundo". Além da realidade subjetiva e da realidade objetiva, procura uma "terceira realidade", tanto objetiva quanto subjetiva, que inclua o "eu" juntamente com o seu "mundo", integrando-o definitivamente no seu meio existencial.

Todos os conceitos de Deus representam uma tal "terceira realidade". No caso de Spinoza, cujo Deus é a substância única e universal, cujos atributos em inúmeros modos, finitos e infinitos, perfazem o homem e o seu ambiente, por quem a mente do homem sábio "é afetada com a exclusão de todo o demais", como reza a exigência expressa na passagem do *Tratado da Reforma da Inteligência* citado acima, a função integradora da divindade de Spinoza é perfeitamente evidente. Spinoza poderia bem ter edificado o seu sistema metafísico somente com os conceitos de substância e de natureza, se o seu objetivo tivesse sido unicamente teórico. O fato de identificá-los com o conceito de Deus evidencia que quer vê-los investidos com uma função de "terceira realidade", sem prejuízo, obviamente, da coerência lógica e racional com que todo sistema é construído.

III. EXIGÊNCIAS NORMATIVAS QUE REGEM A FORMAÇÃO DO CONCEITO DE DEUS

O homem, ao apreender o seu meio ambiente, não somente forma uma concepção de como as coisas são de fato mas, simultaneamente, estabelece um ideal de como deveriam ser. Tanto a concepção teórica como o ideal normativo evoluem com a experiência e a reflexão. Na ordem humana, individual e social, este ideal normativo aparece como exigência moral, é universalmente percebido e constitui importante tema de considerações de ética desde que há pensamento filosófico.

Há um "dever ser" também na esfera objetiva; temos uma ideia de como os objetos e as relações entre eles "devem ser". Embora este fato tenha merecido menos atenção, até agora, da parte dos filósofos, do que o fenômeno correspondente na realidade humana, influenciou profundamente a especulação metafísica e, certamente, também, a intuição científica.

O DEUS DE SPINOZA   91

Não há duvida que exigências normativas agem poderosamente na elaboração do conceito de Deus. Pelo menos desde os dias do profeta Amós, no século VIII a.c., a universalidade do conceito de Deus torna-se uma exigência normativa no judaísmo. Junto com a universalidade, e como consequência lógica dela, surge a ideia da unicidade de Deus. Os conceitos de universalidade e unicidade transformam, gradativamente, uma concepção tribal e largamente antropomorfista numa ideia abstrata com validade para todo o gênero humano, sem distinção. À universalidade no alcance corresponde a infinidade qualitativa. Progressivamente, o poder impressionante de Deus torna-se onipotência e, necessariamente, por imposição normativa ao pensamento religioso, o conhecimento extraordinário de Deus vira onisciência etc. Grandemente incentivada pelas possibilidades inerentes aos conceitos criados pela filosofia grega, esta inclinação de satisfazer exigências normativas como universalidade, unicidade, infinidade qualitativa, leva a uma revisão de toda a tradição bíblica, a uma tentativa de reinterpretação dos seus termos como alegorias de atributos absolutos. Assim procede toda uma tradição exegética milenar, que se estende de Filo a Maimônides e que tem a sua correspondência exata no pensamento patrístico e escolástico.

Contudo, estes pensadores mostram-se ansiosos por conservar o caráter pessoal de Deus, tão importante para o acesso emocional à divindade. Por essa razão receiam levar o seu pensamento às últimas consequências, que seriam igualmente desastrosas às instituições religiosas, à igreja toda-poderosa e à sinagoga, no caso de Spinoza. Este, no entanto, com grande coragem cívica, com uma sobriedade intelectual e um rigor ímpar, empenha-se em cumprir integralmente com estas exigências normativas, antiquíssima herança da cultura ocidental em geral e do seu povo em particular, sem temor das derradeiras conclusões. Perdendo, assim, um fácil acesso emocional à personalidade divina, o seu intelecto poderoso encontra um novo caminho de aproximação a Deus: O seu conhecimento racional e a compreensão da necessidade de todos os processos naturais, inclusive daqueles que resultam no próprio "eu". O "amor intelectual de Deus" que se encontra além de uma emotividade primária, tão comum na religiosidade do homem, fornece um meio inédito de aproximação a Deus, de integração nos seus desígnios que regem e unem, com a necessidade de uma lei natural, o subjetivo e o objetivo, superando e eliminando a separação destes dois domínios, provocada pela individuação de toda consciência humana.

IV. IDEAIS NORMATIVOS NA CONCEPÇÃO SPINOZISTA DE DEUS

As exigências normativas que, como vimos, contribuem poderosamente para a formação de qualquer conceito de Deus, encontram uma bela expressão característica na primeira parte dos *Princípios da Filosofia de Descartes* (cap. 8): "À substância que entendemos ser, por si mesma, soberanamente perfeita e na qual não percebemos absolutamente nada que implique em algum defeito, isto é, em alguma limitação da perfeição, denominamos Deus". Esta definição, contida numa das suas primeiras obras, podemos encarar como programa. Após muitos anos de reflexão e de esforço intelectual, chegará à definição madura: "Por Deus entendo o ser absolutamente infinito, isto quer dizer, substância possuindo um número infinito de atributos, cada um dos quais expressa uma essência eterna e infinita" (*Ética* I, def. VI). E para não deixar dúvidas quanto ao alcance ilimitado desta definição, Spinoza faz a seguir a seguinte explanação: "Digo absolutamente infinito e não infinito no seu gênero; pois a tudo o que é infinito no seu gênero, podemos negar atributos infinitos; mas à essência do que é absolutamente infinito pertence tudo que expressa essência e não implica em nenhuma negação".

Algumas palavras para elucidar este texto que mostrarão quão bem ele se enquadra nas proposições aqui formuladas. Poderíamos imaginar um ser infinito ao lado de outro ser ou outros seres, infinitos ou finitos. Este ser imaginado seria infinito no seu gênero, ilimitado na sua própria essência. No entanto, por não ser o único, um número infinito de propriedades, pertencentes à essência de outros seres, devem ser-lhe negadas. Portanto, somente uma substância única pode ser absolutamente infinita; pois fora dela não existe nada que possua atributos que lhe faltem (duas substâncias com os mesmos atributos, segundo Spinoza, não são possíveis). Vemos aqui claramente como a norma da universalidade, da infinidade absoluta, implica na unicidade, outra das grandes normas que moldaram o monoteísmo.

Deus, como absolutamente infinito, deve ter um número infinito de atributos, pois, se o número fosse limitado, seria imaginável, além do limite, um atributo que não seria atribuível a Deus. Cada atributo de Deus *deve*, novamente, ser infinito e eterno – não é por acaso que uso a palavra "deve" neste contexto – pois se um atributo fosse finito ou limitado por alguma duração, novamente a substância a que pertence não seria absolutamente infinita.

Os atributos são infinitos "no seu gênero" e não absolutamente infinitos; pois, para tomar como exemplo os dois únicos atributos de que temos conhecimento, o pensamento e a extensão, é possível fazer um número infinito de afirmações relativas às ideias, pertencentes à essência infinita do atributo infinito do pensamento; e, igualmente, um número infinito de afirmações relativas ao movimento e ao repouso ou aos próprios corpos, fazendo tudo isso parte da essência infinita do atributo da extensão. Mas as afirmações que fazemos a respeito da extensão temos que negar com relação ao pensamento e vice-versa.

A substância absolutamente infinita que é Deus, possui – como

O DEUS DE SPINOZA   93

já mencionado acima – um número infinito de atributos de essência eterna e infinita. Destes atributos, nos homens conhecemos somente dois: o pensamento e a extensão. Quando a substância única se diferencia, partes finitas do ser infinito são modificadas pelo próprio ato de diferenciação. Todos os objetos e todos os seres vivos, incluindo o homem, são modos da substância absolutamente infinita e única, resultantes de, e sujeitos a afecções alheias à sua essência. Portanto, os modos, contrariamente à substância, não existem em si, nem são concebidos por si somente. "Por modo," diz Spinoza, "entendo as afecções da substância por algo que está em outra coisa, por meio de que, também, é concebido" (*Ética* I, def. 5).

Todos os modos que nos são familiares, compreendemos em forma de dois atributos da divina substância, como ideia e como corpo de uma mesma afecção substancial. O monismo rigoroso que, como vimos, resulta de exigências normativas antiquíssimas no pensamento religioso judaico-cristão, não admite duas realidades, não comporta uma dualidade de alma e corpo ou de matéria e forma. "Substância que pensa e substância extensa são uma única substância, ora compreendida sob um atributo ora sob outro..." (*Ética* II, 7, Escólio). Tampouco permitia a concepção da infinidade absoluta de Deus uma distinção entre criatura e criador. Pois a criatura não pode ser substancialmente diferente do criador, sem impor a este uma limitação. Nem o caráter pessoal de Deus, na aceitação comum desta qualidade, podia ser poupado, nem o seu livre-arbítrio, a possibilidade de agir diferentemente de como está agindo.

> "Os homens", nas palavras de Spinoza: "comumente entendem pelo poder de Deus o seu livre-arbítrio e o seu direito sobre todas as coisas existentes, as quais, consequentemente, geralmente são consideradas contingentes [...] eles, mui frequentemente, também comparam o poder de Deus com o poder de reis. Mostramos que Deus faz tudo com aquela necessidade com a qual se entende a si próprio [...] Pois não é possível a ninguém compreender devidamente as coisas que pretendo provar, a não ser que tome muito cuidado em não confundir o poder de Deus com o poder de reis (*Ética* II, 3, Escólio).

Nem pode Deus amar os homens, no sentido que geralmente atribuímos ao amor. Pois, atribuindo-lhe traços tão antropomorfos, as exigências normativas de como Deus deve ser concebido, seriam mal respeitadas. Spinoza exprime isto com suprema precisão quando diz: "Quem ama a Deus, não deve pretender que Deus retribua o seu amor. Se um homem pretender a isto, desejaria que Deus, a quem ama, não seja Deus e, consequentemente, desejaria ser infeliz, o que é absurdo" (*Ética* V, 19).

A dicotomia entre alma e corpo, a suprema liberdade de escolha de Deus, o Seu amor aos homens, assumiam grande importância nas concepções religiosas da época. Sem estas qualidades divinas, sem uma personalidade divina, nestes termos não se concebia aproximação

94 NAS SENDAS DO JUDAÍSMO

a Ele. Bem compreensível, portanto, que os expoentes das instituições religiosas daquele tempo, tanto cristãs como judaicas, vissem no pensamento de Spinoza um grande perigo e, obviamente, não estivessem em condições de compreender que o pensamento spinozista nada mais fazia que levar às suas últimas consequências lógicas as exigências normativas que moldaram a formação dos seus próprios conceitos de Deus.

Enquanto eles necessitavam, para a legitimação da sua fé, do testemunho da revelação histórica, Spinoza dele não precisava, pois tirava as suas conclusões com a segurança proporcionada pela necessidade inerente à lógica do raciocínio. Isto lhe assegurava tamanha independência frente à tradição e às instituições religiosas convencionais, à inautenticidade sempre decorrente de um mero tradicionalismo, que a elevação da sua atitude lembra não pouco a dos antigos profetas bíblicos.

V. A FUNÇÃO RELIGIOSA DO CONHECIMENTO INTUITIVO E O "AMOR INTELECTUAL DE DEUS"

Como frisamos acima, o valor meramente teórico, como qualquer valor profano, subordina-se e afirma-se em função da redenção religiosa que pode proporcionar. Assim, o conhecimento não vale, antes de mais nada, pelo seu mérito teórico, mas pela possibilidade que oferece ao homem de vencer as paixões a que o sujeita o seu papel de modo finito, exposto a afecções das mais variadas e aparentemente fortuitas. Substituir estas paixões pela emoção mais nobre de todas, que domina os que atingiram perfeita identificação consciente com os desígnios de Deus, é a verdadeira finalidade do mais alto conhecimento.

"O terceiro gênero de conhecimento procede de uma ideia adequada de determinados atributos de Deus a um conhecimento adequado da essência das coisas; quanto mais compreendemos as coisas desta maneira, mais compreenderemos Deus" (*Ética* V, 25). Parece existir um círculo vicioso nesta fórmula como, aliás, em todo o pensamento de Spinoza a este respeito. Se todo conhecimento legítimo procede de uma ideia adequada de Deus, esta não requer o conhecimento legítimo de que é condição indispensável? Dado o caráter total do conceito spinozista de Deus que abrange todo o ser, evidentemente todo conhecimento é conhecimento de Deus ou, como Spinoza constata: "Pode-se dizer que O conhecemos melhor do que conhecemos a nós mesmos, pois, sem Ele não nos podemos conhecer de forma alguma" (*Breve Tratado* II, 19, § 14), e, como poderíamos adicionar, sem Ele nem existiríamos.

Mas, qualquer conhecimento, sendo necessariamente conhecimento de Deus em determinado sentido, não é ainda um conhecimento

O DEUS DE SPINOZA

adequado de Deus; a circularidade aparente do argumento persiste até termos esclarecido o que Spinoza entende por conhecimento ou ideia adequada de Deus. É importante frisar que ideia adequada não é o que na linguagem comum se chama de ideia verdadeira. O que geralmente é tido como critério da verdade, a célebre *adaequatio intellectus et rei*, não é aplicável na lógica spinozista, pois pressupõe uma dualidade *intellectus – res* que não existe no pensamento maduro de Spinoza. Tampouco se pode falar, propriamente, de ideias falsas que, na lógica comum, são opostas às ideias verdadeiras. Pois, como ideia e objeto (*ideatum*), para Spinoza, não são outra coisa que determinada "modificação" da mesma substância sob dois dos seus atributos, não pode haver ideia falsa, a que não corresponde algum *ideatum*. O oposto de uma ideia adequada é uma ideia confusa, adquirida por nós através de uma estimulação externa, numa percepção pouco precisa, num sonho ou numa fantasia. Não reflete a coerência do sistema e, portanto, é de pouco valor cognitivo. Na definição que Spinoza dá de uma ideia adequada, no segundo livro da *Ética* (def. IV), o filósofo ressalta que ela possui "todas as propriedades e sinais *internos* de uma ideia verdadeira" e, para não subsistir dúvida possível, adiciona uma "explanação" que reza: "internas" para excluir o que é externo, isto é, *a correspondência da ideia com o seu objeto*". A ideia adequada traz em si mesma a evidência da sua verdade, assim como da inadequação de uma ideia confusa sobre o mesmo tópico.

Como, para Spinoza, os critérios para a verdade de uma ideia podem ser exclusivamente "propriedades e sinais internos"? A mente humana, pela complexidade de afecções a que está sujeito o modo finito de que é ideia, encontra em si mesma o que Spinoza denomina de "noções comuns". "Todos os corpos concordam em alguns aspectos e estes são concebidos por eles de maneira adequada, isto é, de maneira clara e distinta" (*Ética* II, 38, Corolário). Evidentemente, Spinoza pensa aqui, antes de mais nada, em propriedades geométricas. "Existem, na mente humana, ideias adequadas de propriedades que são comuns ao corpo humano e a qualquer corpo externo pelo qual o corpo humano é afetado, propriedades que se encontram igualmente nas partes e no seu todo" (*Ética* II, 39). Estas "noções comuns" que se estendem a qualidades geométricas e matemáticas em geral, a propriedades de movimento, solidez, identidade etc., devem ser cuidadosamente distinguidas de conceitos universais (como cavalo, cachorro etc.) aos quais Spinoza, como nominalista declarado, não atribui nenhuma significação substancial ou essencial.

Estas "noções comuns", pois, são ideias adequadas porque as encontro em contemplação pura, sem ter necessidade de recorrer à observação de fatores externos. Não há indivíduo que não as possua e que não tenha, por isso, a possibilidade de enveredar nos rumos de um conhecimento adequado, único caminho válido a Deus e único

96 NAS SENDAS DO JUDAÍSMO

meio de salvação.

Adquirir ideias adequadas ainda não é ter o tipo mais alto de conhecimento, o de terceiro grau ou conhecimento intuitivo. Fazem parte de um conhecimento científico, matemático apriorístico, que Spinoza chama de segundo gênero e que contrapõe, pela sua evidência implícita, ao conhecimento de primeiro gênero, o conhecimento empírico que depende de afecções externas, contingentes, que resultam em ideias pouco claras e, por razão da sua origem fortuita, que não podem refletir a verdadeira ordem da natureza.

Existem, porém, certos conceitos, dos quais as "noções comuns" são dedutíveis e que as ligam à própria essência universal dos atributos do Deus único, que as ligam à totalidade do sistema. Estes conceitos são conhecidos somente por intuição, por um grau de conhecimento ainda mais alto que o representado pelas ideias adequadas, pelo terceiro gênero de conhecimento. Este conhecimento vê tudo em função da totalidade, descobre as ideias gerais das quais a ordem toda de ideias adequadas pode ser deduzida. Por meio dele "a mente entende todas as coisas como necessárias e determinadas a existência e ação por uma corrente infinita de causas e, assim, coloca-se em condições para sofrer menos das emoções ocasionadas por estas coisas e para ter menos afeto a elas" (*Ética* V, 6).

Assim, o conhecimento de terceiro gênero torna-se o instrumento preciso de redenção religiosa, pelo qual o homem opera as emoções provocadas pela sua dependência de uma necessidade externa e fatal. Infunde-lhe a certeza que esta necessidade não lhe é estranha, mas pertence ao sistema total pelo qual também ele é determinado na sua individualidade. Sabe-se integrado na ordem universal. Este conhecimento intuitivo encontra Deus na ordem divina. Neste nível a circularidade do argumento se desfaz: Deus é tanto condição como objeto do conhecimento intuitivo. Pois, enquanto a mente humana pensa ela é uma afecção do eterno atributo divino do pensamento; e pensando as coisas, em moldes de terceiro gênero de conhecimento, tem por objeto igualmente modificações de atributos divinos. Na consciência do pensamento intuitivo, como o concebe Spinoza, Deus pensa a si mesmo, sendo Deus sujeito, condição e objeto do ato.

Desaparecendo, assim, as emoções desesperadas do indivíduo, reduzido à particularidade da sua existência. "Deliciamos em tudo que entendemos pelo terceiro gênero de conhecimento e o nosso deleite é acompanhado da ideia de Deus como causa" (*Ética* V, 32). Sendo "amor e prazer acompanhado pela ideia de uma causa externa" (*Ética* III, 69, def. 6), e "deleite acompanhado pela ideia de Deus" deve ser amor de Deus, amor gerado pelo entendimento, i.e., "amor intelectual de Deus".

"Este amor intelectual de Deus é consequência necessária da natureza da mente enquanto considerada como verdade eterna na natureza

O DEUS DE SPINOZA 97

de Deus" (*Ética* V, 37). A mortalidade, o aspecto mais terrificante da nossa condição de modos finitos, de duração limitada, também é eliminada em certo sentido. Toda mente, como ideia específica no pensamento de Deus, é "uma verdade eterna na natureza de Deus e como tal não é sujeita à morte. Tanto mais profundo deve ser o amor a Deus, cuja ideia está inevitavelmente ligada como causa à alegria da alma pela sua imortalidade como "verdade eterna na natureza de Deus".

Devemos examinar ainda a viabilidade emotiva da religiosidade spinozista. É possível amar algo tão abstrato como o conceito spinozista de Deus? Mesmo como ideia de causa, associada ao deleite, proporcionado pelo conhecimento de terceiro gênero, é preciso uma certa identidade para constituir objeto de uma emoção afetiva.

Mas, com todo o universalismo e com todo o caráter absoluto da divindade spinozista que é identificada com a totalidade da natureza, o Deus de Spinoza conserva certos traços pessoais: "Em Deus necessariamente existe a ideia da sua essência..." (*Ética* II, 3) Esta "ideia da sua essência" não é outra coisa que autoconsciência, embora infinitamente ampla. E, "Deus se ama a si mesmo com um amor intelectual infinito" (*Ética* V, 35). Demonstrando esta proposição, Spinoza continua: "Deus é absolutamente infinito, i.e., a natureza de Deus deleita-se em perfeição infinita, acompanhada pela ideia de si mesmo, isto é, a ideia de si mesmo como causa. Isto representa o que chamamos de amor intelectual".

Esta ideia de Deus, na qual Ele se conhece e por causa de cuja perfeição Ele se ama, é a *infinita idea Dei*, o modo mediato infinito do atributo do pensamento, uma totalidade, constituída a base de leis perfeitas e necessárias, de todos os modos finitos de pensamento, de todas as ideias. A esta ideia infinita de Deus corresponde, no atributo da extensão, a *facies tetius universi*, também modo mediato infinito e síntese perfeita de todas as coisas corporais e extensas.

Na "ideia infinita de Deus" e, respectivamente, na "figura de todo o mundo", Spinoza conserva o aspecto de identidade do universo como objeto emocional do seu "amor intelectual de Deus".

VI. ATUALIDADE DO SPINOZISMO PARA A EXPERIÊNCIA RELIGIOSA CONTEMPORÂNEA

Numa época em que as religiões institucionais se encontram em crise por não poderem acompanhar o progresso do pensamento científico e filosófico; em que a religiosidade desfruta de pouco prestígio, principalmente devido a uma identificação errônea com determinados conceitos de Deus, com teologias específicas, dogmaticamente rígidas, ou, ainda, com certas práticas rituais consolidadas nas religiões históricas, um sistema rigorosamente racional como o de Spinoza, que leva às últimas consequências lógicas as normas que reconhece como válidas, coloca um exemplo de autenticidade e de independência de que o pensamento religioso contemporâneo é tão pobre.

Mesmo não se aceitando mais, hoje em dia, muitas das teses de Spinoza, o rigor do seu raciocínio que, séculos antes do surgimento de uma psicologia ou uma sociologia científicas, estabeleceu um determinismo coerente, não somente no campo dos fenômenos físicos e químicos mas também na esfera dos fatos humanos, representa de forma plenamente legítima a autonomia do conhecimento racional de que as ciências fazem parte. Que um tal pensamento pode chegar, sem nada sacrificar das suas convicções, à consciência de um todo significativo que redime a pessoa do pensador da sua solidão existencial, em que se vê lançado pela individuação da sua consciência que o opõe ao seu mundo ambiente, foi demonstrado amplamente por Spinoza.

Transcedência:
Uma Perspectiva Judaica*

Antes de mais nada eu queria – com relação ao problema "Transcendência e Mundo" – traçar uma distinção que, a meu ver, é fundamental, entre religião e religiosidade. Religião é um fenômeno histórico-social culturalmente determinado. Existem muitas religiões bastante diferentes. Religiosidade é um fator universal antropológico. Praticamente não existe cultura sem alguma forma de religiosidade. Poderia se comparar a religiosidade com a musicalidade e as religiões com as músicas. A religiosidade, como a musicalidade, é uma sensibilidade universalmente humana, enquanto que as religiões, assim como as músicas, são produtos de determinadas culturas, de determinadas condições históricas.

Eu queria ainda lhes apresentar o porquê desta universalidade da religiosidade. A religiosidade, a meu ver, provém da própria estrutura do ato consciente humano e, portanto, necessariamente, surge em qualquer cultura em que atos conscientes são executados. Eu me refiro aqui a um conceito de fenomenologia husserliana que fala de intencionalidade. Todos os nossos atos conscientes, não apenas os cognitivos mas também os emotivos, os estéticos e religiosos, são intencionais, quer dizer, são dirigidos àquilo que Husserl chama "objeto intencional". Quando eu conheço, conheço alguma coisa; quando eu amo, amo uma pessoa ou alguma coisa; quando odeio, odeio alguém

---

* Publicado em *Transcendência e Mundo na Virada do Século*, Hélio Jaguaribe (org.), Rio de Janeiro, Topbooks, 1993. (N. de E.)

ou algo; quando executo um ato estético, acho algo ou alguém bonito ou feio, e assim por diante.

Esta característica do ato consciente resulta numa polarização da realidade. Desta forma, surge um distanciamento, uma alienação entre o eu e o mundo, o eu e o mundo se tornam polarizados e isto faz com que o eu se sinta solitário, com que o eu sofra de uma certa forma de solidão existencial, algo que é doloroso, algo que leva à solidão, ao medo da morte e ao medo da vida também. Quer dizer, não é a religiosidade que vem do medo da morte, mas é o medo da morte que vem do fenômeno da religiosidade, porque somente esta polarização nos coloca como finitos diante de uma outra polaridade finita, que é o mundo.

Daí surge então a necessidade do ser humano encontrar o que eu chamo de "terceira realidade". Uma realidade que englobe tanto o eu como o mundo. Se o eu e o mundo são polos: onde há polos existe um eixo; e o grande problema da religiosidade é encontrar o eixo que liga o eu e o mundo. Este eixo pode ser a ideia de Deus, mas não necessariamente precisa ser a ideia de Deus. Existem formas de religiosidade que não contam com o conceito de Deus – refiro-me particularmente a uma religião como o budismo original, que não necessitou, para o seu programa de redenção, da colaboração dos deuses; ao contrário, Buda era de opinião que se deuses existem, eles próprios precisariam do mesmo caminho de redenção que ele, Buda, descobriu. Desta forma, também, por exemplo, o marxismo, para mim, é uma forma de religiosidade, porque é algo que coloca um eixo entre o eu isolado e um mundo extrapolar. Na medida em que o marxista se coloca, conscientemente, dentro de um desenvolvimento que chega àquilo que eles chamam de "sociedade sem classes", ele se coloca dentro de um contexto que relaciona o eu com o mundo.

Ao pensarmos, neste seminário, em transcendência e mundo na virada do século, a meu ver, não deveríamos nos ater apenas ao futuro das religiões existentes. Como já falei, religiões são formações culturais, históricas e, como tais, terão que mudar. O que é eterno no ser humano é esta sensibilidade da religiosidade. Talvez a pergunta pertinente seria: como se expressará a religiosidade na virada do século? Evidentemente, eu não sou capaz de dar uma resposta completa a esta pergunta. Embora como judeu eu seja descendente de profetas, não sou profeta. Mas acho muito interessante, neste contexto, recorrer às formas originais, primordiais do monoteísmo, das quais as principais religiões da atualidade – com exceção, evidentemente, do budismo, que tem outras origens – cristianismo, judaísmo e islamismo de alguma forma, derivam da religiosidade do Antigo Testamento. Eu queria justamente caracterizar esta expressão da religiosidade para abrir uma perspectiva de como esta forma de religiosidade poderia expressar-se no futuro.

Existe uma grande diferença entre as concepções monoteístas que eu chamaria de "naturalistas" e a concepção bíblica da religiosidade,

TRANSCEDÊNCIA: UMA PERSPECTIVA JUDAICA 101

que eu chamaria de "monoteísmo ético". A diferença fundamental consiste no caminho que estas duas formas de religiosidade tomam. O monoteísmo egípcio de Akhenaton, o monoteísmo hindu, o monoteísmo que surge na Grécia, na época de um Sófocles, de um Ésquilo, são monoteísmos que partem da contemplação da natureza. Ao contemplar a natureza e as suas forças, que o homem sempre sente imensamente superiores às suas próprias, ele as concebe como divinas. Ao contemplar estas forças ele chega finalmente a uma concepção de que todas elas derivam de uma força única, que são expressões de uma única força. Por exemplo, Zeus, no tempo de Ésquilo e Sófocles, se transforma no deus universal e os demais deuses são apenas executores da sua suprema verdade. E processos semelhantes existem nos outros tipos de monoteísmos naturalistas. Eles têm em comum partir da contemplação da natureza e chegar, desta maneira, a uma força única, natural, que seria o Deus único. Evidentemente, este Deus único tem uma vontade, esta vontade coloca normas, exigências, aos seus adeptos; o caminho é da contemplação da natureza para, no fim, chegar-se a um conjunto de normas inerentes à vontade da divindade.

A particularidade do monoteísmo ético israelita é que ele vai exatamente pelo caminho inverso. E para lhes dar uma pequena introdução um pouco divertida, apresentarei um pequeno *midrasch*, uma pequena interpretação talmúdica de um texto bíblico, que é o primeiro versículo do capítulo 12 do livro de Gênesis, quando Deus fala a Abrão: "Vai-te, sai da casa de teu pai, de teu país e vai para uma terra que eu vou te mostrar". Então, o *midrasch* diz que Abrão, que consta como pai do monoteísmo judaico – evidentemente, isto historicamente não se pode sustentar, mas na tradição é assim – este Abrão era filho de um pai chamado Terakh, que era fabricante de ídolos. Ele fabricava ídolos e os vendia por toda parte. Um dia, Terakh teve que fazer uma viagem de negócios e deixou seu filho Abrão no seu lugar, na loja. E quando veio um freguês comprar um ídolo, ele perguntou: "Quantos anos o senhor tem?" O homem disse: "Eu tenho 55 anos". E Abrão respondeu: "Coitado daquele que tem 55 anos e vai se prosternar diante daquilo que foi fabricado ontem". Logo depois veio uma senhora, também com a intenção de comprar um ídolo e levou uma tigela de deliciosa farinha para ser oferecida aos ídolos, porque ela queria levar o ídolo que compraria de bom humor, porque ela achava que ídolos que estão bem alimentados estão sempre melhor dispostos do que ídolos que estão com fome. Então, mal essa senhora saiu, Abrão pegou uma vara grossa e quebrou todos os ídolos da loja, e deixou esta vara na mão do maior deles. E quando o velho pai voltou ficou abismado: "O que aconteceu aqui!" E Abrão respondeu: "Por que vou esconder a verdade de meu pai? Veio uma freguesa para oferecer ao ídolo e deixou uma tigela para oferecer a eles, para ela voltar e levar seu ídolo com boa disposição. Quando entrei na sala de exposição, começou uma gritaria:

102 NAS SENDAS DO JUDAÍSMO

um ídolo gritava: 'Eu vou comer primeiro!' Outro dizia: 'Não, sou eu que vou comer primeiro!' Até que o maior dentre eles pegou esta vara e quebrou todos os menores". Terakh falou a Abrão: "Você acha que eu sou tão bobo de acreditar que os ídolos são capazes disso?" E ele disse; "Oxalá que aquilo que saiu, pai, da tua boca, entre no teu entendimento". Então Deus falou para Abrão: "Agora é tempo, sai da tua casa, do país em que moras e vai para uma terra que te vou mostrar".

O importante deste pequeno episódio me parece o fato de que o que choca não é a existência de várias divindades; o que choca é a multiplicidade das vontades divinas: cada ídolo queria comer primeiro e o sacerdote só podia satisfazer um, e então contraria a vontade de todos os demais ídolos. Este é, para a religiosidade judaica, o problema fundamental, a impossibilidade de existir uma multiplicidade de vontades divinas. Isto contraria a univocidade da nossa consciência ética. O que é bom não pode ser ao mesmo tempo ruim, somente porque é exigido por outro deus. Portanto, o primeiro passo do caminho israelita para o monoteísmo é a descoberta da unicidade da vontade divina. Só pode haver uma vontade divina, e se só há uma vontade divina, só pode haver um Deus. Portanto, o caminho do monoteísmo ético é exatamente o inverso dos monoteísmos naturalistas. Enquanto os monoteísmos naturalistas partem da natureza e chegam primeiro à unicidade do divino para finalmente chegar à unicidade da vontade deste supremo Deus, a Bíblia chega primeiro à unicidade da vontade divina para, enfim, chegar à unicidade de Deus.

Cabe perguntar: que diferença isso faz? Isto tem qualquer importância? Sugiro que isso tem uma tremenda importância. Em primeiro lugar, o monoteísmo bíblico, chegando à unicidade da vontade divina, realmente não progride mais. Ela, evidentemente, também afirma a unicidade do ser de Deus, mas jamais procura este ser de Deus, porque o grande problema da religiosidade bíblica é sempre a vontade divina. O que significa que o Antigo Testamento é rigorosamente antiteológico; ele recusa toda e qualquer procura sistemática ou não sistemática do ser divino. Enquanto que a cultura grega se empolga com o ser divino, com a sua beleza, com a sua sabedoria e assim por diante, o monoteísmo bíblico típico proíbe toda e qualquer imaginação do divino, seja em formas que estejam no céu, acima, seja em formas que estejam na terra.

Esse antiteologismo está expresso no segundo mandamento que se utiliza destes mesmos termos que acabei de usar. Mas há uma outra linda cena, do capítulo 33 do livro de Êxodo, quando Moisés, depois de 40 dias de estadia no monte Sinai, sem sono, sem comida, sem bebida, finalmente recebe a Lei desejada, duas tábuas escritas pela mão de Deus; ele então começa a descida e, quando já está quase chegando, vê de longe seu povo dançando ao redor do bezerro de ouro. Em desespero, ele joga as tábuas contra as rochas, aquelas se despedaçam em milhares de peças e a existência do próprio povo está em perigo.

TRANSCEDÊNCIA: UMA PERSPECTIVA JUDAICA

Somente por uma solicitação pessoal de Moisés, Deus não destrói o povo. Mas Moisés, depois desta experiência extremamente dolorosa, gostaria de ver e conhecer quem o garantiria, numa viagem de 40 anos através de um deserto cheio de perigos, liderando um povo bastante cabeçudo. Então ele pede a Deus que Se mostre a ele. E Deus disse: "Não. Não há ser mortal que possa ver a Minha Face e continuar vivo". Mas Ele não quer deixar o Seu fiel servidor sem nada. Então o coloca numa fenda da montanha rochosa que é o Sinai, protege a entrada da fenda com a mão e depois de certo tempo tira a mão e Moisés pode ver, não Deus, mas os rastros de Sua passagem. Isto, durante a tradição legítima de Israel, tem sido o máximo que o homem pode conhecer: Os rastros da Sua passagem, nunca Ele mesmo. Os rastros de Sua passagem, que nós encontramos na história, os rastros de Sua passagem, que nós encontramos nas maravilhas da natureza. E assim, pode-se chegar a afirmar que se conhece Deus através das ciências humanas e naturais, nunca através da teologia.

Esta inversão de caminho tem muitas outras consequências ainda. Se o mais importante é procurar a vontade divina e não o ser divino, não apenas se elimina uma teologia, ou seja, uma especulação acerca do ser de Deus, mas também se postula a importância da vontade divina e da sua expressão na Lei. A Lei será a base fundamental do judaísmo e não as especulações teóricas sobre o seu divino autor. É uma Lei que está acima de todas as leis humanas. Todas as nossas leis são criadas por interesses. Na monarquia absoluta, as leis decorrem da vontade do monarca e, evidentemente, não deixam fora os seus interesses pessoais; na aristocracia, se tem o governo de uns poucos privilegiados. Não se pode esperar do governo desses poucos privilegiados que eles apenas considerem o bem de todos e olvidem os seus interesses particulares. E isso acontece com a oligarquia, com a hierocracia, quer dizer, com o domínio dos sacerdotes, e infelizmente, também com a democracia. Na democracia – democracia autêntica, que realmente é governada por uma representação verdadeira da vontade popular – sempre há a imposição dos interesses da maioria contra os interesses da minoria. Nós, da nossa história judaica, podemos citar inúmeros exemplos. Mas existe um exemplo clássico: Na história dos Estados Unidos, que afinal de contas se apresentam hoje a nós como a democracia exemplar. Nela, durante muito tempo, uma minoria preta tem sido explorada miseravelmente por uma maioria branca. Portanto, a única garantia contra o interesse no exercício da soberania – que leva, por outro lado, para a ideia teocrática na Bíblia – é uma Lei que esteja acima do embate político, acima dos interesses humanos, uma Lei dessas pretende ser a Lei bíblica. Uma Lei à qual todos estão sujeitos, até o próprio monarca. Tem-se, no Deuteronômio, capítulo 17, versículos 14 a 20, uma lei do monarca que é uma coisa excepcional no Oriente Próximo, onde o monarca era o absoluto. Nestes parágrafos se diz exatamente que o monarca deveria ter a Lei a seu lado e ler dia e noite. Ele é o executor da Lei e jamais o seu autor.

Isto leva à importância de uma lei absoluta, que na filosofia jurídica se tem chamado de *jus naturalis*, que é um debate que se dá através da filosofia do direito há muito tempo. Quer dizer, existe uma lei que não é dependente do debate político, mas que é absoluta. Como, por exemplo, a Declaração dos Direitos do Homem, na Declaração de Independência dos Estados Unidos, ou mesmo, ultimamente, os Direitos Universais do Homem, promulgados pela ONU. Uma colocação que finalmente vai eliminar a dolorosa oposição que em todos os nossos regimes existe, entre justiça e legalidade. Nós sabemos, cada um o sente, que muita coisa que é legal não é justa, e muita coisa que é justa não encontrou sua expressão na lei.

Então, ao pensarmos as formas de expressão que a religiosidade necessariamente criará no século XXI, que ela criou em todos os séculos e vai novamente criar, já que ela está fundamentada na estrutura do ato consciente do ser humano, então, nesta consideração das expressões que esta religiosidade encontrará no futuro, me parece que este recurso às origens do monoteísmo poderá ser de grande valia.

O monoteísmo do futuro será uma expressão da esperança do homem. Uma outra consequência deste tipo de monoteísmo ético é que na Bíblia não existe o conceito "natureza humana" como ele foi criado na cultura grega. O homem não é um ser acabado, tampouco o é a própria sociedade. O homem e a sociedade estão eternamente no caminho do aperfeiçoamento. Existe, novamente, um *midrasch*, uma explicação muito bonita do versículo 16 do primeiro capítulo da Bíblia, onde Deus disse: "Vamos criar um homem à Nossa semelhança e à Nossa imagem". Por que Deus utilizou o plural, já que outros deuses, evidentemente, não existem? Os anjos não são criados à imagem de Deus porque os anjos não têm o livre-arbítrio que o ser humano tem e que o coloca acima de todos os demais seres e à semelhança de Deus. Então, a quem Deus se dirigiu? E a resposta do *midrasch* é: Deus se dirigiu a todas as gerações do homem. Que todos eles, em todas as épocas, são convocados a criar o homem em colaboração com Deus. Isto, de outra forma, por exemplo, inspirou uma obra monumental de um neomarxista chamado Ernst Bloch, que publicou o livro *O Princípio da Esperança*, onde ele formula o princípio da perfectibilidade essencial do ser humano e da sociedade. O homem não seria homem se não fosse perfectível, a sociedade não seria a sociedade se não fosse perfectível. E somente esta perfectibilidade do homem e da sociedade nos dá a esperança de um futuro melhor. Porque a natureza sempre segue as suas leis preestabelecidas e não nos abre uma perspectiva do futuro.

Religiosidade e Saúde Mental*

> *Se não partirmos da* identidade *entre sujeito e objeto, mas de sua* dualidade funcional e operacional, *reconhecendo-se que são termos que não se contrapõem nem se concebem abstratamente,* mas antes se implicam numa relação essencial de mútua polaridade, *então surge o processo de objetivação* como tensão *entre dois fatores*
>
> MIGUEL REALE, *Experiência e Cultura*, p. 104.

I. DA MULTIDIMENSIONALIDADE DOS VALORES[1]

A linha reta é a ligação mais curta entre dois pontos. Esta qualidade de eficiência na comunicação passa do âmbito matemático-natural para o âmbito estético: Ela é a mais verdadeira entre as ligações possíveis e, dessa forma, possui uma beleza toda especial. No âmbito moral apreciamos o homem reto que não conhece subterfúgios. Ele vai pelo caminho mais curto ao que julga justo e correto. De Deus, o Todo-Poderoso, também pressupomos que vá pelo caminho mais direto alcançar os Seus propósitos. O conceito de "retidão", em nosso idioma, reúne, portanto, aspectos matemáticos, externos e objetivos, aspectos morais, internos e subjetivos e, inclusive, aspectos teológicos. O mesmo acontece com o inglês *straight(forward)ness* e com o alemão *Geradheit*. Como na nossa língua "direito", o francês *droit* reúne a significação matemática de ligação mais curta com a significação moral e jurídica "justiça".

---

* Publicado em *Direito, Política, Filosofia, Poesia – Estudos em Homenagem ao Professor Miguel Reale no seu Octogésimo Aniversário*, Celso Lafer, Tércio Sampaio Feraz Jr. (Coord.), São Paulo, Saraiva, 1992. (N. de E.)

1. Sendo os problemas da experiência, do valor e do direito preocupações básicas do pensamento do Prof. Miguel Reale, permito-me deles apresentar uma elaboração em direção diferente, embora, como me parece, "complementar": Na direção da fenomenologia da religiosidade.

106 NAS SENDAS DO JUDAÍSMO

No hebraico bíblico, a coincidência de aspectos matemático-naturais e morais e subjetivos, e ainda teológicos, é particularmente evidente. *Yaschar* denota tudo quanto é reto: Um caminho, uma perna, uma planície, mas denota, antes de mais nada, a retidão do caráter. "Retos de coração" (Sl. 11,2; 32,11; 36,11; 64,11; 94,15; 97,11) é uma expressão bastante corrente na Bíblia.

Esta coincidência de aspectos naturais, morais e teológicos destaca-se também nas combinações em que a palavra *yaschar*, "reto", entra. Frequentemente é usada junto com a palavra *tom*, "integridade", que, como no vernáculo, designa a inteireza de algo, inteireza que é uma qualidade não apenas útil, mas igualmente estética e moral. Como se fala na Bíblia de "retos de coração" assim também de "íntegros de coração" (I Rs. 9, 4; Jó 1, 1 e 8; 2, 3).

Outra expressão para "inteiro" é *schalem*. Ser "inteiro", "íntegro" para com outro é parecido a ser *yaschar*. *Schalem* combina pureza e integridade, ambos baseados na qualidade natural do completo, do não misturado, daquilo que não conhece curvas e subterfúgios (Gn. 34, 21; I Rs 8, 61; 11, 4; 15, 3 e 14). David deseja ao seu filho Salomão um coração completo, *schalem*. Relacionada com a palavra *schalem* é *schalom*, "paz", pois somente na realização completa do que é *yaschar*, "reto" e "puro", uma paz duradoura é possível.

O "puro" é o não misturado, o que não sofreu alteração, o que é integralmente como se apresenta. Também o puro possui uma denotação natural, química e técnica, além das suas significações estética, moral e religiosa. O "puro" é colocado em paralelo com o "reto" na apreciação das pessoas e dos seu atos (Jó. 8, 6; Pr 21, 8). Daí a grande importância da pureza ritual que relaciona o valor humano com o valor divino. Uma interpretação rabínica da doutrina da pureza (Lv. 15, 2 e s.) mostra Deus dizendo à alma do recém-falecido que retornava a Ele: "Veja como Eu sou puro, Minha residência é pura, Meus servos são puros e a alma que te dei era pura. Se a devolveres no estado em que a dei [i.e., pura], tudo bem; se não, Eu a queimo em tua frente" (*Vayikrá Rabá, Mezorá*, 18, 1).

Outro campo semântico deste tipo são as expressões para a solidez e a boa fundamentação da terra, dos continentes, das montanhas, mas também de uma convicção, da própria fé. A raiz *kun* significa "ser bem estabelecido", seguramente fundado como uma montanha ou uma rocha. Daí deriva a palavra *nakhon*, "correto", tanto no sentido lógico-formal, quanto no sentido moral. "Sólido [mas também verdadeiro] é Teu trono desde sempre...", canta o salmista do seu Deus (Sl. 93, 2).

Para o homem bíblico a própria "verdade" não é, como para nós, a correspondência de pensamento e realidade, mas é algo que deve ser criado ainda. Deus e o homem criam a "verdade" na medida em que permanecem fiéis aos seus propósitos. Na palavra hebraica para verdade, *emét*, esconde-se a origem *amaná*, ou seja, "fidelidade". Algo

RELIGIOSIDADE E SAÚDE MENTAL 107

é verdadeiro na medida em que se mantém e se manifesta na ação. São Deus e a alma que produzem a verdade. "Verdade" não é um dado, mas algo que deve ser realizado e mantido. Uma alma verdadeira é chamada *neeman*, "confiável", que também tem seu sentido externo, temporal, duradouro, permanente.

Somente tratei de palavras básicas e não dos seu derivados, para os quais se pode constatar o mesmo. O que todos estes termos têm em comum é a coincidência de três aspectos: do aspecto pessoal-subjetivo, do aspecto natural-objetivo e do aspecto teológico. Neles encontram-se homem e natureza, e ambos com Deus. A normalidade da alma e da natureza consiste na conformidade com a vontade de Deus.

No entanto, a alma humana existe somente em conexão orgânica com outras almas e pode atuar e expressar-se somente em colaboração com outras. Linguagem e cultura, essencialmente fenômenos sociais, são indispensáveis para a comunicação e a atuação do homem. Portanto, a alma faz parte de uma totalidade que cria um centro de avaliação e de decisão. Ser justo e verdadeiro significa pois, entre outras coisas, ajustar o próprio sistema de valores ao deste centro de avaliação. Surge, assim, um quarto aspecto dos termos deontológicos: Sua validade coletiva e social.

II. DO PESO DA TOTALIDADE NO SISTEMA BÍBLICO DE VALORES

Voltamos ao valor da integridade. Em que medida a integridade pode ser um valor moral? Em que medida uma ação ou uma atitude é mais valiosa ao resultar da totalidade de uma personalidade, do conjunto das sua aspirações, do que seria como consequência de um ato isolado de vontade? Nisto tocamos numa das diferenças fundamentais entre a moralidade bíblica e o nosso pensamento ético moderno, escolado pelas "Críticas" de Kant e a importância que deu à "autonomia da decisão moral".

O que é, enfim, "vontade"? Aurélio Buarque de Holanda Ferreira, no seu dicionário, define vontade como "faculdade de representar mentalmente um ato que pode ou não ser praticado em obediência a um impulso ou a motivos ditados pela razão". Mais explícito é Aristóteles: "Desde que o que é feito sob compulsão ou por causa de ignorância é involuntário, o voluntário seria aquele comportamento, cuja motivação provém da própria pessoa que está consciente dos seus motivos e das condições da sua realização"[2]. São Tomás, por sua vez, conclui corretamente que "a vontade sempre está correlacionada com o entendimento que não apenas aprende a ideia do bem, mas que reconhece também, em cada caso, o que é bom fazer, determinando desta forma a vontade"[3].

2. Aristóteles, *Ética de Nicômaco*, 111ª.
3. *Suma Teológica* I, Questão IX, art. 1.

108 NAS SENDAS DO JUDAÍSMO

A vontade, portanto, tem duas raízes essenciais: Sua motivação é pessoal e tanto meios como fins são racionais.

Se, segundo São Tomás, o entendimento não apenas apresenta a ideia do bem mas reconhece, também, em cada caso, o que é bom fazer, determinando dessa forma a vontade, falta apenas um pequeno passo para a posição de Spinoza, que identifica entendimento e vontade e compreende ambos como *modi* do atributo divino do pensamento. Como *modi* são determinados e não livres. Fazem parte da própria função da vida humana e não existe uma constelação de vontades livres. Todas fazem parte de uma totalidade de manifestações do atributo do pensamento[4].

Isto corresponde à afirmação de J. Pedersen de que "para o homem bíblico a vontade não é uma qualidade específica da alma, mas sua essência e sua maneira de atuação"[5]. Milênios antes de Spinoza, o homem bíblico reconheceu que o valor moral de um comportamento não consiste no acerto de atos singulares, nem na liberdade do ato de vontade em cada caso, mas na integridade da pessoa, na coerência das suas atitudes. "Vê, coloco hoje em tua frente a vida e o bem e a morte e o mal [...] Escolhe, pois, a vida...", diz o Deuteronômio (30, 15 e 19), evidentemente não se referindo a um ou outro ato voluntário, mas a toda personalidade e sua escolha de vida. Uma tal escolha global de vida também Spinoza deve ter admitido, não obstante sua negação da livre vontade. De outra forma não poderia ter apresentado o *amor Dei intellectualis* como suprema aspiração da sua "ética".

Se para Spinoza e para o homem bíblico todos os valores podem ser traçados à sua raiz na alma sadia, esta saúde da alma não independe da sua escolha. Conforme o versículo do Deuteronômio já citado, ele pode escolher entre a vida e a saúde mental e a morte e a morbidez da alma. Dessa escolha global depende o valor de todos os seus atos. Quando o mestre talmúdico, Rabi Hanina, quer caracterizar a liberdade humana ante a onipotência divina, expressa-se da seguinte maneira: "Tudo está na mão do Céu [Deus], fora o temor do Céu" (*Bereshit Rabá* 33b). Com isto o sábio expressa claramente que o "livre-arbítrio" não se refere a atos isolados de vontade, mas a uma atitude global diante de Deus, do homem e do mundo, e é somente com relação a uma tal atitude global que podemos falar de "integridade pessoal".

A alma sadia é a alma completa, íntegra, que está na base de todos os valores fundamentais da vida. E assim como, numa obra de arte, a soma das partes jamais perfaz um todo, assim, na opinião do homem bíblico, a soma de decisões autônomas não resultará numa vida virtuosa.

4. H. A. Wolfson, *The Philosophy of Spinoza*, I, p. 403.
5. J. Pedersen, *Israel, its Life and Culture*, I-II, p. 361.

RELIGIOSIDADE E SAÚDE MENTAL 109

III. DA BÊNÇÃO E DA MALDIÇÃO

A alma sadia, a alma que perfaz uma totalidade intencional, é a fonte da bênção; a alma fragmentada, sem orientação global, é fonte de maldição. Mas esta totalidade, por si só, não garante ainda a saúde da alma. Esta totalidade deve estar de acordo com um contexto superior, em que uma vida se enquadra: Contexto social e contexto religioso, ambos representados para o homem bíblico pela Aliança. Justiça e verdade marcam ambas a preservação da Aliança. Quem preserva a Aliança, preserva a sua própria integridade, pois faz parte de uma totalidade existencial com Deus e os companheiros que partilham do mesmo espírito.

Dessa forma jamais sentirá a solidão existencial que assola a alma, jogada num mundo de acasos e incoerências, solidão que é o fundo de toda "perdição religiosa"[6]. Partilha da bênção, prometida em diversos textos do Pentateuco, sendo os principais Levítico 26, 3-13 e Deuteronômio 28, 1-14. E a toda bênção corresponde uma maldição, no caso em que a Aliança não for respeitada (Lv. 26, 14-45 e Dt. 28, 15-68). Como estes textos insinuam, a Aliança é vivenciada no cumprimento de mandamentos. Portanto, a bênção decorre da sua observação, e a maldição, do contrário.

Uma das passagens mais chocantes da Bíblia encontramos em II Reis 2, 23 e ss. Ali se conta como, depois de milagrosamente ter sanado uma fonte de águas ruins e causadoras de doenças na cidade de Jericó, o profeta Eliseu saiu pela estrada rumo a Bet-El. "Enquanto ia saindo pelo caminho, saíram da cidade meninos pequenos e zombaram dele, gritando: 'Sobe, calvo! Sobe, calvo!' Ele olhou para trás, viu-os e amaldiçoou-os em nome do Eterno. Saíram do bosque duas ursas e despedaçaram quarenta e duas crianças".

Os mestres do Talmude ensinaram que Eliseu teria sido punido mais tarde com uma grave doença (*Sota*, 47a). No entanto um deles, Rabi Elazar, apresentou uma interpretação muito diferente: A palavra "meninos", em hebraico *nearim*, deveria ser lida *menuarim*, da mesma raiz, ou seja, "destituídos" de todo respeito a Deus, não se tratando de jovens. A palavra "pequenos" explicou como "pequenos em fé". Teriam sido então adultos que se comportaram como crianças – o que ainda hoje acontece de vez em quando. Acrescentam ainda os sábios que, depois de que o tinham ridicularizado, olhou para eles e viu que todos vinham de transgressões graves e mereciam a morte (*Sota*, 46b).

Não interessa aqui se esta interpretação corresponde ao que o autor do texto bíblico queria dizer. A importância desta passagem consiste no desenvolvimento que o Talmud dá à conceituação bíblica de bênção e de maldição.

---

6. Sobre as estruturas da consciência religiosa, "perdição", "redenção" e "terceira realidade", ver *Tempo e Religião*, pp. 21-30.

110 NAS SENDAS DO JUDAÍSMO

Como o Pentateuco afirma expressamente (Lv 26 e Dt 28), toda bênção está associada a um mérito, e toda a maldição a um pecado. Bênção e maldição não são, portanto, produzidas pelo pronunciamento de um ser humano, mas, bem ao contrário, somente podem ser pronunciadas, com efeito, quando objetivamente já existem. O pronunciamento da bênção e da maldição torna apenas consciente uma situação psicológica que já é dada, tornando-a mais gratificante ou mais dolorosa respectivamente. Ninguém pode produzir bênção ou maldição no outro. É possível apenas conscientizar algo que o outro já criou para si pelas suas atitudes e pela sua conduta. Bênção e maldição não são, pois, atos mágicos que produzem o bem ou o mal; apenas conscientizam o outro do bem e do mal que já produziu para si mesmo.

Segundo esta interpretação, não foi o profeta Eliseu quem provocou a morte dos "meninos"; foram eles mesmos que a causaram para si. Somos, inevitavelmente, os autores da nossa própria bênção ou da nossa própria maldição.

A maldição, conscientizada ou não, produz a desintegração da intencionalidade. Aonde quer que chegue o "maldito", o que quer que faça, encontra apenas frustração: Decepção, doenças de alma e de corpo, desilusão amorosa, impotência sexual, fracasso profissional. A maldição é contagiante: Expande-se não apenas a todas as intenções do portador, mas até à colaboração dos companheiros. A bênção tem efeitos contrários.

Constata-se nas pessoas portadoras da maldição uma profunda solidão existencial. Estão sempre descontentes com os outros, mas também consigo mesmas e com a vida. Uma profunda sensação de culpa, consciente ou inconsciente (para crentes de "pecado") corrompe a autoconfiança: Têm medo da vida e pavor da morte. Não encontram solução para os seus problemas.

A terapia da maldição é catártica, como há milênios aplicada nas Grandes Festas judaicas. Chama-se *teschuvá*, "retorno", volta a fases anteriores da vida, quando a maldição ainda não existia. Este "retorno" é efetuado por concentrado esforço de memorização. A primeira das Grandes Festas, o Ano Novo judaico, chama-se também "dia da memorização". Esta possibilita não apenas o reconhecimento do erro cometido que deve ser assumido, mas permite também nova solução de problemas mal resolvidos. A conscientização da maldição é o primeiro passo para uma nova bênção.

Neste retorno é indispensável uma mudança total. Não se trata apenas de reparar casos isolados de "má vontade", casos de "heteronomia da decisão moral" como diria Kant. Os atos de vontade não são livres, mas decorrem de uma mentalidade que pode e deve ser mudada. Somente uma mudança total desse tipo criará uma habilidade global para o bem.

O retorno não se satisfaz, portanto, com meros sentimentos, com remorso e arrependimento. Requer ação, fruto de uma autotransformação total. Ação que, em tempos antigos, consistia em sacrifícios de pecado e de culpa. Ação que exige a reparação dos danos causados a outros e a obtenção do seu perdão, pois Deus, segundo o Talmude, pode perdoar somente transgressões cometidas contra Ele, não aquelas que cometemos contra os nossos semelhantes.

A bênção conquistada desta forma, consiste na integração da subjetividade e da objetividade num contexto que tenho caracterizado como "terceira realidade"[7]. Esta integração revela-se também no processo ontognoseológico, tão brilhantemente descrito pelo Prof. Miguel Reale em *Experiência e Cultura*. O estado da bênção leva não apenas à constatação da justeza das nossas intenções do lado subjetivo, mas também da probabilidade de boas consequências dos nossos atos do lado objetivo, pelo menos a longo prazo.

Através da religiosidade, definida como anseio de integração do nosso "eu" e do nosso "mundo" numa "terceira realidade", englobante e instauradora de sentido, chegamos à bênção e, finalmente, à bênção da bênção, ou seja, à sua plena conscientização, que resulta em intensa felicidade. Portanto, a religiosidade é de grande importância para nossa saúde mental.

7. *Idem.*

Parte II

Bíblia e as Festas Judaicas

1. Bíblia

1. Biblia

Em Busca do Homem Bíblico
Aspectos Filosóficos de Hermenêutica em Antropologia Bíblica

I. TEXTO E VIDA

O Antigo Testamento representa, reconhecidamente, um conjunto de textos em que a experiência religiosa encontrou muitas das suas mais autênticas expressões. Nada mais natural, portanto, do que recorrer a este riquíssimo tesouro de literatura pensativa, quando quisermos – livres de toda avaliação tecnológica – estudar as estruturas da consciência religiosa.

A condição primeira e absolutamente indispensável para uma tal compreensão de texto é partir do pressuposto de que qualquer literatura representa a preservação, por escrito, de uma fala viva que ostenta traços característicos da vida e da cultura de determinado povo. Esta proposição básica de filosofia linguística foi formulada nas primeiras décadas do século passado por Wilhelm von Humboldt[1].

---

1. A filosofia da linguagem de Wilhelm von Humboldt representa o coroamento de um longo desenvolvimento da reflexão sobre as línguas humanas. Entre as obras principais dos seus antecessores encontram-se: Francis Bacon, *On the Proficency and Advancement of Learning, Divine and Human*, 1605 e *De dignitate et augmentis scientiarum*, 1625; John Locke, *An Essay Concerning Human Understanding*, 1680; Anthony Ashley Cooper, Lord Shaftesbury, *Soliloquy*, 1701; Giambattista Vico, *Principi d'una scienza nuova d'intorno alla commune natura delle nazione*, 1725 e 1730; J. Harris, *HERMES or a Philosophical Inquiry Concerning Language and Universal Grammar*, 1751 (com atenção especial ao problema do tempo); Denis Didérot, *Lettre sur les sourds et muets*; Johann Gottfried Herder, *Über den Ursprung der Sprache*, 1772; Friedrich

118 NAS SENDAS DO JUDAÍSMO

Fora dos textos que reunimos sob a designação "Antigo Testamento", são bem fragmentárias as informações sobre a vida e o mundo de Israel que nos são oferecidas pelos remanescentes físicos da sua cultura, em outras palavras, pela arqueologia. E mais fragmentárias ainda são as fontes sobre Israel que pertencem ao acervo histórico de nações vizinhas. A vida deste pequeno povo, no seu país minúsculo, deve ter parecido sem maior importância aos contemporâneos que ainda não dispunham da perspectiva histórica de milênios posteriores, capazes de avaliar o extremo alcance desta pequena cultura regional. Portanto, embora frequentemente a contribuição da arqueologia e dos estudos das antigas culturas orientais e das suas línguas possa ser relevante e, mesmo decisiva, o sustentáculo principal de uma investigação do povo do Israel bíblico e do seu mundo, permanece o estudo de sua literatura, do Antigo Testamento.

Logo, no entanto, coloca-se a dúvida: Em que medida o homem israelita e seu mundo, no primeiro milênio antes da Era Civil, podem ser conhecidos a partir da sua literatura, isto é, da Bíblia.

Neste intuito o termo "Antigo Testamento" não deve ser compreendido como conjunto de textos murchos e ultrapassados, remanescentes de uma glória há muito desvanecida, mas como expressão de vida numa determinada cultura, conforme pensamento de Wilhelm von Humboldt, hoje aceito por importantes linguistas contemporâneos[2].

A investigação antropológica do homem bíblico apresenta-se então, como estudo empírico das particularidades evidenciadas pela linguagem da Bíblia, no seu esforço criativo de expressar-se. Pois "língua não é

Schlegel, *Über die Sprache und Weisheit der Indier*, 1808; Rasmus Rask, *Untersuchungen über den Ursprung der alten nordischen und isländischen Sprachen*, 1814; e Franz Bopps, *Über das Konjugationssystem der Sanskritsprache in Vergleichung mit jenem der griechischen, lateinischen und persischen Sprache*, 1816.

2. Wilhelm von Humboldt, *Schriften zur Sprache* (*Escritos Sobre a Língua*), ed. Michael Böhler, Philipp Reclam Jun., Stuttgart, 1973. A afirmação fundamental de Humboldt, que a língua não é simplesmente um conjunto de sinais para objetos e processos reais, exteriores ou interiores, mas um conjunto de sinais para a representação que formamos do nosso mundo e, portanto, resultado de "sistemas gerativos", é partilhada e desenvolvida pela escola de Noam Chomsky, em *A Língua e a Mente em Novas Perspectivas Linguísticas*, Petrópolis, Vozes, 3ª ed., 1973. Uma posição correspondente é tomada por linguistas como Edward Sapir, *Language and Culture, Language and Personality*, Selected Writings, Berkeley e Los Angeles, Univ. of California Press, 1960, e B. L. Whorf em *Four Articles in Metalinguistics*, Washington, 1949 e *Language, Thought and Reality*, Selected Writings, New York-London, 1956, ed. J. B. Carell. O trabalho criador destes "sistemas gerativos" leva características da visão do mundo das nações que criaram as suas línguas. Esta conclusão de Humboldt é invocada por Thorleif Boman no seu estudo antropológico *Das hebräische Denken im Vergleich mit dem griechischen* (*O Pensamento Hebreu em Comparação com o Grego*) Göttingen, 1983, Vandenhoeck & Ruprecht, que, por sua vez, se apoia na autoridade dos seguintes linguistas: Stephen Ullman, *The Principles of Semantics*, Oxford, 1958, 2ª ed., e *Semantics – An Introduction to the Science of Meaning*, Oxford, 1962; Heinz Kronasser, *Handbuch der Semasiologie*, 1952 e Harris Birkeland, *Semitic and Structural Linguistics*, Festschrift Roman Jacobson, Haia, 1956.

EM BUSCA DO HOMEM BÍBLICO 119

obra feita (*Ergon*), mas atividade (*Energueia*)"[3], é trabalho criativo do homem ao moldar o som para torná-lo expressão do seu pensamento. Existem, evidentemente, estruturas constantes e gerais neste trabalho, um conjunto de regularidades, encontradas em todas as línguas, que são estudadas pela gramática comparativa e pela linguística estrutural[4]. Mas encontramos também, no esforço expressivo de cada literatura, traços que refletem características nacionais e individuais dos seus autores. Duma subjetividade uniforme, atuando sobre a língua de cada nação, resulta que toda língua apresente uma "visão do mundo", obviamente também condicionada pela personalidade do falante ou do escritor. "Assim como as línguas são [...] criações dos povos, permanecem, ao mesmo tempo, criações próprias de indiví-duos"[5], afirma Humboldt. Estas particularidades que perfazem a "visão do mundo" refletida pela linguagem dos textos, oferecem possibilidades de compreensão das experiências feitas pelo homem falante[6].

Seria, contudo, "uma concepção unilateral pensar que a particularidade nacional do espírito e o caráter individual se manifestasse, unicamente, na formação dos conceitos. Exerce influência igualmente importante na composição da frase e nela é reconhecível da mesma forma"[7], pois "muito na constituição do período e na composição do discurso não é redutível a regras, mas depende de cada falante ou escritor"[8]. Por conseguinte, além de examinar as particularidades semânticas das expressões do Antigo Testamento, teremos que ver também o que a sintaxe da língua bíblica e o estilo literário de cada texto poderão ensinar-nos sobre a experiência do homem bíblico.

---

3. Os textos de Humboldt são citados da sua *Einleitung zum Kawi-Werk*, (*Introdução à Obra Sobre a Língua Kawi*), intitulada "Über die Verschiedenheit des menschlichen Sprachbaues und ihren Einfluss auf die geistige Entwicklung des Menschengeschlechts" ("Sobre a Diferença na Construção das Línguas Humanas e sua Importância para o Desenvolvimento Intelectual do Gênero Humano"), texto escrito entre 1830 e 1835. Utilizei a edição de Michael Böhler, *Schriften zur Sprache*, Philipp Reclam Jun., Stuttgart, 1973. A presente citação é do parágrafo 12, p. 36.

4. Lucien Goldmann, "O Conceito de Estrutura Significativa em História da Cultura", em Roger Bastide, *Usos e Sentidos do Termo Estrutura nas Ciências Humanas e Sociais*, Herder e Edusp, 1971.

5. *Op. cit.*, § 7, p. 37, nota 1.

6. "O uso (linguístico) fundamenta-se nas exigências que o pensamento faz à língua, donde surgem as leis gerais desta última: esta parte, devido à sua função específica, é, portanto, comum a toda a humanidade, diferentemente do que ocorre com as particularidades da disposição inata (nacional ou individual) ou do seu ulterior desenvolvimento". (§ 13, pp. 44-45).

"Sendo a aptidão para a fala um traço comum a todos os homens, e todos sendo portadores da chave para a compreensão de qualquer língua, segue-se, necessariamente, que a 'forma' de todas as línguas é a mesma, essencialmente, sempre subordinada ao objetivo universal". [de dar expressão fônica ao pensamento] (§ 35, p. 200).

7. *Op. cit.*, § 21, p. 89.

8. *Op. cit.*, § 21, p. 90.

II. A UNIVERSALIDADE DA COMPREENSÃO

Se para investigação antropológica do homem bíblico é fundamental a possibilidade de encontrar, nos textos do Antigo Testamento, sinais que refletem características nacionais individuais, levanta-se a questão, de em que condições e por quê meios podemos compreender homens e mundos totalmente diferentes. Será lícito pressupor, como condição da possibilidade de compreensão de línguas e ambientes profundamente diversos, uma compreensibilidade linguística universal que Humboldt deduz do objetivo comum de todo falar: A transposição do pensamento humano para a sonoridade que o representaria e o tornaria acessível a outros seres humanos?[9]

Esta é uma pergunta fundamental de cuja resposta depende toda "hermenêutica, como doutrina da arte de compreender conteúdos de consciência de outros homens, a partir das suas manifestações sensíveis". Há possibilidades de compreensão, mesmo quando o que queremos interpretar data de outras épocas e nos chega de terras diferentes? Esta dúvida não atinge somente a inteligibilidade de algum texto, de uma determinada língua difícil ou de uma estranha peça de arte. Trata-se das condições, mesmo, e dos limites do próprio processo de compreensão.

A universalidade dos processos de compreensão humana foi uma das convicções básicas de Friedrich Schleiermacher, patriarca da hermenêutica moderna[10]. É segundo leis da hermenêutica que toda criança chega a compreender o significado das palavras que aprende a balbuciar[11]. Schleiermacher viu com bastante clareza que esta aprendizagem constitui um processo hermenêutico universal[12]. Consequentemente, o próprio fato da inteligência universal da comunicação linguística constitui uma prova importante da existência de condições para uma compreensão efetiva. A possibilidade da aprendizagem de línguas estrangeiras e de traduzir uma língua outra, mostram que estas condições de compreensão excedem amplamente as limitações do contexto ambiental e da língua materna em que o indivíduo se criou.

---

9. *Op. cit.*, Comparar nota 6 *supra* e § 12, pp. 38-39.

10. A hermenêutica de Schleiermacher foi editada por Friedrich Lücke, amigo e discípulo do autor, no vol. XII das *Obras Completas*, no ano de 1938 em Berlim, sob o título *Hermeneutik und Kritik; unter mesonderer Beziehung auf die Bibel* (*Hermenêutica e Crítica – Com Referência Especial à Bíblia*). Uma nova edição, bem mais completa, que inclui muitos manuscritos e notas avulsas, antes não publicadas, principalmente do primeiro período do autor, foi preparada e introduzida por Heinz Kimmerle no Carl Winter Universitätsverlag, Heidelberg, 1959. Uma segunda edição, ampliada e melhorada, com um posfácio, apareceu em 1974 e será citada neste trabalho.

11. *Aforismos* de 1805 e 1809-1810, p. 40.

12. Cf. nota *supra*.

EM BUSCA DO HOMEM BÍBLICO 121

Para Wilhelm Dilthey[13], biógrafo de Schleiermacher e profundo conhecedor do seu pensamento, o problema da compreensão se torna a preocupação central de toda uma vida, dedicada à fundamentação científica das "ciências do espírito" em geral e da investigação histórica em particular. Sua ambição, jamais formalmente cumprida, era escrever ao exemplo da *Crítica da Razão Pura*, de Kant, uma "Crítica da Razão Histórica", que deveria estabelecer as condições, o alcance e as limitações das nossas possibilidades de obter verdades históricas. Julgava que a própria natureza da compreensão humana constitui o fundamento duma interpretação de validade objetiva e impessoal. Pois nela defrontam-se, embora não como dados incomensuráveis, a individualidade do intérprete com aquela do autor. Ambas são articulações a partir de uma natureza humana comum, na qual se baseia a comunhão entre os homens na fala e no entendimento[14].

Intérprete, autor e a natureza humana, comum a ambos, correspondem, neste contexto, à destruição da própria realidade que se apresenta como realidade subjetiva e realidade objetiva, ambas baseadas num substrato comum; estrutura que marca a consciência religiosa em geral, que procura uma "terceira realidade" atrás da polarização consciência-mundo. Esta é a razão pela qual toda compreensão autêntica leva algo duma redenção religiosa, algo de libertação da pessoa humana da sua "perdição" na solidão da sua subjetividade e da sua limitação existencial como mortal[15].

"As diferenças individuais", diz Dilthey[16], "não se explicam por diversidades incomensuráveis e qualitativas, mas por um grau variável de intensidade nas múltiplas fases dos seus processos psíquicos"[17]. São comparáveis com inúmeras criações musicais que realizam de-

13. Dilthey, além de ser o primeiro biógrafo de Schleiermacher (*Leben Schleiermachers*, 1870, reeditado em Berlim, 1966) contribui decisivamente, não apenas para a correta compreensão da hermanêutica do autor, mas também para o impacto que a obra de Schleiermacher iria exercer, principalmente pelo seu resumido ensaio *Die Entstehung der Hermeneutik* (*A Origem da Hermenêutica*) com um pequeno adendo de manuscritos sobre o mesmo assunto. Citamos neste trabalho os *Gesammelte Schriften*, V vol., editado e introduzido por Georg Misch, 1964, Stuttgart, B. G. Teubner Verlagsgesellschaft e Göttingen, Vandenhoeck & Ruprecht, pp. 317-338. É, no entanto, evidente que o problema da compreensão preocupa Dilthey em muitas outras partes da sua volumosa obra. Consultar, antes de mais nada o vol. VII dos *Gesammelte Schriften, Einleitung in die Geisteswissenschaften*, e *Der Aufbau der geschichtlichen Welt*.

14. Walter Rehfeld, "Structural Correspondence of Religious Conscience and Philosophy", (Correspondência Estrutural entre Consciência Religiosa e Filosofia), apresentado no *Fifth World Congress of Jewish Studies*, III vol., Jerusalém, 1977.

15. *Idem*.

16. *Die Entstehung der Hermeneutik* (*A Origem da Hermenêutica*), pp. 329-330.

17. Em termos de Schleiermacher: "Todo homem, além de constituir uma individualidade singular, possui, também, uma receptividade para todas as demais; isto parece devido ao fato de que cada um possui um mínimo de cada outro", *Die kompendienartige Dartellung* (*A Apresentação em Forma de Compêndio*), 1819, p. 105.

122 NAS SENDAS DO JUDAÍSMO

terminadas possibilidades de harmonia que fazem parte de um único e abarcante sistema sonoro. A compreensibilidade universal dos significados linguísticos é comparável às afinidades sonoras que permitem passagens formais, como de um "dó maior" para um "sol maior", jamais, no entanto, sem a intervenção imperceptível de alguma força criadora. Correspondentemente, os produtos da cultura humana não são incomensuráveis na sua subjetividade; uma religião, por exemplo o cristianismo, não constitui algo de único e incomparável, mas antes a concretização de determinadas possibilidades universais da experiência humana. Desta forma, cada realização cultural contribui para preencher progressivamente as potencialidades de uma totalidade humana, dentro de cujas delimitações se dá toda criação cultural[18].

Esta totalidade de potencialidades, sempre preexistente, constitui, também, a razão última do famoso "círculo hermenêutico" tão discutido entre os modernos hermeneutas. Em todos os processos de compreensão encontramos contornos de uma pré-compreensão, mesmo se pouco elaborados e distintos. Com cada interpretação correta estes traçados se tornam mais claros e precisos, lançando, por sua vez, novas luzes sobre as interpretações parciais que englobam.

III. COMPREENSÃO DO HOMEM E COMPREENSÃO DO QUE ELE QUER DIZER

Schleiermacher distinguira, nos seus escritos sobre a hermenêutica[19], "uma "interpretação gramatical" duma "interpretação técnica" ou "psicológica". A primeira visa ao esclarecimento do que o texto quer comunicar, a segunda propõe-se a compreensão do seu autor e, por seu intermédio, da sua cultura, da nação e da época a que pertencia. Para ambos os fins, Schleiermacher julgava indispensável que o intérprete se colocasse no mesmo contexto do autor estudado, o que lhe permitiria, por identificação, reviver todo o processo criador e, mais do que isso, por meio de uma analise cuidadosa, reconstruir todos os passos dados e conscientizar, inclusive, fatos que, forçosamente, permaneceram despercebidos para o autor. Pois todo criador é, parcialmente, movido por impulsos inconscientes. Dessa forma, revivendo o processo criador e ainda examinando criticamente o conjunto complexo das influências, às quais o autor está sujeito, o intérprete chega a compreender a obra "melhor que seu próprio autor"[20].

18. Georg Misch, "Introdução", volume V das *Gesammelte Schriften*, cf. edição citada na nota 13, pp. XCI-XCII.

19. *Von der technischen Interpretation* (*Da Interpretação Técnica*), pp. 1826-1827, pp. 113-116.

20. *Aforismos*, de 1910, p. 50; *Der erste Entwurf* (*O Primeiro Esboço*) de 1809-1810, p. 56; *Die kompendienartige Darstellung* (*A Apresentação em Forma de Compên-*

EM BUSCA DO HOMEM BÍBLICO   123

A abordagem de Schleiermacher é caracterizada pela grande valorização, pelo romantismo, da personalidade individual, assim como Dilthey, sob o impacto do vitalismo, via na hermenêutica essencialmente a compreensão das múltiplas manifestações da vida. Foi Rudolf Bultmann quem mostrou que esta concepção limitava, indevidamente, o âmbito da hermenêutica à compreensão do autor e do que ele expressava, negligenciando o aprofundamento no assunto tratado[21]. Ora, a expressão linguística, como qualquer ato consciente, é caracterizada pela estrutura da "intencionalidade". Jamais é possível expressar sem expressar algo, este "algo" deve ser elucidado da mesma forma como o sujeito que compreende.

No ato de compreensão, a importância atribuída ao assunto tratado pode ser maior que a preocupação com a personalidade do autor, conforme objetivos do autor ou do intérprete, "Qual será a importância atribuída às aventuras espirituais de um autor, quando se trata de textos sobre a matemática ou a medicina?", pergunta, com muita razão, Rudolf Bultmann[22].

Conclui-se, portanto, que é unilateral a abordagem do problema hermenêutico de Schleiermacher e de Dilthey. Para entender um texto não basta limitar-se à visão do autor, é igualmente importante tentar conhecer o assunto tratado. Compreender significa, pois, inteirar-se de todo um relacionamento vivo entre um sujeito e o assunto abordado, de forma direta ou indireta, um relacionamento do qual, de certo modo, partilha também o intérprete.

Em toda interpretação focalizamos um determinado aspecto desse relacionamento vivo, fenômeno que Bultmann chama o *Woraufhin* (em direção de quê) da interpretação que decorre da direcionalidade do interesse do intérprete[23], nem sempre necessariamente igual às preferências do autor. A atenção do hermeneuta pode concentrar-se na época em que uma obra foi criada, nas influências que ambiente social e acontecimentos históricos exercem. Mas poderá, igualmente, focalizar sua atenção nos fatos apresentados, como pode estudar, prioritariamente, aspectos estéticos ou preocupações religiosas, inerentes ao texto.

Para os fins de uma antropologia bíblica, a hermenêutica deve focalizar as experiências do homem bíblico no contexto da sua cultura.

---

dio), 1819, p. 83. Wilhelm Dilthey concorda plenamente: "O objetivo do procedimento hermenêutico é compreender o autor melhor que ele se compreendia a si mesmo". Uma afirmação que é consequência necessária da noção de "criação inconsciente" (*A Origem da Hermenêutica*, p. 331).

21. Rudolf Bultmann, *Glauben und Verstehen* (*Crer e Compreender*), *Gesammelte Aufsätze* (Ensaios Coligidos), vol. II: *Das Problen der Hermeneutik* (*O Problema da Hermenêutica*), Tübingen, 1972 J. C. B. Mohr. Citamos da tradução francesa de *L'interprétation du Nouveau Testament*, coletânea de textos, Aubier, 1955, Éditions Montaigne.

22. *Op. cit.*, p. 47.

23. *Idem, ibidem.*

124 NAS SENDAS DO JUDAÍSMO

Não obstante a especificidade deste contexto, segue-se do que já foi exposto, que podemos esperar significados que, de alguma forma, dizem a respeito a todo ser humano, universalidade que fundamenta a validade cognitiva da hermenêutica.

O "milagre" da compreensão não consiste numa milagrosa comunicação de almas, mas na relevância comum de determinados fatos para toda vida humana.

IV. O CRESCIMENTO DOS SIGNIFICADOS

Já nos seus *Aforismos* de 1805 dizia Schleiermacher: "O principal na interpretação é a capacidade de abandonar a própria propensão natural e de colocar-se naquela do autor"[24]. Dilthey confirmava que interpretação se baseia na congenialidade, potencializada por uma intensa convivência com o autor, através de um estudo prolongado[25].

Sem desmerecer esta exigência fundamental de um aprofundamento, por meio de intensa preocupação com a obra do autor, Gadamer mostrou[26] que o significado de um texto não pode ficar na dependência dos fatores ocasionais que determinam o enfoque e compreensão da obra. O mínimo que devemos constatar, é que nenhum autor jamais consegue captar todo o sentido daquilo que aborda. Particularmente na hermenêutica jurídica, aparece com muita clareza o fato que nenhum autor de um texto legal pode prever todas as suas implicações presentes, e muito menos, as futuras. É o que se verifica, nitidamente, na interpretação do Antigo Testamento. O que, por exemplo, a palavra "trabalho" significa, no contexto da exigência do descanso sabático, depende, obviamente, das formas de produção econômica de cada época.

Por conseguinte, todos os significados "crescem" no decorrer do desenvolvimento histórico e o "verdadeiro" sentido de um pronunciamento não depende apenas da compreensão limitada pelo "horizonte" restrito do autor[27], mas igualmente das experiências do intérprete e do horizonte que estas lhe abrem. Há entre os dois toda uma evolução histórica que os respectivos significados percorreram.

Isto, evidentemente, não diminui em nada as exigências de rigor que deve ser aplicado na elucidação das intenções do autor. A "intensa convivência com um autor, através de um estudo "prolongado" continua tão necessária como jamais. Mas para uma interpretação correta,

24. *Aforismos*, 1805 e 1809-1810, p. 32.
25. *Die Entstehung der Hermeneutik*, p. 332.
26. Hans Georg Gadamer, *Wahrheit und Methode – Grundzüge einer philosophischen Hermeneutik* (*Verdade e Método, Esboço duma Hermenêutica Filosófica*), Tübingen, 1972, J. C. B. Mohr (Paul Siebeck), 4ª ed., p. 280.
27. *Idem*, pp. 287-290.

EM BUSCA DO HOMEM BÍBLICO 125

"a própria propensão natural" do intérprete não deve ser abandonada, ao contrário do que queria Schleiermacher, pois apenas o confronto das intenções do autor com a compreensão peculiar ao intérprete, é capaz de abrir uma perspectiva de objetividade histórica. Assim como, com os nossos dois olhos, vemos tudo em três dimensões, através de uma apercepção binocular que nos apresenta o objeto, simultaneamente, de dois aspectos diferentes, assim, também, a perspectiva histórica dos significados se abre somente numa apercepção dupla e simultânea: Na do autor e na do intérprete.

Desta forma chegamos a uma nova interpretação da exigência de que o intérprete devesse compreender uma obra melhor do que o seu autor: Melhor, não apenas, como pensava Schleiermacher, incluindo tudo o que o autor não conseguiu conscientizar dentro do seu próprio horizonte, mas, além das limitações do seu próprio horizonte histórico, abrangendo sentidos que não podiam deixar de surgir a partir da modificação histórica da práxis humana. E a interpretação apresenta-se como tarefa infinita, não somente como julgava Schleiermacher, por ser impossível elucidar tudo que, consciente ou inconscientemente contribuiu e se tornou significativo para uma determinada manifestação de criatividade humana, mas igualmente pelo fato de que nenhuma significação jamais se completa, que todos os significados, incessantemente, continuam a crescer com as transformações históricas da práxis humana.

Nestas condições, toda interpretação exige reinterpretação fornecendo, ao mesmo tempo, instrumentos para novas interpretações, contribuindo desse modo ao progresso, lento mas seguro, das ciências humanas. Como, também nas ciências da natureza, toda descoberta reverte, de alguma forma, em instrumento para descobertas posteriores.

Onde encontraríamos exemplo melhor para este "crescimento de significados", do que na própria tradição judaica em que, durante três milênios, interpretações completam interpretações? A profecia interpreta antigas verdades, vivenciadas no deserto, os *sofrim* (escribas) interpretam os textos proféticos e pentatêuquicos; os mestres da Mischná reinterpretam todas as interpretações anteriores, grande parte das quais em vias de canonização na forma do Antigo Testamento; os eruditos da Guemará interpretam a Mischná. Através da obra dos codificadores e da literatura das *responsa*, o processo vivo de interpretação continua até os nossos dias, pois com a mudança dos tempos mudam os significados de todos os textos.

E se, em épocas recentes, a arqueologia, a filosofia comparada e a antropologia nos ensinaram novos métodos de compreender as experiências que se articulam nos textos do Antigo Testamento, o nosso estudo não passa, por sua vez, de uma nova interpretação de manifestações muito antigas de vida judaica, cujo significado não cessa de crescer.

126 NAS SENDAS DO JUDAÍSMO

V. HERMENÊUTICA E ESTRUTURALISMO

Mas a hermenêutica como retomada de significado e por meio de atos interpretativos que, por sua vez, se inscrevem numa tradição histórica, não estaria ultrapassada frente a uma metodologia que, antes de mais nada, se propõe a distinguir entre fenômenos, classificá-los em conjuntos mutualmente exclusivos e descontínuos que se completariam, por sua vez, em sistemas fechados? Aqui o controle por verificação empírica não seria muito mais simples?

É claro que nos referimos ao método estruturalista, elaborado na linguística de Ferdinand de Saussure[28], e aplicado por Claude Lévi-Strauss na sua pesquisa antropológica, cujo sucesso animou especialistas nas mais variadas disciplinas das ciências humanas a seguirem os seus passos, principalmente nos estudos de psicologia, de teoria literária e do pensamento marxista[29].

Contudo não foi por acaso que Lévi-Strauss escolheu, para objeto das suas investigações estruturalistas, exclusivamente áreas dominadas pelo totemismo, espaços geográficos, onde as transformações históricas não foram violentas. Nos territórios, onde surgiram as grandes culturas europeias e asiáticas, Lévi-Strauss constata um "vazio totêmico"[30] que, para ele, prova a incompatibilidade entre totemismo e autocompreensão histórica dos povos. As nações que escolheram "explicar-se a si próprias pela história", mostraram "ser esta empresa incompatível com aquela outra que classifica os seres (naturais e so-ciais) em grupos finitos". Em vez de explicar o contraste passado-presente por uma homologia entre duas séries – a série dos totens, dos genitores míticos, e a série dos seres gerados, cada uma acabada e descontínua, dada uma vez por todas, – postula-se a evolução contínua dentro de uma única série que acolhe termos em número limitado.

28. Ferdinand de Saussure, *Cours de Linguistique Génerale*, publicado em 1916 por seus alunos Ch. Bally e A. Sechehaye com a colaboração de A. Riedlinger, Payot, Paris. Versão brasileira, trad. por Antônio Chelini, José Paulo Paes e Izidoro Blikstein, com uma introdução de Isaac Nicolau Salum, 1969, Cultrix.

29. O método estruturalista que Claude Lévi-Strauss desenvolve nas suas obras antropológicas, apoiando-se, evidentemente, nas concepções linguísticas de Ferdinand de Saussure, exerceu, desde a publicação de *Les structures élémentaires de la parenté*, em 1949, um forte impacto sobre os pensadores franceses. A década de sessenta é marcada por grande número de publicações em ciências humanas, baseadas na abordagem de Levi-Strauss. Em 1964, Roland Barthes publica *Le degré zéro de l'écriture*, desenvolvendo uma teoria de "significantes" (semiologia). Inclusive um campo tão pouco estudado como a moda é submetido por Barthes à análise estrutural (*Le système de la mode*). Em 1965, Louis Althusser lança *Lire le Capital*, afirmando a descontinuidade entre o pensamento do jovem Marx, hegeliano e humanista, e o Marx maduro, autor de *O Capital*, onde desenvolve um "sistema de economia" em termos mutuamente

EM BUSCA DO HOMEM BÍBLICO 127

Não pode ter sido a intenção de Lévi-Strauss afirmar com isso que as civilizações que se compreendem historicamente, são incapazes de analisar estruturalmente as suas próprias culturas, como não pode ter sido sua conclusão que pesquisas estruturalistas excluem, por princípio, toda preocupação histórica ou hermenêutica. Pois, de certa forma, desde Heráclito, o pensamento filosófico sempre recorria a uma explicitação por meio de estruturas. Mas à procura das estruturas sempre estava associada a preocupação com a interpretação correta dos fenômenos, legado duma antiquíssima tradição humanista clássica e bíblica.

Coloca-se, portanto, com toda a urgência, a necessidade de precisar as funções respectivas do conhecimento estrutural e da compreensão hermenêutica.

Na base de toda classificação estrutural de manifestações culturais há, explícita ou implicitamente, compreensão prévia de sentido. Pois o que está sendo classificado são unidades de significação que devem ser comparadas nas suas semelhanças e nos seus contrastes, comparação de significados cuja compreensão fundamenta todas as homologias e estruturas. Por conseguinte, o método estruturalista não pode prescindir de uma prévia compreensão hermenêutica, mesmo quando não tematizada[31].

Mas o inverso também é certo: Todo "sentido" e toda "significação" são compreensíveis somente no contexto de estruturas significativas, cujos elementos se relacionam, mutuamente e com o todo, de tal forma que o conjunto determina as partes e vice-versa. O próprio "círculo hermenêutico", universalmente constatado, comprova esta estruturação dos significados, a sua única e evidente causa. Não pode haver, portanto, preocupação hermenêutica sem um mínimo de atenção a estruturas.

Chegamos à conclusão, enfim, que compreensão hermenêutica e conhecimento estrutural se implicam mutuamente. Uma evolução histórica só pode ser entendida se nela se reconhecem as estruturas que se sucedem, assim como uma estrutura se torna clara somente na medida

---

exclusivos e descontínuos próximos ao modelo estruturalista. 1966 vê a publicação de Michel Foucault *Les mots e les choses – une arquéologie des sciences humaines*, onde o desenvolvimento das ciências humanas é dissecado em estratos sucessivos, cada um apresentando uma estrutura própria. No mesmo ano Georges Dumézil aplica o método estruturalista a um importante estudo histórico sobre *La religion romaine archaique*. Enfim, em 1967, Tzvetan Todorov publica *Littérature et signification*, um tratado de poética estruturalista (Cf. Hubert Lepargneur, *Introdução aos Estruturalismos*, São Paulo, Herder e Edusp, 1972.)

30. *La pensée sauvage*, Paris, Librairie Plon, 1962 – *O Pensamento Selvagem*, trad. de Maria Celeste da Costa e Souza e Almir de Oliveira Aguiar, São Paulo, Edusp, 1970, p. 267.

31. Compare a este respeito Paul Ricoeur, *Le conflit des interpretations*, Paris,

128 NAS SENDAS DO JUDAÍSMO

em que forem compreendidas as unidades que a constituem, da mesma forma que uma criança compreende a linguagem dos pais somente na medida em que se inteira das significações das suas palavras.

VI. HERMENÊUTICA DO SER

Não é por acaso que determinadas estruturas da experiência humana são universais à experiência humana em todas as épocas e todos lugares: Martin Heidegger mostrou que "compreensão", "fala", "disposição" (*Befindlichkeit*) e "ser no mundo" são característicos do *Dasein*, daquela parte do "ser" que é constituída pelo homem consciente, único ser "aberto" à presença do que é[32]. Este *Dasein*, este "estar-aí" da consciência humana pode ser conhecido somente por uma interpretação, uma hermenêutica existencial.

Que estreita correlação entre hermenêutica e estrutura é evidenciada pela hermenêutica existencial de Heidegger! As estruturas fundamentais do *Dasein* abrem-se somente a uma hermenêutica existencial; esta, por sua vez, é possível unicamente devido às estruturas do *Dasein*, particularmente à sua estrutura de "compreensão".

Ao tomar a "compreensão" como estrutura do *Dasein*, Heidegger elimina, sem dúvida, toda incompatibilidade entre compreensão e entendimento estrutural; não sem, no entanto, pagar certo preço por esta solução: "compreensão" é, doravante, mais do que uma simples modalidade da conscientização; transforma-se num aspecto do próprio ser. Com isso as propriedades normativas da "compreensão", suas pretensões a um "valor de verdade", foram trocadas por característicos ontológicos. Pode-se constatar apenas o que é "compreensão", jamais procurar o que "compreensão" deveria ser para ser verdadeira.

Por isso Ricoeur tem razão ao afirmar que o problema epistemológico da compreensão não somente não é resolvido na abordagem ontológica de Heidegger, mas antes é dissolvido[33].

Tão justificada que for, filosoficamente, a descrição ontológica da "compreensão", ela jamais se prestará à avaliação da legitimidade de métodos e meios a serem utilizados no estudo das manifestações da criatividade humana. Para este fim continua insubstituível a herme-

---

Seuil, 1965, onde o autor apresenta um confronto pormenorizado da hermenêutica com o estruturalismo, fazendo referência especial a *La pensée sauvage*, de Lévi-Strauss.

32. Martin Heidegger, *Sein und Zeit*, Max Niemeyer Verlag, Tübingen, 7ª ed., 1953. Os conceitos básicos da *Fundamentalontologie* (Ontologia fundamental do *Dasein*, "fundamental" porque sua análise fundamenta toda ontologia) ali desenvolvidos, permanecem básicos também, para o pensamento posterior do filósofo.

EM BUSCA DO HOMEM BÍBLICO   129

nêutica filosófica, que examina criticamente as condições de validade dos nossos vários recursos cognitivos a partir de uma análise do relacionamento entre autor, intérprete e assunto abordado, análise em que eles refletem não apenas o ser do homem, mas, também, as normas da verdade.

VII. HÁ HERMENÊUTICA ESPECIAL PARA TEXTOS SAGRADOS?

Normalmente textos são chamados "sagrados" por dois motivos: Por falarem de algo "sagrado", de uma revelação divina, por exemplo, de um rito santificado ou de um milagre etc.; mas há uma outra razão. Um texto pode ser julgado sagrado por estar sujeito ao que os teólogos chamam "inspiração". Seria o caso dos discursos proféticos no Antigo Testamento ou daquelas passagens em que Deus manifesta a Sua vontade diretamente ao Seu povo.

Um texto que conta de algo "sagrado", não deixa de ser um texto comum, um meio de comunicação entre homens. Seu autor transmite as suas impressões num código destinado a ser decifrável para outros seres humanos, não podendo haver interferência extra-humana nem do lado do emissor, nem daquele do receptor da mensagem, sem que o texto deixe de ser uma comunicação humana a respeito de algo que pode ser divino.

Bem mais complexo é o segundo caso em que se pressupõe uma inspiração sobre-humana, que atuaria diretamente sobre o processo de comunicação. Onde, no entanto, encontramos os critérios que permitem apreciar o alcance dessa "inspiração"? Não podem ser critérios linguísticos, pois estes não podem transcender o âmbito da língua, e a "inspiração" é essencialmente transcendente. "Saber que um texto é sagrado é possível somente depois dele ser compreendido" diz Schleiermacher[34] e, portanto, os critérios que o qualificam como "inspirado" não podem pertencer ao processo de compreensão propriamente dito. Não há, pois, para Schleiermacher, hermenêutica específica para textos sagrados e esta tem sido a posição dominante na teologia protestante[35]. Os católicos chegam a uma conclusão semelhante. Não há critérios imanentes a um texto que possam estabelecer, em nível linguístico, se um texto é sagrado ou não. "O verdadeiro

---

33. Paul Ricoeur, *op. cit.*, p. 14.

34. Schleiermacher, *Erster Entwurf* (*Primeiro Esboço*), 1809-1810, p. 55.

35. Rudolf Bultmann, *Das Problem der Hermeneutik*, cap VII, na trad. francesa citada, p. 63: "A interpretação dos textos bíblicos não está sujeita a condições de compreensão diferentes das que prevalecem para outros tipos de literatura".

130 NAS SENDAS DO JUDAÍSMO

critério para reconhecer os livros inspirados", diz uma autoridade católica bem credenciada, "e para distingui-los dos demais, é a sagrada tradição católica"[36].

Enquanto instrumento de comunicação, nenhuma língua é sagrada, nem o latim, nem o sânscrito, nem o grego, nem o hebraico, embora usada, durante muito tempo, quase que exclusivamente para fins "sagrados". Enquanto meios de comunicação, todas estas línguas serviam para expressar mensagens profanas, antes das mensagens sagradas. Estas línguas foram julgadas sagradas, devido a uma forma diferente, "sagrada", de transmitir mensagens; tornaram-se "sagradas" por sua constante associação aos conteúdos sagrados que expressavam, quase que exclusivamente, quando não serviam mais de meio de comunicação diária. Mas, como já foi observado acima, nenhum meio de comunicação se torna essencialmente diferente pelo fato de expressar algo de sagrado. Somente poderá haver diferenças de ordem secundária: Maior quantidade de textos sobre assuntos religiosos, um estilo mais elevado e outros característicos semelhantes que não afetam a estrutura linguística de um idioma.

Esta posição moderna com relação à hermenêutica de textos sagrados já foi tomada, no segundo século, por R. Ismael ben Elischa com seu princípio fundamental: "A Torá expressa-se na língua dos homens"[37], o que quer dizer, em outras palavras: Só há uma hermenêutica para textos sagrados e profanos.

Não foi a linguagem dos textos, mas a tradição rabínica que determinou que textos deveriam ser considerados sagrados e R. Ismael aceitava a sua autoridade incondicionalmente. O caráter sagrado de todos os escritos canonizados implicava, para R. Ismael como para todos os rabinos de sua época, a unidade essencial de toda a Bíblia e a coerência de todas as suas partes, cada uma podendo ser interpretada a partir de qualquer outra, na base de determinadas *midot*, normas exegéticas que possibilitam interpretações válidas dos escritos[38].

---

36. *Introduzzione alla Biblia*, com antologia exegética, Direção geral P. Teodorico Ballarini O. F. M., 1º vol. *Introduzzione generale*, em que colaboraram Caetano M. Perrela C. M. e Luigi Vagagini C. M., tradução de Frei Simão Voigt O. F. M., Petrópolis, Vozes Ltda., p. 32, 1968.

37. Hermann L. Strack, *Einleitung in Talmud und Midras*, Munique, 1921, C. H. Becksche Verlagsbuchhandlung Oskar Beck, 5ª ed., p. 124. O princípio hermenêutico de R. Ismael, em oposição às práticas exegéticas de R. Akiva, encontramos no *Middvas Sifré*, no Comentário a Números XV, 31. O princípio é citado várias vezes no Talmud, entre outras *Talm. Babl. Sanhedrin*, 64b, *Talm. Babl. Berakhot*, 31b, e *Talm. Babl. Keduschin*, 17b.

38. H. L. Strack, *op. cit.*, p. 99. As normas exegéticas de R. Ismael constam da assim chamada "Baraíta de R. Ismael" no início do *Midras Sifra*. Devido à importância destes princípios, estes foram incluídos na reza diária matutina. (Cp. *Sidur Rinat Israel*,

EM BUSCA DO HOMEM BÍBLICO

131

Mas existe também a posição contrária e ela tem muito peso na hermenêutica rabínica: R. Akiva ben Iossef afirma que a Torá, divinamente inspirada, não contém redundâncias e, diferentemente do que vale para qualquer outro texto, cada letra pode ser interpretada. A própria ortografia, na medida em que apresenta alternativas, partículas como aquela que, normalmente, introduz o acusativo, tudo tem seu sentido[39]. E, neste caso, não pode ser redundante, tampouco, nem ocasional, o próprio valor numérico das palavras e de frases inteiras que permite as especulações da *gematria**. Nem os sinais massoréticos dos textos bíblicos escapam à interpretação e a escolha das palavras e sua aparência gráfica assinalam significações encobertas. O sentido aparente dos textos enuncia segundos sentidos (*remez* = interpretação alegórica). No conjunto dos seus significados esotéricos os textos revelam o seu poder simbólico (*sod*)[40].

Abrem-se, desta forma, as portas para uma imensa literatura interpretativa mística que cria sua própria tradição, ininterrupta, que se estende desde os dias de Akiva até a modernidade e que produziu obras do alcance do *Sefer ha-Yetzirá* (*Livro da Criação*) e do *Sefer ha-Zohar* (*Livro do Esplendor*)[41]. "Nem sempre é fácil", admitia Gerschom Scholem, "decidir se foi o texto que deu o impulso para o surgimento de determinada interpretação, ou se esta última serviu de artifício para introduzir ao texto, ou dele deduzir, pensamentos que lhe são estranhos"[42].

Na medida em que uma modificação do processo de expressão é admitida por causa de uma inspiração divina do texto, é inevitável a

---

rito ashkenazi, compilado e explicado por Shelomo Tal. ed. do Ministério para Assuntos Religiosos, Jerusalém, 1972, p. 38)

39. Hermann L Strack, *op. cit.*, p. 125. Muito significativa é a seguinte passagem do *Talm. Babl. Menakhot*, 29b, claramente crítica na sua fina ironia: (Depois da morte de Moisés) "na hora em que subia às alturas celestes, encontrou o Santo, Louvado Seja (Deus), juntando enfeites às letras (da Lei). Perguntou-Lhe Moisés: "Senhor do Universo, que pode constranger-Te? (O comentarista clássico, R. Shelomo ben Itzkhak – Raschi: "Como pode ser que escrevestes e agora necessitas acrescentar ainda algo?) Respondeu: "Virá certo homem, com nome Akiva ben Iossef, daqui a algumas gerações, que saberá deduzir de cada ganchinho montes de prescrições". Pediu (Moisés): "Senhor do Universo, mostra-me aquele homem!" Respondeu: "Vira-te para trás", e eis que foi sentar (na academia de R. Akiva, em plena atividade) atrás de oito fileiras (repletas). Nada entendia e sentia-se perturbado. Até que se chegou a um assunto (Raschi: exigia comprovação) e os alunos perguntavam: "Rabino, como se conclui isto? "E respondeu Akiva: "É ensinamento de Moisés no Sinai". Aí (Moisés) acalmou-se e retornou à presença do Eterno."

* Sistema criptográfico que consiste em atribuir valores numéricos às letras. (N. de E.)

40. Gerschom G. Scholem, *A Mística Judaica*, Perspectiva, São Paulo, 1972.

41. Sobre o *Sefer ha-Yetzirá*, ver Gerschom G. Scholem, *op. cit.*, pp. 75-78; sobre o *Sefer ha-Zohar*, *idem*, pp. 156-243.

42. Gerschom G. Scholem, *Zur Kabbala und ihrer Symbolik*, Zurique, 1960, Rhein Vlg., p. 50 (*A Cabala e seu Simbolismo*, São Paulo, Perspectiva, 1978, p. 45).

132 NAS SENDAS DO JUDAÍSMO

substituição, na interpretação, da razão hermenêutica – que não pode transcender o âmbito linguístico – pela tradição, cuja autoridade determina com exclusividade o que é sagrado e inspirado. Desta forma, o método da livre investigação cede o seu lugar à autoridade da Cabala, termo hebraico para *tradição*. "Pois de fato", continua Scholem, "o místico reage inconscientemente e, talvez, nem tome conhecimento do choque entre o velho e o novo que o historiador acentua com tanta ênfase. Como adepto da sua própria tradição o místico deixa-se permear por ela sem restrições, e muita coisa que parece ao leitor moderno como deturpação fantástica do texto, relaciona-se aos olhos do místico, da forma mais natural com a sua concepção da essência dos textos sagrados"[43].

Este fechamento contra outros modos de compreensão, contra interpretações formuladas em outras épocas e outras circunstâncias, evidencia que a interpretação mística não apresenta um "crescimento do sentido" como o caracterizamos acima, mas sua alteração por ter a tradição se assenhorado não apenas do significado como resultado, mas do próprio processo interpretativo. Nada muda, para os místicos, pelo fato de que a sua tradição não alcança, em antiguidade, a época em que os textos foram formulados, não podendo, pois, ter influenciado nem a expressão dos que os criavam, nem a compreensão daqueles aos quais eram destinados. As intenções do próprio texto não são investigadas; não há diálogo com ele, não há questionamento das suas colocações, nem "respostas" que o texto oferece. O diálogo com o texto que caracteriza todo processo autêntico de interpretação, cedeu seu lugar a um monólogo: Somente o intérprete está com a palavra e os argumentos do texto simplesmente não são ouvidos. Assim como um mestre contemporâneo teria falado a um moço que, "vestido com o manto modesto da moderna filologia e pesquisa histórica" procurava o ensinamento da sabedoria mística: "Há uma condição", falou o mestre, "e duvido que você esteja em condições de aceitá-la: De não formular perguntas"[44]. O místico, bem diferentemente do talmudista, não pergunta e não objeta, apenas ouve até ser levado pela força do que se pronuncia.

Tão valiosa e importante se mostrou a tradição mística na descoberta de novos horizontes em experiências religiosas imediatas e inéditas, tão pobre é ela na validade hermenêutica das suas interpretações. Sem poder conscientizar-se do contraste entre o pensamento próprio e o do autor, a interpretação mística se vê presa pelas suas próprias vivências, faltando-lhe a bifocalidade da perspectiva histórica e com isso a racionalidade hermenêutica.

43. Gerschom G. Scholem, *op. cit.*, p. 51. (p. 45 na trad. port.)
44. Gerschom G. Scholem, *op. cit.*, p. 117 (p. 105 na trad. port.).

EM BUSCA DO HOMEM BÍBLICO 133

Akiva deu, pois, um passo de consequências imprevisíveis, ao reconhecer à santidade do texto bíblico uma especificidade hermenêutica.

Com isto preparou o caminho da Cabala, da tradição, para substituir os cânones hermenêuticos pela interpretação autoritária. Assim, Akiva leva uma boa parte da responsabilidade pelo desaparecimento do homem bíblico na espiritualidade mística.

Duas Formas de Apreciar o Valor da Mulher Judia*

No judaísmo é difícil isolar o papel da mulher na religião do papel que exerce em outras áreas da vida. Pois a própria religião judaica, como mandamento de Deus, é compreendida como *Halakhá*, como "caminhada" correta através da vida que inclui, evidentemente, além dos aspectos religiosos, todas as demais fases da vida.

A base do judaísmo é a Bíblia hebraica. Portanto devemos, antes de mais nada, dar um rápido olhar sobre o papel da mulher na Bíblia.

O contexto histórico-social da Bíblia hebraica era o de uma sociedade patriarcal da qual, ainda hoje, emergimos apenas lentamente.

Juridicamente o papel da mulher na Bíblia era fraco. Ela atingia a maturidade legal apenas com a viuvez. Antes do casamento vivia sob a tutela do pai, depois do casamento sob a tutela do marido. Era casada e não casava embora, geralmente, seu consentimento fosse exigido. Era divorciada e não divorciava. Podia ter somente um marido, enquanto que ao homem eram permitidas várias esposas. No adultério somente os direitos do marido eram levados em conta: Relações com uma mulher casada eram consideradas adultério; mas a ligação de uma moça solteira com um homem casado não era adúltera.

---

* Texto apresentado no Simpósio *A Mulher no Processo Democrático*, realizado em São Paulo, nos dias 18 e 19 de novembro de 1987, por iniciativa do Instituto Tancredo Neves (Brasil) e Fundação Friedrich Naumann (Alemanha). Publicado em *Cadernos Liberais*, 68/87, Instituto Tancredo Neves. (N. de E.)

DUAS FORMAS DE APRECAIR O VALOR DA MULHER JUDIA   135

Com esta fraqueza jurídica da mulher na Bíblia contrastava sua posição moral e social, muitas vezes forte demais. Uma mulher podia ser juíza como Débora (Jz. 4 e 5), profetisa como Hulda (II Rs. 22, 14-20). As matriarcas exerciam considerável influência sobre a evolução familiar, frequentemente sobrepondo sua vontade à do marido, como Sara (Gn. 21, 9-13) e Rebeca (Gn. 27, 6-13). A mulher moabita Rute tornou-se um ideal de fidelidade feminina em Israel e foi ela a predestinada a ser a ancestral da dinastia de David. Ester salva, com sua dedicação abnegada ao seu povo perseguido, a vida da sua nação.

Grande era a participação das mulheres nos festejos de vitória, contrastando nisso com a posição social baixa ocupada pela mulher na antiga Babilônia. As mulheres israelitas costumavam sair ao encontro dos seus maridos e filhos que voltavam vitoriosos da guerra, com canções e danças (Jz. 11, 34) e em outras ocasiões de júbilo, como depois da travessia do mar sob a liderança de Moisés (Êx. 15, 20-21).

O papel da mulher na Bíblia e no judaísmo posterior desenvolve-se de acordo com o *primeiro* texto sobre a criação do homem, no segundo capítulo do livro de Gênesis, que é uns quatrocentos anos mais antigo que o *segundo* relato, contido no primeiro capítulo. Na versão mais antiga a mulher é criada para ser para o homem "uma ajuda [constantemente] ao seu lado". Para esta apreciação da mulher, sua missão é ajudar o homem a atingir o sentido da sua vida, a estudar o ensinamento e a aplicar a lei de Deus em juízo. Eis uma ilustração deste ponto de vista por meio de um pequeno texto talmúdico (*Berakhot* 17a):

> Maior é a promessa que o Santo, louvado seja, fez às mulheres que aos homens! Pois está escrito: (Is. 32, 9) "Levantai-vos, mulheres despreocupadas e filhas com fé, ouvi a minha voz!" Rav [do começo do século III] disse a R. Hiya: 'Como as mulheres se tornaram merecedoras disso? Porque fizeram seus filhos estudarem a Bíblia na Casa da Congregação e seu maridos pesquisarem a Lei na Casa dos Estudos, esperando seus maridos até sua volta".

São estes os valores da mulher cantados no último capítulo do livro bíblico de Provérbios e é este o etos da mulher, especialmente na Europa oriental, onde as esposas não temeram os maiores sacrifícios para possibilitarem o estudo aos seus maridos e filhos. Não apenas cuidaram de casa e crianças, mas ainda se encarregaram dos negócios e da lojinha, ganhando o sustento para toda a família. Neste contexto deve ser mencionada também a mulher judia ocidental, que se mostrou capaz de coragem infinita e disposta a tudo para ajudar e salvar seu marido, preso nas garras do carrascos nazistas.

No entanto, a *segunda* versão bíblica sobre a criação do homem que encontramos no *primeiro* capítulo, aparentemente mostra uma evolução apreciável no conceito de mulher na cultura do antigo reino de Israel. Ali se fala somente de uma única criação do homem: "Deus criou o homem à Sua imagem, à semelhança de Deus criou-o; mascu-

136 NAS SENDAS DO JUDAÍSMO

lino e feminino criou-o" (Gn. 1, 27).

Na metade do século III, Rabi Simlai deu a seguinte interpretação ao versículo 27 do primeiro capítulo da Bíblia: "No passado, o homem aparecia-nos como criado da terra e a mulher como criada do homem (Gn 2, 7 e 21-22). Doravante sabêmo-lo criado à Sua imagem, à semelhança de Deus, 'masculino e feminino criou-o'. Não há homem sem mulher, nem mulher sem homem; nem ambos sem a presença divina" *(Bereshit Rabá* VIII, 9).

Esta interpretação tornou-se a base da doutrina judaica do casamento. O dia do casamento é o dia em que Deus completa a Sua criação do homem. Apenas através da sua união, homem e mulher tornam-se plenamente humanos. É a criação do homem o motivo preponderante dos textos da cerimônia judaica do casamento.

Uma última interpretação para fechar estas considerações: A quem se dirigiu Deus ao falar: "Façamos um homem à nossa semelhança!"? Não pode ter Se referido a outros deuses que não existem, nem aos anjos, pois o homem não foi criado à semelhança dos anjos, nem estes à imagem de Deus. Poderia ter-Se referido somente aos homens de futuras gerações, aos quais incumbe, em colaboração com Ele, criar um ser verdadeiramente humano. Esta última e mais sublime criação cabe ao homem e à mulher em conjunto, indistintamente, numa missão eterna em que homem e mulher assumem responsabilidade de forma absolutamente igualitária.

A Bíblia e o Conceito de História

1. O universo do nosso pensamento ocidental amalgamou, de tal forma, o pensamento grego com o pensamento bíblico que não percebemos mais estes componentes muito diferentes entre si.

2. Pegamos o exemplo de uma ideia que, no século passado, agitou o mundo: A ideia da evolução. Nela encontramos: a) o resultado de uma pesquisa empírica; b) a ideia de uma contínua transformação da realidade numa linha unidirecional do tempo.

3. A tradição das pesquisas científicas herdamos do pensamento grego que, pela primeira vez, desenvolveu uma tentativa de compreender, racional e sistematicamente, o mundo e a posição do indivíduo no seu contexto. A ideia de uma contínua transformação da realidade numa linha unidirecional do tempo provém da Bíblia, que também desenvolveu um pensamento assaz sistemático, não, no entanto, do que o mundo *é*, mas do que o mundo não é e *deveria ser*.

4. Todo *dever-ser* fundamenta-se, para a Bíblia, numa única base: A vontade divina.

5. A vontade divina e as normas do *dever-ser*, nela compreendidas, prescrevem a transformação da realidade numa direção única possível.

6. Esta transformação unidirecional da realidade implica uma dimensão linear do tempo, enquanto que no pensamento grego, na pesquisa do *ser*, isto é, do permanente, a própria transformação

(e.g., o movimento dos astros) apenas confirma o *logos*, a ordem inalterável do *ser*. Por conseguinte, no pensamento grego representa-se a sucessão dos acontecimentos numa dimensão circular do tempo, em que tudo volta a ser o que era (Há certas exceções que, neste contexto, não importam).

7. Heródoto, geralmente tido como "Pai dos Historiadores", apenas descreveu "cientificamente" fatos observados em países por ele visitados e, eventualmente, assinalou a estes fatos uma data. Isto não passa de cronologia. História escreve-se pela primeira vez quando os autores dos livros históricos da Bíblia tentam *explicar* os acontecimentos, *interpretá-los* a partir das normas contidas na vontade divina.

8. A interpretação bíblica dos acontecimentos, no sentido de um progresso em direção das normas contidas na vontade divina, somente admite, por conseguinte, um desenvolvimento unidirecional numa dimensão linear de tempo que vai dos dias da criação aos dias do Messias, quando o *dever-ser* terá se transformado em *ser*.

9. O pensamento grego que focaliza o *ser*, não pode deixar de conceber o mundo como *incriado* ou como construído a partir de *matéria(s)* preexistente(s). O pensamento bíblico, ao contrário, não pode admitir nenhuma matéria preexistente que possa, de alguma forma, *condicionar* o divino *dever-ser* do mundo e portanto insiste na *criatio ex nihilo*, na "criação do nada".

10. No contexto histórico de uma contínua transformação, interpretável a partir das normas contidas na vontade divina, o homem participa do processo de formação de um mundo de amanhã. Para esta participação é "criação na imagem de Deus", mas é, igualmente, um pequeno criador. Enfrenta a toda hora o desafio da decisão: "Eis que ponho hoje diante de vós a bênção e a maldição; a bênção se obedecerdes aos mandamentos do Eterno, vosso Deus, que Eu hoje vos ordeno; a maldição, se não obedecerdes aos mandamentos do Eterno, vosso Deus, mas vos desviardes do caminho que Eu hoje vos ordeno..." (Dt 11, 26-28).

A Prece no Talmud

I. TODA A VIDA É LOUVOR A DEUS

À noite, ao preparar-se para dormir na cama, diz o *Schemá** até *ve-hayá im schamóa* e logo em seguida: "Louvado quem faz descer sobre os meus olhos as vendas do sono e o repouso sobre as minhas pálpebras, quem traz luz à pupila dos olhos. Que seja a Tua vontade, ó Eterno, meu Deus, que eu possa deitar em paz. Dá a minha porção no Teu ensinamento e acostuma-me aos mandamentos e não me torne habituado à transgressão, nem me leve ao pecado, à culpa, à tentação e ao desprezo. Que o bom impulso impere em mim e não o ímpeto ruim. Salva-me do destino funesto e de doenças graves, e que não me perturbem sonhos maus e pensamentos nocivos. Que minha cama seja imaculada aos Teus olhos. Acende a luz nos meus olhos para que não durma o sono da morte. Louvado sejas, ó Eterno, que com a Sua glória trás luz para o mundo todo".

Ao acordar, diz:

Meu Deus, a alma que puseste em mim é pura. Tu criaste-a em mim, Tu ma insuflaste, Tu a guardas no meu íntimo, e Tu a tirarás um dia para me restituí-la futuramente. Todo o tempo que esta alma estiver em mim irei agradecer-Lhe, ó Eterno, meu Deus e Deus dos meus pais. Soberano de todos os universos e Senhor de todas as almas. Louvado sejas, ó Eterno, que devolves as almas aos corpos desfalecidos.

* Oração judaica mais frequentemente pronunciada que declara a unicidade de Deus. Encontra-se em Dt. 6: 4-7. (N. de E.)

140 NAS SENDAS DO JUDAÍSMO

Ao ouvir a voz do galo cantar, diz: "Louvado seja quem deu ao galo entendimento para distinguir entre o dia e a noite".

Ao abrir os olhos, diz: "Louvado seja quem faz os olhos dos cegos ver".

Ao acomodar-se e sentar, diz: "Louvado seja quem liberta os encadeados".

Ao vestir-se, diz: "Louvado seja quem veste os despidos".

Ao levantar-se, diz: "Louvado seja quem ergue os oprimidos".

Ao pisar no chão, diz: "Louvado seja quem firmou a terra por cima das águas".

Ao andar, diz: "Louvado seja quem orienta os passos de um homem".

Ao calçar os sapatos, diz: "Louvado seja quem providencia todas as minhas necessidades".

Ao pôr o cinto, diz: "Louvado seja quem cinge Israel com força".

Ao pôr o chapéu, diz: "Louvado seja quem coroa Israel com glória".

Ao vestir o *tzitzit**, diz: "Louvado seja quem nos santificou com os Seus mandamentos e nos ordenou vestir *tzitzit*".

Ao colocar filactérios no braço, diz: "Louvado seja quem nos santificou com Seus mandamentos e nos ordenou colocar filactérios".

Ao colocar os filactérios na cabeça, diz: "Louvado seja quem nos santificou com Seus mandamentos e nos ordenou o preceito dos filactérios".

Ao lavar as mãos, diz: "Louvado seja quem nos santificou com Seus mandamentos e nos ordenou lavar as mãos".

Ao lavar o rosto, diz: "Louvado seja quem levanta as vendas do sono dos meus olhos e o repouso das minha pálpebras".

"Que seja do Teu agrado, ó Eterno, meu Deus, acostumar-me ao estudo do Teu ensinamento, apegar-me aos Teus mandamentos e não me levar ao pecado, à culpa, à tentação, ao desprezo. Submete o meu impulso ao teu serviço. Afasta-me do homem ruim, do companheiro maldoso e faz-me apegar ao bom impulso, ao bom companheiro no Teu mundo. Torna-me merecedor, hoje e todos os dias, da boa vontade, da simpatia e da compreensão, aos Teus olhos e ao olhos de todos que me veem, e concede-me as Tuas boas graças. Louvado sejas, ó Eterno, que concedes boas graças ao Teu povo Israel".

(Talm. Babl. *Berakhot* 60b)

II. A CONCLUSÃO PESSOAL DA REZA INSTITUCIONAL

Rabi Elazar, antes de encerrar a sua reza disse: "Que esteja do Teu agrado, ó Eterno, nosso Deus, que no nosso destino esteja incluído amor, fraternidade, paz e coleguismo; torna rico o nosso distrito

---

* Franjas "rituais". (N. de E.)

A PRECE NO TALMUD   141

em discípulos, torna o nosso propósito bem-sucedido, com futuro e esperança; concede-nos parte no jardim do Éden e faz-nos progredir através de um bom companheiro e com um bom impulso; e quando nos levantarmos cedo de manhã que o nosso coração se apresse para prestar respeito ao Teu nome e que venha à Tua frente o contentamento da nossa alma para o bem".

Rabi Yokhanan, antes de encerrar a sua prece dizia: "Que esteja do Teu agrado, ó Eterno, nosso Deus, que repares na nossa vergonha e observes a nossa miséria, veste-Te com Tua misericórdia e Te cubras com tua força, te envolvas com Teu amor e Te cerques com Tua graça a fim de que chegue à Tua frente o atributo da Tua bondade e da Tua condescendência".

Rabi Zora, antes de encerrar a sua prece, dizia: "Que esteja do Teu agrado, ó Eterno, nosso Deus, que não pequemos, para que não fiquemos desonrados e envergonhados diante dos nossos antepassados".

Rabi Hiya, antes de encerrar a sua prece dizia: "Que esteja do Teu agrado, ó Eterno, nosso Deus, que o Teu ensinamento seja o único objeto da nossa fidelidade; que o nosso coração não enfraqueça e que os nossos olhos não fiquem turvos".

Rav, antes de encerrar a sua prece dizia: "Que esteja do Teu agrado, ó Eterno, nosso Deus, conceder-nos vida longa, uma vida de paz, uma vida de bem, uma vida de bênção, de sustento e de vigor, uma vida temente do pecado, uma vida que não conheça humilhação e vergonha, uma vida de riqueza e honra, uma vida cheia de amor ao ensinamento e respeito a Deus, uma vida em que nos sejam satisfeitas todas as petições do nosso coração, sempre para o bem..."

Rabá, antes de encerrar a sua prece dizia: "Meu Deus, antes de que fui criado de nada valia; e agora que fui criado é como se não tivesse sido criado. Sou apenas pó na minha vida e quanto menos depois da minha morte. Eis que diante de Ti sou como um vaso cheio de humilhação e vergonha. Que seja do Teu agrado, ó Eterno, nosso Deus, que não peque mais e o meu pecado diante de Ti anula na Tua grande misericórdia, mas não por meio de castigos e doenças malignas". [Esta era a confissão de Rav Hamuna, o pequeno, no *Iom Kipur*]

Mar ben Ravina, ao finalizar a sua prece dizia: "Meu Deus, preserva a minha língua do mal e meus lábios de pronunciar falsidades; que minha alma se cale diante dos meus detratores, diante de todos a minha alma seja [muda] como pó. Abre o meu coração pelo Teu ensinamento e que a minha alma siga os Teus mandamentos. Salva-me de um mau destino, do mau impulso, da má mulher e de todas as coisas más que podem acontecer neste mundo. De todos que me querem mal, frustra depressa os seus planos e aniquila os seus planos. Que sejam de agrado os pronunciamentos da minha boca e as cogitações do meu coração em Tua frente, minha Rocha e meu Redentor!"

(Talm. Babl. *Berakhot*)

A Experiência do Milagre pelo Homem Bíblico

Uma Análise do Campo Semântico Constituído pelas Palavras Péle, Ót, Ness e Mofêt

"O milagre é a menina dos olhos da fé", dizia Goethe em seu *Fausto*, enxergando com sua visão penetrante o estreito relacionamento entre a experiência do milagre e a experiência religiosa em geral. O milagre sempre apontava ao ser humano um poder superior, incompreensível. No entanto, na medida em que diminui a dimensão do incompreendido para o homem, esclarecido pelas ciências modernas, diminui, também, o âmbito dos milagres. Mas mesmo para o cientista moderno o âmbito do incompreendido é maior que aquele do impossível, de modo que mesmo ele ainda hoje pode admitir milagres.

No entanto, geralmente o milagre não é encontrado na observação objetiva da natureza, onde a lei causal é a aspiração última. O milagre se mostra ao olho lânguido da esperança e ao coração nostálgico de um sentido de vida. Resulta da transcendência do sonho para com as limitações impostas pelas realidades da vida, da visão apocalíptica da onipotência divina, que não admite que tenha limites naturais intransponíveis.

É impossível, no entanto, reduzir o milagre a um acontecimento meramente psicológico. Algo acontece realmente: É *péle*, um evento que produz profundos efeitos sobre o ser humano. É sinal, *ót*, que quer informar os que possuem a necessária abertura que, como *ness*, quer ensinar os homens a enveredar pelos novos caminhos da vida. É finalmente *mofêt*, que possui determinado valor estético, o maravilhoso. A sua análise constitui um primeiro passo para uma estética do sublime na Bíblia.

A EXPERIÊNCIA DO MILAGRE PELO HOMEM BÍBLICO   143

Como se vê, trata-se de quatro aspectos diferentes mas interdependentes de uma mesma experiência, aspectos expressos na linguagem bíblica por um campo semântico constituído, principalmente, pelos quatro conceitos *péle*, *ót*, *ness* e *mofêt*.

I. PÉLE

Péle, segundo Samson Raphael Hirsch[1] "é o ato absoluto efetuado por uma vontade toda-poderosa, absolutamente livre, que não está sujeita a nenhuma ordem da natureza existente, mas frequentemente a rompe. *Péle* é designativo de um fato objetivo, singular, notável, e por esta objetividade do seu sentido diferencia-se da subjetividade das expressões correspondentes nas línguas ocidentais. A nossa palavra "milagre" deriva do latim *miraculum*, de *mirari*, "pasmar-se", "ad-mirar-se", algo que estranhamos. A palavra milagre caracteriza, portanto, um efeito psicológico de um acontecer e não o próprio acontecer. O mesmo se dá com a palavra inglesa *wonder*, alemã *Wunder* e francesa *miracle*[2].

Péle é, pois, o que sobra como "ato absoluto" depois de abstraído tudo quanto é condicional. Este seu caráter não é prejudicado pela frequência do seu acontecer. Segundo o Midrasch[3], R. Elazar disse: "Como a redenção é *pelaim* [plural de *péle*] – milagrosa, resultado de um ato absoluto de Deus – assim o é também o sustento diário. Como o sustento diário se dá todo dia, assim também a redenção". O profundo sentido de uma redenção que se dá todo dia, merece um tratamento à parte. *Péle*, o ato divino absoluto, não deixa de ser absoluto por acontecer todo dia. Somente nós deixamos de "ad-mirá-lo" devidamente, deixamos de ver nele um "milagre", *wonder*, *Wunder* ou *miracle*.

II. ÓT

Ót é um signo que, como tal, aponta para um designado, para algo além de si próprio. Não apenas ortograficamente, mas também semanticamente é semelhante a *ót*, "letra", que nos abre a compreensão de um contexto escrito.

Ora, *ót* pode, teoricamente, apontar um "ser", um *ontos* no sentido desta palavra na filosofia grega, ou um "acontecer". Pode

1. Samson Raphael Hirsch, *Der Pentateuch* (*O Pentateuco*), Frankfurt, em J. Kauffmann, Comentário a Êxodo 15,11, 1920.
2. Este sentido de "ato absoluto" é confirmado pelo uso da raiz verbal, no *hifil*, voz causativa: *leafli neder*, "fazer um voto" como ato absoluto, independente de todo condicionamento físico, social e moral.
3. *Bereschit Rabá*, 20, 9.

144 NAS SENDAS DO JUDAÍSMO

significar, ainda, um "dever-ser", a normatividade inerente à vontade divina. Dada a tendência geral antiteológica e antiontológica do pensamento bíblico que proscreve toda representação do "ser" de Deus (segundo mandamento) e, relacionado com isso, do "ser" do homem e do seu mundo; que exige, de outro lado, a procura da vontade divina, do "dever-ser", de como o homem, a sociedade e o mundo deveriam ser e não são; dada esta tendência geral do pensamento bíblico, *ót* funciona principalmente como signo de verdades morais e sociais e da sua satisfação. Dessa forma, o *schabat* é um *ót* em duplo sentido: Possibilita a Deus "ler" a dedicação do seu povo e faz Israel, sempre de novo, enxergar a presença do seu Redentor e das Suas exigências (Êx. 31, 17).

O *ót*, sinal que Deus pôs em Caim, é uma marca amedrontadora da qual cada um pode "ler" as consequências nefastas do crime. Conhecimento (*daat*) é sempre o último objetivo de *ót*.

Ót pode ser inclusive um aviso do que irá acontecer no futuro. Com este intuito, o profeta Isaías teve que andar nu e descalço pelas ruas de Jerusalém, cumprindo ordem divina, para assinalar como os cativos do Egito e os exilados da Etiópia iriam ser levados para o exílio pelo rei da Assíria (Is. 20, 4).

Como *ót* pode ser sinal do que acontecerá no futuro, advertência e ameaça, pode ser também lembrança do passado, monumento de um grande acontecimento da história. Neste sentido, Josué manda erigir pedras, uma para cada tribo, "de modo que, quando vossos filhos, no futuro, vos perguntarem 'o que significam para vós estas pedras?', podereis responder: 'que as águas do Jordão foram cortadas diante da Arca da Aliança do Eterno, quando o atravessava' " (Js. 4, 6-7).

Ót pode ser um simples sinal de reconhecimento, previamente convencionado, como o que salvaria Raab e sua família na conquista de Jericó, recompensando a ajuda que prestou aos espiões mandados por Josué (Js. 2, 2), ser emblema num estandarte (Nm. 2, 2) ou mesmo orientador, como são sol, lua e estrelas, capazes de orientar o homem no espaço e no tempo (Gn. 1, 14).

O que nos leva, no entanto, a incluir a palavra *ót* no campo semântico das expressões bíblicas do milagroso, é o fato de que *ót*, semelhantemente à partícula para o acusativo *et*, serve para anunciar algo, funciona como meio de se obter conhecimento a seu respeito, a respeito da vontade divina, das normas e valores inerentes nela, algo que não podemos deixar de admirar como extraordinário, milagroso.

A grande maioria das ocorrências da palavra *ót* na Bíblia hebraica não se entende num sentido astronômico ou semiológico, mas de testemunho da atuação divina e dos principais valores, visados por ela, na natureza e na história. Desta forma, assume um sentido de milagre como manifestação direta do sobrenatural. O sinal do compromisso de Deus, diante do homem e de toda a vida, de jamais repetir o dilúvio, o

A EXPERIÊNCIA DO MILAGRE PELO HOMEM BÍBLICO 145

arco-íris (Gn. 9, 12) é ao mesmo tempo uma garantia visível da Aliança com o Todo-Poderoso e da Sua eterna presença.

Em muitos casos *ót* é testemunho da presença e do poder de Deus (Êx. 4, 8-9, 17, 28 e 30; Dt. 4, 34 e muitas outras passagens). Na sua função de sinal da divina presença, *ót*, o signo, transforma-se em milagre, merecendo a veneração com que é aceito pelo homem: Um milagre em que coexistem a objetividade do signo de um lado e a admiração subjetiva do homem do outro.

Frequentemente *ót* é um sinal de credibilidade do emissário de Deus, do anjo ou mesmo do profeta, sempre produzido pelo Todo-Poderoso (II Rs. 20, 8-9). Deus tem que dar uma prova da credibilidade do Seu emissário quando promete ao rei Ezequias pleno restabelecimento da sua terrível doença. Esta prova não pode ser algo de normal e corriqueiro. Da mesma forma Moisés, diante do faraó, necessita que o monarca seja convencido de que foi realmente Deus quem exigiu que Israel fosse levado para fora do Egito; a fim de impressionar um rei descrente, estes sinais devem ser realmente extraordinários, devem ser realmente *péle*[4]; *ót* equivalendo-se a milagre, e a tradução de *ót* por "milagre" torna-se muito frequente.

Mas somente o *ót*, somente o sinal milagroso, não garante ainda a credibilidade do profeta: Pode ser produzido pelo próprio homem, versado nas artes mágicas. Assim, os magos do faraó sabiam produzir *otót*, sinais milagrosos muito semelhantes (Êx. 7, 11-12). No Deuteronômio é dito expressamente que também os falsos profetas podem produzir milagres (13, 2-4). O único característico confiável que distingue o verdadeiro profeta do impostor, é a "verdade" da sua mensagem e não apenas o milagre que pode produzir; "verdade" aqui é menos a correta previsão do futuro que a autenticidade das normas e dos valores que prega.

III. *NESS*

Mas os "atos absolutos" de Deus, Seus sinais e testemunhos, geralmente visam algum fim, querem ensinar algo ao homem, levá-lo por determinado caminho; *péle* e *ót* preenchem também a função de *ness*, de "bandeira". Da raiz do verbo *nassas*, "tremular", "cintilar", *ness* é a bandeira tremulante, o estandarte luminoso que guia unidades militares no seu caminho de luta. Quando este símbolo de liderança e orientação de longe transcender a realidade material, é que Moisés pode construir um altar e dedicá-lo "ao Eterno, minha bandeira" (Ex 17, 15). A bandeira que proporciona orientação ao soldado em batalha, assemelha-se ao sinal milagroso que Deus ostenta para orientar a todos

4. Êx. 4, 8-10.

146 NAS SENDAS DO JUDAÍSMO

aqueles que precisam de ensinamento quanto à direção de vida a tomar ou a evitar. O episódio da morte de Korakh e dos seus companheiros é *ness*, exemplo muito eficiente para o que será o fim dos malvados (Nm. 26, 10). O objetivo de *ness* é didático, não apenas significativo como *ót*. Propõe-se demonstrar como são corretos os caminhos de vida, mostrados a Israel na Torá, no ensinamento divino.

Frequentemente, acontece que um evento natural, perfeitamente explicável, se dá em momento significativo de nossa vida e assume para nós a função de *ness*, de sinal orientador. Este acontecimento não infringe as leis da natureza; pela função que lhe dá o momento em que se produz, torna-se um *ness* para nós. O milagre como *ness* não significa, portanto, uma ruptura das leis da natureza; é um aceno da própria ordem natural, predeterminada por Deus desde a criação. "Disse R. Iokhanan [século III, grande autoridade do Talmud palestinense]: 'Deus impôs condições ao mar (na hora da sua criação) que se dividisse diante dos filhos de Israel' e R. Jeremias ben Elazar acrescenta ainda: 'Não apenas ao mar impôs Deus [este tipo de] condições, mas a tudo que criara'" (*Bereschit Rabá* V, 5). Dessa forma, o *ness*, o milagre orientador, consiste na ocorrência, em hora significativa, de qualquer pormenor de contextos planejados desde início, tornando-se, assim, *ness* o próprio evento natural, "milagre" capaz de orientar indivíduos e até nações.

No entanto, é preciso um enfoque bem diferente do comum e diário para enxergar, no acontecimento natural e nos eventos cotidianos da nossa vida, algo que foi planejado por Deus desde a criação do mundo. É preciso descobrir o milagre escondido, cuja experiência, segundo Moisés ben Nakhman (grande pensador religioso e comentador da Bíblia do século XIII) é a base da compreensão da Torá. Segundo ele, ninguém participa da Torá que não seja capaz de reconhecer o milagre em todos os acontecimentos da vida, tanto do indivíduo quanto da sociedade (*Comentário a Êxodo* 13, 16).

IV. *MOFÊT*

Ora, esta é a visão do artista que não vive apenas a experiência do belo, mas também do sublime. A visão do sublime é uma impressão estética, imortalizada em todas as artes. O artista, na sua abordagem da natureza, do homem e da história, não apresenta apenas o belo, mas também o sublime, não é atraído apenas pela aparência do seu objeto, mas remetido por ele à distância, a algo que é maior que toda concretude, algo que lhe suscita, ao mesmo tempo, admiração e respeito de um lado e atração e amor de outro. *O temor e o amor de Deus são os dois componentes da experiência estética do sublime*, experiência que em tudo encontra algo de milagroso.

A EXPERIÊNCIA DO MILAGRE PELO HOMEM BÍBLICO

A palavra hebraica bíblica que corresponde a esta experiência é *mofêt*, da raiz *yfat* ou *yafá*, que significa "raiar", "brilhar", uma experiência estética, não do belo, mas do sublime que não impressiona menos que o belo, talvez mais.

A palavra *mofêt* é frequentemente usada junto com a palavra *ót* (Êx. 7, 3; Dt. 4, 34 *et altri*). É usada somente junto com *ót* e com nenhuma das outras expressões examinadas do campo semântico das palavras para "milagre". Há uma única exceção a esta regra: Em hino de louvor encontramos, em dois livros diferentes da Bíblia, a mesma expressão: "*Zikhrú nifleotav ascher assá, moftav umischpetei piv*" (Sl. 105, 5 e I Cr 16, 12), "Lembrem-se dos Seus feitos extraordinários [*nifleotav*], das Suas maravilhas e dos juízos da Sua boca". Ora, se, como tentamos mostrar, *mofêt* é o efeito estético e afetivo que a transcendência de um acontecimento produz, *ót*, do outro lado, sempre tem por objetivo, como mencionado acima, *daat*, "conhecimento". A combinação de *mofêt* e *ót* designa, pois, o efeito completo causado ao homem pela ação divina, conhecimento e afeto. E a própria exceção confirma a regra: Pois *niflaót*, embora derivado de *péle*, está no passivo, designando pois, o efeito sobre a consciência causado pelo milagre. Dessa forma, mesmo a combinação de *niflaót* e de *mofêt* expressa a junção do conhecimento e do afeto.

Concluímos este estudo com o seguinte resumo: O campo semântico das palavras hebraicas bíblicas para "milagre" é articulado por três aspectos: o aspecto do milagre como "ato absoluto" de Deus, na sua total independência de fatores naturais, históricos e psicológicos; o aspecto do milagre a partir do seu impacto sobre o ser humano que, por sua vez, pode ser subdividido em impacto direto e indireto, sendo o impacto direto aquele causado às próprias pessoas implicadas no milagre, e o indireto o impacto sobre pessoas não diretamente implicadas, mas impressionadas com o que viram e ouviram. Finalmente, o impacto direto deve ser novamente subdividido em impacto cognitivo e impacto afetivo. De modo que podemos representar o campo semântico das expressões bíblicas do milagre pelo seguinte gráfico:

ATO ABSOLUTO DE DEUS
PÉLE

IMPACTO INDIRETO	IMPACTO DIRETO	
Sobre contemporâneos e posteridade	COGNITIVO	AFETIVO
Ness	*Ót*	*Mofêt*

A pequena frequência no hebraico bíblico da palavra *péle* é, provavelmente, consequência da resistência do homem bíblico a pronunciar-se sobre o divino diretamente, e de sua preferência em refletir sobre a atuação divina como espelhada nos acontecimentos da natureza e da história. Uma penetração mais profunda nos "atos absolutos de Deus" levaria o pensamento em direção do "ser" de Deus, absolutamente tabu para o homem bíblico. Os ensinamentos a serem tirados dos Seus atos, nos aspectos cognitivos e afetivos levarão, ao contrário, a reflexões historiosóficas, morais, religiosas, estéticas, em uma palavra, a um pensamento sobre o mundo real, única fonte legítima de todas as nossas expectativas transcendentes.

Dez Mandamentos

Do método na interpretação de textos bíblicos para descobrir algo sobre o modo de pensar neles expresso.

1. Verifique todos os contextos em que uma expressão aparece, antes de concluir para o "modo de pensar" que transmite.
2. Não procure pensamentos teológicos ou filosóficos em textos que são, essencialmente, carentes de toda preocupação filosófica ou teológica.
3. Não confie demais na etimologia ao estabelecer o sentido de uma expressão. Embora a etimologia da palavra "etimologia" indique a preocupação com a verdade (*E!tumos*), é a verdade do sentido primeiro que a etimologia procura e os sentidos mudam consideravelmente na evolução de uma língua.
4. Jamais identifique, automaticamente, a significação de uma palavra com a significação da sua raiz.
5. Não superestime a importância do verbo no hebraico. Este não está mais próximo à raiz do que o nome. Frequentemente, o verbo representa a ideia da raiz em repouso, enquanto que o nome expressa o mesmo em movimento ou em mudança. Daí a vocalização do verbo parecer mais leve, a do nome mais pesada.
6. Procure a especificidade do pensamento hebraico em eventuais divergências do uso normal, verificadas no emprego de palavras gregas na tradução de textos do Antigo Testamento, ou mesmo no Novo Testamento. Mas não confunda tais "divergências" com

150 NAS SENDAS DO JUDAÍSMO

sentidos teológicos ou filosóficos que, em todas as línguas, coexistem com o uso popular.

7. Estabeleça o valor semântico pela substituição, por expressões equivalentes, que em nada modificam o sentido do contexto, no mesmo idioma ou em outros. Mas lembre-se que existe o perigo da alteração de sentido (helenização, ocidentalização etc.), quando a equivalência não for completa.

8. Controle esta equivalência comparando os sentidos contrários a cada expressão.

9. Não esqueça jamais que a apreciação literária pode fornecer somente indícios da *experiência do tempo* do respectivo autor ou do seu público. A elucidação conceitual do tempo é tarefa da definição filosófica.

10. Não procure o que seja exclusivo ao pensamento do homem bíblico. O princípio da compreensibilidade universal da linguagem humana não admite tal exclusividade. Exclusiva é apenas a originalidade do pensamento bíblico, que deve ser encontrada na singularidade da síntese criadora de sentidos universalmente válidos.

O Universal no Livro de Jonas

1. O Livro de Jonas distingue-se de todos os demais livros proféticos por não ser um *livro de profecias* mas um *livro sobre a profecia*. Já este fato lhe dá um caráter universalista, por afirmações aplicáveis a profetas de todos os tempos e de todos os lugares.
2. O Livro de Jonas apresenta-nos o destino humano:
   a. como destino da sociedade à qual o profeta se dirige;
   b. como destino do próprio profeta que transmite a mensagem.
   Ambos os aspectos do destino humano são determinados por uma providência divina universal, que fornece a interpretação histórica dos acontecimentos.
3. Ao atribuir a Jonas a sua missão profética numa cidade não judia, Nínive, o livro afirma que não apenas o povo judeu é objeto da providência divina e, portanto, da profecia, mas todo o gênero humano.
4. O fato de que Jonas não consegue escapar da sua missão nem fugindo para fora da Terra de Israel, acentua que não há lugar no mundo que não seja alcançado pela providência divina. (Somando a afirmação de 3 com a de 4: concebe-se uma *história universal* que abrange todos os homens em todos os tempos e em todos os lugares.)
5. O comportamento dos marinheiros mostra profundo respeito por convicções religiosas alheias, talvez já preconize a ideia ecumênica de um Deus Único que permite ser conhecido pelos vários povos de diversas maneiras.

6. A confiança que a população de Nínive tem num profeta que não conhece e que não pertence ao seu povo, demonstra que as normas fundamentais da vontade divina são compreendidas universalmente e não apenas pelo povo de Israel.

7. Segundo a doutrina do judaísmo, a qualquer homem que erra é facultado, ao conhecer seu erro, voltar atrás, arrepender-se e começar de novo. Esta possibilidade chama-se *teschuvá* – "retorno", e é comprovada pelo comportamento do povo de Nínive. Por ser *teschuvá* tema central de *Iom Kipur* (Dia do Perdão), o livro de Jonas é lido no serviço diurno de *Iom Kipur*.

8. A conclusão que se pode tirar da ideia de *teschuvá*, como proposta pelo livro de Jonas, é que *não existe uma cadeia causal necessária do mal* que leve o homem à perdição depois do seu pecado. O homem permanece sempre livre e a qualquer momento da sua vida pode "retornar". O uso da possibilidade de *teschuvá* tem, no judaísmo, o seu próprio valor moral. Diz o Talmud: O *baal teschuvá*, o "homem que retorna", vale mais que o *tzadik gamur*, o "perfeito justo".

9. Demonstrando que os homens de Nínive possuem e fazem uso da faculdade de *teschuvá*, o Livro de Jonas prova que *teschuvá* e livre arbítrio são atributos universais do homem.

10. O Livro de Jonas mostra como a ideia de *teschuvá* tira do conceito de destino o seu aspecto de cega e cruel necessidade, *sem*, no entanto, tirar dos acontecimentos a sua orientação providencial que, segundo concepção bíblica, fundamenta-se em normas contidas na vontade divina, normas estas que determinam o sentido geral da história universal.

A Profecia aos Olhos de um Profeta

> *Desde tempos talmúdicos, tem sido reconhecido que a figura de Jonas representa Israel, e a de Nínive, as nações do mundo. Dessa forma, a missão profética, no meio de Israel, corresponde à missão de Israel, no seio da humanidade.*

O conteúdo principal dos livros proféticos consiste nos brilhantes discursos daqueles geniais oradores públicos que eram os profetas bíblicos, com toda a força expressiva e a profundeza de sua mensagem religiosa, moral e social. Nada disso encontramos no Livro de Jonas. O profeta Jonas não é o autor do livro que leva seu nome, mas seu principal personagem.

Este pequeno texto nos apresenta, de forma simples e comovente, o trágico destino do profeta. Nenhum dos grandes profetas escolheu voluntariamente a "carreira de profeta". É Deus quem se apodera de sua vida, mesmo contra sua vontade, fenômeno que A. J. Heschel, em seu livro *The Prophets*, chama de *antropotropia*, para acentuar o contraste com as demais vocações religiosas que procuram Deus (*teotropia*) e que fazem da religião uma profissão como sacerdotes, videntes e outros que buscam a inspiração divina de forma extraprofissional, como aqueles bandos extáticos de que o próprio Saul participou (II Sm. 10, 10-12) e que muito se assemelham aos terreiros do Brasil.

Ora, não deixa de ser uma carga humana extremamente pesada largar a vida particular e a felicidade pessoal, para seguir o chamado de Deus para uma atuação muitas vezes antipopular, subversiva das estruturas de dominação existente e altamente perigosa. Moisés, por exemplo, tenta livrar-se de sua missão, alegando: "Eu não sou um homem de falar, nem de ontem, nem de anteontem, nem depois de que falaste ao Teu servo", e quando Deus promete "estar na boca de Moisés e lhe indicar o que falar", este continua recusando: "Perdão, meu

154 NAS SENDAS DO JUDAÍSMO

Senhor, envia quem quiseres [...]". (Êx. 4, 10-13.) Jeremias contesta: "Ah! Eterno, Senhor, eis que eu não sei falar, porque sou criança ainda" (1,6.) Isaías exclama: "Sou um homem de lábios impuros e vivo no meio de um povo de lábios impuros" (6,5), e Amós afirma: "Não sou profeta, nem filho de profeta; sou vaqueiro e cultivador de sicômoros. Mas o Eterno tirou-me de junto do rebanho e o Eterno me disse: 'Vai, profetiza ao meu povo, Israel!' " (7, 14-15.)

Na alma do profeta, a conveniência sempre perde a luta com a consciência. Jonas tenta simplesmente fugir de Deus, para o lugar mais afastado do local onde deveria cumprir sua missão. Tentativa vã, pois o profeta experimenta na própria carne as incisivas palavras do poeta: Para onde ir, longe do Teu sopro?/ Para onde fugir, longe da Tua presença?/ Se subo aos céus, Tu lá estás,/ se me deito na cova,/ aí Te encontro (Sl. 139, 7-8).

Jogado no mar pelos marinheiros, engolido por um gigantesco peixe e colocado na praia no ponto mais próximo do lugar de sua missão, Jonas não tem outra alternativa; tem de transmitir as palavras de Deus a Nínive, a grande cidade "imperialista" de sua época, odiada e temida pelos milhões de povos conquistados, incluindo Israel. Nada nos é comunicado sobre os discursos de Jonas. É nos dito apenas que "Os homens de Nínive creram em Deus, convocaram um jejum e vestiram-se de sacos, desde o maior até o menor". E Deus reconheceu a autenticidade desta *teschuvá*, deste arrependimento de todo um povo e de seu retorno ao bom caminho. Por essa razão, não cumpriu com a ameaça de destruição proferida pelo profeta Jonas.

Pertence ao trágico destino do profeta, sofrer o desprestígio e a diminuição de seu status social pela aparente não realização da profecia e o aparente insucesso de sua missão. Aparente apenas, pois imensa e de importância incalculável foi a missão de Jonas: Conseguiu fazer toda uma poderosa nação mudar de caminho e preservá-la da corrupção interna, ameaça maior ainda do que a derrocada externa. E acontece que nem a autoestima do próprio profeta resiste à avaliação superficial do sucesso de sua atuação. O não cumprimento de suas previsões o amargura e o faz exclamar: "Seria melhor para mim morrer do que viver."

Em seu estudo profético do próprio profetismo, o autor do Livro de Jonas compreende claramente que toda previsão de profeta é condicionada pela liberdade humana. Nada está escrito em definitivo no "Livro do Destino". Sempre existe a possibilidade de que "a *teschuvá* [arrependimento e melhora de vida], a *tefilá* [autoavaliação na oração], e a *tzedaká* [a prática do bem], modifiquem a crueldade do destino", como rezamos na introdução à *keduschá* das Grandes Festas. Este condicionamento da predição pela liberdade distingue profundamente a visão profética genuína da posterior visão apocalíptica.

Outro característico importante da profecia é sua universalidade,

A PROFECIA AOS OLHOS DE UM PROFETA 155

bem acentuada pelo Livro de Jonas, ao insistir que a missão profética se dirige inclusive aos povos pagãos, e não apenas aos israelitas. Pois a profecia encara Deus como Senhor soberano da história universal.

A "metaprofecia" do Livro de Jonas, sua visão profética da própria profecia, não possui, para o judaísmo, uma importância abstrata apenas, explicando, com penetrante discernimento, um fenômeno histórico muito distante de nós. Desde tempos talmúdicos, tem sido reconhecido que a figura de Jonas representa Israel, e a de Nínive, as nações do mundo. Dessa forma, a missão profética, no meio de Israel, corresponde à missão de Israel no seio da humanidade. Portanto, quem tiver bem compreendido a noção que o Livro de Jonas formula da profecia terá entendido, também, como, segundo o pensamento judaico, deve ser compreendida a missão histórica do povo de Israel.

Considerações sobre o Trabalho em Tempos Bíblicos

Se reconhecermos no trabalho, em contraste ao esforço lúdico, um empenho corporal ou espiritual para conseguir determinados fins, percebemos logo que há duas espécies de trabalho: A que serve à subsistência da pessoa e a que quer elevar a existência acima das necessidades meramente materiais. Há o trabalho que se realiza em obras concretas e palpáveis, e há outro que, fundado mais em conceitos e ideias, não apresenta resultados visíveis, como o trabalho educativo, a prática religiosa, etc. Em todas as civilizações estas formas de trabalho encontram-se lado a lado.

No primeiro período da história do povo de Israel, na fase migratória e nômade, quando a produção era principalmente pastoril, e ainda nos primeiros tempos da sua colonização na Terra de Israel, a família era uma unidade autônoma de produção. Todos os artigos de consumo eram produzidos pelos membros da família, chefiada pelo avô paterno, o patriarca, autoridade absoluta para os seus filhos, netos e respectivas esposas. A família cultivava os cereais, os legumes, as plantas fibrilíferas que ela mesma moía, cozia, fiava e tecia para, finalmente, fazer as vestimentas. Criava os rebanhos para depois fazer uso da carne, da lã, do couro e dos demais subprodutos da produção animal. Até a construção das casas e a confecção da mobília constituía ocupação familiar.

Para o sustento de famílias grandes, especialmente as de certa opulência e acostumadas a determinado nível de vida, o volume de trabalho excedia muitas vezes a capacidade dos próprios familiares

CONSIDERAÇÕES SOBRE O TRABALHO EM TEMPOS BÍBLICOS   157

e um número de servos preenchia as lacunas existentes. Os servos pertenciam à família (cf. o quarto mandamento: "Nem tu, nem teu filho, nem tua filha, nem teu servo e nem tua serva..." Êx. 20,10) e se beneficiavam de uma legislação completa que, entre outras coisas, exigia que todo servo deveria ser libertado após seis anos de serviço. Se um criado se recusava a aceitar a liberdade, era submetido a um procedimento tradicional, pouco agradável, furando-se uma das suas orelhas com uma sovela ao batente da porta.

O trabalho, especialmente nesta organização familiar, era bastante apreciado. Era o complemento necessário do repouso sabático, como a criação do mundo pelo Todo Poderoso foi a condição do Seu descanso no sétimo dia. Esta analogia, que é estabelecida na primeira versão do quarto mandamento (Êx. 20, 8-11), é prova do alto conceito em que era tido o trabalho.

Com o estabelecimento da monarquia e o consequente enfraquecimento do sistema patriarcal, a organização da produção e do trabalho sofreu profundas modificações. Surgiu o trabalho especializado.

O rei precisava de ministros e de administradores, de oficiais para o seu exército, de ferreiros para a fabricação de armas e de artesãos e trabalhadores experimentados para o sustento da corte e dos luxos, que não tardaram a multiplicar-se na casa do rei como na de seus nobres. Os representantes da ordem tradicional insurgiam-se, em vão, contra estas modificações, pois a realidade política e militar as exigia.

Poucos instantes antes da coroação do rei Saul, Samuel fez uma amarga e previdente advertência de como seria a realidade da nova ordem:

> Este será o direito do rei que reinará sobre vós: Ele convocará os vossos filhos e os encarregará dos seus carros de guerra e dos seus cavalos e os fará correr à frente do seu carro; e os nomeará chefes de mil e chefes de cinquenta, e os fará lavrar a terra dele e ceifar a sua seara, fabricar as suas armas de guerra e as peças de seus carros. Ele tomará as vossas filhas para perfumistas, cozinheiras e padeiras. Tomará os vossos campos, as vossas vinhas, os vossos melhores olivais, e os dará aos seus oficiais. Das vossas culturas e das vossas vinhas ele cobrará o dízimo, que destinará aos seus eunucos e aos seus oficiais. Os melhores dentre os vossos servos e as vossas servas, os vossos bois e os vossos jumentos, ele os tomará para o seu serviço. Exigirá o dízimo dos vossos rebanhos e vós mesmos vos tornareis seus escravos. Então, naquele dia, reclamareis contra o rei que vós mesmos tiverdes escolhido, mas o Eterno não vos responderá, naquele dia! (I Sm.. 8, 11-18)

Embora o antigo sistema patriarcal e a ausência de um poder central leigo (Reinado de Deus – Teocracia) se mantivesse como ideal, o novo estado de coisas foi progressivamente reconhecido como legítimo e a classe fraca protegida por meio de mandatos protetores (Dt. 24, 14; Lv. 19,13; Lv. 25,35 e ss.; Ez. 48,18-19).

O trabalho pelo sustento nunca foi a preocupação exclusiva em Israel. Não somente havia uma tribo inteira, a de Levi, que se dedicava inteiramente aos trabalhos do santuário e por isso não podia ter "nem parte nem herança com Israel" (Dt. 18,1), recebendo o seu sustento da sua participação nos holocaustos e dos dízimos que toda Israel era obrigada a lhes dar; havia também fora da tribo de Levi homens que, em toda geração, deixaram a família e as propriedades para servir a Deus como Samuel, Elias, e muitos outros; todo o povo consagrava grande parte dos seus esforços à causa de Deus, no cumprimento dos mandamentos e estatutos divinos que atingiam a vida inteira, completando assim o seu labor pelo pão de cada dia com uma atividade ininterrupta em prol de uma vida mais sagrada, mais digna e mais significativa.

O termo *avodá*, "trabalho", realmente abrange na Bíblia todas as modalidades da atividade humana, seja ela material ou espiritual, pesada ou leve, honrada ou desprezada, incluindo tanto a labuta escravagista como o empenho livre, a servidão aos homens como o ministério de Deus. Portanto, a palavra *avodá* em si não implica em apreciação positiva ou negativa. Tudo depende das suas finalidades e das condições em que o trabalho é executado. Quando os fins são desprezíveis, o trabalho torna-se crime; quando as condições em que uma atividade é levada a cabo não correspondem à dignidade humana, o trabalho vira servidão.

Somente em prol de fins válidos e levados a termo, em condições condizentes com o decoro do homem, em plena igualdade de direitos e em liberdade, o trabalho adquire o mais alto mérito, para que possa ser comparado à criação do mundo.

Esta conclusão, aplicada aos problemas trabalhistas e à política operária dos nossos tempos, levaria a consequências inéditas, muito distantes tanto das práticas capitalistas como da dos países do grupo comunista.

Conceito de Lei no Judaísmo*

No monoteísmo ético, no judaísmo, na visão dos profetas de Israel, toda história é, em última análise, um caminho para o autoaperfeiçoamento segundo normas inerentes à vontade divina. Estas normas expressam-se na Lei. E, onde se encontra a Lei na Bíblia?

O Pentateuco (cinco livros de Moisés) contém cinco códigos de lei: O mais antigo é o Código da Aliança (Êx. 21, 24) e data do século VII. O Deuteronômico, no quinto livro de Moisés, de 12-26, que é do fim do século VII. O Código da Santidade, do século VI, que se encontra no Levítico, 17-26. O Código dos Sacerdotes, do século VI ao V, distribuído em vários livros da Bíblia: Êxodo 25-31; 35-40; Levítico 1-16; Números 5- 6, 15, 17-19, 28-30; o mesmo conteúdo legal aparece várias vezes com formulação diferente.

Já na Bíblia a Lei aparece em quatro códigos diferentes nos cinco livros de Moisés; mas o desenvolvimento da conceituação da Lei não pára aí, pois atravessa os séculos.

Se a Lei decorre de normas contidas na vontade divina, esta vontade nunca pode ser captada plena e abrangentemente por nenhum texto humano; sempre permanece um resto. A isso denominamos "Lei do Resto". Matematicamente seria formulada como segue:

Lei Divina + Resto que a linguagem humana não consegue traduzir, captar = Vontade Divina

---

* Texto apresentado no curso sobre *Pensamento Oriental*, promovido pelo Instituto de Filosofia da Puc-Camp, março a junho de 1989. (N. de E.)

Não é somente este o único motivo da evolução da Lei judaica. Além disso a Lei precisa de uma adaptação à realidade que está em constante modificação; é preciso uma contínua complementação.

Isto quer dizer que logo depois de que a Lei escrita tenha sido redigida no século V, já começou a evolução do que chamamos de "Lei Oral" que começou, mais ou menos, com o que a tradição judaica chama de "Grande Assembleia", onde estavam presentes os últimos profetas, sábios e escribas do século V. A partir daí criou-se uma Lei oral ao redor da Lei escrita.

Ela visava a criar uma cerca ao redor da lei escrita. Uma vez que se pode, e segundo os profetas de Israel, se deve considerar a destruição de Jerusalém e do primeiro Estado da Judeia como um fracasso da "Aliança". Fracasso que se deu porque uma parte dos contracentes não cumpriu com as condições estabelecidas. Israel seguiu outros deuses e não cumpriu com os mandamentos de Deus. Então a outra parte também não se achou mais obrigada a cumprir as suas obrigações, ou seja, proteger Israel, seu Estado, sua capital. Portanto, depois da destruição do Primeiro Templo o problema de uma autêntica e boa observação da Lei e de uma nova concepção da "Aliança" que não poderia fracassar outra vez, se tornou uma questão muito importante, uma necessidade muito urgente. Então se fez tudo para impedir que a Lei fosse novamente infringida. Tentou-se criar uma cerca ao redor da Lei.

Exemplo de como essa "cerca" funciona:

Existe nos cinco livros de Moisés, em três lugares, uma recomendação muito simpática ao meu sentimento que proíbe cozinhar o filhote no leite da mãe. Para garantir a completa impossibilidade de cozinhar um filhote no leite da mãe, a Lei Oral proibiu todo consumo simultâneo de carne e leite. Se obedecermos a esta Lei, jamais poderemos chegar a transgredir essa injunção de que não se deve cozinhar o filhote no leite da mãe. Assim surgiu a lei dietética do judaísmo.

Logo depois da Lei Bíblica (dos cinco livros de Moisés) ter sido redigida, começou essa Lei Oral, que é desenvolvida durante sete séculos (de V a. C. a II d. C.). Ela se chama Mischná e significa, literalmente, "Retomada da Lei Bíblica", mas de uma forma mais completa, no intuito de eliminar a própria possibilidade de se transgredir um preceito bíblico. Havia uma proteção rigorosa de redigir a Lei Oral. Mas ela acabava sendo tão obscura que era quase impossível memorizá-la toda e perseguições externas ameaçavam a sobrevivência dos eruditos. Assim se decidiu infringir a proibição de escrever a Lei Oral para salvá-la.

Mal a Mischná era redigida, em fins do século II, já surgiam academias, tanto na Palestina como na Babilônia, simultaneamente, com o fim de discutir esta Lei, frase por frase, parágrafo por parágrafo, capítulo por capítulo, tratado por tratado. São 63 tratados.

CONCEITO DE LEI NO JUDAÍSMO 161

E novamente essas discussões, durante muito tempo, eram transmitidas oralmente. Foram por sua vez, redigidas no momento crítico, quando o volume do material a ser lembrado de cor ficou tão volumoso, que ficava impossível lembrar tudo; e por outro lado, quando surgiam ameaças externas à sobrevivência de Israel. Então, nesses momentos, tudo aquilo que estava sendo até aí lembrado, foi redigido. Temos hoje uma espécie de protocolos abreviados dessas discussões, que se chama Guemará.

Agora, Mischná e Guemará no seu conjunto perfazem o Talmud; ele hoje é impresso de tal modo que primeiro se citam alguns versículos da Mischná; segue a discussão sobre este texto, depois é citado outro trecho e em seguida discutido. Existe um Talmud babilônico que traz a discussão sobre a Mischná nas academias da Babilônia e um Talmud jerosolimita, que não surgiu em Jerusalém mas na Palestina e que traz as discussões das academias palestinas.

É uma obra imensa com 63 tratados. Mas mesmo com o encerramento do Talmud o processo de formação da Lei não pára porque surgem novas dúvidas e dificuldades. Depois do encerramento do Talmud é que se consulta as mais importantes autoridades rabínicas da época acerca da solução de um problema e eles escrevem suas respostas.

Essas respostas chamamos de *responsa* e perfazem uma imensa literatura, que vai do século VI-VII até o século XIII.

No século XII, a literatura sobre a Lei judaica tinha se tornado imensa e vasta. Surge então a primeira codificação do filósofo Maimônides, que reuniu todo o material existente a partir da Bíblia até as *responsa* sobre cada problema. Essa obra se chama *Mischné Torá*, e foi publicada em 1180.

Quatro séculos mais tarde, no ano de 1567, na própria Palestina, naquele círculo de místicos que estavam concentrados na cidade de Safed, um rabino chamado Iossef Karo publicou uma obra chamada *Schulkhan Arukh*.

Schulkhan Arukh significa "Mesa Posta". Pretendeu colocar numa mesa tudo que se necessitava em questão de Lei.

A partir de então, para a corrente ortodoxa do judaísmo, a "Mesa Posta" é a obra decisiva para qualquer problema em assunto legal judaico. A parte não ortodoxa, liberal, no entanto, não entende porque esse desenvolvimento da Lei deveria parar justamente no ano de 1567 e muitas indagações, certamente, deveriam continuar a evoluir; pois a outra parte de judeus já não se baseia mais totalmente nessa obra.

I. A ORIGEM DE TUDO ISSO

Tradicionalmente, achava-se que todos esses códigos eram transmitidos por Deus a Moisés diretamente. Nenhum pesquisador da Bíblia (hoje) pode mais admitir isto, porque há tantas versões e soluções diferentes na investigação da Lei, o que mostra claramente que se procede uma evolução.

No ano de 1902 se descobriu na Babilônia uma pedra estranha que era um antiquíssimo código de leis, o famoso Código de Hamurabi. Hamurabi era rei de um grande e representativo império nos seus dias. Ele realmente tinha a intenção de criar no seu Estado uma vida legal, um regime de direito em que justamente os socialmente mais fracos seriam protegidos e os economicamente fortes mantidos em limites. Logo que esse código foi decifrado, mostraram-se grandes semelhanças com o Código da Aliança (primeiro código bíblico) e já que esse ano de 1902 pertencia à época do assim chamado "cientificismo"; uma época em que tudo parecia explicável a partir da lógica científica e a própria Bíblia não mantinha um prestígio muito alto, muita gente estava satisfeita e esfregava as mãos dizendo: "Vejam só como esse Código da Aliança (da Bíblia) no fundo é apenas um plágio, centenas de anos mais tarde, de algo que já se encontra no Código de Hamurabi, uns sete a oito séculos mais antigo".

No entanto, posteriormente, uma minuciosa comparação mostrou que estes códigos não apenas apresentavam semelhanças, como também diferenças; e essas diferenças eram muito significativas.

Primeiro tentaremos mostrar que a Lei bíblica não é algo que caiu pronto do céu, mas que é uma última ramificação de uma majestosa árvore de pensamento jurídico que se tinha desenvolvido no Oriente Próximo, já a partir do terceiro milênio a.C.. Logo depois de descoberto o Código de Hamurabi, descobriram-se muitos outros códigos, em parte ainda mais antigos.

Hoje em dia, podemos traçar esta árvore majestosa; sendo o tronco mais antigo os arquivos de Ebla, situada na Síria, que datam de 2400 a 2250 a.C. Este lugar está sendo explorado, investigado, estudado por algumas universidades italianas e o trabalho ainda está em curso; muito daquilo que foi encontrado ainda não foi publicado, de modo que lá ainda vamos encontrar muitas novidades, surpresas que vão iluminar melhor esta antiga cultura.

Uma coisa parece evidente: Uma certa afinidade entre certos termos encontrados em Ebla e termos bíblicos. Até a língua e os nomes encontrados em Ebla são muito semelhantes aos que conhecemos na Bíblia.

As culturas mais antigas da Babilônia são dos sumérios, grupo indogermânico, ariano, e de povos semíticos que floresceram lá simultaneamente.

Em 2240 a.C. os semitas prevaleceram e o rei Sargão criou um grande império, submetendo os sumérios. Mas, um século e meio mais tarde, houve a reviravolta: Os sumérios subjugaram os semitas e criaram o império de Ur onde se encontrou o Código de Ur-Namu que

CONCEITO DE LEI NO JUDAÍSMO   163

data de 2050 a.C. Mas também este império é destruído pelos elamitas, antepassados dos persas, que desceram para o Golfo Pérsico.

Seguiu-se um período em que, na Babilônia, somente havia pequenos Estados, cidades-estados, e, entre estas, em Isin, criou-se um código chamado pelo seu rei Lipit-Ishtar, na primeira parte do século XIX a.c.; enquanto que em Eshnuna surgiu, ao redor do ano 1800 a.C., o Código de Eshnuna. Simultaneamente, já fora da Babilônia, nas margens do Eufrates superior, florescia Mari, uma cultura semítica importante, onde foram encontrados tabletes dos séculos XVIII e XIX.

No século XVIII a.C. Hamurabi criou novamente um grande império na Babilônia onde introduziu o seu código. Fora da Mesopotâmia propriamente dita, mas ainda influenciada pelas grandes culturas babilônicas, surgiu na área hoje chamada de Líbano, no lugar da aldeia Ras Schamra, uma brilhante cultura semítica na cidade de Ugarit, de onde se retirou todo um arquivo.

A cultura de Ugarit que já floresceu nos séculos XV e XIV é bastante relacionada com a cultura bíblica. Finalmente possuímos hoje o Código dos Hititas em dois tabletes, encontrados em Hatusa, capital de um grande império da Ásia Menor, no século XIII a.C., cuja importância bélica ressoa ainda na Bíblia.

Todos estes códigos precederam o Código da Aliança, redigido no Reino de Israel das dez tribos do norte, no século VIII. Como no caso do monoteísmo ético, temos que concluir que Israel não inventou a Lei, mas lhe deu um desenvolvimento muito especial e característico da sua visão de Deus e do mundo.

II. CARACTERÍSTICAS DA LEI BÍBLICA E COMO SE DIFERENCIA DOS DEMAIS GRANDES CÓDIGOS DE LEI DO ORIENTE

A Lei bíblica distingue-se, em primeiro lugar, pela pretensão de que a autoridade legislativa da Lei não é humana, mas divina. Embora outros legisladores como o próprio Hamurabi (conforme consta na introdução do seu código), também tenham se declarado inspirados por Deus, nenhum deles teve a pretensão de dizer que esta Lei é de Deus, e que foi apenas transmitida por um ser humano.

Esta pretensão tem importância fundamental; é decorrência direta da ideia teocrática da Bíblia.

O Estado segundo o pensamento político moderno, foi criado para proteger o cidadão de ataques de dentro e de fora. O Estado foi criado por uma espécie de contrato social entre os cidadãos, que delegaram o seu próprio direito de uso da violência para uma terceira instância (seja ela um homem ou uma assembleia) que usasse a violência em nome de todos e a favor de todos, na defesa de todos.

164 NAS SENDAS DO JUDAÍSMO

Esta concepção é muito difundida no pensamento político europeu, de Hobbes, via Locke, até Rousseau, e muitos outros autores também se preocuparam com esta ideia de "contrato social".

Mas a base fundamental de todo esse pensamento é de que o soberano, seja ele eleito ou não, seja ele um parlamento, um presidente, ou um monarca, empregasse o monopólio do uso legal da violência física a favor de todos. Acontece que nas várias formas de soberania que nós conhecemos isto não ocorre.

Começando com uma soberania que reside numa única pessoa, num ditador ou num usurpador, num rei absoluto. Seria esperar o sobre-humano imaginar que este rei usasse o poder que tem exclusivamente a favor de todos, nunca pensando na sua própria vantagem.

Isto só seria possível no esquema descrito pelo filósofo Platão, onde o rei tem que ser filósofo e respectivamente o filósofo rei, mas como na história concreta nunca os filósofos eram reis, nem os reis eram filósofos, então esta é uma ideia que ficou apenas na teoria.

Se passarmos para uma outra forma de soberania que se chama aristocracia, ou seja o regime dos melhores, dos nobres, dos que têm sangue azul, enquanto que nós temos apenas sangue vermelho, também deles não se pode e nem se deve esperar que usem o poder do Estado apenas a favor de todos os cidadãos e que nunca pensem a favor da própria classe.

O mesmo acontece numa forma de soberania que chamamos de plutocracia, que é o governo dos economicamente mais fortes. Provavelmente, estes se tornaram assim influentes porque sempre souberam cuidar muito bem dos seus interesses e não se pode realmente esperar que, uma vez no governo, eles esquecerão estes interesses totalmente e atuarão única e exclusivamente pelo bem comum. E finalmente chegamos à democracia. É um regime de representação popular, onde realmente a soberania é constituída como representação da maioria do povo. Podemos esperar de uma democracia que não exista o aproveitamento do poder com interesse próprio ou de classe? Acredito que infelizmente a resposta deva ser *não*. Não apenas a partir do exemplo que temos hoje em dia no Brasil, mas também pelo exemplo que temos do regime que consta formalmente como a mais perfeita democracia, que é a democracia dos Estados Unidos, onde durante muitas décadas, talvez séculos, a minoria dos negros tem sido brutalmente explorada e suprimida por uma maioria branca; evidentemente os judeus podem nos contar longas histórias de onde maiorias exploram minorias.

Então não teria solução o problema do interesse, o problema de uma soberania que realmente utilizasse o monopólio do uso legítimo da violência exclusivamente a favor de todos, e nunca a favor de uma maioria ou minoria. O pensamento bíblico dá uma resposta e diz: "Se a soberania ficar nas mãos de Deus, então não poderá haver exploração de maioria ou minoria em nenhum sentido". Que esta é realmente a

CONCEITO DE LEI NO JUDAÍSMO 165

ideia teocrática da Bíblia, pode-se concluir do capítulo 8 de I Samuel. Quando Samuel deve fazer a passagem da teocracia para a monarquia, e quando apresenta ao povo as desvantagens da futura monarquia, fala exclusivamente de casos de exploração, casos em que o soberano vai se utilizar dos poderes que ele possui em seu próprio favor contra os demais cidadãos.

A ideia teocrática bíblica surge, portanto, do problema dos interesses, surge da necessidade de eliminar os interesses da soberania do Estado.

Isto dará um cunho de profunda justiça social à Lei que surge dessa concepção teocrática.

Devemos compreender bem: Deus, como concebido pelo monoteísmo ético, é um Deus de todos os seres humanos, de todo mundo, mas é também Soberano do Estado apenas em Israel onde, mediante um contrato social, Deus recebeu a incumbência de legislar, proteger o Estado, mediante compromisso dos cidadãos desse Estado de lealdade e de obediência.

III. DISTINÇÃO ENTRE TEOCRACIA E HIEROCRACIA

Teocracia é o regime bíblico de uma soberania isenta de interesses. Hierocracia é um regime que dá todo poder a uma classe, a dos sacerdotes.

A diferença está em que, na teocracia bíblica, *não existe* hereditariedade do poder; enquanto que na hierarquia, no regime sacerdotal, esta hereditariedade existe.

O primeiro que exerceu o poder e era porta-voz de Deus no regime teocrático, foi Moisés. Ele não herdou o poder de ninguém, também não conseguiu fazer herdar o seu poder a ninguém. Não foram os filhos de Moisés os seus sucessores, mas Josué, que foi nomeado por Deus e tampouco era sacerdote.

Mais tarde, quando o povo de Israel estava instalado na Terra Prometida e, quando não houve mais um representante permanente do Rei, seus representantes não foram sacerdotes mas os assim chamados juízes, não no nosso sentido da palavra, mas figuras carismáticas que em momentos de crise conseguiam mobilizar a força do povo, falando em nome de Deus, e atuando em nome de Deus, até que a crise fosse superada; em seguida o juiz volta ao anonimato. Quer dizer, há importantes diferenças entre a teocracia bíblica e um regime dos sacerdotes.

Também o regime teocrático bíblico tem as suas fraquezas, e o livro da Bíblia que trata predominantemente da teocracia bíblica é o Livro dos Juízes, onde nos dezesseis primeiros capítulos fala-se entusiasticamente da teocracia bíblica, ficando depois um tanto cético. Lê-se no capítulo 17, versículo 6, palavras como: "Naquele tempo não

166 NAS SENDAS DO JUDAÍSMO

houve Rei em Israel e portanto todo mundo fazia o que certo parecia aos seus olhos", uma severa crítica, evidentemente.

O absurdo ao qual chegou a teocracia bíblica é que na pretensão de que pudesse utilizar a soberania a seu próprio favor, proibindo que alguém pudesse exercer a soberania a não ser Deus, chegou-se de fato a condições em que cada um fazia o que bem queria e ninguém mais ficou protegido das incursões do outro.

No Estado teocrático Deus dá a Lei e ninguém mais. A Lei não pode ser, como é entre nós, o resultado de um embate político seja parlamentar ou não, pois este embate carrega em si o interesse como um vício. Portanto, a Lei de Israel pretende não defender e não emanar de nenhuma autoridade humana, também não da autoridade do Estado. Na Lei não está mencionado nem o Estado, nem seus órgãos executores.

Se a Lei é de autoridade divina e não de autoridade humana ela evidentemente tem que ser muito mais abrangente do que uma lei do Estado.

A Lei do Estado apenas abrange atos públicos, atos que de uma ou outra forma podem prejudicar o próximo.

A Lei divina é muito mais abrangente, atingindo até os mais íntimos impulsos humanos muito antes que possam surgir ou serem executados.

A Lei bíblica abrange: a lei criminal, civil, familiar, moral e a lei religiosa. Qualquer infração contra a lei religiosa é também uma infração da lei do Estado. Por isso o infrator da lei do sábado é punido tão severamente, porque ele nega a soberania.

A Lei bíblica é normativa em todos os domínios. Há uma completa ausência do poder coativo nesta Lei – não há menção do Estado, não há menção de órgão de repressão e as penas são executadas pela sociedade. E, ainda no Novo Testamento, mais ou menos 1400 anos posterior ao código bíblico, há descrição de uma execução, um apedrejamento; o réu não é executado pelo Estado, de modo que Jesus podia dizer ao povo que estava prestes a executar o veredito: "Quem de vocês se sentir sem culpa, que jogue a primeira pedra".

Em geral, a Lei judaica determina que quem era testemunha decisiva, quem praticamente deu o material para uma condenação à morte, tinha que jogar a primeira pedra. Isso deveria pesar na (uma Lei sem Estado) consciência.

Vocês não encontram na Lei um Estado para executar penalidades. Os reis e os chefes de Estados não são fontes da Lei, ao contrário, todos são sujeitos à Lei como qualquer outro cidadão.

Muito diferentemente de qualquer outro código conhecido hoje, temos no Código Deuterônomico (no segundo código do século VI a.C.) uma lei do monarca em Deuteronômio, capítulo 17, versículos 14 a 20 em que diz: O monarca deve sempre ter a Lei ao seu lado, ler nela dia e noite e julgar na base desta Lei; jamais poderá ele fazer uma

CONCEITO DE LEI NO JUDAÍSMO

lei ou transgredir uma lei, pois ele estará sujeito a ela, da mesma forma como qualquer outro cidadão.

E tem um número de interessantes fenômenos na Lei que geralmente as nossas leis não apresentam: Por exemplo, temos leis que estão radicalmente contra a razão econômica, ou mesmo, contra a própria razão, a própria lógica. Existe uma lógica do coração, uma lógica do bem-estar humano que é mais importante do que a lógica formal.

Eis alguns exemplos: A mais antiga lei do trabalho do mundo era a lei do sábado. Implicava em que, no sétimo dia, todos deveriam descansar sem exceção, a partir do patrão, da sua família, até os escravos, servos e os animais. Isto, evidentemente, num regime econômico de trabalho escravagista era um dos maiores absurdos econômicos possíveis. Imaginem o que os representantes das nossas classes produtoras teriam dito naquela época quando se legislou que ninguém trabalharia no sábado.

Existem outras leis. A lei que se chama pela palavra hebraica *leket*, ou "apanhagem" que se encontra em Levítico 19-9 e Deuteronômio 24, 20-22.

Aí há duas leis. Uma chama-se *leket* que diz que, no processo da colheita, é proibido passar duas vezes pelo campo, pelo pomar, ou por um vinhedo. O que na primeira passagem tiver caído no chão, ou ficado no arbusto, ou na terra, pertence aos pobres, aos necessitados, às viúvas.

E no livro de Rute se tem um exemplo bonito, numa pequena mas linda novela, de como uma moça (que aliás tem mostrado qualidades morais excepcionais), uma moça não judia que, para não abandonar a sogra judia, acompanhou-a para uma terra estranha, a Palestina; como ela, pobre que era, conseguiu através desta lei de *leket*, indo atrás dos seivadores do campo, colher o bastante para seu sustento e o de sua sogra. A pequena novela tem um *happy end*, pois ela se casa com o dono do campo. Mas o importante é justamente o fato social. Esta lei é radicalmente antieconômica.

Imaginem se hoje impuséssemos ao agricultor que ele não pudesse passar duas vezes pelo campo, ou não pudesse fazer um processo industrial duas vezes e o que sobrasse iria para todo o povo? Ele gritaria e diria que isto incrementaria a inflação tremendamente, e seria o fim do mundo. Também naquele tempo esta lei era claramente antieconômica e quase irracional. Mas a Lei bíblica coloca acima da lógica formal e acima da lógica econômica uma lógica humana. E ainda mais: a Lei, evidentemente, não visava a garantir a estrutura política de um Estado, não visava a preservar as estruturas socioeconômicas vigentes duma sociedade, mas pretendia a sua reforma. Era uma Lei essencialmente revolucionária que visava uma sociedade melhor do que a existente, e que não se regeria apenas pela lógica em política social.

168 NAS SENDAS DO JUDAÍSMO

A Lei é revolucionária de acordo com o conceito bíblico da história e de Deus, que é dinâmico e não estático. A própria história é dialética, e portanto uma lei que possa vingar numa história dialética deve divergir, até certo ponto, do esquema de uma lógica aristotélica que foi concebida única e exclusivamente para fatos estáticos.

IV. O PROBLEMA DO FORMALISMO

Uma das acusações que mais frequentemente têm sido feitas às leis do judaísmo é ao seu formalismo. Realmente, os talmudistas derivavam da Bíblia, dos cinco livros de Moisés, 613 mandamentos, desses 613 mandamentos: 365 são proibições e 248 são imposições, determinações.

Na interpretação talmúdica, o número 365 representa os dias do ano e 248, segundo a medicina talmúdica, representa os membros do corpo humano. Assim, esses 613 mandamentos abrangem o homem integralmente em todo seu tempo e toda a sua substância.

O grande problema é que isso pode levar-nos a um tremendo formalismo e todos os sábios, os mestres talmúdicos, estavam preocupados com o problema dos conteúdos. Existem inúmeros textos bíblicos que se referem a isso.

Exemplo: No texto dos profetas destinado ao supremo feriado judaico lemos, no capítulo 58 de Isaías, o que é uma das mais lindas críticas neste sentido. O *Iom Kipur* contém o mandamento de jejuar por 24 horas pelo menos.

O profeta mostra o povo gritando: "Por que jejuamos nós se Tu [Deus] não olhas para nós, humilhamos as nossas almas e Tu não prestas atenção!" E responde:

É porque no dia do vosso jejum, prosseguis nas vossas empresas e exigis que se façam todos os vossos trabalhos. Eis que jejuais para contendas e rixas e para ferirdes com o punho; não jejuais, hoje, de maneira que a vossa voz se faça ouvir no alto. Acaso pode tal jejum ser o que escolhi, o dia em que o homem humilha a sua alma? Consiste, porventura, em inclinar o homem a cabeça como um junco e em estender debaixo de saco e cinza? Porventura chamarás a isso jejum e dia aceitável a Deus? Acaso não é este o jejum que escolhi: Romper as cadeias da malvadez, desatar as algemas do jugo, deixar ir livres os oprimidos e quebrar toda a dominação? Acaso não consiste ele em repartires o teu pão com o faminto e em recolheres em casa os pobres desamparados, em cobrires o nu, quando vires e não te esconderes da tua carne? Então romperá a luz como a aurora e depressa nascerá a tua cura! (Is 58, 3-8).

Existem inúmeras passagens proféticas neste sentido que investem contra uma concepção apenas formalista das leis e dos mandamentos. E finalmente esta também é a posição do próprio Jesus, que no capítulo 5 de Mateus, versículos 18 e 19, diz: "Até que o céu e a terra passem,

CONCEITO DE LEI NO JUDAÍSMO 169

nenhum jota ou til se omitirá da Lei, sem que tudo seja cumprido". Mas a exigência da Lei evidentemente, para Jesus, não consiste em cumprir formas, mas em viver o seu conteúdo.

V. FUNDAMENTAÇÃO DA LEI

Isto também é a preocupação dos grandes rabinos do Talmud; 613 mandamentos deu-nos Moisés, 365 mandamentos negativos (proibições), que correspondem aos 365 dias do ano, e 248 mandamentos positivos (determinações), que correspondem aos 248 membros do corpo humano.

Veio David e os fundamentou em somente onze (Sl 15):

Quem, ó Eterno, pode habitar na Tua tenda
E quem pode residir no Teu sagrado monte?

Aquele que caminha com integridade,
E pratica a justiça,
Fala a verdade no seu coração
E não difama com a sua língua.

Não faz mal ao seu próximo
Nem traz vergonha a quem com ele lida.
Rejeitando com seus olhos o desprezível,
Dá honra aos que temem o Eterno.
Jamais volta atrás com seu juramento

Mesmo que resulte em prejuízo próprio.
Não empresta seu dinheiro com usura,
Nem aceita suborno contra o inocente:

Quem atuar dessa forma, jamais cambaleia!

Veio Isaias (33, 14-15) e os fundamentou em seis:

Quem entre nós conseguirá morar no meio do fogo
E, quem entre nós, poderá residir nas brasas eternas?
Quem anda com a justiça e fala com retidão;
Quem recusa o ganho da opressão,
e sacode das mãos todo o suborno!
Quem tapa seus ouvidos para não ouvir falar
de sangue e fecha seus olhos para não ver o mal.

Veio Miqueias (6, 8) e os fundamentou em três:

Ele te fez saber, ó homem, o que é bom, E o que Eterno deseja de ti:
Apenas que pratiques a justiça
E ames a caridade
E andes humildemente com teu Deus.

Veio de novo Isaias (56, 1) e os fundamentou em dois:

170 NAS SENDAS DO JUDAÍSMO

Assim diz o Senhor:
Guardem o direito
E pratiquem a caridade,
Pois a minha salvação está próxima...

Veio, finalmente, Habacuc (2,4) e o reduziu a um:

Mas o justo viverá pela sua fidelidade.

(Talm. Babl., *Makot*, 24q)

Geralmente, nas Bíblias cristãs, fidelidade é traduzida por fé. Com esta tradução, o próprio Paulo se utiliza desse versículo em sua argumentação contra a Lei judaica.

Mas a palavra hebraica no texto de Habacuc não significa fé no sentido cristão. É uma palavra que de um lado expressa fidelidade e de outro lado confiança: Uma combinação entre fidelidade e confiança, enquanto que o conceito de fé cristã se liga à crença de algo que não pode ser verificado nem compreendido.

Percebe-se que o Talmud tenta purificar a Lei, conforme o conceito judaico, de uma concepção formalista e quer mostrar que esses numerosos preceitos (613) no fundo se baseiam em muito poucas normas.

Uma última observação acerca da importância do conceito bíblico judaico de lei. Pode-se achar que é um conceito totalmente ilusório, totalmente teórico e sem nenhuma razão de ser dentro da nossa vida prática.

Por outro lado, a nossa prática política mostra que os vícios dos interesses minam todo e qualquer regime político que até agora se tenha inventado neste mundo.

Portanto, a lei para ser justa não pode depender exclusivamente do processo político; ela deve ter uma base absoluta, acima da política. É isso que a Lei bíblica, a Lei judaica pretende. Ela pretende criar o conceito de uma Lei cuja base não é a disputa política, mas que é Lei de forma absoluta, como ela é inscrita na nossa consciência e como ela é ensinada pelos grandes acontecimentos da história universal.

E esta ideia se arraigou no pensamento jurídico europeu; não apenas pela ideia de que uma das bases da nossa lei é *jus-naturalis*, a lei do direito natural, aquilo que está inscrito em nossa consciência, em nossa lógica, como o certo e justo, como também há muito tempo existe uma preocupação de libertar grande parte da humanidade, cidadãos oprimidos, da sua opressão, a partir de uma lei que se pretende também superior a uma legislação apenas resultante de um processo político.

A primeira redação de uma declaração libertadora deste tipo foi *The Declaration of Human Rights*, na Declaração da Independência dos Estados Unidos de 1756, que influiu profundamente na *Déclaration des Droits Humaines*, promulgada anos depois, em 1789, pela Revolução Francesa e ainda, em 1948, temos a grande lei da Declara-

CONCEITO DE LEI NO JUDAÍSMO 171

ção Universal dos Direitos Humanos promulgada pelas Nações Unidas que também não depende, não decorre de um embate, de um interesse político, mas que se coloca, como justiça absoluta, acima de toda e qualquer autoridade humana exatamente como o fez a lei bíblica há 2500, 3000 anos atrás.

VI. COMPARAÇÃO ENTRE O CÓDIGO DE HAMURABI, O CÓDIGO DA ALIANÇA, O CÓDIGO DO DEUTERONÔMIO E A LEI DA SANTIDADE

O panorama de fundo para estes códigos é uma economia escravagista, em que todo trabalho era executado por escravos e o homem da sociedade que se prezava não trabalhava, pois o trabalho desprestigiava. Por isso comprava-se por muito ou pouco dinheiro escravos.

Há três classes de súditos da coroa na lei de Hamurabi:

Os *awilum* – privilegiados, uma classe média muito alta.

Os *muskenum* – artesãos ou escravos libertados, uma classe bem mais baixa.

Os escravos – provavelmente a classe mais numerosa.

§ 15: Se um *awilum* fez sair pela porta (da cidade) um escravo, ou uma escrava do palácio, ou um escravo, ou uma escrava de um *muskenum*, ele será morto.

Mencionam-se aqui os dois extremos na escala social: O "palácio" do rei e o *muskenum*, a classe menos prestigiada fora dos escravos. Procedendo assim a legislação evidentemente inclui também o *awilum* que se encontra entre o palácio e o *muskenum*.

§ 16: Se um *awilum* escondeu em sua casa um escravo ou uma escrava fugitivos do palácio ou de um *muskenum* e a convite do arauto não o fez sair, o dono dessa casa será morto.

A pena capital recai não só sobre quem facilita a fuga de um escravo, mas também sobre quem esconder em sua casa um escravo fugitivo e não o apresentar, quando o arauto anunciar na cidade a fuga e conclamar os cidadãos a entregar os escravos fugitivos.

§ 17: Se um *awilum* prendeu no campo um escravo ou escrava fugitivos e o reconduziu ao seu dono: o dono do escravo dar-lhe-á dois ciclos de prata.

A legislação bíblica do Deuteronômio proibia a entrega de um escravo fugitivo que procurasse refúgio na casa de um israelita (cf. Dt. 23, 16-17).

§ 18: Se esse escravo não quis declarar o nome do seu proprietário: ele o levará ao palácio, sua questão será esclarecida e ele será reconduzido ao seu senhor.

172 NAS SENDAS DO JUDAÍSMO

§ 19: Se ele reteve este escravo em sua casa e depois o escravo foi preso em sua mão, esse *awilum* será morto.

§ 20: Se o escravo fugiu da mão daquele que o capturou, esse *awilum* pronunciará para o dono do escravo um juramento (em nome) de Deus e será livre.

Um *awilum* que capturar um escravo fugitivo é responsável diante da lei babilônica pela restituição desse escravo a seu proprietário. Se, contudo, o escravo capturado conseguir escapar das mãos de seu capturador, este deverá pronunciar, na presença do dono do escravo, um juramento diante da divindade proclamando sua inocência e declarando não ter agido negligentemente.

Para possibilitar a comparação com estes conceitos legais relativos à escravidão, apresentamos agora os respectivos parágrafos no Código da Aliança, no Código do Deuteronômio e no Código da Santidade.

VII. CÓDIGO DA ALIANÇA (ÊX. 21, 1-11)

1. Eis as Leis que lhes proporás:
2. Quando comprares um escravo hebreu, seis anos ele servirá; mas no sétimo sairá livre, sem nada pagar.
3. Se veio só, sozinho sairá; se era casado, com ele sairá a esposa.
4. Se o seu senhor lhe der mulher e esta der à luz filhos e filhas, a mulher e seus filhos serão do senhor, e ele sairá sozinho.
5. Mas se o escravo disser: "Eu amo a meu senhor, minha mulher e meus filhos, não quero ficar livre".
6. O seu senhor fá-lo-á aproximar-se de Deus e o fará encostar-se à porta e às ombreiras e lhe furará a orelha com uma sovela: e ele ficará seu escravo para sempre.
7. Se alguém vender a sua filha como serva, esta não sairá como saem os escravos.
8. Se ela desagradar ao seu senhor, ao qual estava destinada, este a fará resgatar; não poderá vendê-la a um povo estrangeiro, usando de fraude para com ela.
9. Se a destinar ao seu filho, este a tratará segundo o costume em vigor para as filhas.
10. Se tomar para si uma outra mulher, não diminuirá o alimento, nem a vestimenta, nem os direitos conjugais da primeira.
11. Se a frustrar nestas três coisas, ela sairá sem pagar nada, sem dar dinheiro algum.

CONCEITO DE LEI NO JUDAÍSMO 173

VIII. CÓDIGO DO DEUTERONÔMIO (DT. 15, 12-18)

12. Quando um dos teus irmãos, hebreu ou hebreia, for vendido a ti, ele te servirá por seis anos. No sétimo ano tu o deixará ir em liberdade.
13. Mas, quando o deixares ir em liberdade, não o despeças de mãos vazias.
14. Carrega-lhe o ombro com presentes do produto do teu rebanho, da tua eira e do teu lagar. Dá-lhe conforme a bênção que o Eterno, teu Deus, te houver concedido.
15. Recorda que foste escravo na terra do Egito, e que o Eterno, teu Deus, te resgatou. É por isso que te dou hoje esta ordem.
16. Mas se ele te diz: "Não quero deixar-te", se ele te ama, a ti e a tua casa, e está bem contigo.
17. Tomarás então uma sovela e lhe furarás a orelha contra a porta, e ele ficará sendo teu servo para sempre. O mesmo farás com a tua serva.
18. Que não te pareça difícil deixá-lo ir em liberdade; ele te serviu durante seis anos pela metade do salário de um diarista. E o Eterno, teu Deus, te abençoará em tudo que fizeres.

IX. CÓDIGO DA SANTIDADE (LV. 25, 39-46)

39. Se o teu irmão se tornar pobre, estando contigo, e vender-se a ti, não lhe imporás trabalho de escravo;
40. Será para ti como um assalariado ou hóspede e trabalhará contigo até o ano do jubileu.
41. Então sairá da tua casa, ele e seus filhos, e voltará ao seu clã e à propriedade de seus pais.
42. Na verdade, eles são meus servos, pois eu os fiz sair da terra do Egito, e não devem ser vendidos como se vende um escravo.
43. Não o dominarás com tirania, mas terás o temor de teu Deus.
44. Os servos e as servas que tiveres deverão vir das nações que vos circundam; delas podereis adquirir servos e servas.
45. Também podereis adquiri-los dentre os filhos dos hóspedes que habitam entre vós, bem como das suas famílias que vivem convosco e que nasceram na vossa terra: serão vossa propriedade.
46. E deixá-los-eis como herança a vossos filhos depois de vós, para que os possuam como propriedade perpétua.
47. Tê-los-eis como escravos; mas sobre os vossos irmãos, os filhos de Israel, pessoa alguma exercerá poder de domínio.

A Bíblia faz distinção entre dois tipos de estrangeiro: Uns são chamados *guer*: Um estrangeiro que resolveu viver na terra de Israel

174 NAS SENDAS DO JUDAÍSMO

e se considera sujeito à Lei, merece e goza da mesma proteção da Lei, como qualquer filho de Israel. O outro é o *nokhri*, o estrangeiro que vem explorar temporariamente as riquezas do país ou tratar de qualquer outro assunto em Israel. Não é considerado sujeito à Lei de Israel e é tido como um estrangeiro.

Percebe-se claramente uma evolução nestas leis. Na lei de Hamurabi, devolver ou proteger um escravo era um crime que tem como castigo a pena de morte.

Na Lei da Aliança, todo escravo não estrangeiro e que está debaixo da Lei de Israel sai livre no sétimo ano.

Na Lei do Deuteronômio ele não sai de mãos vazias, mas tem que receber uma recompensa adequada pelos anos que trabalhou pelo seu senhor.

Pelo Código da Santidade, ele nem dever ser considerado como escravo, mas como um assalariado, um hóspede.

Eis uma clara evolução do conceito.

Evidentemente, num mundo baseado numa economia escravagista, o último passo na abolição da escravatura ainda não podia ser dado. Ainda se faz uma distinção entre seres humanos que são propriedade de Deus e, portanto, não podem ser propriedade do homem. O último passo nessa evolução somente poderá ser dado numa etapa seguinte.

X. SIMBOLOGIA PARA COM O NÚMERO SETE

O sete aparentemente é um símbolo de liberdade, perfeição, completação.

Sete era o número dos planetas na astronomia antiga, praticamente do universo todo.

Se o escravo tiver servido seis anos, falta um por completar. A semana tem sete dias porque no sétimo dia se completou a obra pelo descanso. Aí está a mais importante explicação do chamado princípio sabático. Não se trata somente e simplesmente de um dia de descanso; se trata de algo muito mais importante, de uma tentativa de corrigir periodicamente as distorções criadas pelo processo de produção econômica. Este processo de produção econômica cria grandes distorções.

Em primeiro lugar cria a divisão do trabalho, inerente a todo processo de produção, pois nele alguém manda e o outro obedece, aquele que manda julga que todo o produto é dele e aquele que obedece é mal e mal indenizado.

Isto cria uma enorme diferenciação entre os seres humanos, não apenas do ponto de vista econômico, poucos ricos, muitos pobres, como produtor também de uma grande diferença em prestígio social, porque um engenheiro, um mestre, são gente de calibre, mas o operário que toca o tear nada vale.

CONCEITO DE LEI NO JUDAÍSMO

Além disso, o processo de produção econômica também distorce nossa hierarquia de valores.

Dentro do processo de produção, o supremo valor é o da utilidade, é o valor da eficiência; dentro desse processo não interessa solidariedade humana, amor, verdade, nada que não seja eficiência e utilidade. Agora, dentro das nossas vidas humanas a hierarquia dos valores é totalmente diferente. Lá em cima se escreve o valor da verdade e sem verdade não há justiça. Lá em cima se escreve o valor da solidariedade humana, do amor e todos esses valores não aparecem dentro do processo de produção econômica.

Então é necessário um periódico reajuste, uma correção dessas três distorções: a social, a econômica e a dos valores. É isso que pretende o dia de sábado. É no sábado que o dono é igual ao servo e não existe distinção. Pela concepção judaica, quando vem o sábado, todos são iguais, todos fazem parte do "Príncipe de Israel" que vai encontrar a "Princesa Sábado". Antigamente, nos círculos místicos de Safed, no século XVI, as pessoas saíam ao anoitecer para os campos, para receberem a "Princesa Sábado".

Hoje em dia, nas sinagogas, talvez com exceção das reformistas, em determinado momento, todos se voltam para a porta para receberem a "Princesa" e todos fazem parte disso. Esta compreensão do sábado como conectivo das distorções do processo de produção econômica confirma-se em outras leis bíblicas, por exemplo, na lei do "ano sabático".

Se no sábado tudo e todos são iguais, algo de semelhante acontece no ano sabático. Não se pode semear ou colher; mas as plantas crescem e a produção pertence a todos para colherem o que necessitam. Uma sugestão provisória do direito da propriedade rural para corrigir as distorções do processo econômico.

Na nossa economia social atual, todos somos escravos do trabalho; nós todos somos escravos da produção econômica. No filme de Chaplin, *Tempos Modernos*, o operário, depois de trabalhar tanto apertando parafuso na esteira rolante, vai para as ruas, continua fazendo este mesmo movimento. É porque isto entrou no seu sangue e este homem se tornou um escavo do trabalho. O sábado vem ensinar que "o homem não deve ser escravo, mas sim o dono do trabalho". A razão que é dada para explicar este fato é a de que Deus teria descansado no sétimo dia depois de ter trabalhado seis dias na criação do mundo. Ora, Deus porventura necessitaria desse descanso? Deus porventura teria ficado tão cansado que precisasse desse descanso? De forma alguma. E, o que fez Deus? Deus se mostrou Senhor da obra; distanciou-se dela para apreciá-la e poder dizer: Isto é muito bom!

Este mesmo direito é o direito de todo ser humano; dar periodicamente um passo para trás, apreciar o seu trabalho, avaliá-lo. Somente assim este trabalho se transforma em "obra".

A transformação do trabalho em obra é um dos direitos básicos do ser humano, um dos direitos fundamentais do homem e que nos foram comunicados há uns 2500 anos antes dos nossos dias. Então o sábado completa a obra de um período de seis dias de trabalho.

Yehezkel Kaufmann e a Pesquisa da Bíblia Hebraica

O estudo da Bíblia é e não é como qualquer outro estudo literário: Embora o grande mestre da Mischná, Rabi Ismael ben Elischa, já no segundo século, tenha formulado o princípio hermenêutico *dibrá torá kilschon bnei adam*, (A Torá fala na linguagem dos seres humanos) e deve ser interpretada segundo as regras duma língua humana – colocando assim o princípio áureo do estudo bíblico até hoje – a Bíblia é também fonte da convicção religiosa de centenas de milhões de seres humanos, judeus, cristãos e muçulmanos. Não poderia, neste caso, um estudo independente dos textos da Bíblia ameaçar os fundamentos da fé do investigador e dos incautos que se apoiarem nas suas pesquisas?

Não é à toa que, durante toda a Idade Média, a Igreja não tenha permitido a leitura da Bíblia, a não ser por aqueles que pertencessem à classe eclesiástica. E mesmo a tradição judaica que não apenas permitiu, mas muito estimulou o estudo da Bíblia em todos os tempos, estava plenamente ciente dos riscos que tal estudo acarretava. *Pschat* – o estudo da significação simples do texto; *remez*, a compreensão pela alegoria; *drasch*, o estudo do texto visando dele extrair mensagem, religiosa, moral ou política; e, finalmente, *sod*, o mistério que se poderia tentar encontrar abaixo de uma capa pouco significativa: *P – R – D – S*, as iniciais dos quatro caminhos de estudo perfazem, no seu conjunto, a palavra *pardes*, que significa jardim. O jardim em que entra quem estuda a Bíblia.

Para alertar-nos dos riscos de tal excursão, "ensinaram os nossos mestres: Quatro entraram no *pardes*. Eram eles Ben Azai, Ben Zomá,

178 NAS SENDAS DO JUDAÍSMO

Ben Avuyá e Rabi Akiva. Ben Azai aprofundou-se demais nos misté-rios e se perdeu. Ben Zomá também e ficou profundamente prejudi-cado. Ben Avuyá abandonou a fé e tornou-se apóstata e somente R. Akiva saiu ileso". (Talm. Babl. *Haguigá*, 14b)

Enquanto a pesquisa bíblica, durante a Idade Média, servia exclu-sivamente ao fortalecimento da fé, tanto de judeus como de cristãos, a partir do Renascimento e do predomínio da Ilustração, este estudo co-meçava a enveredar por novos caminhos, procurando o conhecimento independente do texto bíblico e da sua origem. Este novo método de estudo encontrou textos maravilhosos, pertencentes a muitos gêneros literários que, com perfeição estética, refletiam as vivências humanas dos israelitas, seus autores, mas válidas para todo o gênero humano: Obras literárias magistrais que se ofereciam à análise literária e histó-rica como qualquer outro texto.

Aplicar aos textos da Bíblia uma análise científica e filosófica foi o passo revolucionário dado por Baruch Spinoza. Grande filósofo e, ao mesmo tempo, erudito na língua hebraica e na sua literatura, pelo menos tanto, senão mais, que os rabinos que o excomungaram. Nas suas pesquisas constatou repetições com diferenças importantes nas versões paralelas, particularidades linguísticas que diferenciavam um texto do outro, flagrantes anacronismos que levaram Spinoza à conclu-são de que não pode ter sido Moisés o autor do Pentateuco.

O caminho de Spinoza foi seguido por pesquisadores judaicos e cristãos, tendo sido o mais importante o alemão Julius Wellhausen, com sua obra *Prolegômenos à História de Israel*, publicada em 1878. Este livro introduziu uma reviravolta nos estudos da Bíblia, ao reco-nhecer na origem do texto da Torá quatro fontes, quatro documentos diferentes que teriam sido redigidos entre o nono e o quinto século a.C. e que teriam sido, finalmente, reunidos numa única obra por um ou vários redatores.

A partir da publicação da obra de Wellhausen, nenhum pesqui-sador, seja da religião que for, podia empreender uma pesquisa dos textos da Bíblia, sem tomar conhecimento dos resultados da obra de Julius Wellhausen.

Isto se aplica também a Yehezkel Kaufmann, cuja grande obra *A Religião de Israel* estamos lançando hoje, obra que constitui o resu-mo de uma vida de pesquisa bíblica, publicada em hebraico em oito livros editados em quatro volumes. Kaufmann estudou em Odessa, na *ieschivá* de R. Tschernowitz, conhecido como *rav ha-tzair*, o "rabino jovem", que introduziu caminhos novos ao estudo do Talmud. Kau-fmann se doutorou em Filosofia na Universidade de Berna. Em 1949 foi nomeado professor titular de Bíblia na Universidade Hebraica de Jerusalém, posto que preencheu até sua morte em Jerusalém em 1963.

A obra de Kaufmann é uma história da religião israelita dos tempos mais antigos até o fim do Segundo Templo, essencialmente

YEHEZKEL KAUFMANN E A PESQUISA DA BÍBLIA HEBRAICA   179

o resultado dos seus estudos bíblicos. Nesta pesquisa, Kaufmann tenta conciliar as convicções de um judeu observante e conservador com o espírito da moderna pesquisa bíblica. Sem rejeitar, em principio, a teoria documentária de Julius Wellhausen, segundo a qual a fonte mais antiga é chamada Javista porque nestes textos Deus é invariavelmente chamado *Jahvé*; a seguinte, Eloísta, pois nela Deus aparece como o nome *Elohim*; a terceira, a Deuteronomista, encontrada juntamente com o dinheiro destinado à reforma do Templo pelo sumo-sacerdote Hilkiyá a mando do rei Josias e a quarta, enfim, é o documento Sacerdotal de autoria dos mesmos sacerdotes que procederam à redação final do Pentateuco. Kaufmann, aceitando a teoria documental de Wellhausen, contesta a abordagem evolucionista deste pesquisador, enfatizando que o monoteísmo de Israel não foi resultado dum desenvolvimento gradual que se tivesse afastado mais e mais das ideias pagãs, mas que representou um começo inteiramente novo, o surgimento de algo único no seu gênero na história das religiões. Kaufmann afirma que em lugar nenhum da Bíblia encontramos vestígios de elementos míticos acerca de lutas entre deuses, seu nascimento, crescimento e morte. A Bíblia, segundo Kaufmann, não conhece a teogonia, apresentação lendária do surgimento dos deuses.

Se o monoteísmo israelita foi um começo inteiramente novo, este deve ser datado muito antes do profetismo e com ele a datação da legislação cerimonial da Aliança entre Deus e Israel, que consta da fonte sacerdotal. Em oposição à Wellhausen, Kaufmann insiste na antiguidade do documento "P" (*Priest*), da fonte sacerdotal, sem prejuízo do reconhecimento que foi o sacerdócio e não a profecia que procedeu à compilação definitiva dos livros da Torá. Somente o sacerdócio e não a profecia podia fornecer uma base segura para a vida religiosa do povo, embora não revelasse novas palavras de Deus, mas transmitisse e ensinasse as antigas leis que Deus dera a Israel no passado. O fato de que foram sacerdotes os compiladores finais de todas as fontes que hoje constituem a Torá, tinha levado Wellhausen a supor que também o documento sacerdotal tivesse sido o último dos quatro que constituem a Torá.

Como todos os grandes pensadores do judaísmo, Kaufmann, ao polemizar com Wellhausen, não nega o valor das ideias do seu adversário. Um adversário a cujas ideias negamos todo valor não vale qualquer polêmica. Kaufmann, ao contrário, aceita a teoria documentária de Wellhausen, mas tenta destituí-la de elementos evolucionistas, uma vez que o judaísmo tradicional jamais admitiu qualquer evolução daquilo que foi revelado a Moisés no Sinai. As partes cerimoniais-cúlticas teriam sido justamente as mais antigas e o monoteísmo ético teria surgido com Moisés, independentemente do fato de que Moisés não pode ter sido o autor do Pentateuco.

A Associação Universitária de Cultura Judaica, a Editora da

180 NAS SENDAS DO JUDAÍSMO

Universidade de São Paulo e a Editora Perspectiva merecem os mais entusiásticos parabéns pelo lançamento desta obra clássica que é de máxima importância para o estudo da Bíblia hebraica por várias razões:

Em primeiro lugar, mostra pelo exemplo do próprio autor que uma abordagem crítica não contradiz uma fé firme e tradicional nas verdades religiosas do judaísmo, das quais Kaufmann é um dos expoentes mais lúcidos.

Que a negação da autoria mosaica dos livros da Torá – que aliás não é afirmada pela própria Torá – de forma alguma nega a sua inspiração divina, fica perfeitamente claro na obra de Kaufmann. Deus não se revela exclusivamente pela boca das pessoas mas, muitas vezes, pela voz de desconhecidos e anônimos. Ao estabelecer o princípio de que a *Halakhá* não segue as grandes celebridades da época, mas a opinião da maioria anônima, o próprio Talmud enfatiza esta verdade.

Em segundo lugar, o fato de que Kaufmann faz plena justiça aos seus adversários e pesa cuidadosamente os seus argumentos, possibilita o leitor de *A Religião de Israel* receber muita informação sobre os pontos de vista dos adversários também e, dessa forma, ser introduzido ao estudo crítico da Bíblia hebraica e desafiado a formar sua própria opinião.

Assim, o livro que hoje lançamos, *A Religião de Israel*, de Yehezkel Kaufmann, será uma constante indispensável da bibliografia do estudo da Bíblia e do judaísmo nos cursos universitários de graduação e de pós-graduação, e tornar-se-á um instrumento muito valioso também para o autodidata que desejar aprofundar-se nos problemas da Bíblia hebraica e da cultura judaica.

O Escravo nos Códigos de Lei do Pentateuco

Toda vida social sustenta-se na produção econômica que, por sua vez, se apoia no trabalho. Enquanto que esta relação pode ser constatada em todos os tempos e todos os lugares, as condições histórico-sociais do trabalho e com elas, o próprio trabalho, mudam com o desenvolvimento cultural. Estas mudanças expressam-se e podem ser compreendidas através da transformação das formulações nos respectivos códigos legais.

Propômo-nos a apontar e interpretar estas transformações na legislação sobre o escravo, passando da antiga cultura babilônica do século XVIII a.C., no Código de Hamurabi, para a cultura israelita do século IX a.c., cuja legislação se encontra no Código da Aliança (Êx. 21, 24), acompanhando a respectiva conceituação no seu ulterior desenvolvimento no Código Deuteronômico (fins do século VII a.C.) e no Código da Santidade (século VI a.C.).

No primeiro desabrochar da civilização humana no Oriente Médio, nos três milênios antes da nossa contagem civil, a produção econômica era totalmente baseada no trabalho escravo. O trabalho era desprestigiado naquela época: O homem livre não trabalhava mas, para o provimento das necessidades da vida diária, possuía escravos, da mesma forma que possuía campos, vinhedos, carroças e moinhos. Somente pela primeira limitação social do tempo do trabalho através do princípio sabático, introduzido pela lei israelita, foi negado ao proprietário o direito total à vida do escravo, estabelecida a superioridade da pessoa humana sobre o trabalho de produção econômica.

Pela desalienação, foi estabelecida a dignidade do próprio trabalho, de modo que o mandamento do sábado podia começar com as seguintes palavras: "Trabalharás durante seis dias e farás toda a tua obra; o sétimo dia, porém, é o sábado do Eterno, teu Deus..." (Dt. 5, 13-14). Com a superioridade da pessoa humana sobre o trabalho de produção econômica, estabelecida pela imposição do descanso semanal, o trabalho se transformou de vergonha em mandamento.

A lei do escravo, no Código de Hamurabi, encontra-se entre casos da lei de propriedade. Esta, incluindo a propriedade de escravos, constituía a base absoluta de todo o sistema de produção da época; era, portanto, um assunto muito sério. Choca-nos a severidade com que crimes contra o direito de propriedade eram punidos: Com a pena de morte. Exatamente a mesma pena é aplicada pelo Código de Hamurabi à omissão de devolver um escravo fugitivo ou à sua ocultação. Aparentemente, ambos os delitos são equiparados como crime contra o direito de propriedade.

§ 16: Se um *awilum* – um homem livre, de posse de todos os direitos de cidadão – escondeu um escravo ou uma escrava fugitiva do palácio [propriedade do governo ou do rei] ou de um *muskenum* – classe intermediária entre *awilum* e escravo – e a convite do arauto não o fez sair, o dono dessa casa será morto.

§ 19: Se ele reteve este escravo em sua casa e depois o escravo foi preso em sua mão, esse *awilum* será morto.

A equiparação do escravo e da propriedade privada no Código de Hamurabi é ressaltada, não apenas pela colocação destas leis entre as leis da propriedade em geral, e da identidade do castigo de pena capital, que é prevista em casos de delito, mas decorre ainda, incontestavelmente, do § 7 do Código:

§ 7: Se um *awilum* comprou ou recebeu em custódia prata ou ouro, escravo ou escrava, boi ou ovelha, asno ou qualquer outra coisa da mão do filho de um [outro] *awilum* ou do escravo de um [outro] *awilum, sem testemunha nem contrato*: esse *awilum* é um ladrão e será morto.

É evidente que o escravo era adquirido para fazer trabalhos de campo ou de casa; o mesmo valia para a escrava que, em certos casos, podia servir também para divertimento sexual do comprador, ou para a criação de novos escravos que, como seus antepassados, eram instrumentos – e nada mais – para a execução dos trabalhos de produção. Estes trabalhos eram considerados degradantes no Oriente Médio antigo, mas tinham que ser executados sem demora. Daí a importância econômica da propriedade de escravos.

Essa conceituação do escravo como propriedade da classe produtora, como instrumento da produção, não é negada, tampouco, pelo parágrafo sobre a servidão por dívida de um *awilum*:

O ESCRAVO NOS CÓDIGOS DE LEI DO PENTATEUCO

§ 117: Se uma dívida pesar sobre um *awilum* e ele vendeu sua esposa, seu filho ou sua filha, ou entregou-se a si mesmo em serviço pela dívida: trabalharão por três anos na casa do seu comprador ou daquele que os tem em sujeição; no quarto ano será feita sua libertação.

É evidente, neste texto, a preocupação com os privilégios de um homem livre, de posse de todos os direitos de cidadão. Este, mesmo quando vendido, não era considerado propriedade do comprador, propriedade que, evidentemente, não pode gozar de direitos que exclusivamente são extensivos ao proprietário. É digno de nota que a palavra "escravo" não aparece neste parágrafo, embora sim se trate de "venda" de seres humanos. Mas um *awilum*, mesmo depois de ter se vendido ou negociado esposa ou filhos, sempre permanecia *awilum*, pessoa natural, sujeito de direitos, pelo menos na sua própria pátria. Se levado para fora das fronteiras, estes direitos caducam e ele se torna igual a qualquer outro escravo (§ 118).

A diferença de status entre um *awilum* e as demais classes torna mais evidente ainda o fato de que o escravo não era *awilum*, não passava de mercadoria que, no melhor dos casos, podia ser um eficiente instrumento de produção, mas jamais se tornava produtor.

Por mais cruel que tudo isso soe nos nossos ouvidos, já representava um imenso progresso, frente a um estado de completa ausência de direitos e de total falta de garantias para as pessoas desprotegidas. Citando o próprio Hamurabi, no epílogo do seu Código:

Para que o forte não oprima o fraco, para fazer justiça ao órfão e à viúva, para proclamar o direito do país em Babel, a cidade cuja cabeça Anu e Enlil levantaram, na Esagila, o templo, cujos fundamentos são tão firmes como o céu e a terra, para proclamar as leis do país, para fazer direito aos oprimidos, escrevi minhas preciosas palavras em minha estela e coloquei-a diante de minha estátua de rei do direito[1].

"Para que o forte não oprima o fraco, para fazer justiça ao órfão e à viúva..." são expressões que nos parecem familiares da Bíblia hebraica. De fato, não podemos deixar de encarar o Código de Hamurabi como um galho forte da poderosa árvore da cultura jurídica que florescia no antigo Oriente Médio: Seu tronco, o Código de Ur Namu (mais ou menos 2050 a.C.) que na introdução declarava solenemente: "No meu tempo não foram entregues o órfão ao rico, a viúva ao poderoso, nem o pobre ao milionário", passando pelo Código de Lipit-Ishtar de Larsa (1900 a.C.) e pelo Código de Eshnuna (1800 a.C.), chegando ao Código de Hamurabi (1700 a.C.), nos arquivos centrais do palácio

1. Os texto do Código de Hamurabi são citados de Bouzon, Emanuel, *O Código de Hamurabi*, 2ª edição, Petrópolis, Vozes, 1976. Do mesmo autor *As Leis de Eshnuna*, Petrópolis, Vozes, 1981. Ambos os livros são acompanhados de substanciais introduções, informando sobre o desenvolvimento do pensamento jurídico no antigo Oriente Médio.

2. A respeito do desenvolvimento do pensamento jurídico no antigo Oriente Médio,

184 NAS SENDAS DO JUDAÍSMO

de Ugarit (século XIV-XV a.C.) e ao Código Hitita (século XIII a.C.) para finalmente, nos últimos ramos, dos códigos de Israel, desabrochar no Código da Aliança, no Código Deuteronômico e no Código da Santidade[2].

Já no Código da Aliança, no mais antigo código de leis da Bíblia hebraica, notamos um passo decisivo adiante em direção à humanização da lei do escravo: O escravo não é mais apenas uma propriedade, um meio de produção, mas uma pessoa humana com seus direitos próprios. O mais incisivo desses direitos é o da sua libertação no sétimo ano, direito que Hamurabi concedia apenas ao *awilum* que, no fundo, jamais podia transformar-se em propriedade propriamente dita. Da mesma forma todo escravo hebreu, ao se vender ou ao ser vendido, permanecia pessoa humana com seus direitos específicos, antes de mais nada com o direito de sair livre no sétimo ano (Êx. 21, 2). A escrava desfrutava de um status todo especial: Presumindo-se que ela fora comprada para ter relações conjugais com seu proprietário, este, quando não disposto a fazê-la sua esposa, devia facilitar o seu resgate (21,8) ou destiná-la ao seu filho e, se este casar com ela, tratá-la segundo as leis em vigor para as filhas (21,9). Se o proprietário tomar outra mulher (prevalecia a poligamia), não lhe devia diminuir o alimento, a vestimenta, nem os direitos conjugais (21,10). "Se a frustrar nessas três coisas, ela sairá sem pagar nada" (Êx. 21, 11).

Longe de ser apenas uma propriedade, com a qual o dono pudesse fazer o que bem entender, o escravo hebreu era protegido por lei contra a brutalidade do amo. "Se alguém ferir o seu escravo ou a sua serva com uma vara, e o ferido morrer debaixo da sua mão, será punido" (Êx. 21,20); "Se alguém ferir o olho do seu escravo ou o olho da sua serva, e o inutilizar, deixá-lo-á livre pelo seu olho" (Êx. 21,26); "Se fizer cair um dente do seu escravo ou um dente de sua serva, dar-lhe-á liberdade pelo seu dente" (Êx. 21,27).

Por mais cruéis que possam parecer estas formulações do primeiro código bíblico, é indiscutível que, em comparação ao Código de Hamurabi, o escravo e a escrava já adquiriram certos direitos e não mais são apenas propriedade, direito de outros seres humanos. Esta tendência cresce nos códigos subsequentes.

No Código Deuteronômico, a libertação no sétimo ano já não mais pôde ser feita sem compensação adequada ao produto que o trabalho do escravo gerou durante os seus anos de serviço: "Carrega-lhe o ombro com presentes do produto do teu rebanho, da tua eira e do teu

consulte ainda: Moscati, Sabatino, *The Face of the Ancient East*, London, Routledge & Kegan Paul, 1960; Finigan, Jacques, *Light from the Far East*, Princeton University Press, 1955; Albright, William Foxwell, *From Stone Age to Christianity*, The Johns Hopkin's Press, Baltimore, 1957; Pritchard, J. B., *Ancient Near Eastern Texts relating to the Old Testament*, Princeton, 1950.

O ESCRAVO NOS CÓDIGOS DE LEI DO PENTATEUCO

lagar. Dar-lhe-ás conforme a bênção que o Eterno, teu Deus, te houver concedido" (Dt. 15,14).

De certa forma já aparece aqui, no fim do século VII a.C., o princípio moderno da participação nos lucros, direito de trabalhador e não de escravo, prerrogativa de um ser humano com seus próprios direitos, particularmente com relação à produção que é obtida graças aos seus esforços.

O que é expressamente proibido no Código de Hamurabi, sob pena de morte, é exigido por lei no Código Deuteronômico: "Quando um escravo fugir do seu amo e se refugiar em tua casa, não o entregues ao seu amo; ele permanecerá contigo, entre os teus, no lugar que escolher, numa das tuas cidades, onde lhe pareça melhor. Não o maltrates!" (Dt. 23, 16-17).

É evidente que a lei fala aqui de um escravo ou prisioneiro que veio do estrangeiro refugiar-se na terra de Israel e que, depois que decidiu permanecer, deve gozar de todos os direitos e da proteção que a lei estende a um *guer*, a um estrangeiro residente.

Mas o último passo em direção à humanização do trabalho escravo é dado pelo Código da Santidade, do século VI a.C.: "Se o teu irmão se tornar pobre, estando contigo, e vender-se a ti, não lhe imporás trabalho de escravo. Será para ti como um assalariado ou hóspede e trabalhará contigo até o ano do jubileu" (Lv. 25, 39-40).

Com esta formulação, a escravidão é praticamente suspensa, pois um homem a quem não se pode impor trabalho de escravo, não é mais escravo, a razão humanitária se sobrepõe inteiramente à razão econômica, como tantas vezes acontece na legislação bíblica: De modo que, pela aplicação plena duma razão humanitária ao relacionamento amo-escravo, a própria escravidão é eliminada.

Tão significativa quanto a própria formulação da lei, é a motivação dada para ela, em forma de um princípio básico que se aplica a todo relacionamento humano: "Na verdade, eles são meus servos, pois os fiz sair da terra do Egito e não devem ser vendidos como se vende um escravo" (Lv. 25,42).

Sendo todos seres humanos escravos de Deus, não podem ser escravos de escravos, não podem ser escravos de todo.

Aqui um princípio fundamental é atingido: o homem, sendo propriedade de Deus, jamais pode ser propriedade do homem, propriedade de propriedade. Em outros termos: O ser humano jamais pode ser considerado propriedade privada. E mesmo se essa lei, na época, se referia somente ao escravo hebreu ou residente estrangeiro (que é sujeito à mesma lei que o nativo), não se aplicando aos prisioneiros de guerra, viajantes etc., mesmo assim o passo decisivo já é dado ao declarar a pessoa humana propriedade de Deus. A universalização deste princípio não podia tardar numa religião que se julgava de validade universal, e já foi feita por Flávio Josefo e Filo de Alexandria no primeiro século.

2. Festas Judaicas

A Vivência Judaica do Tempo

Nas duas versões dos Dez Mandamentos (Êx. 20 e Dt 5), observamos duas motivações bastante diferentes para o mandamento do *schabat*: Êxodo apresenta uma motivação teológico-cosmológica: "Pois em seis dias fez o Eterno o céu e a terra... e descansou no sétimo dia: por isso abençoou o Eterno o sétimo dia e santificou-o". Já o Deuteronômio oferece uma explicação sociohistórica: "...a fim de que descanse teu servo e tua serva como tu. E lembrar-te-ás que servo foste na terra do Egito e que o Eterno te tirou de lá com mão forte e braço estendido...".

Esta dupla motivação servir-nos-á, agora, como uma primeira evidência de que a cultura judaica compreende o tempo *simultaneamente*, no seu aspecto cósmico-natural e histórico-social. Da mesma forma, *Pessakh* é simultaneamente a festa da primavera e do êxodo do Egito, *Schavuot* a festa das primícias e da revelação da Lei, *Sucot* a festa da colheita e das cabanas, onde o povo habitava ao atravessar o deserto.

Para o homem ocidental, o tempo costuma significar uma dimensão constante, contínua e uniforme, com extensão definida, dentro da qual se desenrolam os acontecimentos. Mas, no fundo, o tempo não depende do fato de algo acontecer nele ou não, nem da quantidade de eventos que o preenchem. É uma mera dimensão, preenchida ou vazia, exatamente como o espaço. É o tempo de Newton, real e absoluto.

Bem ao contrário, o tempo vivenciado pelo homem bíblico não pode ser separado do que nele acontece. É um tempo relativo aos

190   NAS SENDAS DO JUDAÍSMO

eventos, de modo que Josué pode suplicar: "Pára, ó sol, em Gibeão, e tu, lua, em Ayalon" (Js. 10, 12). Ao passo em que o tempo parou, a batalha não acabou e o povo pôde vingar-se dos seus inimigos a valer. Pois da mesma forma que a luta determina sua extensão temporal, o tempo marca o desenrolar dos acontecimentos. Esta vivência do tempo ainda hoje continua familiar a quem sente os acontecimentos, sem tentar racionalizá-los pelo enquadramento em dimensões mensuráveis, portanto uniformes e contínuas.

Se o tempo, para o homem bíblico, é rigorosamente adstrito ao que nele acontece, o tempo é correlativo ao mundo. É criado conjuntamente com o mundo: "No começo criou Deus céu e terra"; com o começo do universo é colocado igualmente o começo do tempo pelo relato bíblico da criação.

Deus existe independentemente do tempo, antes do seu começo e depois do seu fim. Deus não é temporal, mas criou o mundo no tempo, o homem e a sociedade na história, com o desafio de progredirem em direção a determinados objetivos, fixados por normas inerentes à vontade divina. E Deus não abandona o mundo, uma vez criado, nem o homem que formou "à Sua imagem, conforme a Sua semelhança" (Gn. 1,26). Embora não temporal, o Deus de Israel atua no tempo e na história.

As divisões mais evidentes do tempo são estabelecidas pela sucessão de dia e noite. "Dia", no sentido mais restrito da palavra, é o período em que o sol ilumina a terra, o *dia luz* que começa com a primeira claridade da aurora e que acaba com o anoitecer. Mas "dia" chamamos, também, a unidade que constitui semanas, meses e anos, um conjunto, portanto, de dia e noite. Quando dizemos que a semana tem sete, o mês trinta e o ano trezentos e sessenta e cinco dias, obviamente não nos referimos ao *dia luz*, mas ao *dia calendar*.

Notável é o fato de que a vivência judaica do dia calendar inicia-o com o anoitecer da véspera, enquanto que nós costumamos acrescentar a noite ao dia luz que antecedeu. Qual teria sido a razão para se começar o dia calendar com a véspera anterior?

A pergunta será mais facilmente respondida depois de considerarmos o fato, igualmente estranho aos costumes ocidentais, de que o judaísmo conhece dois principais começos de ano. Um ano que corresponde ao dia luz começa com o mês de Nissan, o mês da primavera na terra de Israel e do povo de Israel que, neste mês, saiu da escravidão egípcia. No Antigo Testamento, somente o mês de Nissan é chamado de "o primeiro mês", enquanto que Tischrei, iniciado por *Rosch ha-Schaná*, o Ano Novo judaico, ali conta como o sétimo mês. O ano calendar judaico inicia-se, pois, em Tischrei, enquanto que o ano luz, o ano agrícola e o ano das recordações históricas, começa com o mês de Nissan.

A VIVÊNCIA JUDAICA DO TEMPO

Quatro são os começos de ano: Em 1 de Nissan o começo do ano para reinados, para a peregrinação; em 1 de Elul,o começo do ano para o dízimo do gado – R. Eliezer e R. Schimon opinam: em 1 de Tischrei; 1 de Tischrei é o começo do ano para [a contagem dos] anos, para os sabáticos, os jubileus, para a plantação e os legumes; em 1 de Schevat, o começo de ano para as árvores, segundo a escola de Schamai; a escola de Hilel opina: no seu 15º dia. (Mischná, *Tratado Rosch has-chaná*, I,1).

Da mesma forma como o dia calendar começa com a noite, o ano calendar inicia-se com o outono e o inverno. O outono, época da semeadura em que são lançadas as sementes para o que deve crescer no próximo ano; e o inverno, em que as terras descansam, se refazem e se preparam para darem força e nutrição às novas plantações, perfazem a "noite" do ano calendar que, necessariamente, tem de anteceder a parte "luz", para que a primavera se possa tornar realidade.

Da mesma forma, a noite que antecede o dia oferece a renovação das forças, o preparo e a orientação para o que deve ser realizado no dia entrante, para o homem e a sociedade um dia de criação que, como toda criação, surge das trevas do não criado. É, portanto, uma atitude essencialmente otimista e criadora do judeu sentir o dia, com as suas realizações, emergir da noite, assim como Deus fez a manhã da criação das trevas, ainda informes, da noite[1].

O quarto ano novo de que fala a Mischná citada – o terceiro pode ser desconsiderado, pois na prática parece ter coincidido com *Rosch ha-Schaná* – apresenta mais uma manifestação do otimismo fundamental com o qual o povo judeu vive o tempo. Neste "Ano Novo das Árvores", em 15 de Schevat, ainda em pleno inverno, o judeu, na sua terra, vê a seiva subir novamente nos velhos troncos, em preparo de uma nova folhagem que na primavera se tornará realidade.

Sendo para o judaísmo clássico da Bíblia o tempo apenas um aspecto dos acontecimentos, é inconcebível um tempo vazio em que a alma desencarnada possa sobreviver sem atuar na realidade histórica. Apenas a ressurreição de toda Israel, como dramaticamente descrita no capítulo 37 do profeta Ezequiel, vem satisfazer os anseios de imortalidade da alma. Mas na história do povo, a pessoa sobrevive à própria morte, assim como antecede o próprio nascimento. No processo histórico, as gerações se unem nas grandes aspirações da cultura judaica, filhos acabam a obra dos antecedentes e sabem que seus motivos e objetivos são visados há muitas gerações. São imbuídos da mesma fidelidade e do mesmo entusiasmo, inspirado pelo mesmo Deus que na prece diária, é enaltecido, não como nosso Deus, antes de mais nada, mas como "Deus dos nossos antepassados, Deus de Abraão, de Isaac

---

1. Num único dia do ano, a cristandade observa ainda a ordem do dia calendar judaico: É a véspera do dia em que começa o Natal, noite sagrada em que nasceu o Cristo e de cuja escuridão emana a luz da salvação para toda a humanidade.

192   NAS SENDAS DO JUDAÍSMO

e de Jacó" (primeiro parágrafo da *Amidá**). O indivíduo participa nas metas e na atuação de Deus em todas as gerações e esta participação é a sua imortalidade.

Contudo, sob influências persas, helenistas e cristãs, no judaísmo pós-bíblico, especulações sobre o destino da alma após a morte são bastante comuns entre os mestres do Talmud e o conceito de *guilgul*, da "transmigração das almas", assume certa importância na mística judaica.

A bivalência da experiência judaica do tempo parte da coincidência da festa de Pessakh com a primavera, da festa de *Schavuot* com a época da colheita das primícias, etc. Sendo as festas judaicas datadas por um calendário lunar, e regendo-se o ritmo das estações do ano pelo calendário solar, surgiu o problema de equacionar o ano judaico, que é essencialmente lunar, com o ano solar, que é a base do calendário civil no mundo ocidental.

Tendo o mês lunar aproximadamente 29 dias e 1/3, os doze meses do ano lunar, com alternadamente 29 e trinta dias dão 354 dias ao ano, resultando uma diferença de onze dias e fração para com o ano solar de trezentos e sessenta e cinco dias e fração. Desde as determinações do patriarca Hilel II, em 358, esta diferença é compensada pela intercalação de um mês bissexto, sete vezes num período de dezenove anos, ou seja, no terceiro, sexto, oitavo, décimo primeiro, décimo quarto, décimo sétimo e décimo nono ano, respectivamente. O mês bissexto Adar Schení, o segundo mês de Adar, tem 30 dias, enquanto que o primeiro mês de Adar somente 29 dias. O calendário lunar judaico conta, portanto, com os seguintes meses:

Nissan	(30)	Av	(30)	Kislev	(30 ou 29)
Iyar	(29)	Elul	(29)	Tevet	(29)
Sivan	(30)	Tischrei	(30)	Schevat	(30)
Tamuz	(29)	Heschvan	(29 ou 30)	Adar	(29)

A possibilidade de Heschvan ter 29 ou 30 dias e de Kislev ter 30 ou 29, proporciona uma possibilidade adicional de regulagem, podendo o ano judaico ter 353, 354, 355, 383, 384 e 385 dias.

Muito séculos antes que Hilel II, com seus amplos conhecimentos de astronomia e de matemática, fixasse o calendário judaico, os começos dos meses e com eles, as datas festivas, eram determinados por testemunhos oculares perante os juízes de Jerusalém e de lá a notícia era difundida por sinais luminosos para grandes distâncias. Mas os inimigos de Israel imitaram os sinais para atrapalhar a difusão das datas calendares que tanta importância tiveram para os israelitas. Chegou-se,

---

* Oração em hebraico que significa "dezoito bênçãos". Literalmente, "de pé", uma vez que ela pronunciada nesta posição. (N. da E.)

A VIVÊNCIA JUDAICA DO TEMPO 193

então, a substituir os sinais luminosos por emissários que nem sempre conseguiram chegar em tempo para avisar os correligionários das datas corretas. Por esta razão, fora da Terra de Israel, a distâncias maiores, todos os dias festivos (fora os de jejum rigoroso) são comemorados durante quarenta e oito horas, para assegurar a cada israelita a possibilidade de corretamente festejar os seus feriados, enquanto que na Terra de Israel, todas as festas são comemoradas apenas durante um único dia.

Natureza e história estão na mão de Deus, segundo o judeu religioso; Ele criou e domina o tempo natural e o tempo histórico. A vida do homem faz parte dos dois tempos simultaneamente e o tempo liga-o duplamente ao divino.

Em última análise, o calendário judaico apenas dá expressão a esta pertinência do homem ao Divino, através das diferentes formas de ele viver o seu tempo.

Do Círculo e da Reta
Reflexão em Torno de Rosch ha-Schaná

O ano representa um ciclo temporal, imposto à vida humana pela natureza. Determina quando é tempo de semear e de colher, quando deleitar-se na luz e no calor de um sol amigo e quando proteger-se de um frio implacável. Há durante o ano épocas de crescimento, de desenvoltura, de regresso e de morte, bem como na vida de cada homem.

A sequência dos anos, com a sua repetição de estações, parece uma moldura de ferro encaixilhando a vida. Porventura não será todo tempo apenas uma gigantesca sequência de círculos em que cada fase corresponde a outra, não admitindo jamais nada de novo, não deixando ao homem a menor perspectiva de uma obra criadora com efeitos permanentes?

Sair da roda do tempo é a mais profunda aspiração do homem oriental. À libertação de um giro interminável, da eterna repetição de encarnações e ilusões, hinduísmo e budismo sacrificam a plena participação do homem na sua existência mundana. No entanto, o judaísmo, no seu profundo amor à vida, encontrou uma saída totalmente diferente: Em *Rosch ha-Schaná*, no próprio ponto crucial de renovação do tempo cíclico, o judaísmo aponta a continuidade no próprio ciclo: Verdade é que ano se iguala a ano no seu ritmo natural; mas os homens, com base na sua faculdade de recordação, podem criar uma continuidade dirigida para um futuro melhor, o tempo histórico, linear, que ultrapassa os círculos do tempo natural.

O pensamento histórico permitiu ao povo judeu vislumbrar este majestoso monumento que é a história universal, formação da criatividade humana através das épocas. No tempo histórico o homem desdobra as suas faculdades, procurando incessantemente novas formas de produção, de convivência social e de expressão cultural. Assim como no tempo cíclico nada há de novo, nada se repete no tempo linear. Mesmo ideias antigas e formas já provadas de pensamento e de ação entram em novas sínteses no seu aproveitamento em outras conjunturas. A humanidade caminha e jamais volta para as fases que já deixou para trás.

Rosch ha-Schaná quebra as cadeias do tempo cíclico, inclusive as cadeias do ciclo mais temível, representado pela mortalidade do homem, apresentando-nos um futuro para os nossos anseios mais elevados. Focalizando a recordação (*zikaron*), *Rosch ha-Schaná* preconiza o reinício daquilo que foi mal começado. Por força da recordação e das suas consequências nas nossas atitudes (arrependimento), cada ano pode tornar-se diferente do passado, transformando-se assim, o tempo cíclico em tempo linear, apontando para um futuro que poderá trazer a realização das grandes metas da história universal (Reino Divino – *Malkhut*).

Pelo som da trombeta (*schofar*), cada um de nós é chamado à luta para contribuir com a sua parte na obra divina de criação, da qual somos todos parceiros, na edificação histórica de um novo mundo para uma humanidade renovada.

O Mundo por Nascer

Cantamos em *Rosch ha-Schaná*, depois do soar do s*chofar* na reza de *Mussaf*, *hayom harat olam*, "hoje o mundo está por nascer". Mas o dia de *Rosch ha-Schaná* não é o aniversário da criação do universo, é o aniversário da criação do homem que se deu no sexto dia a contar do dia em que Deus começou a criar o universo. Por que então cantamos em *Rosch ha-Schaná*, aniversário da criação do homem, "hoje o mundo está por nascer"?

Neste antigo texto da nossa liturgia está antecipada uma importante descoberta que o grande biólogo Johann von Uexküll publicou em 1921, ao verificar que não há um único "mundo" para todos os seres vivos. Tudo que um sujeito pode perceber, perfaz o seu mundo perceptível e tudo o que um sujeito pode fazer perfaz o seu mundo de ação. Os dois, o mundo perceptível e o mundo de ação, juntam-se numa unidade compacta e indivisível, o mundo ambiente. Ora, Uexküll mostra experimentalmente, que cada espécie animal vive num mundo diferente, determinado por seus órgãos de percepção e de ação. No mundo do cachorro, por exemplo, a grama em minha frente apresenta inúmeros traços e trilhos percebidos pelo olfato canino, enquanto que para mim existe apenas a superfície verde da grama.

Se cada espécie animal vive num mundo em separado e todos os mundos dos animais são diferentes do mundo do homem, perguntamos: Do mundo do homem ou dos mundos do homem? Parece que aqui o plural é mais correto, pois devido à grande capacidade extremamente variada do ser humano de ver e de agir, não é de se supor que todos vivam no mesmo mundo. O mundo sonoro do músico certamente difere, e muito, do mundo colorido do pintor e ambos do mundo romântico do poeta e do mundo pragmático do industrial.

Juntamente com a individualidade do homem surge, portanto, o seu mundo específico. Por isto é o dia de *Rosch ha-Schaná*, o dia da criação do homem, em que se fala de um "mundo por nascer"; e devido a este mesmo fato, a Mischná ensina (*Sanhedrin* IV, 5) "quem destruir uma única pessoa é considerado, pelas Escrituras, como se tivesse destruído um mundo inteiro e que, quem salvar uma única vida é visto pela Lei como se tivesse salvo um mundo inteiro".

Ora, o mundo da pessoa não permanece sempre o mesmo. Na medida em que o homem é capaz de mudar, progredir, renovar-se, transforma-se também o seu mundo. E se as Grandes Festas judaicas, *Rosch ha-Schaná* e *Iom Kipur*, celebradas como se deve, levam a uma renovação total da pessoa humana trazem, igualmente, uma renovação do seu mundo.

Se este novo mundo estará repleto de amor, de compaixão, de justiça, depende em grande parte do que fazemos da nossa vida, se fazemos prevalecer o amor, a compreensão mútua e a equidade. Se, ao contrário, continuarmos com os nossos ódios, os nossos ciúmes e os nossos vícios, não devemos admirar-nos de que tudo isto se refletirá no mundo em que vivemos.

Esta é a profunda verdade do texto da nossa reza de *Rosch ha-Schaná*: *Hayom harat olam*, "hoje um mundo está por nascer". Oxalá, que nasça um mundo melhor!

Os Dias Temíveis

A vivência judaica do tempo expressa-se, não apenas nas Festas de Peregrinação e no seu caráter bivalente, juntando o aspecto natural e agrícola do tempo ao seu aspecto histórico, mas igualmente nos "Dias Temíveis" (*Iamim Noraim*) ou nas Grandes Festas que nos levam a compreender o tempo como tempo, independentemente dos seus conteúdos naturais, ou histórico-humanos, o tempo como origem e limitação de todas as oportunidades em geral.

Vamos partir, na nossa análise, de um lindo texto da *Arvit*, da oração noturna: "Abençoado tu, ó Eterno, nosso Deus que, pela Sua palavra, fez cair o anoitecer, com sabedoria abre portas e com entendimento muda épocas e troca tempos..."

Para o homem, a temporalidade é a condição da sua liberdade: Se nada se transformasse no tempo, se tudo sempre continuasse como antes, de que forma poderia o homem agir livremente, como escolher entre o bem e o mal, escolha que fundamenta toda liberdade moral e, em consequência direta, toda responsabilidade jurídica? Que profunda compreensão da significação do tempo expressa-se nessa associação da mudança dos tempos com a abertura de portas! Somente a sucessão temporal estabelece as condições de possibilidade de progresso humano, não apenas em conhecimentos, mas igualmente na sua vida moral e social. Pois não há possibilidade de progresso em área alguma sem a contínua correção de realizações passadas e esta, por sua vez, depende do surgimento de novas oportunidades que somente o tempo pode trazer.

OS DIAS TEMÍVEIS 199

Mas não é à toa que as Grandes Festas judaicas são chamadas de "Dias Temíveis". Pois o tempo, além de abrir portas, também as fecha, inexoravelmente e para sempre. Não há dia que não passe, nem ano que não chegue ao seu fim, sem que percamos com o tempo as suas oportunidades. Daí, em fins do *Iom Kipur*, na hora da *Neilá**, do "fechamento" das portas, o grito angustiado: *Petakh lanu schaar, beet neilat schaar*, "Abre-nos a porta, no momento do fechamento da porta"! Que a nossa boa vontade não esbarre contra a inexorável mudança dos tempos, contra a limitação temporal de todas as oportunidades. Ou, como dizia o grande Hilel: "Se não agora, então quando?", se não agora, talvez nunca mais.

Fazendo do tempo e da liberdade o seu tema central, os "Dias Temíveis" tornam-se expressão do mais puro humanismo, enriquecendo muito a quem neles se aprofundar, independentemente de todo posicionamento ideológico ou religioso.

Se não há liberdade, sem que haja tempo, nem todo aspecto do tempo abre as portas da liberdade. Há no tempo processos causais, em que todo efeito é determinado por alguma causa. Se generalizarmos este "determinismo" como o fizeram os pensadores cientificistas do fim do último e do começo deste século, concluindo, portanto, que não restaria evento algum que não fosse efeito necessário de uma ou várias causas, é evidente que não resta nada no tempo que possa ser chamado "liberdade". E não apenas o determinismo causal é liberticida, elimina toda possibilidade de liberdade e de criação autêntica, também o determinismo teológico não admite liberdade. Se tudo for predeterminado por um Deus onipotente e onisciente, não há nada que o homem possa determinar ou criar.

Portanto, segundo ensinamento do judaísmo, Deus criou o homem à Sua imagem, investindo-o com o tremendo privilégio da livre escolha, dando assim à Sua obra, na apoteose da criação, abertura para uma criatividade permanente.

Como vimos, toda liberdade baseia-se na possibilidade de um verdadeiro começo no tempo, de uma evolução que não seja totalmente predeterminada. Mas há mais um requisito: Não é livre quem nada souber da sua liberdade. E, desde que compreendemos o homem como criatura que se distingue de todas as demais pela sua liberdade, tornar-se homem é possível somente através da conscientização das responsabilidades de um ser livre.

I. *ROSCH HA-SCHANÁ*

Conscientizar o homem das responsabilidades de um ser livre, despertá-lo da sua letargia e do seu fatalismo é a primeira função dos

---

* Ver p. *infra*, pp. 203-204. (N. de E.)

200 NAS SENDAS DO JUDAÍSMO

primeiros dois dos "Dias Temíveis", dos dias de *Rosch ha-Schaná*, "cabeça do ano", "ano novo". A rigor, esta função caberia a toda renovação temporal, pelas "portas que se abrem", ao novo dia, ao novo mês, etc. Mas, talvez, seja esta conscientização diária uma exigência por demais difícil para um ser humano comum e, portanto, a renovação do maior ciclo temporal do ano torna-se a ocasião privilegiada para um despertar profundo. O instrumento que serve para alertar indivíduos e comunidades é o *schofar*, arcaico instrumento de sopro, consistindo de um chifre de carneiro que, além de evocar o passado, a temporalidade em geral, em que liberdade, decisão e responsabilidade se manifestam, lembra em particular o episódio da *akedá* (amarração de Isaac), da manifestação da extrema fidelidade e da confiança infinita de Abraão que não desobedeceu, nem mesmo quando se tratava de sacrificar o filho único.

Os dois principais efeitos do som despertador do *schofar* expressam-se nos dois toques que produz: Um toque de alerta (*teruá*, "estampido", que faz acordar da letargia moral), associado a *schevarim*, "quebras", externando dolorosa contrição; e *tekiá* (som sustentado, triunfante) que lembra o homem da sua liberdade, da possibilidade de ser salvo e da redenção messiânica final. A importância da conscientização produzida pelo som do *schofar* faz com que *Rosch ha-Schaná* seja chamada também de *Iom Teruá*, "Dia do Estampido" (do *schofar*).

A conscientização do homem da sua liberdade, das suas responsabilidades frente às "aberturas" do tempo, necessariamente passageiras, leva a uma retomada do passado (*zikaron*, recordação) em que reaparecem todas as ocasiões perdidas, as ineficiências e os fracassos. *Iom Hazikaron*, o nome dado a *Rosch ha-Schaná* na Bíblia, testemunha a importância atribuída à recordação crítica pela tradição judaica, fundamento da sua consciência histórica.

O sentido da historia era sempre uma das preocupações principais da cultura judaica. Bem antes de Heródoto, comumente tido por "Pai da História", os primeiros historiógrafos israelitas (alguns dos autores dos livros de Samuel I e II) criaram os primeiros textos autenticamente históricos da literatura mundial. Ali não somente se registram os fatos segundo sua correta sucessão – o que não passaria de cronologia – mas se tenta compreender os acontecimentos por meio de um esquema explicativo de aplicação universal, ou seja, pela interação de vontade divina e liberdade humana.

Passando a recordação pura e simples para o âmbito da conscientização histórica, o marco inicial de toda a história, a criação do mundo e do homem não pode deixar de ser tematizada. Daí *Rosch ha-Schaná* passa a ser o "dia em que nasceu o mundo", y*om harat olam*.

Mas, no pensamento judaico, a conscientização histórica exige ainda uma outra dimensão: A do futuro que possui a sua própria

OS DIAS TEMÍVEIS

demarcação, a redenção final numa era messiânica (*malkhut scha-mayim* – reinado dos céus). Entre a criação do mundo e o fim da história estende-se o domínio de ação da justiça divina que, como suprema instância, julga "todos que passam por este mundo", pronunciando sobre tudo e sobre todos o Seu veredito. "Em *Rosch ha-Schaná* será escrito e no dia do jejum, *Iom Kipur*, será selado quantos passarão e quantos serão criados, quem viverá e quem morrerá, quem está e quem não está perto do fim..."

Mas neste grande "Dia do Julgamento" (*Iom ha-Din*), a terceira designação de *Rosch ha-Schaná*, o julgamento divino e objetivo associa-se ao autojulgamento. Na base da retomada do passado, cada indivíduo chega a reconhecer os seus acertos e os erros que fecharam alternativas possíveis, não mais aproveitadas depois, e que poderão agora ser tentadas. Pois essa é a mais importante mensagem dos *Iamim Noraim*: Jamais o homem perde a sua liberdade, a sua capacidade de melhorar de vida. Jamais é tarde para o indivíduo aprender das próprias falhas, arrepender-se e começar uma vida nova.

Num único conceito reúnem-se todos os seguintes aspectos da renovação humana: O arrependimento, o retorno a Deus, a resposta ao desafio à autocrítica, o recomeço de uma vida melhor, privilégio do ser livre que jamais pode ser totalmente dominado por uma causalidade do mal. Este conceito é *teschuvá*, literalmente "resposta, retorno", expressando ao mesmo tempo o arrependimento, a dor causada pela consciência de culpa, motivação indispensável para toda renovação humana.

Todo este rico significado do termo *teschuvá* caracteriza não apenas os "Dias Temíveis", mas todo um período de quarenta dias que se inicia com o primeiro dia do mês de Elul, anterior a *Rosch ha-Schaná*, quando se começa a tocar o *schofar* nas sinagogas e que se encerra com o próprio *Iom Kipur*, o "Dia da Expiação".

II. OS DIAS DO ARREPENDIMENTO

Os dez "Dias do Arrependimento" (*Iemei Teschuvá*) começam com o primeiro dia de *Rosch ha-Schaná* e acabam com o *Iom Kipur*. Neles o processo de conscientização de culpa, individual e coletiva, continua e chega ao seu clímax. Ressoa nas *Selikhot*, nas "Orações pelo Perdão" que são recitadas neste período, poemas de origem medieval que, com profunda sensibilidade, expressam a fragilidade moral e física do homem, frente à eterna, poderosa e incorruptível justiça de Deus.

Concomitantemente com a crescente consciência de culpa e a vontade de melhorar, motivada pela aguda dor do arrependimento, modificam-se também as chances do destino, no judaísmo sempre

202 NAS SENDAS DO JUDAÍSMO

compreendidas em estreita correlação com o aperfeiçoamento moral e religioso. O que "em *Rosch ha-Schaná* é escrito" pode ser ainda alterado nos "Dias do Arrependimento", até que "no *Iom Kipur* será selado".

III. *IOM KIPUR*

O "Dia do Perdão", ou melhor, "Dia da Expiação", é o dia mais sagrado do calendário judaico, dia no qual o judeu espera obter o perdão de Deus e dos homens pelos males cometidos, expiação por todos os pecados. Prescreve um rigoroso jejum que se estende da véspera até o anoitecer de uma jornada toda dedicada à meditação e à oração, sem concessões feitas às necessidades físicas da alimentação. Do texto bíblico (Lv. 23, 27) parece que este jejum tem, originalmente, o caráter de uma aflição autoimposta, destinada a intensificar os sentimentos de contrição e de arrependimento.

Iom Kipur começa na véspera, com a noite de *Kol Nidrei*, numa atmosfera de dolorosa consciência de culpa, resultante da procura das próprias falhas e dos erros da comunidade, recordados e revividos nos últimos 39 dias. *Kol Nidrei*, são as palavras iniciais de uma súplica em que se pede a anulação de todos os votos que serão assumidos sem querer ou mesmo inconscientemente, a partir da presente noite até o *Yom Kipur* do ano vindouro, ficando claramente entendido que se trata exclusivamente de promessas feitas a Deus ou à própria pessoa, jamais de compromissos com outros que são, e permanecem, irrevogáveis. A famosa melodia desta súplica, tachada de absurda por grandes autoridades rabínicas, expressa como o seu próprio texto irracional, a profunda e dolorosa consciência da insuficiência moral ingênita do ser humano. Na mesma ocasião pede-se o perdão pelas transgressões humanas que, ao final das contas, decorrem dessa insuficiência e se permite publicamente participar deste serviço mesmo aos que abandonaram a fé dos antepassados, sabendo que muitos o fizeram forçados e sem querer renegar o que era sagrado aos seus antepassados.

O aprofundamento na insuficiência pessoal e coletiva, a revivescência plena de situações passadas, em que caminhos errados foram escolhidos e alternativas válidas postergadas, o "retorno" às origens conflituosas, permitirá agora uma orientação nova. A superação dos sentimentos de culpa através do regresso às situações originadoras de culpa, agora plenamente compreendidas em toda a sua amplitude, equivale a um processo de catarse (semelhante àquele provocado por Freud na psicoterapia), catarse pela qual o judeu que passa pela plena experiência de culpa, vê-se dela libertado, da mesma maneira como, segundo Aristóteles, a tragédia que provoca compaixão e medo, também liberta os seus espectadores da compaixão e do medo. Assim, o judeu piedoso espera obter e, muitas vezes, sente ter alcançado, a sua

OS DIAS TEMÍVEIS 203

plena "expiação", saindo do dia mais sublime do calendário judaico muito aliviado, confiante e liberto do terrível fardo de um passado neurotizante.

Mas é necessário o maior cuidado, no sentido da mais absoluta honestidade, para que o *Iom Kipur* complete o seu efeito. Já há uns dezoito séculos, aproximadamente, os mestres da Mischná constataram:

> Quem falar: "Pecarei e me arrependerei; e, depois, pecarei de novo e me arrependerei outra vez", não terá possibilidade de se arrepender. Se falar: "Pecarei e o *Iom Kipur* me propiciará expiação, no seu caso o *Iom Kipur* não expia" (*Iomá* 8,9).

Já em tempos do Primeiro Templo, a ação expiatória do *Iom Kipur* encontrou representação simbólica numa cerimônia que envolve dois bodes, um igual ao outro, levados ao altar nesse dia. (Ainda hoje esta cerimônia é reproduzida nas sinagogas durante a "Prece Adicional" (*Mussaf*) por uma sequência de relatos e prostrações chamada *avodá*, "serviço". Um dos bodes era carregado com todas as transgressões de Israel e expulso para o deserto, representando Israel no estado pré-catártico, culposo, antes da expiação. O outro bode, simbolizando Israel pós-catártico, purificado pela expiação do *Iom Kipur*, era aceito para o serviço de Deus e sacrificado no altar.

Dessa cerimônia origina-se a figura do "bode expiatório", como se costuma referir-se à pessoa que carrega a culpa cometida por outrem, ou ao grupo, geralmente minoritário, que é incriminado pelas frustrações e falhas do grupo dominante. É bem conhecido o papel que transferências do tipo "bode expiatório" desempenharam na história do antissemitismo, mas trata-se aqui de uma interpretação totalmente deformada do antigo símbolo do "bode expiatório". Este representava *a própria pessoa* do pecador, indivíduo ou grupo que, no bode, sentia-se desmascarada e enxotada para o deserto. Pois é absolutamente impossível obter expiação por atitudes totalmente imorais como a transferência de insuficiências nossas para os outros.

A liberdade do homem para retornar dos seus caminhos errados, o arrependimento, o problema da culpa e da sua superação, são preocupações universalmente humanas que transcendem todas as limitações confessionais. Isto é claramente demonstrado pela leitura do "texto profético", *haftará*, destinado à oração de *Minkhá* ("da tarde") de *Iom Kipur*. Esta consiste no livro de Jonas que enaltece a *teschuvá*, o arrependimento, dos habitantes de Nínive, cidade não judaica, cuja volta aos bons caminhos comprova a liberdade real do ser humano e a validade universal dos conceitos básicos dos *Iamim Noraim*.

A última parte das orações do *Iom Kipur* é chamada *Neilá*, "fechamento" [das portas] e contém o grito angustiante já citado acima: "Abre-nos a porta, na hora do fechamento da porta...", externando a esperança de que a nossa boa vontade não esbarre contra a limitação temporal de todas as nossas oportunidades. Somente uma prontidão contínua e absoluta seriedade podem evitar esta tragédia.

No seu conjunto a atmosfera reinante e as melodias de *Neilá* já são bem mais esperançosas, quase alegres, levando o *Iom Kipur* ao seu desfecho apoteótico quando, nos minutos finais, toda a comunidade pronuncia palavras de reafirmação da fé na unidade e universalidade de Deus e, ao som do *schofar*, reassume as suas eternas responsabilidades dentro da Aliança que Deus concluiu e mantém com o Seu povo Israel.

Liberdade num Mundo Bitolado

O nosso mundo é bitolado e torna-se mais bitolado todos os dias. O homem moderno, com as imensas facilidades técnicas de que dispõe para a solução dos seus problemas de alimentação, de saúde, de locomoção e de comunicação, não resistiu às tentações da comodidade. Num mundo em que tudo parece preparado para o seu bem, o homem se parece com um carrinho que corre loucamente em monotrilho, sem jamais pular fora, porque assim é mais cômodo e mais seguro. E mesmo se o trilho levar à direção errada – quantos de nós movimentam-se sempre na direção certa? – é mais tranquilo "ficar na linha" do que pular fora, do que começar de novo, com todos os riscos que todo recomeço traz consigo.

Se isto é verdade para o indivíduo, muito mais ainda para as grandes forças políticas dos nossos dias. O comunismo, por exemplo, em nome da igualdade fundamental do homem e do seu direito de participar equitativamente do processo de produção e dos seus frutos, introduz, nas sociedades que domina, um capitalismo de Estado que por meio de uma ferrenha ditadura burocrática fere os direitos básicos do homem, e longe de lhe garantir a sua participação justa, transforma-o na engrenagem de uma imensa máquina, com o único direito de se virar como os maquinistas mandam. O capitalista – "democrata" soa muito melhor – compromete-se apenas formalmente com a igualdade fundamental de todos os homens e admite a liberdade dos fortes de dominar os fracos. A "nova esquerda", cuja consciência se revolta contra a "brutalidade dos invasores sionistas que roubaram aos coitados dos palestinos o seu solo pátrio" – uma das maiores mentiras do século – consegue facilmente acomodar a sua fina sensibilidade a uma constante e brutal exploração e subjugação das massas árabes em favor dos interesses do petróleo e de ambições políticas e militares. O sionista, clamando alto o direito do povo judeu a viver uma vida própria e integral num país em que não constitui minoria, é muitas vezes aquele que advoga a completa imitação dos caminhos dos outros povos, defendendo uma assimilação coletiva mais perniciosa para o judaísmo – se esta palavra tem algum sentido – do que qualquer assimilação individual.

Assim, cada "ismo" anda pelo seu trilho, cegamente, sem perceber que o fim ao qual chegará é, precisamente, o contrário das intenções que orientaram o começo. Homens e nações parecem trens que correm em monotrilhos, fixos e imutáveis. O tempo se assemelha a uma estrada de uma só mão, sem retorno e sem saída. Neste mundo, é de extrema importância o ensinamento da nossa antiga festa de *Rosch ha-Schaná* que vem nos mostrar que, *como o tempo se renova, também o homem pode se renovar*. Existe para cada um a possibilidade de *teschuvá* ("retorno"), de um recomeço a seguir-se a uma genuína autocrítica. A entrada num novo ano deve ser tomada a sério, deve ser aproveitada para uma revisão honesta do passado com os seus erros e com as suas falhas que devem ser corrigidos, mesmo que isto signifique o abandono da rotina, da comodidade e da segurança costumeiras. O homem é um ser privilegiado, é a mensagem da festa, que não está preso à determinação prefixada da natureza, que possui o dom da invenção e da criação que lhe possibilitaram chegar até à lua – ideia que teria sido julgada totalmente louca ainda um século atrás – mas cuja liberdade lhe permite, igualmente, escolher a cada momento qual o melhor caminho para o seu futuro.

Segundo a tradição (Talmud, *Berakhot* 34b) quem errou e se corrigiu, está num nível superior ao daquele que jamais falhou. Por praticar a sua liberdade, o autocrítico que se corrige vale mais do que o "perfeito justo" que jamais se desviou do caminho certo.

Nenhuma geração é capaz de tirar mais proveito da mensagem de *Rosch ha-Schaná* do que a nossa, sentir mais profundamente o significado de *teschuvá*, do "reinício" que é a realização da liberdade e da responsabilidade humana.

As Festas de Peregrinação

Natureza e história estão na mão de Deus; o tempo que forma o ciclo do ano agrícola, é o mesmo em que se repetem as grandes datas da gênese do povo. Os marcos do ritmo natural da vida campestre coincidem com os pontos altos da história de Israel: A saída do Egito com o romper da primavera, a revelação sinaítica com o amadurecimento do verão e a travessia do deserto com a colheita das frutas, já às portas do outono.

Contudo, tanto o tempo agrícola como o tempo histórico são vividos por Israel como estreitamente vinculados com sua terra, base exclusiva da produção de alimentos no decorrer das estações e objeto último das suas aspirações nacionais na história. Ambos os aspectos do tempo, quando vividos na sua íntima ligação com a terra, motivam o desejo de segurá-la, de achegar-se a ela, ao seu coração, de ir a Jerusalém, a Sião, ao santuário central, para aí manifestar a gratidão por todo o bem que o tempo, seja ele agrícola ou histórico, proporcionou ao povo no seu país. As festas histórico-agrícolas assumem, assim, o caráter de festas de peregrinação, que acentua, não apenas a importância da terra para o bem-estar material e nacional do povo, como, também, a sua unidade e a unidade do culto de um Deus único e universal que rege tanto a história como a natureza.

A compreensão bivalente do tempo como histórico e natural que caracteriza *Pessakh*, *Schavuot* e *Sucot*, estimula, pois, a peregrinação ao lugar mais central do país, como a peregrinação, por sua vez, evoca, em cada uma das suas grandes festas, um significado agrícola, conjuntamente com outro histórico.

I. PESSAKH

Das festas de peregrinação, a primeira, *Pessakh*, é, talvez, a mais importante, certamente aquela que possui a significação mais complexa.

Além de comemorar o fato mais importante da história judaica, a saída do Egito, *Pessakh*, igualmente, é a festa da primavera, das primícias da cevada – *Hag ha-Matzot*, "Festa dos Pães Ázimos" – de antiquíssima tradição cananita, e possui ainda características nítidas da antiga festa pastoril, em que um cabrito de cada rebanho era sacrificado para proteger o restante dos animais. A vítima era tostada inteirinha ao fogo e sua carne repartida entre todos os membros da família, enquanto que o sangue era aspergido, como proteção, por meio de um *ezov*, planta medicinal usada na magia para a libertação do mal. Os pingos de sangue deveriam marcar os umbrais das portas, e, como mostram costumes muito antigos, ainda hoje praticados pelos samaritanos no Monte Gerizim, também a testa e o braço, salvando, desta forma, do anjo da morte. Pois na primeira noite de lua cheia da primavera rondam grandes perigos lá fora. Os primogênitos, tanto de animais como de seres humanos, eram especialmente ameaçados pois, de direito, pertenciam à divindade lunar. O próprio sacrifício pascal deve ter sido, originalmente, um resgate de primogênitos, e a propriedade divina é acentuada por texto da Torá que se encontra no meio das instruções sobre a festa de *Pessakh* (Êx. 13, 1-2).

Os pontos do aspergimento do sangue por meio do *ezov*, os umbrais das portas, a testa e o braço, verdadeiros pontos nevrálgicos da existência humana, são ainda hoje "protegidos" pelos versos sagrados do *Schemá* no cumprimento do mandamento de *mezuzá* (rolinho de pergaminho contendo Deuteronômio 6, 4-9 e 11, 13-21) e de *tefilin* (filactérios, com caixinhas contendo pergaminhos do mesmo teor, introduzido por Êxodo 13, 1-16). Não deve ser por acaso que o texto bíblico, referindo-se aos "filactérios da testa" diz que devem servir de *totafot* entre os olhos, palavra normalmente traduzida por "sinais", mas que deriva da mesma raiz que *tipá*, o "pingo" do sangue sacrificial que costumava ser aspergido também na testa.

Nos numerosos textos bíblicos que tratam do *Pessakh*, parece refletir-se a relativa independência destas raízes da festa, da sua significação histórica, agrícola e pastoril.

a) Referindo-se apenas a *Hag ha-Matzot*, à Festa dos Pães Ázimos, e sem menção do sacrifício pascal, encontramos em Êxodo 34, 18.

b) Mencionando somente *Pessakh* e não os pães ázimos nem a saída do Egito: II Reis 23, 21-23.

c) Com aparente alusão à festa, em honra, exclusivamente, da saída do Egito, sem menção dos pães ázimos ou do sacrifício pascal: Oseias 12, 10.

AS FESTAS DE PEREGRINAÇÃO

d) Com referência à Festa dos Pães Ázimos e à saída do Egito, sem menção do sacrifício pascal: Êxodo 23, 14-15. O mesmo parece ser o caso com Êxodo 12, 17-20, destacando-se do seu contexto ao repetir instruções anteriores com a referida exclusão.

e) Nos seguintes textos falta a menção da saída do Egito: Josué 5, 10-12; Êxodo 34, 25; Ezequiel 45, 21-25; II Crônicas 30; II Crônicas 35, 1-19. Este último texto pede que o *Pessakh* seja cozido (v. 13) em franca oposição a Êxodo 12, 9 que exige que seja tostado inteirinho. É interessante notar ainda como Josué 5, 10-12 relaciona o mandamento dos pães ázimos com a produção agrícola de Canaã, o que sugere uma tradição cananita desta prescrição.

f) Alguns destes textos parecem fixar datas diferentes para o *Pessakh* e os pães ázimos, o dia 14 de Nissan para a cerimônia do sacrifício pascal e o dia 15 para o início da Festa dos Pães Ázimos: Josué 5, 10 e 11, 2; Levítico 23, 5-6; Números 28, 16-17.

g) A integração completa das três raízes encontramos somente em Êxodo 12, 2-16 e Deuteronômio 16, 1-8.

Em termos de diáspora, compreensivelmente, o significado histórico de *Pessakh*, ou seja, sua mensagem de libertação, sobrepõe-se amplamente aos significados pastoril e agrícola, tendência que hoje inverte-se novamente entre as populações rurais do Estado de Israel. Durante os dois mil anos de dispersão, *Pessakh* transformou-se em festa de libertação por excelência, com uma mensagem de valorização da dignidade humana em geral que fundamenta a própria doutrina do *schabat* (Dt. 5, 15), em particular a sua significação social. Motiva, igualmente, as leis que exigem isenção na prática da justiça e proteção do estrangeiro, da viúva e do órfão, recorrendo à experiência humana adquirida durante a escravidão no Egito (Êx. 23, 9). A mensagem de *Pessakh* incorporou-se, pois, naquela do *schabat*, na medida em que este quer salvaguardar para o futuro o rompimento da escravização pela rotina do trabalho e pela subserviência social e econômica, da mesma forma como estas formas de destruição da dignidade humana foram quebradas pelo evento de *Pessakh*, no passado. A "recordação da saída do Egito" constituiu-se assim motivo básico do *kidusch*, da "consagração" do *schabat*, recitada na noite de sexta-feira.

A liberdade não pode, no entanto, ser considerada uma propriedade assegurada para sempre; é antes um ideal, uma eterna exigência. De um lado pede conscientização e coragem pessoal, do outro tradições fortemente arraigadas no grupo. A fundamentação de ambas é o objetivo das noites de *Seder* (ordem), das duas primeiras noites de *Pessakh* (em Israel apenas da primeira). Nestas noites, com uma ordem cerimonial (*Seder*) bem estabelecida e fixada na *Hagadá* (narração), pequeno manual de textos e solenidades, nestas "noites de prontidão", *leil schimurim* (Êx. 12,42) as famílias reúnem-se ao redor de uma mesa ricamente posta e, antes e depois de farta refeição, como convém a gente livre, recordações, interpretações e canções tematizam, o que de geração em geração ameaça a liberdade, ameaça que assume em cada época as suas formas específicas e que deve ser enfrentada e vencida sempre de novo com a ajuda do Senhor da História, do Libertador de Israel da escravidão egípcia.

O caráter pedagógico das noites de *Seder* que se organizam na base da pergunta da criança mais jovem presente – *Ma nischtaná ha--laila ha-zé mi-kol ha-leilot*? "O que diferencia esta noite de todas as outras?" – e da resposta do dirigente da mesa que evoca a milagrosa libertação de Israel da escravidão do Egito, já se encontra realçado nos textos bíblicos de Êxodo 12, 26-27 e 13, 8; mas, segundo a tradição, as explicações não devem se restringir a nenhuma idade. Entre outros reaparecem na mesa os símbolos das três origens da festa: Um osso queimado se relaciona com o sacrifício pascal da antiga festa pastoril, agora interpretado exclusivamente pelo episódio da libertação do Egito como sacrifício de *Pessakh* do Eterno que "passou por cima (*passakh*) das casas dos filhos de Israel no Egito quando feriu os egípcios e livrou as nossas casas" (Êx. 12, 27). A *matzá*, o pão ázimo, remanescente da antiga festa agrícola cananita da primavera, é agora explicada somente como pormenor da apressada saída do Egito, pelo fato de que a massa, com a qual os nossos antepassados pretendiam fazer o seu pão, "não teve tempo para fermentar antes de que o Rei dos Reis, o Santo Louvado Seja, se revelou e os libertou"; e, finalmente o *marór*, a "erva amarga" é símbolo das amarguras com que os egípcios "amarguravam-lhes a vida com penosos trabalhos de barro e de tijolo e com toda espécie de serviços pesados que os forçaram a executar" (Êx. 1,14).

A libertação do passado apresenta-se ao pensamento judaico como garantia da redenção também no futuro. Será numa noite de *Seder* que o profeta Elias aparecerá para anunciar a chegada do rei Messias, derradeiro descendente da casa de David, monarca que, totalmente inspirado pela Lei de Deus, levará o seu povo Israel e a humanidade toda a uma era de paz e de justiça perfeitas. Daí o costume de se colocar um cálice a mais na mesa, destinado ao profeta quando vier trazer a boa notícia. Neste contexto é interessante notar que uma noite de *Seder* era também a "última ceia", marco decisivo na história cristã da salvação.

A festa de *Pessakh* é comemorada durante oito dias (sete em Israel) sendo os primeiros dois (o primeiro em Israel) e os últimos dois (o último em Israel) feriado em que o trabalho é proibido. No *schabat* da semana de *Pessakh* lê-se *Schir ha-Schirim*, o "Cântico dos Cânticos", pequena coletânea de deliciosas poesias de amor que desabrocha em plena primavera. Muito cedo este amor tem sido interpretado como relação entre Deus e Seu povo, Israel. Em *Pessakh* estes lindos versos aludem também à grande primavera da história judaica, à saída do Egito, como igualmente à primavera na Terra de Israel que sustenta o significado pastoril e agrícola da festa.

AS FESTAS DE PEREGRINAÇÃO

II. A CONTAGEM DO *ÓMER*

"*Ómer* é o feixe de cevada, trazido ao altar do Templo a partir do segundo dia de *Pessakh*, durante quarenta e nove dias, cuja contagem se faz diariamente depois da oração noturna (Lv. 23,15). Os dias de *ómer* ligavam, pois, no ciclo agrícola, a festa da primavera e das primícias da cevada, *Pessakh*, com a "Festa das (sete) Semanas", *Schavuot*, "Festa do Corte (*katzir*) dos Cereais" (Êx. 23,16) e "Festa das Primícias" (*bikurim*) do trigo (Êx. 34, 22 e Nm 28,26).

Mas, paralelamente ao processo de maturação agrícola corre outro de maturação histórica que leva da "Festa de Libertação", *zeman herutenu*, de *Pessakh* a *Schavuot*, "Festa da Revelação" aos pés das montanhas do Sinai, *zeman matan toratenu*, "época da outorga do nosso ensinamento". Este segundo evento histórico de importância transcendental exige, além da liberdade da opressão externa, uma liberdade interna de decisão mais preciosa, liberdade para a autorrealização, a liberdade de Israel para a sua missão histórica.

Um outro sentido histórico tem sido atribuído aos dias da "contagem do *ómer*" que os envolve em tristeza manifestada em certos sinais de luto: Nestes dias é proibido celebrar casamentos ou festas. Explica-se que nesse período houve uma terrível mortandade entre as dezenas de milhares de discípulos de R. Akiva por não terem dado a devida honra um ao outro (Talm. Babl. *Yebamot*, 62b). Talvez a verdadeira razão pela melancolia dos "dias do *ómer*" tenham sido as consequências catastróficas do envolvimento de Akiva no levante de Bar-Kokhbá, em cujas lutas muitos alunos do mestre participaram e perderam a vida. Apenas no trigésimo terceiro dia do período a mortandade teria parado, dia em que casamentos e festas são permitidos.

III. *SCHAVUOT*

Schavuot, a "Festa das (sete) Semanas" cai pois no quinquagésimo dia a contar do primeiro dia de *Pessakh* e é comemorada nos dias 6 e 7 de Sivan (em Israel apenas no dia 6). Os seus nomes bíblicos *Hag ha-Katzir* – "Festa do Corte" dos cereais – e *Hag* (ou) *Iom ha-Bikurim* – "Festa (ou "Dia") das Primícias" do trigo – referem-se somente à significação agrícola do dia, originando-se o nome *Hag Matan Toratenu* – "Festa da Outorga do Nosso Ensinamento" – somente na época da Mischná. Também no caso de *Schavuot* cresceu em termos de dispersão a associação histórica, na medida em que a associação agrícola perdia em significação prática e novamente este processo se inverte no Estado de Israel.

Pelos rabinos a "Festa das Semanas" é chamada também de "Festa do Encerramento" (*Atzéret*), evidenciando este nome que o período de *Pessakh* a *Schavuot* tem sido compreendido como uma unidade: Um único período de libertação e de amadurecimento, tanto do lado histórico como do lado agrícola.

Se *Pessakh* marca o início de uma caminhada de libertação, *Schavuot* constitui o seu clímax, o dia da autorrealização de um povo na sua missão histórica. Talvez seja de profunda significação que o "Dia da Independência" (*Iom Haatzmaút*) do jovem Estado de Israel caia entre *Pessakh* e *Schavuot:* Somente com a libertação da opressão externa (*Pessakh*) é que se abre a possibilidade de uma verdadeira independência (*atzmaút*) que, evidentemente, exige bem mais que apenas liberdade física: Pressupõe capacidade de decisão própria e de autodeterminação, para levar, finalmente, à meta última, à autorrealização pela missão histórica, como comemorada em *Schavuot*. No seu conjunto, as três datas de *Pessakh*, *Atzmaút* e *Schavuot* constituiriam, então, uma trilogia temporal da libertação, com uma mensagem universalmente humana.

Em *Schavuot* as casas de oração são ricamente adornadas com flores, pois segundo o Midrasch o deserto estava em flor quando Deus se pronunciou no Sinai. De manhã leem-se os Dez Mandamentos, quintessência da Torá. Durante a noite é costume permanecer nas sinagogas de vigília, estudando o "ensinamento" nos textos da Bíblia, do Talmude e da literatura rabínica. Hoje este costume continua na forma de "reuniões de estudo" (*lernen*) em que problemas da identidade judaica, religiosa, cultural e política têm sido discutidos com abordagem atualizada.

No segundo dia da festa (em Israel, no primeiro) recita-se o Livro de Rute. Como o Cântico dos Cânticos, lido em *Pessakh*, Rute fala de amor, não mais de um amor primaveril, mas de um afeto maduro de nora para com sogra, tendo por enredo a vida agrícola no começo do verão, com a colheita dos cereais, maturação na natureza que corresponde, do lado histórico, à autorrealização de Israel na aceitação da Lei. O amor de Rute leva à sua conversão ao judaísmo, da mesma forma como o amor de Israel ao Deus da libertação os levou à conversão à Sua Aliança.

IV. *SUCOT*

Sucot – "cabanas" – é o nome da última das "Festas de Peregrinação", datada em 15 de Tischrei ou seja quatorze dias depois de *Rosch ha-Schaná* e 5 dias depois de *Iom Kipur*. Esta festa marca a estação do outono, o fim do ano agrícola e a colheita (*assif*) das frutas. *Hag ha-Assif* a "Festa da Colheita" dá, nos seus primeiros dias, ampla vazão à gratidão pelos benefícios obtidos durante todo o ciclo agrícola num ambiente de muita alegria. Nos últimos dois dias, em *Hoschaná Rabá*,

AS FESTAS DE PEREGRINAÇÃO 213

dia da "Grande Súplica", e em *Schemini Atzeret*, no "Oitavo (dia) de Encerramento", já se expressam as apreensões com as incertezas do futuro. O nono dia (em Israel comemorado juntamente com *Schemini Atzeret*), *Simkhat Torá*, dia da "Alegria pelo Ensinamento", é apenas fracamente relacionado com *Sucot*, festejando o encerramento e o reinício do ciclo de leituras do Pentateuco.

Paralelamente, com o fim do ano agrícola, *Sucot*, como todas as demais "Festas de Peregrinação", possui o seu significado histórico. Lembra a última fase da grande epopeia libertadora, a passagem do povo de Israel pelo deserto. Símbolo comum é a própria "cabana" (*sucá*), construção frágil que, através do seu teto precário, deixa entrever o céu estrelado. De um lado a *sucá* recorda as tendas fracas em que o povo morava ao travessar o deserto e que, no entanto, pela presença divina, simbolizada pelo céu sempre visível, oferece mais segurança do que as nossas modernas construções de concreto armado. De outro lado a *sucá*, ricamente enfeitada com frutas, folhas e ramos verdejantes, lembra as cabanas, usadas em vinhedos e pomares em tempos de colheita, para ali guardar as frutas colhidas e encontrar um pouco de sombra na hora do descanso. À segurança material, na base de uma farta colheita, associa-se, pois, no símbolo da *sucá* a segurança histórica, proporcionada pela ajuda divina que jamais faltou durante a travessia, sumamente perigosa, do deserto. Durante os sete dias de *Sucot* é obrigação morar nestas cabanas, como diz a Lei: Em cabanas morareis durante sete dias; todo cidadão em Israel morará em cabanas, a fim de que vossas gerações saibam que foi em cabanas que fiz morar os filhos de Israel ao tirá-los da terra do Egito..." (Lv. 23, 42-43).

Símbolos da abundância do crescimento, embora investidos pela interpretação tradicional com profunda significação humana, são as "Quatro Espécies" (*Arbaá Minim*) que caracterizam a cerimônia central da festa de *Sukot* na sinagoga. "E no primeiro dia tomareis a fruta da árvore do encanto, folhas da tamareira, ramos do mirto e do salgueiro-do-rio e alegrar-vos-eis diante do Eterno, vosso Deus, durante sete dias" (Lv. 23, 40). Na oração matutina dos sete dias de *Sucot*, segura-se o *etrog*, uma fruta cítrica, na mão esquerda e o *lulav*, ramalhete com uma folha de tamareira, três ramos de mirto e dois de salgueiro, na mão direita; com as duas mãos bem juntas, executam--se, com hinos e súplicas, movimentos em direção dos quatro rumos principais da rosa-dos-ventos e para cima e para baixo, aludindo dessa forma à onipresença do poder divino ao qual cabe agradecer a abundância das colheitas.

Há inúmeras interpretações destes símbolos. Diz uma tradição que as "Quatro Espécies" representam as quatro partes principais do corpo humano, lembrando o *etrog*, pela sua forma, o coração humano, a folha de tamareira à espinha dorsal, cada folha do mirto o

214 NAS SENDAS DO JUDAÍSMO

olho e de salgueiro, a boca do homem. "Que louvem o Senhor todos os membros do corpo, simbolizados pelas quatro espécies" (*Levítico Rabá* 30,13). Segundo outra interpretação as "Quatro Espécies" representariam quatro tipos de israelitas: "O *etrog*, que tem gosto e cheiro, os que se distinguem pela erudição e boas obras; a tamareira, que tem gosto mas não possui cheiro, àqueles que têm erudição mas não se distinguem por seus atos; os ramos de mirto têm cheiro mas não possuem gosto, como os israelitas que têm boas obras ao seu crédito, mas não têm erudição; e, finalmente, o salgueiro, coitado, que não tem nem gosto nem cheiro, lembrando os filhos de Israel que não se distinguem nem pela sua erudição, nem por suas obras. O que o Santo, Louvado Seja, fará com estes últimos? Destruí-los? Impossível! Disse então Deus: Que se unam todos em estreita co-operação e compensarão, uns aos outros, as suas falhas!" (*Levítico Rabá* 30, 11).

Nos últimos dias da festa já prevalece a preocupação com as incertezas do futuro. Em *Hoschaná Rabá*, o dia da "Grande Súplica", no lugar de uma única volta, como nos dias anteriores, são dadas sete, pelo recinto da sinagoga, com as "Quatro Espécies" nas mãos, executando-se os movimentos mencionados. Multiplicam-se os pedidos de ajuda e perdão. Ressurge a atmosfera de *Iom Kipur*, de sentimentos de culpa e de anseio de expiação. Na véspera que antecede o dia, costuma-se ficar na sinagoga de vigília, estudando textos sagrados, ou, em círculos menos tradicionais, discutindo problemas da sobrevivência e da segurança de Israel.

Em *Schemini Atzéret*, no recita-se a oração pela chuva, uma coleção de poesias religiosas medievais com obras de grande beleza e alto valor literário. Também ali prevalece a súplica pela ajuda, a consciência da própria imperfeição em comparação ao lúcido exemplo dos antepassados.

No *schabat* da semana de *Sucot* que frequentemente coincide com *Schemini Atzéret*, lê-se nas sinagogas o livro de Eclesiastes, um poema de outono, composto por um apaixonado do saber que, no entanto, percebe que jamais conseguirá penetrar nos segredos mais profundos da existência. Cheio de ceticismo e de desilusão, o livro chega à conclusão que, dada a fraqueza humana, o sentido da vida pode ser somente a fé no amor divino. A dúvida e a incerteza expressas no livro e sua conclusão pietista correspondem às preocupações com um futuro incerto que marcam os últimos dias de *Sucot*, não podendo o dia de amanhã ser garantido por nenhuma competência humana, somente pela ajuda de Deus, única segurança para o homem.

Simkhat Torá (Alegria pelo Ensinamento) o nono dia, caracteriza-se por abundante júbilo em agradecimento pela Lei, pelos "Cinco Livros de Moisés", cuja leitura se termina e se reinicia neste dia. Cai por terra a maioria das etiquetas: Velhos, moços e crianças dançam pela

AS FESTAS DE PEREGRINAÇÃO 215

sinagoga, com os rolos da Torá nos braços e todo o povo, inclusive as mulheres, partilham da alegria que, no judaísmo e, particularmente na sua forma hassídica, é um dos fatores mais poderosos de aproximação a Deus.

O Hippie e Simkhat Torá

Hippie: Para que vocês festejam *Simkhat Torá*, alegrando-se com uma Lei enquanto que a juventude de todo o mundo procura livrar-se das leis tentando conquistar a liberdade total? Juntem-se ao hippies e aos *beatniks*, substituindo *Simkhat Torá* por uma orgia dedicada à liberdade!

Cipie: (Para quem não advinha, é um jovem da CIP): A que liberdade? De ter a garota que mais me agrada, mesmo que seja de um companheiro?

Hippie: Veja, se for necessário...

Cipie: Liberdade de apropriar-se de tudo quanto desejo, à custa do meu próximo, se for preciso?

Hippie: Se não houver outro meio de me satisfazer, mas...

Cipie: Então a sua liberdade se fundamenta na violação dos direitos dos outros?

Hippie: De jeito algum; mesmo na promiscuidade tentamos respeitar o companheiro e mesmo na anarquia sentimos o que é devido ao outro.

Cipie: Então, mesmo na promiscuidade vocês não perdem a noção dos direitos do outro, nem na anarquia o senso de justiça. Quer dizer que, protestando contra as leis e os costumes da sociedade, vocês continuam seguindo a Torá.

Hippie: Torá nada! Torá é superstição de tempos passados.

O HIPPIE E *SIMKHAT TORÁ* 217

Cipie: Está totalmente enganado, meu amigo. Torá é justamente aquilo que mesmo a vocês, torna a convivência ainda possível. Torá é fonte de um senso de fraternidade e justiça que inspira leis e torna outras superadas.

Hippie: Torá não será uma casuística das sociedades há muito tempo caducas?

Cipie: Nunca! Torá não é Lei, mas dela decorre toda legislação; torna as leis existentes atuantes ou superadas. Uma pequena história te mostrará o que é Torá.

Hippie: Conte! Nós hippies gostamos de histórias. Achamos que é uma das poucas formas decentes de aprender.

Cipie: Uma terrível seca castigava o país e os habitantes de um pequeno povoado de judeus viam nela o castigo pelo abandono da Torá. O Rabi mandou triplicar o estudo da Lei, o jejum e as rezas... tudo em vão. Reiteradas vezes o Rabi foi advertido no sono de que a seca acabaria somente quando o pobre Abrão, vendedor de legumes, um dos mais ignorantes da congregação, rezasse para Deus em prol de toda a comunidade. Pensou o Rabi: Quanta Torá, quanta bênção haverá nas palavras de um tamanho simplório? Mas a situação piorava de dia a dia. Era necessário tentar. Uma manhã todos os homens, famintos e desesperados, estavam reunidos na sinagoga. Quem recitará a prece em nome da comunidade? O Rabi não indica a si mesmo, não obstante fosse o mais instruído; não indica o *gabai** mais rico da cidade, bajulado por todos; não indica nem mesmo o chantre da voz famosa. Indica... o pobre Abrão, vendedor de legumes. "Mas Rabi, não sei ler palavra alguma da Torá, nem mesmo recitar o próprio *Schemá*!". "Rezas como podes, Abrão!" O pobre joga o seu *talit*** sobre o banco, corre para casa e volta em poucos minutos segurando... uma balança. Para espanto de toda a comunidade posta-se em frente à Arca dos Rolos Sagrados como se sua balança fosse um rolo da Torá, e exclama: "Deus do universo, se alguma vez abusei desta balança e profanei o Teu Santo Nome com um peso falso, manda um dos Teus raios e fulmina-me já! Mas se o meu peso foi sempre justo e se jamais enganei os meus semelhantes, revela-nos a Tua misericórdia e acaba com esta seca!" Mal acabou o homem de falar e o céu se cobriu de nuvens e começou a chover, chover, chover.

Hippie: Não foi ruim! Mas histórias como esta servem apenas para crentes.

---

* É o tesoureiro da sinagoga. (N. de E.)

** Xale retangular, com franjas nas extremidades, que os judeus usam nas cerimônias religiosas. (N. de E.)

Cipie: Não para crentes, mas para gente que sabe. Para os que sabem que há algo no homem que eleva o convívio humano acima do nível dos puros instintos animais; para os que sabem que há Torá para o gênero humano e que nós devemos testemunhá-la, ensiná-la e nos alegrar com ela em *Simkhat Torá*.

Hanucá: Nem Somente na Guerra Há Milagres

Aparentemente foram somente os mestres da Guemará, da segunda fase da época talmúdica, que motivaram a festa de *Hanucá* (Talm. Babl. *Schabat* 21b) com este episódio que não é mencionado nas fontes mais antigas. O Primeiro Livro dos Macabeus, redigido pouco mais de meio século depois dos acontecimentos que fundamentam *Hanucá*, traz uma descrição impressionante dos festejos, como celebrados por ordem do próprio Judá, o Macabeu e das suas instruções de transformar esta comemoração numa instituição permanente, sem, no entanto, mencionar o milagre do óleo. O Segundo Livro dos Macabeus, baseado em crônicas, praticamente contemporâneas, também não faz a menor alusão à latinha milagrosa e explica a duração de oito dias por analogia com a festa de *Sucot*.

A terceira fonte muito respeitável é a obra de Flávio Josefo, *Antiguidades Judaicas*, livro 12, cap.7 § 7. Depois de uma descrição da festa de reinauguração do santuário, em completo acordo com as duas fontes mais antigas, Josefo aventa a seguinte hipótese para explicar o nome "Festa das Luzes", dado a *Hanucá* já naqueles dias: "Chamaram-na 'Festa das Luzes' porque, segundo minha opinião, sua felicidade foi como uma luz agradável que dissipou as trevas de nossos longos sofrimentos..." Tivesse Josefo, sempre excelentemente informado, sabido algo do milagre do óleo, sua interpretação do nome "Festa das Luzes" certamente teria sido diferente.

Concluímos, pois, que o milagre do óleo não possui documentação histórica antes da época dos amoritas, do segundo período talmúdico, portanto quatrocentos a quinhentos anos depois dos acontecimentos que deram origem à festa de *Hanucá*. A transferência da ênfase na motivação de *Hanucá* de um milagre militar para um milagre puramente religioso, coaduna-se bem com os ideais de paz do povo da Bíblia, cujas aspirações jamais foram militares ou imperialistas. Mas há algo a mais nessa história, cujo correto entendimento traz luzes importantes para a compreensão desse pequeno povo, tão heróico e, ao mesmo tempo, tão amante da paz.

Inicialmente, a revolta dos macabeus contou com a aprovação incondicional e o pleno entusiasmo do povo inteiro. Mas aconteceu aos asmoneus o que vemos acontecer a tantos movimentos políticos e religiosos: Sua dinâmica dialética afasta-os dos propósitos iniciais e os leva a atitudes que parecem em franca contradição com as metas iniciais. Os macabeus pegaram em armas para conquistar para o seu povo a liberdade religiosa. Quando esta está assegurada, os líderes não descansam antes de obterem também a plena independência política e esta, por sua vez, requer determinadas retificações das fronteiras para que sejam seguras e bem defensáveis. Nos seus contínuos empreendimentos militares, a dinastia dos asmoneus não apenas fere, sempre de novo, os sentimentos religiosos da população, o que resulta em sangrentos choques com dezenas de milhares de vítimas; mas a *raison d'état* faz os vencedores judeus imporem aos idumeus vencidos a religião judaica, suprimindo desta forma a mesma liberdade religiosa em defesa da qual tinham iniciado a sua luta.

Os constantes conflitos da dinastia asmoneia com o povo e seus líderes religiosos fez drasticamente diminuir a simpatia dos mestres talmúdicos para com os descendentes dos macabeus. Os livros dos macabeus não apenas deixaram de ser incluídos no cânone bíblico, mas sofreram tamanha desconsideração que os originais hebraicos se perderam e, não fosse a Igreja que valorizava as traduções grega e latina, hoje já não disporíamos mais destes preciosíssimos documentos que nos dão testemunho de uma das mais brilhantes épocas da nossa história.

Assim, compreendeu-se que, para os sábios, a bravura de Judá, o Macabeu e seus irmãos já não era mais motivo suficiente para a celebração anual de sete dias de *Hanucá* e o milagre do óleo forneceu uma nova razão totalmente *desasmoneizada*. No fundo, a inovação dos rabinos segue uma tendência que sempre dominava o nosso povo, a quem o culto da personalidade era sempre alheio. Mesmo no sucesso dos macabeus não se homenageava o valor pessoal dos heróis, mas a vitória comovente da fé sobre a força bruta. A inovação rabínica vai nessa mesma direção e torna a doutrina de *Hanucá* ainda mais independente do mérito pessoal dos macabeus, substituindo ainda um milagre militar por um milagre de paz.

A dupla motivação de *Hanucá* atesta uma admirável independência crítica frente a um movimento nacionalista que, como todos os seus similares na história, facilmente adquire dinâmica própria e que, dialeticamente, pode chegar a negar os fins específicos a que se tinha proposto inicialmente.

Purim

Embora escrito há mais de 2300 anos, *Meguilat Ester*, o "rolo" que lemos nas sinagogas na véspera e na manhã de *Purim*, tem estranha atualidade. Uma novela de suspense que coloca o leitor no meio de uma intriga palaciana do então todo-poderoso Império Persa, intriga da qual dependem vida e morte da comunidade em todas as 127 províncias do reino. E os dez capítulos da pequena obra-prima proporcionam-nos, além de deliciosa leitura, importante lição de política acerca do antissemitismo que nenhum cientista social dos nossos dias deveria ignorar.

O enredo é típico pelo drama que os judeus sempre tiveram que enfrentar durante os milênios que viveram nas diásporas. Quantas vezes sua salvação dependeu das boas graças dos poderosos, e sua destruição, do ódio de personalidades influentes. A coisa mais objetiva do mundo, a vida de todo um povo, dependendo, pelo menos em grande parte, do que há de mais subjetivo, de simpatias e antipatias, de amores e ódios dos que detêm o poder nas mãos!

Este aspecto subjetivo do antissemitismo – certamente não o único – é apresentado com impiedosa clareza. Não menos bem caracterizados do que tais aspectos da etiologia do antissemitismo, aparecem determinados meios de defesa, não menos pessoais do que as formas de ataque, que se baseiam em relações individuais, políticas e sociais. Tal modo personalista de defesa não pode, de forma alguma, ser desprezado ou julgado impatriótico, pois apenas aceita o desafio nos mesmos termos do atacante. Impatriótico, sim, é o antissemita colocar paixões pessoais acima dos interesses da pátria, não obstante os ares de patriotismo que geralmente assume.

Invariavelmente, o antissemitismo tem privado as nações de muitos dos seus mais capazes e melhores servidores. Em nenhum país onde os judeus tenham vivido, deixaram de prestar relevantes serviços à economia ou às ciências, às artes ou à literatura. Eliminar esta contribuição significa empobrecer o país. O próprio personagem principal do Livro de Ester, Mordekhai, o líder dos judeus persas, que o todo-poderoso primeiro-ministro Haman pretendia eliminar juntamente com todo o seu povo, por razões totalmente pessoais falsamente apresentadas ao monarca como patrióticas; o próprio Mordekhai contava com gloriosas páginas no livro de mérito do palácio imperial, por haver descoberto uma trama que bem poderia ter custado a vida do imperador.

Mordekhai aciona todos os meios de que dispõe, seu relacionamento, sua posição e sua influência, exclusivamente para defender o seu povo. Modernamente, diríamos que o *lobby* que criou contra os ataque antissemitas, não apenas não pode ser condenado por motivos nacionalistas, mas, bem ao contrário, deve ser julgado meritório ao contrabalançar atitudes pessoais altamente prejudiciais à nação.

Como todos os judeus do mundo, nós, brasileiros, deveríamos ler muito atentamente *Meguilat Ester*. Talvez cheguemos a compreender que toda e qualquer ação personalista, como a empreendida por Mordekhai, não pode resultar em nada sem contar com a solidariedade monolítica do grupo em favor do qual atuou. Assim, também, os objetivos importantes de cada uma das entidades judaicas só poderão ser alcançados com sucesso duradouro se enquadrados no objetivo maior do bem comum. Bem comum em que se incluem as metas comuns de uma educação judaica, para jovens e adultos, de uma moral comunitária indiscutível e de uma atitude de inquebrantável solidariedade para com nossos irmãos.

Yetziat Mitzrayim

Em nossos dias desenrolam-se várias tragédias. Quanto mais nos inteiramos dos seus pormenores, mais tristes ficamos. Dizem as notícias que a guerra de Biafra custou a vida a mais de dois milhões de pessoas, em grande parte crianças, mulheres e idosos, e que tantas mais são ameaçadas pela fome, por doença e pela vingança dos vencedores. No Vietnã, país infeliz que há vinte e cinco anos não encontra a paz, e cuja população é progressivamente devastada pela violência, as perspectivas não são menos tristes. Para não mencionar a guerra latente no Oriente Médio que exige inúmeros sacrifícios de Israel e de seus vizinhos.

Tudo isto nos ocorre ao lermos na porção bíblica deste *schabat*: "Porque tenho tornado inflexível o seu coração e o coração dos seus servos, para impor o meu cunho nele. E para que contes aos ouvidos dos teus filhos e dos filhos dos teus filhos as coisas que obrei no Egito, o cunho que impus neles; para que saibas que eu sou o Senhor" (Êx. 10:1-2).

À primeira vista esta passagem choca. Centenas de milhares de pessoas, na sua maioria inocentes que jamais ouviram o que se passa entre o seu faraó e Moisés, milhares de pessoas inocentes têm que morrer para que tu possas contar aos ouvidos dos teus filhos e dos filhos dos teus filhos as coisas que Deus obrou no Egito.

É verdade! Se o faraó tivesse respondido a Moisés "Você tem razão, compadre; peguem as suas mulheres, os seus filhos e todos os seus bens e vão servir a Deus no deserto como vocês pretendem", muitas vidas teriam sido poupadas, mas de outro lado os espíritos céticos de todos os tempos teriam dito: Naquele êxodo no Egito não houve nada de especial. Foi uma negociata entre o faraó e Moisés, assim como tudo que acontece entre os homens e que às vezes parece importante, não passa de negociata entre pessoas poderosas. Estamos bastante acostumados a este tipo de argumentação.

Mas a história é mais que uma sequência de negociatas entre os poderosos. Todas as filosofias modernas da história, da concepção idealista de um Hegel até a concepção materialista de um Marx, concordam em afirmar que acima das vontades, dos egoísmos, dos êxitos e dos fracassos de indivíduos e grupos, há grandes linhas de evolução histórica, nas quais os indivíduos querendo ou não, se enquadram. O próprio conceito de história distingue-se por este fato fundamental da simples cronologia. Toda história é aberta à interpretação; a simples cronologia não o é.

É muito importante lembrar-se, de vez em quando, que a grande ideia de uma história universal constitui a maior contribuição do judaísmo para a cultura humana. A ideia de que a sequência dos acontecimentos pode ser explicada à luz de determinados critérios foi pela primeira vez concebida na Israel dos profetas, e concretizada na redação dos livros históricos da nossa Bíblia. Ali, a superior vontade de um Deus universal leva, não apenas Israel mas toda a humanidade, a um estágio final de justiça e felicidade. Os indivíduos, os grandes e poderosos assim como os pequenos e fracos, são apenas protagonistas de uma grande *mise-en-cène*, muitas vezes acreditando, erroneamente, conseguir grandes êxitos pessoais, enquanto, na realidade o que Hegel chama *List der Geschichte* (malícia da história), os aproveita num sentido por eles jamais imaginado.

A *Yetziat Mitzrayim* (saída do Egito), que relembramos a cada véspera de *schabat* no *kidusch (zekher litziat Mitzrayim)* representa para o judaísmo *o acontecimento histórico* por excelência. Nele se configuram, com a máxima clareza, a profunda discrepância que há entre os intuitos humanos e o desenvolvimento histórico. O relato das dez pragas e, especialmente, a observação de que Deus torna inflexível o coração do faraó para poder impor-lhe o cunho de sua vontade superior, vem ensinar-nos o profundo abismo entre as intenções dos indivíduos e o sentido do desenvolvimento, discrepância cuja compreensão é fundamental para entender-se o que é, propriamente, a história.

E a aparente crueldade da história que sacrifica dezenas de milhares de vidas inocentes, dá abertura para uma grande esperança: Que estas vidas não se perderam em vão, nem as dos egípcios, nem as de Biafra nem as do Vietnã, mas que todo este sofrimento se enquadra no curso de um desenvolvimento histórico, cujo significado será pesquisado e compreendido por gerações futuras.

A Procura do Porquê

Mais uma vez *Pessakh* está diante das portas, as duas noites do *Seder* em que a família toda reunida tenta responder às perguntas das crianças a respeito do "porquê" de tudo isso. É evidente que, frente à tremenda seriedade da vida, somos todos crianças, todos estamos inseguros.

Coitados daqueles que já sabem tudo, para quem todo o cerimonial do *Seder* é uma eterna, uma enfadonha repetição. Enfadonha, porque não conseguem penetrar além do formalismo de algumas cerimônias desta noite tão rica, das quais, é claro, não tirarão proveito algum.

Contudo o que o *Seder* visa é algo de muito ambicioso: Cada um deve sentir-se como *se ele mesmo* tivesse sido libertado do Egito. Cada um de nós, que vive e não apenas vegeta, já saiu do seu próprio "Egito". Ninguém de nós vive sem libertar-se da opressão, do oportunismo, da rotina diária, para poder chegar a si mesmo. E ninguém de nós se encontrou, sem ter encontrado também a sua origem e o seu destino, como membro do grupo ao qual pertence historicamente.

Viver é libertar-se e libertar-se é criar e compreender, criar um mundo melhor a partir da plena compreensão do valor e da dignidade da pessoa humana. Somente livre, o homem pode ser criativo; somente quem já conseguiu libertar a si mesmo sabe avaliar a importância da liberdade e colaborar criativamente para gerar as condições necessárias para ela.

Para os nossos antepassados boa parte da Torá decorria diretamente da vivência da libertação do cativeiro no Egito. A atitude de

A PROCURA DO PORQUÊ 227

construtiva compreensão, assumida pela Torá para com o oprimido, o pobre, a viúva, o órfão e mesmo a identificação com os sentimentos do estrangeiro lhes pareciam óbvios, "pois estrangeiros fostes na terra do Egito". O próprio *schabat* é *zekher litziat Mitzrayim*, uma "recordação da saída do Egito".

Claro que a saída do Egito oferece lições não menos importantes para os problemas atuais do Estado de Israel, para o nosso relacionamento para com a minoria árabe dentro do país e para com o mundo árabe lá fora; para o assim chamado "problema dos palestinos"; para as nossas obrigações para com as minorias judaicas nos países hostis a Israel e/ou ao judaísmo.

Neste mundo atrapalhado de hoje, aparentemente, não faltam questões que se relacionam com o "por quê" da libertação do povo judeu da escravidão no Egito, com o "porquê" que deve ser perguntado por um jovem, seja qual for a sua idade, e para o qual uma resposta deve ser procurada. Mas, enquanto que, como nos conta a *Hagadá* de *Pessakh*, R. Eliezer, R. Yehoschua, R. Elazar ben Azarya, R. Akiva e R. Tarfon, num mundo bem menos complexo do que o nosso, tiveram que discutir tanto a respeito da saída do Egito, noite adentro, que seus alunos, de madrugada, tiveram que lembrar os mestres de que a hora do *Schemá* matutino já chegara, nós numa época em que o "porquê" se tem tornado extremamente problemático, sentimos tédio ao repetirmos, mecanicamente, cada ano, as mesmas frases cujo sentido continua afastado de nós, assim como nós continuamos afastados da vivência humana e judaica do problema de *Pessakh*.

Continuamos afastados, ou somente não conseguimos formular as nossas perguntas como o *tam*, o ingênuo entre as quatro crianças que a *Hagadá* nos coloca como um exemplo? O *Seder* é a oportunidade de quebrar o gelo e de externar as nossas dúvidas. Quem sabe, uma discussão um pouco mais prolongada, ao redor da mesa do *Seder* faça surgir uma resposta, alguma luzinha a respeito do "porquê".

O *Seder* é o grande desafio para a nossa criatividade como judeus e seres humanos. Vamos aceitá-lo?

Neste Iom Haatzmaút:
A Lembrança dos Pioneiros

Segundo a tradição judaica, quando celebramos um jubileu ou um aniversário, a partir do aniversário da criação do mundo, em *Rosch ha-Schaná*, recomenda-se tentar uma recordação do passado, que inclui uma prestação de contas dos atos, das tendências e dos fatores que possibilitaram o que está sendo comemorado. Em nenhum outro dia isto nos parece tão válido quanto em *Iom Haatzmaút*, jubileu da data em que o Estado de Israel se tornou independente, a maior e mais profunda transformação pela qual o nosso povo passou nos últimos dois mil anos. Dezenas de gerações de judeus esperavam ansiosamente por este acontecimento, fechando, no entanto, seus olhos para sempre, sem poder presenciar o abençoado momento: Enquanto que a nossa geração, sim, foi privilegiada em presenciar o retorno a Sião que, durante tanto tempo, foi apenas um sonho.

Tentemos, então, nos abandonar, por um instante, às lembranças, no intuito de encontrarmos inspiração para o futuro. E, ao perscrutar o movimento passado do *Estado de* Israel, o nosso olhar logo se fixa no "pioneirismo", sem o qual a história do sionismo e sua culminação na Declaração da Independência não teriam sido possíveis. "Pioneirismo", *halutziút*, significava abnegação, dedicação incondicional ao ideal escolhido: A criação de uma pátria para um sofrido povo que tinha sobrevivido com grandes dificuldades a um exílio de quase dois mil anos.

Foi decisiva na história do sionismo a ideia do *Hekhalutz*, organização mundial de jovens pioneiros a serviço da reconstrução do Estado

NESTE *YOM HAATZMAÚT*: A LEMBRANÇA DOS PIONEIROS 229

de Israel: A criação, pela primeira vez na história da humanidade, de um exército que não serviria à destruição e à guerra, mas à construção e à paz, um exército de operários em prol da reconstrução de Israel, cujos soldados se comprometiam a se estabelecer em Israel quando chamados.

E a ordem social que deveria ser edificada na nova pátria seria também uma nova ordem, mais justa, abolindo para sempre a exploração do trabalho alheio. Cada membro do *Hekhalutz* comprometia-se a viver exclusivamente pelo seu próprio trabalho. Tudo isto fazia parte do objetivo maior do movimento: A criação de uma nação judaica soberana em sua própria terra, na base dos conceitos de justiça social e de solidariedade humana, preservados no íntimo da consciência nacional, de tempos bíblicos até os dias de hoje.

Mais do que em qualquer época do passado precisamos hoje do espírito do *Hekhalutz*, de um espírito de pioneirismo, senão da sua organização propriamente dita. São imensas as dificuldades que o jovem estado enfrenta: Uma inflação galopante, preocupações graves com a segurança e não menos graves com a unidade interna do povo, ameaçada por acirradas lutas políticas e desentendimentos entre as múltiplas etnias. Mas, seguramente, as dificuldades de hoje não são maiores do que eram no começo da década de vinte quando surgiu o *Hekhalutz*: Um pioneirismo a favor do povo poderia, novamente, unir os judeus de todas as procedências e convicções políticas.

O idealismo dos nossos pioneiros de agora em diante, deveria concentrar-se nas cidades. Em março de 1982 perguntei, na minha coluna do jornal *Resenha Judaica*: "Por que não instituir, para esta fase ulterior da realização sionista, grupos industriais, cujos membros, como os *halutzim* (pioneiros) criariam uma produção industrial em bases coletivistas ou cooperativistas, sem o egoísmo da competição capitalista e sem a discriminação entre proprietários e servidores? Grupos industriais não poderiam ter o mesmo sucesso econômico e social que os *kibutzim* agrícolas? Por que não criar, nos mesmos moldes do *Keren Kayemet Leisrael* um *Keren le-Taassiat ha-Am*, um fundo destinado à criação de uma indústria do povo?"

Neste trigésimo sétimo aniversário da Independência do Estado de Israel, muitos ativistas certamente se lembrarão do que *halutziut*, o pionerismo, criou em Israel e que as tarefas que desafiam a pioneira e o pioneiro estão longe de terem-se esgotado. Já nos tempos do *Hekhalutz* foi na diáspora que o pioneirismo encontrou um dos seus mais importantes campos de atuação, preparando a juventude halutziana para a sua futura missão em Israel. Este preparo não é menos importante hoje em dia. Faltam enfoques novos e iniciativas inéditas que somente o pioneirismo pode realizar.

Tischá Be-Av:
A Dor e a sua Dignidade

Se já existiu uma criatura cuja vida foi risonha, do início ao fim, indo de sucesso a sucesso, de triunfo a triunfo, jamais conhecendo o fracasso, a desilusão e a dor... tenho, para mim, as minhas dúvidas se foi essa uma vida plena. Pois é somente a dor que nos abre toda uma dimensão da existência, cujo conhecimento nenhum mestre nos pode proporcionar. O encontro com a dor desperta no homem um gênio criador, lutando desesperadamente pelo sentido do que se apresenta como absurdo, sacrificando tudo por um "porquê" ou um "para quê". No encontro com a dor o homem se transforma em instrumento que, sob os toques do destino, faz soar músicas que comovem o próprio fundamento da nossa sensibilidade.

O que foi dito do indivíduo, vale também para os povos. Por isto não compreendo como se pode dizer – e já o ouvi muitas vezes – que hoje em dia, com a existência do Estado de Israel, não há mais motivo para comemorar *Tischá be-Av*, ou seja a destruição do Primeiro e do Segundo Templos, da independência política de Israel, a derrota da resistência de Bar-Kokhbá, a expulsão dos judeus da Espanha, etc. Mesmo se daqui para frente, o futuro de Israel fosse um mar de rosas – infelizmente nada indica que assim seja – mesmo se, como esperam os mais piedosos dentre nós, um dia, em Jerusalém, for reconstruído o Terceiro Templo, mesmo se amanhã os dias do Messias tivessem início, a dor dos nossos antepassados não deveria ser esquecida nem desaparecer de nosso lábios os versos sublimes das Lamentações de Jeremias, das Ziônidas de Iehudá ha-Levi, de toda uma cristalização

TISCHÁ BE-AV: A DOR E A SUA DIGNIDADE

preciosíssima, em poesia e arte, da dor de Israel, sob pena de um empobrecimento espiritual incalculável.

A menos de uma geração distante do maior holocausto de que nosso povo foi vítima – o extermínio nazista de seis milhões de judeus – deveria chocar-nos como leviandade a autossuficiência de quem está convencido de tudo conseguir pelas próprias forças, de quem julga poder dispensar a força moral e emocional que os nossos antepassados documentaram nos momentos da sua dor suprema.

Matematicamente falando, a dimensão da dor e a dimensão da alegria fazem parte do mesmo espaço, do espaço da vivência emocional humana. Sem uma das dimensões a outra perde a plasticidade. Portanto, somente pode realmente apreciar a alegria pela nova vida que hoje brota em Jerusalém, quem sabe sentir a imensa dor do *"Eikhá yaschvá badád..."* das palavras da primeira lamentação de Jeremias: "Como está sentada, solitária, a cidade, antes tão abundante de povo..."

Reflexão de Havdalá

Neste momento de *Havdalá**, quando nos despedimos do *schabat* e entramos novamente na rotina semanal, cabe uma pequena reflexão sobre a maravilhosa ideia que não se expressa somente no dia de *schabat*, mas também em outros períodos do tempo, nos anos sabáticos e nos anos do jubileu: Um princípio que ritma o tempo em vista da libertação social e econômica do homem. Eis algumas palavras sobre o "princípio sabático".

O mandamento do *schabat* foi a primeira legislação trabalhista do mundo. Mas para penetrar mais fundo no significado do *schabat* na cultura judaica, examinamos, inicialmente o próprio "mandamento do *schabat*", o quarto do Decálogo. Ele nos é transmitido em duas versões, no capítulo 20 do livro de Êxodo, o segundo livro de Moisés e no capítulo 5 do quinto livro de Moisés, o Deuteronômio. Os textos variam de forma fundamental: Enquanto que a versão do Êxodo apresenta uma motivação do mandamento do *schabat* que parece teológica: "Porque em seis dias fez o Eterno os céus e a terra, o mar e tudo que neles há e, no sétimo dia, descansou. Por isso abençoou o Eterno o dia do *schabat* e o santificou" (v. 11). O texto do Deuteronômio, por sua vez, apresenta uma versão que parece exclusivamente social: "Para que teu servo e tua serva descansem como tu. E lembra-te que foste servo na terra do Egito e que o Eterno, teu Deus, te tirou dali com o braço estendido. Por isso o Eterno, teu Deus, te ordenou que guardasses o dia de *schabat*..."

---

* Em hebraico significa "separação" ou "diferenciação". (N. de E.)

REFLEXÃO DE *HAVDALÁ* 233

(vv. 14 e 15). Esta grande divergência das motivações do mandamento de *schabat* deverá ser eliminada por uma interpretação adequada.

Com relação à interpretação aparentemente teológica: Como pode falar-se de um "descanso" de Deus que, na Sua onipotência, jamais Se cansa e Quem, segundo o salmo 121, v. 4, que tão frequentemente cantamos, *hine ló yanum veló yischan schomer Israel* – "Eis que jamais cochila nem dorme o Guarda de Israel..." Outra dificuldade que uma interpretação adequada do princípio sabático deve resolver.

E, finalmente, na conclusão do relato da Criação diz a Torá: "E foram terminados os céus e a terra e todas as suas hostes. E terminou Deus no sétimo dia a obra que tinha feito. E Deus abençoou o sétimo dia e o santificou..." (Gn. 2, 1-2). Como pode Deus ter descansado e terminado Sua obra no mesmo dia? Uma terceira dificuldade que aguarda solução.

Para compreender melhor o princípio sabático, devemos, antes de mais nada, entender o que é compreendido por "trabalho". A Mischná enumera 39 trabalhos (*Schabat*, VII, 2) proibidos e o Rabino Samson Raphael Hirsch, uma das autoridades ortodoxas mais lúcidas da modernidade, caracteriza esses trabalhos como segue: "Trabalho é toda atividade que visa a imprimir a uma coisa ou a um estado de coisas uma feição permanente tal que, doravante, se tornem utilizáveis para uma finalidade desejada por nós..." Em nossa linguagem: Trabalho é sempre trabalho de produção econômica.

O trabalho de produção econômica, por mais indispensável que seja para o sustento da sociedade e do indivíduo, causa distorções muito sérias de vários tipos: Através do que hoje se chama "divisão do trabalho" – muitos executam, poucos planejam e dirigem e menos ainda possuem os bens de produção necessários – o trabalho de produção econômica cria forte desigualdade social e econômica, "alienação do trabalho", sendo o trabalhador escravo do seu trabalho ao invés de ser seu proprietário. Mas além disso, o trabalho de produção econômica resulta numa total distorção de valores: No seu processo o que vale é a utilidade e a eficiência, deslocando os demais: Os da verdade, da bondade, da beleza, da solidariedade humana, etc. O princípio sabático visa a corrigir periodicamente estas distorções. No *schabat* não há mais desigualdade social e econômica. Todos os judeus, ricos e pobres, poderosos e humildes, fazem parte do príncipe Israel que vai recepcionar sua noiva, a princesa *schabat*. No dia de *schabat* utilidade e eficiência nada valem e sim o estudo, o convívio familiar, a solidariedade humana, a canção e a música e os valores estéticos.

Com esta interpretação desaparecem todas as contradições que temos apontado. A divergência entre "interpretação teológica" e "interpretação social" desaparece e, ao mesmo tempo, o disparate do "descanso de Deus". Deus parou de trabalhar não porque estivesse cansado e precisasse descansar, mas para avaliar e apreciar o que tinha feito,

234 NAS SENDAS DO JUDAÍSMO

colocá-lo no contexto dos Seus propósitos, dando ao trabalho o seu sentido e, dessa forma, transformando-o em "obra". Somente parando o trabalho é possível transformá-lo em obra. Assim desaparece outra contradição aparente: No mesmo dia Deus descansa e termina a Sua obra. Ora, somente distanciando-se do trabalho, parando-o, é possível acabá-lo, transformá-lo em obra.

Deus "descansou" não porque estava "cansado", mas para manifestar a Sua superioridade de Criador diante da Sua criação. Este é o direito de todo criador humano também, de todo trabalhador, do mais humilde ao mais prestigiado: De periodicamente conscientizar-se da sua superioridade com relação ao trabalho realizado. Dessa forma, a motivação aparentemente "teológica" do livro de Êxodo torna-se também social: Deus, no sétimo dia manifestou a Sua dignidade de Criador, dignidade que cabe a quem quer que trabalhe. E a motivação social do livro de Deuteronômio é, também, profundamente religiosa: "Deves lembrar-te que foste escravo no Egito e que Deus te libertou." A liberdade da pessoa humana é a semelhança com Deus com a qual o Criador privilegiou a Sua última obra, o homem. Com ela coroou a criação toda que Ele quer preservar a todo custo. A liberdade como exigência divina é uma ideia não apenas social, mas profundamente religiosa.

A solução de todas as dificuldades apontadas já é um forte indício da procedência dessa interpretação do princípio sabático. Mas como se isto não bastasse, ela ainda é confirmada pela sua plena aplicabilidade a outros períodos sabáticos: Ao ano sabático e ao ano do jubileu, o quinquagésimo ano depois de sete anos sabáticos.

No ano sabático, a desigualdade social e econômica, causada pelo trabalho de produção econômica, é corrigida de forma bastante radical. Nele está suspenso todo trabalho da terra, do plantio à colheita, e o que cresce pertence a todos: Cada um pode entrar em qualquer propriedade e pegar o que precisar e nem o próprio dono pode, na sua terra, pegar mais do que precisa no momento, não pode colher sistematicamente. Além disso, caducam neste ano todas as dívidas, outra distorção grave, social e econômica, do trabalho de produção econômica.

E, depois de sete anos sabáticos, vem o ano do jubileu em que prevalecem não apenas as disposições para o ano sabático já mencionadas, mas em que toda propriedade agrícola vendida – geralmente também em consequência do empobrecimento de um agricultor, fenômeno de extrema desigualdade econômica e social surgido durante o processo de produção econômica – retorna aos antigos donos e quando todos os escravos – que na maioria venderam a sua própria pessoa devido a uma forte desigualdade econômica, causada pela produção – voltam à liberdade.

O princípio sabático introduz ao tempo um poderoso fator redentor econômico e social, um elemento de dignificação humana. Submete a economia e o tempo natural às mais profundas aspirações humanas. É um princípio de eterno valor, de eterna atualidade, um princípio que, mais que qualquer outro, honra a nossa tradição judaica. É *or ve-simkhá* (luz e alegria), para todos que o compreendem.

A Fonte

Pois a bênção no sábado é fonte de toda benção e ele é o fundamento do mundo[1].

Rabi Mosché ben Nakhman referiu-se à "benção no sábado" como "fonte de toda benção". Por que não tentar aproximar-se desta fonte e ver se de fato podemos colher dela algo de atual e precioso, não obstante ser o sábado, como exigência de um dia de descanso semanal, quase que mundialmente aceito hoje e, portanto, aparentando ter esgotado as suas forças renovadoras? Talvez encontraremos ali águas novas, ainda não aproveitadas na regeneração de uma humanidade cansada e sofredora.

Soa-nos a voz do quarto mandamento (Êx. 20,11): "Pois em seis dias fez o Eterno o céu e a terra, o mar e tudo que nele há e descansou no sétimo dia; por isso o Eterno abençoou o dia do sábado e o santificou." Mesmo reconhecendo que deve ter sido um trabalho imenso, esta criação do mundo em seis dias, mesmo que estes "dias" de Deus significassem, em nossa contagem séculos, milênios ou centenas de milênios, podemos realmente presumir que Deus tenha ficado cansado e necessitado do sábado para a regeneração das suas forças? O "cansaço" de Deus não se coaduna com as concepções que temos d'Ele. Não poderia ter criado mais outro mundo, mais dois ou muitos sem se cansar na Sua onipotência? Há motivo para desconfiar deste "descanso" que parece por demais humano para ser atribuído a Deus. Não haveria por detrás dele algo menos parecido com a fraqueza humana que motivasse a rigorosa pausa que Deus Se

---

1. Rabi Mosché ben Nakhman, *Comentário ao Primeiro Livro de Moisés*, 2,2.

A FONTE 237

impôs? É a primeira dúvida que deixamos pendente na esperança de encontrar a sua solução mais adiante.

Mas há uma versão bem diferente que encontramos em Deuteronômio 5,14:

> E o sétimo dia é sábado para o Eterno, teu Deus, não deverás executar nenhum trabalho, nem tu, nem teu filho e tua filha, e teu servo e tua serva e teu boi e teu asno, e todo o teu gado e o estrangeiro que se encontra dentro das tuas portas, *para que descanse o teu servo e a tua serva como tu.*

A razão dada aqui para a instituição do sábado é inteiramente humana e social. Deus aparece neste contexto como protetor da humanidade que criou. O Deus dos Exércitos e Senhor da História que findará na justiça e no reconhecimento universal dos direitos do homem; portanto volta-se para os fracos e os pobres bem antes de se dirigir àqueles em posição de comando.

Uma segunda questão desafia-nos e que esperamos ver respondida no decorrer destas considerações: Como harmonizar duas motivações aparentemente tão diferentes, formuladas nas duas versões citadas do Decálogo para o descanso sabático: A motivação teológica que nos estipula o exemplo de Deus que no sétimo dia repousou do esforço dos seis dias de criação, com a motivação social que faz da necessidade dos homens, principalmente dos pobres e dos dependentes, a razão de se impor um dia de descanso e de recreação para todos?

A observação sutil dos exegetas apegou-se especialmente a uma das diferenças entre as duas versões que facilmente escaparia à atenção do leitor ingênuo: "Lembre-se do dia do sábado para santificá-lo", reza o segundo livro de Moisés, "Guarde o dia do sábado para santificá-lo", diz o quinto livro. *Zakhór veshamór bedibúr ekhád,* "Lembrar e guardar num único pronunciamento"! De fato esta coincidência leva a pensar. Forneceria o ponto de partida para uma investigação do papel, da recordação da ideia de História em geral, na constituição da lei e da moral na Torá. Outra fonte preciosa, quem sabe, que no momento temos que deixar de lado por caminharmos em outra direção.

"Lembrar e guardar num único pronunciamento" recebeu uma interpretação dos rabinos que é de interesse imediato para as presentes reflexões. "Lembrar" é um mandamento, e "guardar", uma proibição. A Lei divide-se em 248 mandamentos ou *mitzvót assé,* que prescrevem uma ação positiva e 365 proibições ou *mitzvót ló assé,* que vedam alguma coisa. "Lembrar e guardar num único pronunciamento" significa, portanto, que a instituição do sábado é mandamento e proibição ao mesmo tempo. Como isto é possível? Um mesmo pronunciamento pode ser, simultaneamente, mandamento e proibição? Eis aqui uma terceira dificuldade cuja solução esperamos dos resultados das presentes reflexões.

É impossível chegar-se a uma compreensão completa da significação do conceito "sábado" se nos restringirmos à sua configuração como sétimo dia, dia de descanso e de recreação, a ser "lembrado e guardado" pelos homens. "Sábado" é também o sétimo ano cujo estatuto atinge o homem nas suas relações de produção e na sua vinculação com o seu meio de vida mais importante, a terra. E após sete anos sabáticos, no quinquagésimo ano, no ano do jubileu, todos os filhos de Israel recuperam, definitivamente, a sua liberdade humana e a sua liberdade econômica conjuntamente (Haverá quem estranhe tais conceitos na interpretação do sábado. Mas somente uma terminologia corrente em nossos dias e referente aos nossos próprios problemas pode realmente ensinar-nos, homens do século XX, o que o sábado pode significar para nós dentro daquilo que sempre significou. Pois toda geração compreende as eternas essências na sua, e somente na sua, linguagem).

Examinemos um pouco mais de perto o sábado como sétimo ano. "Seis anos semearás o teu campo e seis anos cortarás o teu vinhedo e recolherás o seu produto; e no sétimo ano haverá um sábado dos sábados para a terra, um sábado para o Eterno; o teu campo não semearás e o teu vinhedo não cortarás" (Lv. 25, 3-4). Seis anos a terra deve trabalhar e o lavrador nela laborar e no sétimo ano a terra descansará, como descansa, no sétimo dia, o homem.

Mas a terra não é um ser vivo necessitado de descanso como o homem e os animais. Por que este descanso sabático para a terra? Um quarto problema a ser resolvido.

Os pragmatistas dirão que o descanso da terra serve para restituir-lhes as suas forças produtivas. Não fora praticado, durante toda a Idade Média, o ciclo dos três campos, deixando-se em repouso, anualmente, um campo em cada três, para não esgotar a fertilidade da terra? No nosso caso, contudo, esta explicação não se impõe. Se a lei do sábado fosse ditada somente por razões de utilidade agrícola, teria sido bem irracional decretar o descanso de toda a terra após período tão longo, ao invés de interromper o uso de parte dela em intervalos bem mais curtos. De toda maneira, a qualificação do ano de descanso da terra como sabático, com todas as implicações teológicas, sociais e humanas que compreendemos neste termo, torna insuficiente uma interpretação exclusivamente utilitária. Uma tal motivação que visasse apenas ao favorecimento do trabalho do cotidiano contrariaria a rigorosa suspensão, pelo sábado, de todo trabalho e de tudo quanto com ele se relacionasse.

Um característico muito importante do ano sabático e sem ligação aparente com as suas funções de assegurar descanso e recreação a todos, é o afrouxamento das relações de propriedade que o ano sabático traz consigo. Tudo que cresce na terra não trabalhada é para ser colhido por quem necessitar de alimento para servir "de comida a ti, ao

A FONTE 239

teu servo e a tua serva, ao teu assalariado, àquele residente que mora contigo." (Lv. 25,6) Além disso, o sétimo ano é o ano de remissão em que todas as dívidas devem ser perdoadas. "Todo credor remeta o que tem emprestado ao seu próximo. Não pressionará o seu próximo e o seu irmão, pois proclamou-se remissão ao Eterno." (Dt. 15,2) Todas as relações de crédito e de débito, resultado opressor das relações de propriedade particular, desaparecem, e de novo os homens se defrontam como seres humanos com direitos iguais.

Como se relaciona este afrouxamento das relações de propriedade com o descanso da terra? Uma quinta pergunta que aguarda resposta.

A relação mais repugnante de propriedade de seres humanos, a escravatura. Antes de qualquer outro afrouxamento das relações de propriedade, a servidão deve ser abolida. É precisamente isto o que acontece: No sétimo ano todos os escravos israelitas tornam-se livres.

O homem, no entanto, pode preferir a servidão à liberdade, a segurança econômica e as relações humanas estabelecidas desde longo tempo, às incertezas da liberdade. Neste caso a sua orelha será perfurada publicamente junto ao poste da casa do seu amo, e ele permanecerá servo até o ano do jubileu.

Aquele ano, o sábado dos anos sabáticos, o ano que virá após cada sétimo ano sabático, o quinquagésimo ano, trará liberdade irrevogável e obrigatória. Mas novamente uma estranha coincidência: Além de livrar todo Israel, queira ou não queira, dos grilhões da servidão, o ano de jubileu torna sem efeito, também, todas as vendas de terras na zona rural do país. Todos os campos vendidos em qualquer época do cinquentenário, retornarão aos antigos donos. Uma última e decisiva pergunta se impõe: Como explicar a vinculação da liberdade com a propriedade de terras?

Vemos, pois, a significação do sábado transcender amplamente a de um simples dia de descanso, mesmo considerado este no seu alcance social. Traz consigo a libertação dos escravos, a remissão das dívidas e a anulação de todas as alienações de terra, principal meio de produção daqueles dias. Como reunir todos estes significados num único conceito? O que será, realmente, a significação do sábado cuja benção é tida por Nakhmânides como fonte de toda benção, e cuja importância considera tamanha que o julga "fundamento do mundo"?

A chave do problema reside na compreensão do termo "trabalho" que o sábado suspende rigorosamente e do qual corrige as distorções, o endividamento, a servidão e a desigualdade social.

Não é toda atividade que deve ser considerada "trabalho" nem é toda ação que o sábado proíbe. O estudo da Torá, mesmo o mais difícil e fatigante, não é vedado. Pode-se carregar uma poltrona pesada do primeiro andar da casa para o rés-do-chão, sem quebrar o sábado. Mas acender um fósforo? Isto não!

240 NAS SENDAS DO JUDAÍSMO

Elaborada no Talmud e codificada no *Schulkhán Arúkh* de Iossef Karo há uma legislação muito complexa que define trinta e nove "trabalhos" fundamentais, dando cada um lugar a diversas formas derivadas consideradas segundo a sua finalidade e segundo a sua configuração concreta. Samson Raphael Hirsch extraiu de tudo isto a seguinte definição geral de *melakhá* (trabalho): "Imprimir a um material ou a uma coisa uma feição permanente, de forma que, doravante, tornem-se utilizáveis para uma finalidade desejada e determinada por nós, servindo, portanto, à execução da nossa vontade e dos nossos propósitos"[2]. Diríamos em nossa própria linguagem: *Melakhá* é uma atividade conscientemente intencional que intervém na ordem natural ou social a fim de provocar alterações permanentes a favor da produção ou apropriação de algo que se afigura como um bem a quem executar o "trabalho".

Com esta colocação nos encontramos no ponto de convergência das preocupações do homem contemporâneo. No pensamento moderno, político e econômico, o conceito de trabalho assume um papel de importância crescente até constituir o fundamento de todo valor. Já que a compreensão do conceito de trabalho é básico para compreendermos o sábado, a vasta literatura de teoria política e econômica que fundamenta e critica as instituições em que vivemos, pode lançar uma luz valiosa e original para o significado do sábado precisamente para o homem moderno, colher com vasilhames atualizados, da velha e valiosa fonte uma água nova e preciosa.

Já em 1690 John Locke fundamentou o direito à propriedade particular pelo trabalho[3]. Defendeu, também, a acumulação de bens que já não se basearia mais, necessariamente, em trabalho próprio, mas na possibilidade de utilização do trabalho alheio teorizando, assim, o pensamento de uma burguesia em prodigiosa ascensão numa primeira expressão político-econômica do liberalismo. Rousseau já previa o caminho que este tomará:

O primeiro que, tendo cercado um terreno, chegou a dizer: isto é meu! e encontrou gente bastante ingênua para aceitar tal fato, foi o verdadeiro fundador da sociedade civil. Quantos crimes, guerras e assassinatos, quanta miséria e quantos horrores poderiam ter sido poupados ao gênero humano se alguém tivesse arrancado as estacas ou preenchido as valas e gritado para os seus semelhantes: "Tomem cuidado, não escutem este impostor; perder-se-ão ao esquecer-se que os frutos são de todos e a terra não é de ninguém!"[4].

2. *Comentário ao Pentateuco*, Ed. J. Kaufmann, Frankfurt, 1920, p. 208.

3. "An Essay Concerning the True, Original Extent and End of Civil Government", cap. V.

4. *Discours sur L'Origine et les Fondements de L'Inegalité parmi les Hommes* (*Discurso sobre a Origem da Desigualdade entre os Homens*), Librairie Larousse, Paris, 1755.

A FONTE 241

Adam Smith revolucionou a economia política com a afirmação de que todo valor econômico é expressável em termos da quantidade de trabalho contida num objeto. Os prédios de uma fábrica, o seu equipamento e a sua matéria-prima, podendo ser considerados como produtos de processos anteriores de produção, representam, igualmente, determinada quantidade de trabalho que se distingue da mão-de-obra, empregada na mesma indústria, como trabalho objetivado de trabalho vivo. Assim, a generalização de valor econômico com o trabalho atinge uma generalidade absoluta.

Mas foi Karl Marx quem, na sua genial crítica da economia política, demonstrou os efeitos alienadores do trabalho. Fez ver como o trabalho, nas rígidas divisões de tarefas e obrigações que estabelece, marcha para uma progressiva desumanização, que chega ao extremo nas gigantescas indústrias da economia moderna. "Com a valorização do mundo dos objetos aumenta, em proporção direta, a desvalorização do mundo dos homens... Em que consiste, então, a alienação do trabalho? Primeiramente porque o trabalho é exterior ao trabalhador, isto é, não pertence à sua essência que, portanto, não se afirma no seu trabalho, mas se nega, não se sente feliz, mas infeliz, não desenvolve nela uma livre energia física e mental, mas castiga o seu físico e arruina sua mente. Portanto, o trabalhador acha a si mesmo somente fora do trabalho, sentindo-se no trabalho fora de si. Está em casa quando não trabalha e, quando trabalha, não está em casa. O seu trabalho não é espontâneo, portanto, mas forçado. Trabalho forçado. Não representa então, a satisfação de um desejo, mas apenas um meio para a satisfação de desejos que lhe são exteriores..."[5]

Marx não deixa dúvida de que esta alienação é consequência necessária de todos os modos de produção desenvolvidos, até este momento, pelo homem. O trabalho é, portanto, o grande motor do progresso da humanidade, mas ao mesmo tempo, motivo originário da mais profunda infelicidade. É o fator que, segundo Marx, cria o próprio homem, tanto na sua ascendência sobre o mundo animal quanto na sua miséria específica.

Mas jamais foi demonstrado concretamente por Marx como a divisão do trabalho, origem de todo o mal que causa, pode ser eliminada, ainda mais numa sociedade com meios de produção de enorme especialização técnica. A apropriação dos meios de produção pela sociedade não elimina a divisão do trabalho numa produção altamente tecnicizada, e o capitalismo estatal dos regimes que hoje professam seguir a orientação marxista não demonstram o menor sinal de uma diminuição da divisão do trabalho. Muito ao contrário. A burocrati-

---

5. "Öckonomisch-Philosophische Manuskripte, Paris, 1844 – Rowohlts Klassiker, pp. 209-210; *Karl Marx*, col. "Os Pensadores", vol. 35, Abril Cultural, São Paulo, pp. 54-55.

242 NAS SENDAS DO JUDAÍSMO

zação especializada parece aumentar sempre mais e com ela a despersonalização das atividades produtivas. A socialização dos meios de produção, tão benéfica que possa ser para limitar a exploração do homem pelo homem, de maneira alguma eliminou a divisão do trabalho nem a alienação em que resulta, nem a formação de classes sociais.

Estamos convencidos de que a alienação é inerente ao próprio trabalho de produção. Parece não ser possível escapar das suas distorções sem rompimento das categorias do seu funcionamento, sem a eliminação da relação interesseira para com o meio-ambiente que lhe serve como fundamento. A posição monista de Marx, o seu materialismo histórico que reduz todo o universo histórico e humano a uma decorrência do desenvolvimento da produção econômica, não oferece, pois, nenhuma saída legítima para a fuga de uma alienação que esta mesma produção econômica acarreta como consequência necessária.

Para compreender ou criticar uma realidade é preciso colocar-se fora dela. O que fez o próprio Marx ao empreender a sua penetrante crítica da economia política. Toda compreensão requer distanciamento. Em certo sentido, nenhuma obra pode ser considerada acabada antes de ser compreendida. Consequentemente, de certo modo, acabar uma obra implica no distanciamento do processo que levou à sua produção.

Neste sentido expressou-se Abraão ibn Ezra no seu comentário a Gênesis 2,2: "E terminou Deus no sétimo dia o seu trabalho que fez... e terminar um trabalho não é trabalho." Ao terminar a sua obra no sétimo dia, Deus não trabalhou. Contemplou a criação com uma visão alheia a qualquer finalidade produtiva, compreendendo e avaliando, no seu entendimento infinito, o que havia.

Assim, também a realidade humana não é apenas, como pensava Marx, fruto do relacionamento produtivo do homem com o seu meioambiente: Origina-se, também, de um outro relacionamento, contemplativo, cognitivo, normativo.

Como acabamos de ver, a relação produtiva com o meio ambiente que visa ao aproveitamento do existente para fins subjetivos, cria uma atitude interesseira por excelência, transforma tudo que encontra em objeto das suas aspirações, coisifica o próprio homem. Causa, portanto, uma alienação progressiva do homem, não somente de tudo quanto se liga aos seus objetivos, mas ainda de si próprio. O âmbito do homem fica restrito ao âmbito dos seus interesses. Ora, o homem não é apenas *homo faber,* é *homo sapiens,* também! Sabe relacionar-se com o seu mundo numa atitude isenta de toda atividade interesseira que contempla, que admira, que compreende. Neste tipo de relacionamento consegue afastar-se de si próprio, como sujeito interessado, para encarar, de fora, a participação da sua própria pessoa no conjunto das relações reais, nas quais se enquadra, encontrando, assim, uma realidade não afetada pela polarização sujeito-objeto. Vendo-se deste modo incluído nas grandes linhas históricas e cósmicas que estruturam o tempo e o espaço, o homem encontra um sentido para sua própria vida. É a atitude que suspende rigorosamente toda ação produtiva, a única que instaura sentido e significação, fundamentando, assim, a experiência religiosa.

O sábado revela-se, assim, como um princípio universal que vem complementar, acabar e coroar a produção do trabalho, indicar como corrigir as suas distorções e curar as feridas causadas por "uma atividade conscientemente intencional que intervém na ordem natural ou social a fim de provocar alterações permanentes a favor da produção ou apropriação de algo que se afigura como um bem", numa palavra, pelo trabalho. Nenhuma "criação" alcançará o seu sentido, será verdadeiramente acabada, sem uma "recreação" contemplativa, compreensiva e normativa. Nenhum mundo sem o sábado.

Entendido assim, a "benção no sábado" aparece de fato como "fonte de toda benção e ele é o fundamento do mundo".

Nesta altura devemos testar se esta concepção do sábado pode realmente fornecer esclarecimentos válidos aos problemas e às perguntas que acima foram formuladas e deixados em suspenso.

1. Não haveria por detrás do "descanso" de Deus algo menos parecido com a fraqueza humana que motivasse a rigorosa suspensão de trabalho que Deus se impôs no sábado? Certamente não foi porque a Sua potência criadora se cansasse nos seis dias da criação; mas porque o sábado revelou-se um "princípio universal que vem complementar, acabar e coroar a produção do trabalho", porque "nenhuma criação" alcançará o seu sentido sem uma "recreação", porque não pode haver "mundo" sem "sábado".

2. Como harmonizar duas motivações aparentemente tão diferentes, formuladas nas duas versões citadas do Decálogo para o descanso sabático: A motivação teológica que nos estipula o exemplo de Deus que no sétimo dia repousou do esforço dos seis dias de criação, com a motivação social que faz da necessidade dos homens, principalmente dos pobres e dos dependentes, a razão de se impor um dia de descanso e de recreação para todos? O sábado apresenta-se como "exemplo de Deus" por representar "um princípio universal que vem complementar, acabar e coroar toda produção do trabalho", divina e humana. Daí a motivação teológica. Mas é inerente a este "princípio universal" suspender temporariamente as distorções alienadoras produzidas pelo trabalho, e indicar como corrigi-las e curar-lhes as feridas – distorções alienadoras que se manifestam, antes de mais nada, como desigualdade social. Este efeito socialmente equiparador do sábado é a sua motivação social. O mesmo princípio admite as duas motivações: A sua universalidade absoluta e cósmica, a motivação teológica; o seu efeito de corrigir as alienações produzidas pelo trabalho, a motivação social.

244 NAS SENDAS DO JUDAÍSMO

3. Como um mesmo pronunciamento, a instituição do sábado, pode ser, simultaneamente, mandamento e proibição? O sábado suspende, com o mais absoluto rigor, toda espécie de trabalho. Com isso ele apresenta-se como proibição. Mas trabalho, como o definimos, não inclui toda e qualquer atividade. Bem ao contrário: A contemplação, a compreensão e a apreensão normativa também são atividades. Criam todo um universo de preceitos lógicos, éticos e estéticos, um mundo de verdade, de bondade e de beleza. Ora, suspender o trabalho produtivo sem ao mesmo tempo completá-lo, acabá-lo e coroá-lo pela compreensão e pela crítica, seria privar o princípio do sábado daquilo que ele contém de mais essencial. Sem o mandamento que exige uma atividade *sui generis*, a proibição se tornaria vazia e estéril.

4. Por que este descanso da terra que não é um ser vivo e não precisa recuperar-se como o homem e o animal? Mas a terra é o principal fundamento de toda vida e de toda a produção. Retirada das relações de produção, ela volta a sustentar toda a vida independentemente das distorções, provocadas pela sua exploração sistemática. Permanecendo temporariamente fora do processo de produção, a terra se enquadra no princípio universal do sábado, como está enquadrada no mundo e no seu ritmo de produção.

5. Como se relaciona o afrouxamento das relações de propriedade com o descanso da terra? Vimos como Locke já mostrou que toda propriedade decorre, de algum modo, do trabalho. O descanso sabático da terra vem justamente suspender as distorções que o trabalho agrícola produziu nas relações sociais, distorções que se manifestam, antes de mais nada, na desproporção das propriedades. Portanto, o descanso da terra, no ano sabático, perderia o sentido, não afrouxassem, também, as relações de propriedade que o trabalho na terra produziu.

6. Como explicar a vinculação da liberdade com a propriedade de terras? A história moderna do mundo ocidental tem mostrado de maneira extremamente convincente que a maior garantia de igualdade formal, a mais absoluta indiscriminação perante a legislação de um país, não pode libertar aquele que tem que vender o seu trabalho pelo preço do mercado, sem poder alcançar na vida mais do que o absolutamente indispensável para sua sobrevivência física, ficando mesmo esta, muitas vezes, dependente da boa vontade de quem possui os meios de produção. Porque é antes de mais nada nesta divisão entre os donos dos meios de produção e a simples mão-de-obra assalariada que o trabalho produz as suas distorções sociais que o sábado vem remediar, distorções que criam, conjuntamente, o latifúndio e a escravidão. O ano do jubileu como legítima manifestação sabática, suspende a nociva distribuição dos meios de produção entre os homens, a que o trabalho criou, restabelecendo as próprias bases econômicas da liberdade com a distribuição primitiva da terra.

Parte III

Israel e Outros

1. Israel

Fim do Povo Judeu?

Sob este título, a Editora Perspectiva, sob a direção de J. Guinsburg, na sua coleção Debates, apresenta um excelente estudo do grande sociólogo francês Georges Friedmann, publicado originalmente por Éditions Gallimard, Paris, em 1965.

Com toda a técnica e precisão do grande cientista social que é Georges Friedmann, o autor examina a realidade israelense: O papel do *kibutz* numa sociedade que mais e mais se torna afluente; a atuação da *Histadrut*, cooperativa geral de Israel com o seu grande poder, não apenas como representante exclusivo do operariado, mas, ainda, como empresa industrial com feições monopolísticas em vários setores. Sempre com base em pesquisas efetuadas no país, em grande parte por departamentos da Universidade Hebraica de Jerusalém, Friedmann analisa as atitudes sociais e políticas da juventude israelense, dos *sabras* [nascidos em Israel], discute o problema religioso, criado por uma minoria influente que, aproveitando-se da necessidade do maior partido, do MAPAI, de entrar em coligações para formar o governo, consegue impor ao país normas que, em grande parte, contrariam a grande maioria da população. Examinam-se as relações da nova nação israelense com o judaísmo mundial, a questão da minoria árabe, a infortunada hostilidade dos Estados vizinhos e muitos outros problemas que a reconstrução do novo Estado fez surgir.

Os nossos irrestritos aplausos ao livro como análise; trata-se de um trabalho competente, muito bem escrito num estilo simples e compreensível, com ampla comprovação estatística e bibliográfica dos fatos

250   NAS SENDAS DO JUDAÍSMO

apresentados. Realmente acreditamos que todos que se interessem pelo jovem Estado, deverão ler, com bastante proveito, este pequeno livro.

Mas o autor não se satisfaz com a mera exposição de fatos, que são amplamente discutidos por toda parte e "despertam em muitos daqueles a que concernem, mais a sensibilidade do que a razão". Reivindica, também, para si, o direito de "tecer reflexões que se inscrevem no âmbito de uma experiência pessoal" e, portanto, "não pretendem trazer uma resposta dogmática"[1].

Friedmann afirma "a evidente impossibilidade de definir o 'povo judeu' pela religião", como demonstram "as divisões, as dilacerações, o declínio do judaísmo religioso"[2]. De outro lado, conclui o autor que "a integração cívica, cultural e moral de tantos judeus ocidentais nas pátrias de escolha – fato não contestável – teria sido impossível, se houvesse neles [nos judeus] uma consciência nacional judaica"[3]. Não sendo o povo judeu caracterizado pela religião, nem pela nacionalidade, aparentemente perdeu todas as suas particularidades. "Não há fato nacional judaico. Há um fato nacional israelense"[4].

Ali temos de perguntar: Se nem a consciência religiosa, nem uma consciência nacional judaica identificam o judeu, como se explica o "fato nacional israelense"? Surgiu como resultado de um elevado grau de solidariedade dos *halutzim* (pioneiros) com o povo, de um espírito de sacrifício e de dedicação abnegada à causa comum que possibilitou, finalmente, este "milagre" que é a reconstrução do Estado de Israel contra todas as adversidades: Completo abandono e arenosidade da Terra de Israel, terrível falta de água, hostilidade da população residente, maleita que infestava todo o país, ódio dos Estados vizinhos. Friedmann é de opinião que não "foi a atração de uma comunidade que suscitou as vagas de *aliyá* (imigração) para a Palestina, mas o antissemitismo, a insegurança política e econômica"[5]. Julga Friedmann que "afinal de contas, na Diáspora, a judaicidade do judeu assimilado não é mantida... senão pelos não judeus que o consideram judeu"... toda "distinção tende a manter o judeu em sua diferença, a prolongar a sua judaicidade, a frear sua marcha para uma assimilação completa na sociedade de que é cidadão"[6]. Parece a Friedmann que o grupo judeu é tão carente de característicos próprios que "a história dos judeus se torna a história daqueles que os fazem judeus, a história do antissemitismo"[7]. O antissemitismo cria "um sentimento de interdependência,

---

1. *Op. cit.*, p. 212.
2. *Idem*, p. 215.
3. *Idem, ibidem.*
4. *Idem, ibidem.*
5. *Op. cit.*, p. 14.
6. *Op. cit.*, p. 16.
7. *Idem, ibidem.*

FIM DO POVO JUDEU?

entre um sapateiro de Kiev, um operário iraquiano das minas de Timna, um *kibutznik* argentino da Galileia, um banqueiro de Paris e um médico do Brooklin..." É através de um sentimento tão vago de interdependência, e do acaso de possuir um nome judeu que o autor, que faz questão de ser cem por cento francês, se define como judeu: "É através deste sentimento e da marca do meu nome que, cidadão francês, não reconhecendo outra pátria além da França, assumo, e assumirei até o fim, a minha judaicidade como um dado de minha existência, sem orgulho nem provocação, mas, também, sem a menor vergonha ou constrangimento"[8].

Estas palavras que elucidam bem a posição do autor, evidenciam o caráter ideológico das "reflexões que tece", contrastando com o rigor científico das análises precedentes. Friedmann *quer* ser francês, nada mais que francês. Fazer parte de um povo judeu o incomodaria e lhe nega a própria existência. Ser judeu "sem orgulho nem provocação, mas, também, sem a menor vergonha ou constrangimento" é realmente ser muito pouco judeu. A afiliação a um grupo que não suscita em nós nenhum eco emotivo, que não representa nenhum valor humano, não passa de um abstração. Um nome que não é mais que uma simples "marca" certamente não se equipara ao "bom nome", cuja conquista, por meio de uma vida bem vivida, é tão valorizada no judaísmo[9].

Como vimos, Friedmann levou seu argumento até as últimas consequências. Se o povo judeu não passa de fabricação dos seus perseguidores, então a história judaica, realmente, não pode ser mais que a história do antissemitismo. Será que esta conclusão tem validade, na opinião do autor, para toda a história judaica desde a destruição do Segundo Templo, ou se restringe aos últimos três séculos em que o judaísmo se emancipou dos grilhões degradantes do gueto, quando os judeus foram progressivamente aceitos nas sociedades burguesas da Europa, perdendo assim, segundo Friedmann, os seus característicos de nacionalidade? A história judaica começou a identificar-se com a história do antissemitismo somente desde que o judaísmo religioso se cindiu em ortodoxia, tendências liberais e reformistas, numa palavra, a partir do começo do "Fim do Povo Judeu?"

Se alguém pretendesse que não há história judaica desde a destruição da soberania nacional no ano 70, recomendamos-lhe folhear a antologia judaica de doze volumes, editada pela própria Perspectiva sob a direção de Jacó Guinsburg e concluir se há ou não há criação autêntica do gênio judaico nos dois mil anos da sua dispersão. Se a tese do autor fosse válida, estas criações deveriam ter surgido justamente em épocas de perseguição em que as vítimas supostamente se tornam mais judaicas. É precisamente o contrário que acontece.

---

8. *Op. cit.*, p. 242.
9. Compare *Pirkei Avot (A Ética dos Pais)*, cap. 2,7.

252 NAS SENDAS DO JUDAÍSMO

Se, ao contrário, somente em tempos modernos a história judaica se reduz à história do antissemitismo, como explicar os múltiplos fenômenos de uma renovada criatividade do judaísmo na literatura, na filosofia e no pensamento religioso, como motivar a "ciência do judaísmo" que trouxe uma total renovação na compreensão da tradição judaica, justamente numa época de abertura da sociedade europeia, quando era possível, segundo as famosas palavras de Heine, comprar, pelo batismo, o bilhete de entrada à civilização cristã?

Não negamos que a hostilidade ostensiva do mundo ambiente reforçaram o seu sentimento de interdependência, nem que "o antissemitismo, a insegurança política e econômica" mostraram-se um estímulo de grande importância para a emigração para a Palestina. Contudo a mera pressão externa não imprimiu os característicos mais profundos da reconstrução do Estado de Israel, nem determinou a decisão a favor da Palestina e contra Uganda, cuja colonização, ao contrário, prometia ser muito mais fácil e com bem menos problemas políticos e econômicos, uma vez colocada à disposição de Hertzl pelo governo Britânico.

Contrariamente à Friedmann acreditamos que a "judaicidade", termo várias vezes empregado no livro, tem conotações profundamente religiosas, apesar de "divisões e dilacerações" que ritos e práticas sofrem atualmente. Talvez justamente por ser profundamente religioso, o judaísmo não pode se satisfazer com a sua tradição religiosa somente pelo fato desta ser venerável pela antiguidade. A inquietude espiritual, a busca radicalizante de um novo sentido da existência humana, têm sido reconhecidas como fatos religiosos mais fundamentais do que a mera observância pura, para todas as teologias modernas. Portanto, parece-nos um pouco prematuro falar em "declínio do judaísmo religioso", apenas pelas atitudes divergentes que o judaísmo assume frente à observância religiosa, hoje fenômeno comum em todos os países modernos onde, por toda parte, novos caminhos são procurados para a salvação do homem da sua solidão existencial, que em época alguma foi sentida mais crucialmente que em nossos dias.

Tampouco se pode negar a conotação nacional do judaísmo simplesmente por causa da "integração cívica, cultural e moral de tantos judeus ocidentais nas pátrias de escolha". Isto equivaleria negar aos suíços de origem francesa a sua cultura e o seu relacionamento afetivo com a França, a consciência nacional irlandesa de muitos americanos por causa da sua integração na sociedade americana, os característicos particulares de inúmeras nacionalidades que fazem parte, hoje em dia, do Estado soviético.

O homem distingue-se do animal pelo seu dom de liberdade, por poder determinar-se através de múltiplas lealdades que lhe exigem a cada momento uma expressão consciente. Fosse o homem plenamente determinado por lealdades únicas em cada plano da sua vida social, tornar-se-ia uma engrenagem numa imensa máquina e perderia a dignidade humana. É justamente por sentir a sua lealdade nacional para com o povo judeu que se valoriza a sua lealdade para com as suas pátrias de escolha. Alargam-se os seus horizontes e multiplicam-se os motivos do seu grande amor. E se houver conflitos? Então tomará posição, legítima prerrogativa da dignidade do homem e condição indispensável de uma consciência ética.

Há somente um caminho para evitar conflitos: Renunciar à distinção da nossa condição humana e enquadrarmo-nos numa sociedade do tipo colmeia de abelhas, seguir cegamente tudo que um automatismo social inumano nos prescreve, alternativa inaceitável para nós, tanto como judeus, quanto como homens.

Perspectivas do Judaísmo

Toda futurologia, da antiga profecia de Israel até a antecipação científica de hoje, baseia-se no conhecimento profundo da situação e dos processos que a ela levaram. Para falar de forma válida das perspectivas do judaísmo, é indispensável constatar alguns fatos da sua história e das suas características presentes, que não podem deixar de fazer sentir-se também no futuro. Apresentaremos, pois, a seguir, três fatos que nos parecem da maior importância, um relacionado com o surgimento de Israel, um que lhe é essencial através dos tempos e um relacionado aos nossos dias.

Começando com o surgimento dessa realidade histórica que chamamos *Am Israel* – ("povo judeu"), Ben-Tzion Dinur, o grande historiador da Universidade Hebraica de Jerusalém, falecido em 1977, constatou:

> Para os filhos de Israel, a quem a penúria levou ao Egito e que aí foram escravos por muitas gerações, Canaã ainda era a terra dos seus pais e seu próprio país; eles continuaram a ansiar por ela até que, finalmente, sob a liderança de Moisés, deixaram o Egito para se dirigir para lá[1].

Ora, estas mesmas palavras de Dinur são aplicáveis ao povo judeu no século XIX, na época do surgimento do movimento sionista.

---

1. Ben Tzion Dinur, "História Judaica: Singularidade e Continuidade", em *Vida e Valores do Povo Judeu*, coleção Estudos n. 13, São Paulo, Perspectiva, 1972, pp. 6-7.

PERSPECTIVAS DO JUDAÍSMO 255

Somente mudando algumas palavras que se referem aos protagonistas da velha história, teremos:

> Para os judeus, a quem a tragédia histórica levou à diáspora e que ali ficaram oprimidos por muitas gerações, a Terra de Israel ainda era a terra dos seus pais e seu próprio país; eles continuaram a ansiar por ela até que, finalmente, sob a liderança de grandes personalidades, deixaram a diáspora e se dirigiram para lá.

Vejamos a conclusão que Dinur tira da sua afirmação:

> Este rápido levantamento da antiga tradição da consciência histórica judaica mostra que os traços decisivos da sua formação não foram nem o elemento tribal nem o nomadismo. Sem se atribuir raízes autóctones em sua amada terra, ou grandeza política, ou mesmo ininterrupta liberdade pessoal, lembrando sempre o cativeiro, dá ênfase ao processo histórico da sua evolução, até que, com a Lei de Moisés, tornou-se uma "congregação" escolhida por seu Deus para uma determinada tarefa[2].

O que diz esta conclusão, formulada de maneira muito compacta e complexa, mesmo que nela tenham sido omitidos alguns componentes? Os traços decisivos da formação da consciência histórica de Israel *não foram*:

1. O elemento tribal ou, simplesmente, da descendência. Israel *não* é simplesmente a descendência biológica de um determinado núcleo tribal, Israel não é determinado por laços de sangue. As palavras divinas a Abrão: "Sai da tua terra, da tua parentela e da casa de teu pai, para a terra que te mostrarei..." (Gn. 12,1) mostram que se tratava de uma procura de algo que de forma alguma estava definido de antemão.

2. Nem foi o nomadismo o traço característico de Israel; nunca foi nômade pelo nomadismo, pela recusa de se contentar sempre com a mesma terra, mas por procura, por missão.

3. "Sem se atribuir raízes autóctones na sua terra". Israel não se considerava *produto* da sua terra, como muitos outros povos. Não considerava sua tarefa expandir esta sua terra e torná-la um grande império.

4. Não se definindo do ponto de vista tribal, biológico ou racista, nem se identificando com determinadas formas de viver, de se alimentar, de práticas econômicas, nem derivando a sua existência da terra que o teria gerado e conservado, *Israel se definia, desde sempre, a partir de uma procura:* Como congregação formada para determinada tarefa histórica: *Criar uma convivência perfeita entre homens autenticamente humanos.*

Foi esta procura que cunhou a cultura do povo de Israel. Sabemos hoje que a Bíblia não constitui um texto uniforme, escrito por poucas pessoas: Os cinco livros de Moisés, por Moisés, os Salmos por David,

---

2. *Op. cit.*, p. 7.

256 NAS SENDAS DO JUDAÍSMO

o Cântico dos Cânticos, o Eclesiastes e os Provérbios, por Salomão; mas aprendemos que a Bíblia representa uma literatura milenar, com sucessivas tradições, compiladas por sucessivos redatores, até assumir a forma que apresenta hoje.

Por que isto era assim? Um grande estudioso da Bíblia, não judeu, Gerhard von Rad, dá a seguinte resposta:

> O aspecto particularmente complexo dos grandes conjuntos de tradições provém, pois, da reflexão contínua que Israel faz sobre si mesmo através da história. Cada geração se reencontra diante da tarefa sempre idêntica e sempre nova de se compreender como Israel. Num certo sentido, cada geração devia tornar-se Israel[3].

Esta procura jamais cessou: Continuava em tempos talmúdicos na base de um *Tanakh* (Antigo Testamento) já canonizado, em tempos pós-talmúdicos, em que o Talmud já se tinha transformado em autoridade reconhecida, continua hoje com a Bíblia, o Talmud, o *Schulkhan Arukh* e uma imensa literatura religiosa, ética, filosófica, política e mística, já consagrada. O fato de que as grandes obras do judaísmo se completem e se consagrem, não impede que continue a "tarefa sempre idêntica e sempre nova" do povo de "se compreender como Israel".

Antes de passarmos à extrapolação propriamente dita das perspectivas do judaísmo, mais um fato importantíssimo se dá no presente do povo judeu: Falo da estrutura política de interdependência Estado de Israel – Diáspora. Desde que o Estado de Israel foi fundado e é internacionalmente reconhecido, há poucos judeus, sionistas ou não, que não sintam uma profunda ligação de solidariedade para com o Estado de Israel, o Estado judeu ao lado do rio Jordão, na antiga terra dos antepassados em tempos da Bíblia. Desde que o Estado de Israel foi fundado e internacionalmente reconhecido, o mundo identifica os judeus, sionistas ou não, com a causa do Estado de Israel. Hoje de pouco adiantaria a alguém afirmar, com a maior insistência que for capaz, que embora judeu, não é sionista e não tem nada a ver com o Estado de Israel. A opinião pública, explícita ou implicitamente, o identificará com a existência e o destino do Estado fundado e criado por judeus. Aliás, o inverso também ocorre: Ao Estado de Israel, queira ou não, está sendo creditado ou debitado com o que os judeus de todo o mundo fazem ou deixam de fazer. A isso deve ser acrescentado o fato de que, para sobreviver, o Estado de Israel precisa da colaboração e da irrestrita solidariedade dos judeus da diáspora, da mesma forma como, para sobrevivência do judaísmo em todo o mundo, a sorte do Estado de Israel é simplesmente decisiva.

Apresenta-se, portanto, uma nova estrutura política da existência do povo judeu desde a criação do Estado de Israel: Chamaríamos a esta

3. Gerhard von Rad, "Tecnologia do Antigo Testamento", Associação de Seminários Teológicos Evangélicos (ASTE), São Paulo, 1973, vol. I, p. 127.

PERSPECTIVAS DO JUDAÍSMO 257

estrutura política de "interdependência Estado de Israel – Diáspora". O futuro do Estado de Israel jamais pode ser dissociado do que acontece na diáspora e o desenvolvimento do judaísmo mundial depende do futuro do Estado de Israel.

Vejamos agora quais as antecipações que, na base do que foi dito, podem ser formuladas com razoável grau de probabilidade:

1) Na base dos fatos apresentados, será muito difícil, depois da experiência histórica do povo judeu nas últimas décadas, negar simplesmente o Estado de Israel como fator decisivo no conjunto dos fenômenos que caracterizam a vida judaica. O judaísmo, como mera religião, permanecerá restrito aos *slogans* da OLP; ninguém mais dará crédito ao judeu como cidadão americano, brasileiro, francês, de confissão judaica, ao lado dos seus compatriotas de fé cristã, muçulmana, budista ou outra.

2) Tampouco, no entanto, poderá Israel ser considerado uma tribo, comunidade racial ou de sangue, pois o próprio surgimento do povo, assim como a sua longa história caracterizada de contínua miscigenação, não admitem esta suposição.

3) Jamais Israel nasceu ou viveu em função de determinado território, ou do engrandecimento da sua pátria.

4) A destinação do judaísmo não pode ser encontrada no nomadismo, na migração ou na dispersão como inerente a uma missão histórica, talvez a divulgação universal das verdades religiosas do judaísmo. Deixemos o apostolado com os cristãos que, com razão, o encaram como seu papel histórico. O judaísmo não nasceu para pregar verdades, mas para viver verdades, para realizar no seu próprio seio os valores religiosos, políticos, sociais e humanos. Como vimos, o judaísmo somente pode ser compreendido como um grupo histórico que está à procura da sua própria identidade, Israel à procura de Israel, desde os dias de Abraão.

Nesta procura do povo judeu pela sua autorrealização, o Estado de Israel terá que desempenhar uma função primordial: Somente no próprio Estado pode ser realizado o que o judaísmo chama de "Lei": Uma convivência humana baseada na justiça e na verdade, no respeito pela integridade da pessoa humana, no *schalom* segundo a genial fórmula de Raban Schimon ben Gamliel: *Em três pilares sustenta-se o mundo* [social]: *Na justiça, na verdade e na paz.* O que será realizado em Israel terá um acento de autorrealização ou de autoperdição para o judeus de todo o mundo, que jamais poderão abstrair o que acontece no Estado de Israel da sua própria autorrealização como judeus.

Disto já se conclui que o Estado de Israel jamais poderá ser um Estado como os demais, mesmo se o quiser. Não somente que precisará, também no futuro, da solidariedade política, da colaboração financeira e da *aliyá* dos judeus do mundo; desconsiderar a sua ligação com o povo judeu no mundo todo e a sua origem do judaísmo mundial, depois de dois mil anos de dispersão, destituiria o Estado da sua razão de ser, o transformaria num estadúnculo, sem tradições e sem perspectivas, sempre sujeito a naufragar numa das muitas tempestades, em que Estados muito mais poderosos já desapareceram sem deixar vestígios.

A este respeito há uma diferença profunda entre o Estado de Israel e outros Estados nacionais da atualidade. O Estado romeno, por exemplo, pode fazer sua política exterior e interior, cultural e social, sem nada levar em consideração além da opinião do povo que reside dentro das suas fronteiras. O Estado de Israel terá que atuar sempre em função do povo judeu, cuja grande maioria vive fora das suas fronteiras, situação que se prolongará ainda por muito tempo, se jamais surgir o momento em que a maioria do povo judeu estiver concentrado no seu país. Isto não é somente um peso para a política exterior de um país; é igualmente uma garantia que este Estado jamais será um estadinho com visão tapada por interesses demasiadamente limitados, orientado por uma consciência regionalíssima; um Estado judaico consciente da sua ligação histórica com o povo judeu sempre representará ideais e interesses judaicos universais, *am olam*, um povo de todo o universo.

Eis uma perspectiva que, de certa forma, é uma versão contemporânea da velha esperança messiânica do nosso povo.

Em nossos dias estamos assistindo ao colapso de todas as estruturas sociopolíticas, de todos os princípios até agora válidos, das mais sagradas regras de comportamento. É uma humanidade que progressivamente se conscientizou do quanto as instituições estabelecidas, o Executivo, o Judiciário e mesmo o Legislativo, tendem a favorecer uns e desfavorecer outros; é uma humanidade que, progressivamente desiludida com o Estado e as suas leis, vem, progressivamente, desconsiderar todas as regras impostas pelas autoridades instituídas. Ainda não aprendeu que, sem a observação de normas, toda convivência humana, nacional e internacional, se torna impossível. Ainda não se chegou a compreender, que *nem todas as normas, necessariamente, favorecem determinados interesses, são instrumentos de exploração.* O judaísmo ensina, desde a sua mais remota antiguidade, que *existe uma Lei que não é resultado da imposição de interesses, de debates parlamentares, de confronto de maiorias, minorias, classes ou tiranos.* Existe uma Lei que é independente das maiorias, minorias, dos tiranos, uma Lei objetiva que, segundo conceituação da Torá, é expressão da vontade divina, mas que poderíamos chamar igualmente de uma justiça natural, racional, universalmente humana, uma Lei que, segundo as próprias palavras da Torá "não está no céu... nem além do mar... mas... muito perto de ti, na tua boca e no teu coração..." (Dt. 30, 12-14). A Declaração Universal dos Direitos do Homem, promulgada pela ONU em 1948, visualiza uma importantíssima verdade, conhecida pelo judaísmo desde que o povo judeu, ao entrar na Terra de Israel, teve que pensar em como organizar a sua vida jurídica e política: A Torá é a mais antiga formulação universal, não apenas dos direitos mas dos deveres do homem, uma Lei que é conscientemente colocada acima de todos os poderes e todas as leis de Estado, uma Lei que não provinha do Estado mas da qual o próprio Estado, quando não usurpava dos seus poderes, derivava a sua legitimação, uma Lei jamais decretada por nenhum rei ou potentado, mas à qual o próprio rei estava sujeito: "Quando subir ao trono real, ele deverá escrever num livro, para seu uso, uma cópia desta Lei... ela ficará com ele e ele a lerá todos os dias da sua vida..." (Dt. 17, 18-19).

Uma Lei acima da confrontação dos interesses, tão indispensável e ao mesmo tempo tão desconhecida à humanidade de hoje, eis a Torá, a Torá bem compreendida segundo o seu conteúdo e não esvaziada por uma preocupação desmedida com o aspecto formal, para a qual é mais importante saber o que fazer com um ovo que alguma galinha, desavisadamente, botou no *schabat*, do que compreender o que significa este mesmo *schabat* no contexto dos deveres e direitos do homem.

O conhecimento de uma Lei absoluta neste mundo em que tudo se relativiza e em que parecem ruir todos os preceitos do admissível e do inadmissível, justamente por estes preceitos terem sido formulados por autoridades que não podem ser consideradas isentas de interesses próprios; o conhecimento de uma Lei absoluta e, mais ainda, sua realização prática e diária numa vida nacional, poderá ser uma missão, a missão decisiva do judaísmo e do Estado de Israel, uma missão que, no fundo, pouco difere da missão do antigo Israel, conforme concebida por nossos profetas.

A Sião de Israel e das Nações*

Sião era, inicialmente, uma plataforma rochosa, o ponto mais alto de toda a vizinhança, circundada por profundos vales com exceção do lado norte: Lugar ideal para uma fortaleza, não houvesse ali a crônica falta de água que sempre ameaçava os defensores, até que o rei Ezequias, nos anos 711-701 mandou construir o famoso canal de Siloé, que levava a água da fonte diretamente para dentro das muralhas do forte em cima do rochedo, criando dessa forma um fornecimento permanente de água.

O nome "Sião" é explicado de várias maneiras. A mais convincente diz que ele deriva da raiz *tzayen*, "marcar", "distinguir". *Metzuyan* significa "excelente" e assim também *Tzion* é algo que excele, que é visível de todos os lados e de longe. A fortaleza de Sião resistiu durante 200 anos aos israelitas conquistadores e somente David conquistou-a e fez dela a capital do reino unificado de Israel. A "excelência" da fortaleza estendeu-se logo a toda a cidade, que também chegou a ser chamada de Sião, para finalmente designar toda a Terra Prometida, cujo centro e símbolo permanece até hoje.

A cidade que se estendia de Sião para o norte era chamada Jerusalém. A cidade tinha uma longa história antes da sua conquista por David. O nome "Jerusalém" aparece no século XIX a.C. nos "Textos de Execração", usados para a maldição cerimonial dos inimigos do rei do Egito. Escritos em forma padrão sobre um vaso de barro ou

* Publicado em *Eranos*, em 24/8/86. (N. de E.)

A SIÃO DE ISRAEL E DAS NAÇÕES   261

a figura de um inimigo algemado, que em seguida eram quebrados com as palavras: "Assim perece todo inimigo do rei". Já em tempos de Abraão, o rei de Salém era sacerdote de *El Elyon*. *Elyon* era um nome de deus corrente entre os fenícios e mais tarde, em hebraico, chegou a significar "supremo". Portanto, *El Elyon*, "Deus Supremo" era também a designação do Deus de Abraão. O rei de Salém, Melquisedec e Abraão consideravam-se irmãos a serviço do mesmo Deus, em cujo nome abençoavam-se mutuamente. Melquisedec significa "meu rei é justiça" ou "meu rei é perfeição" ou "rei de justiça". Salém é identificada com Jerusalém. Será que já em tempos de Abraão havia em Jerusalém uma espécie de monoteísmo, para o qual a justiça era a suprema virtude? Há muita especulação a respeito e pouca evidência histórica ou arqueológica.

O nome "Jerusalém" compõe-se de duas partes: "Jeru" e "Salém". "Jeru", relacionado com o hebraico *yirá* (temor), é nome de uma divindade; "Salém" significa justiça, perfeição, paz. Jerusalém, portanto, significava: "Deus da Perfeição, da Justiça, da Paz".

Fazer da recém-conquistada fortaleza Jebuz (Jerusalém) a capital do seu reino, foi um lance diplomático genial de David, pois este pico fortificado nas alturas não era considerado propriedade de ninguém, estava fora das terras das tribos de Israel e escapava às pretensões ciumentas de cada uma. Jamais a propriedade de Jerusalém dividia as tribos, sempre as unia. E ainda em tempos do Talmud, R. Iehoschua ben Levi interpretava o Salmo 122, 3: "Jerusalém construída como cidade em que tudo está ligado", no sentido de que Jerusalém é a cidade que torna todos os israelitas irmãos. E preservou esta capacidade através dos tempos: Por mais insuperáveis que tenham parecido as divergências em Israel, unânime era o amor a Jerusalém, o amor fraternal à cidade mãe.

A fortaleza de Sião que David conquistara em 1003 a.C., e que se tornara a capital das tribos reunidas de Israel, transformou-se, mais e mais, não apenas no símbolo da capital mas no símbolo de toda a Terra Prometida. Particularmente, depois de ter sido construído ali o centro espiritual e do culto, o Primeiro Templo, Sião equivalia à promessa de Deus cumprida.

Neste contexto devemos introduzir uma pequena reflexão sobre a experiência do tempo do homem bíblico. Para ele, o tempo era o ritmo do acontecer dentro da criação de Deus, criação que é simultaneamente, o mundo natural e o mundo histórico. Por esta razão, as festas de *Pessakh, Schavuot* e *Sucot* têm um duplo sentido, um sentido natural e agrícola e um sentido histórico; sendo *Pessakh* a festa das primícias da cevada e do início da primavera e, simultaneamente, a festa da primavera histórica de Israel, da sua transformação em povo na saída do Egito; sendo *Schavuot*, a Festa das Semanas, do inicio do verão, da colheita dos cereais e das primeiras frutas (*bikurim*) e,

262 NAS SENDAS DO JUDAÍSMO

simultaneamente, a festa da grande colheita histórica e espiritual da Revelação aos pés do Sinai; sendo *Sucot*, a Festa das Cabanas, a festa do encerramento da colheita, do começo do outono, da ação de graças pela abundância obtida e, ao mesmo tempo, a festa da completação da colheita histórica, do fim da travessia de Israel do deserto, quando se sentiam, sob a proteção de Deus, mais seguros em frágeis tendas, do que hoje em dia nos poderosos edifícios de concreto armado. Estas festas, com seu duplo sentido, agrícola e nacional, transformaram-se em Festas de Peregrinação quando todo Israel peregrinava a Sião para ali homenagear o seu Deus. A razão é simples: A terra de Israel era o sujeito de todos os acontecimentos naturais e agrícolas festejados e a terra era, também, objeto último de todos os acontecimentos históricos. Portanto, natureza e história uniam-se na Terra de Israel e a Terra de Israel toda era simbolizada por Sião. Daí, nas Festas de Peregrinação com seu duplo sentido agrícola e histórico, a homenagem cabia também a Sião, à Terra de Israel.

Aí expressa-se um relacionamento muito especial entre um povo, uma terra e um Deus: Um povo que compreende a sua experiência histórica como atuação divina, que culmina com a conquista da Terra Prometida; uma terra que é alvo, não apenas das aspirações históricas de um povo mas, igualmente, dos seus anseios religiosos; um Deus que compreende o Seu reino realizado por intermédio de um povo, dentro de determinada terra: Tudo isto ao obedecer à Lei, à Lei de Deus, à Lei da justiça e do amor que elimina toda forma de opressão, desigualdade e violência: A Lei de Deus é a paz na Terra Prometida.

Importante neste contexto é o fato de que a relação entre povo e terra estava sob o signo de uma missão: A simples missão de construir na Terra Prometida uma sociedade justa, em que não houvesse mais exploração do homem pelo homem, riqueza imensa para uns e miséria chocante para outros; onde não houvesse mais razão para inveja ou ódio e onde, por conseguinte, cessasse toda e qualquer espécie de violência. Para a realização de tal missão de nada adianta um povo sem terra ou uma terra sem povo. Natureza e história, artificialmente separadas pela nossas ciências, mas associadas na criação do homem, reúnem-se nesta missão nas figuras do povo escolhido e da Terra Prometida. Escolhida uma fração pequena e desprezada da humanidade e uma faixazinha de terra, pequena e pobre, incomparavelmente mais pobre do que as terras do Egito, fecundadas anualmente pelo transbordamento do rio Nilo; incomparavelmente mais pobre, também, do que as terras da Mesopotâmia, irrigadas pelos grandes rios Tigre e Eufrates.

Por que tinham que ser pobres o povo escolhido e a Terra Prometida? Porque onde há riqueza, bem-estar e bonança, os alimentos de cada dia não são mais apreciados e a bênção da colheita torna-se algo comum e corriqueiro. Somente povos pobres em terras pobres sabem regozijar-se com a felicidade de uma boa colheita e sabem agradecer

A SIÃO DE ISRAEL E DAS NAÇÕES 263

pelo que o ano lhes deu de bom. Somente povos pobres em terras pobres sabem sonhar com uma riqueza bem distribuída para todos. Somente uma Jerusalém em solo montanhoso e árido, em alturas luminosas, pode sonhar, não com luxo e abundância mas com a justiça de uma suficiência para todos, de uma Jerusalém ideal de igualdade, humanidade e sabedoria, bem acima desta Jerusalém terrestre e deficiente; de uma *Yeruschalayim schel ma'ala* (Jerusalém de cima), eterno ideal de uma Lei eterna, em contraste com esta *Yeruschalayim shel mata* (Jerusalém de baixo), com suas deficiências humanas.

Na ideia do "povo escolhido" expressa-se todo o particularismo da Sião de Israel. Mas é um particularismo a serviço de uma missão: Da missão de realizar o reinado de Deus, a Sua Lei, nesta terra e, desta forma, criar uma sociedade ideal, uma correspondente da *Yeruschalayim shel ma'ala*, na *Yeruschalayim shel mata*, nesta Terra Prometida cujo símbolo é Sião.

Toda missão é particular. Isto já está implícito no conceito: Missão significa designação de uma pessoa, de um grupo, de uma nação para determinada tarefa. *Aleinu leschabeakh la-Adon ha-kol*, "A nós cabe enaltecer o Senhor do Universo, dar grandeza ao criador dos primórdios" – assim começa uma das rezas mais importantes do judaísmo. E chega a regozijar-se com o particularismo da incumbência, agradecendo a Deus que "não nos fez como as nações do globo, nem nos deu a mesma herança, nem colocou o nosso destino entre o de todas as suas multidões".

Mas o particularismo da missão é um particularismo parcial: Cada pessoa, cada nação, é escolhida para uma missão, quer ele a reconheça ou não, para uma tarefa pessoal e não para a tarefa do companheiro. Somente o particular, a pessoa, a nação, podem responder ao chamado que lhes é dirigido e ninguém mais pode entrar na brecha que, com a omissão do escolhido, permanece vazia.

Mesmo sendo particularistas, todas as grandes missões da história possuem profundas implicações sobre uma grande parte da humanidade: Se o cumprimento da missão é uma atuação nacionalista, particularista, seu último fim deve ser universalista, deve sempre desembocar no destino de toda a humanidade. No caso de Israel, este elemento universalista aparece desde as primeiras promessas divinas a Abraão: "Eu farei de ti um grande povo... Por ti serão benditos todos os clãs da terra" (Gn. 12, 2-3) e "...eu te cumularei de bênçãos, eu te darei uma posteridade tão numerosa quanto as estrelas do céu e quanto a areia que está na praia do mar... por tua posteridade serão abençoadas todas as nações da terra" (Gn. 22, 17-18).

Os profetas de Israel, principalmente Isaías, especificaram esta missão. Ela não tem nada de espetacular, de milagroso ou de sobrenatural; consiste apenas em dar o exemplo da boa convivência tal como ela se apresenta ao senso comum, soberanamente codificada pela Lei

264 NAS SENDAS DO JUDAÍSMO

como consciência humana universal: "Farei com que os teus juizes voltem a ser o que foram no princípio", diz Deus pela boca do profeta "e que os teus conselheiros sejam o que eram outrora. Quando isso se der, então sim, te chamarão Cidade da Justiça e Cidade Fiel. Sião será redimida pelo direito, e os seus retornantes pela justiça" (Is. 1, 26-27). Numa terra em que a Lei do Eterno é obedecida, não pode haver mais exploração do homem pelo homem, nem injustiça, nem violência e a relação entre os cidadãos é fraternal e de solidariedade. Na terra em que a Lei do Eterno é obedecida, reina a felicidade; é um paraíso, não no céu e nem num mundo vindouro, mas aqui, neste nosso mundo. Isto será visto pelos povos vizinhos que dirão: "'Vinde, subamos ao monte do Eterno, à casa do Deus de Jacó, para que Ele nos instrua a respeito dos Seus caminhos e assim andemos nas Suas veredas'. Com efeito de Sião sairá a Lei, e de Jerusalém, a palavra do Eterno!" "Ele julgará entre as nações, ele corrigirá a muitos povos" (Is. 2, 3-4). O árbitro que julgará será o Rei-Messias, que será soberano universalmente reconhecido, não por causa do seu poder militar, mas devido à sua posição em Sião e seu prestígio como mestre da Torá, da Lei, do Ensinamento (David Kimkhi, 1160-1235 em Narbonne). E, uma vez que a justiça, a verdadeira justiça e não uma falsa, fabricada por interesses políticos e econômicos em parlamentos internacionais; uma vez que a verdadeira justiça resolve todos os problemas, não haverá mais motivo para guerras e, segundo as palavras do profeta, "estes quebrarão as suas espadas, transformando-as em relhas, e as suas lanças, a fim de fazerem podadeiras. Uma nação não levantará a espada contra a outra, e nem se aprenderá mais a fazer guerra". (Is. 2,4).

A edificação de um Estado de justiça segundo a Torá, a Lei de Deus, não deixa de ser um empreendimento nacionalista. Mas, ao mesmo tempo, passa de longe os estreitos limites do nacionalismo, colocando um exemplo de salvação do homem, exemplo que poderá ensinar a outras nações o caminho da redenção. Este é o elemento universalista, que se associa a estes anseios nacionalistas de uma pequena fração desprezada da humanidade e à reconstrução de uma pequena e pouco fértil faixa de terra.

Aqui se juntam o particularismo e o universalismo. Sem o empenho particularista, o ideal universalista jamais seria realizado. Assim como o início da prece *Aleinu*, já mencionada, começa com um tom extremamente particularista, acaba com as palavras do profeta Zacarias que, bem no espírito das palavras citadas de Isaías, prevê: "E então o Eterno será Rei sobre todo o país. Naquele dia o Eterno será Um e Seu Nome Um" (Zc. 14,9).

Esta é então a Sião das nações: Uma Sião que se transformará no centro escatológico do mundo; que será o caminho para um mundo redimido. É esta a visão do profeta Isaías que conclui que a Torá será dada novamente, depois de ter já provado o seu valor para Israel. Agora

A SIÃO DE ISRAEL E DAS NAÇÕES   265

ela será dada de Sião para toda a humanidade.

Já falamos da força de unificação que Sião teve para as tribos de Israel. Mas esta força unificadora transcende amplamente os limites nacionais e se estende a todas as nações, a todo o mundo mesmo, a tal ponto que o Talmude (*Yoma* 54b) afirma que a partir de Sião, céu e terra foram criados. Pois no salmo 50 (v. 2) está escrito: "De Sião, beleza perfeita, Deus resplandece". E não há "resplandece" que não se refira à luminosidade. Portanto de Sião emanou a luz. Mas "E seja a luz" foi o primeiro ato criador de Deus e esta saiu de Sião. Luz, Lei de Deus, justiça e amor, são igualmente o sentido da Torá e o caminho para a redenção. Assim, Sião reúne o começo com o fim, o desafio com a derradeira resposta.

Restam ainda algumas conclusões gerais que gostaria de tirar do que acabamos de dizer da Sião de Israel e das nações, ideia na qual se associam um forte particularismo e um universalismo abrangente.

Há um universalismo que não passa de fraseologia vazia. Os que querem ser "cidadãos do mundo", negam todo patriotismo e, no fundo, não querem ser cidadãos de nenhum Estado. Da mesma maneira, os que anseiam por uma religião universal, no fundo não querem aderir a religião alguma. Pois cidadania não pode deixar de ser participação dos destinos de um determinado Estado aos quais associamos o nosso, assim como religião não pode deixar de ser a aceitação de um sentido ajustado para a nossa vida e a do nosso grupo. É sempre um caminho particular pelo qual nos decidimos. Não é possível andar em todos os caminhos simultaneamente, nem andar em nenhum. Quem anda tem que se decidir por um determinado caminho; a alternativa seria a mais absoluta imobilidade.

A experiência histórica tem mostrado que as grandes vivências pessoais e nacionais, totalmente particularistas, têm se mostrado sempre de interesse universal. Pois, por mais diferentes que possamos ser, cada um pode aprender algo do outro. Temos todos uma estrutura comum, não apenas física, no sentido de que todos temos cabeça, braços, pernas etc., mas também espiritualmente; e é esta estrutura que possibilita que nos entendamos mutuamente, o que é provado pela possibilidade de comunicação linguística.

Podemos compreender o que o outro fala, não somente quando se expressa em nossa própria língua, mas mesmo quando falar um idioma estrangeiro. A possibilidade universal da tradução é prova do velho dito de Terêncio (século III a.C.), *Homo sum, humani nihil a me alienum puto!* (Sou homem e nada do que é humano me é estranho!). Toda experiência, por mais particular que possa parecer, tem algo de universal, algum significado para qualquer outra pessoa humana.

Por outro lado, toda experiência religiosa requer particularização. Para ser autêntica, deve resultar do meu caminho e não do caminho de qualquer outro. Deve dar-se com todos os determinantes de tempo e espaço, com todas as predisposições que a tradição à qual pertencemos, a nossa educação e os nossos talentos específicos, estabelecem. Somente através do pessoal e do particular é que podemos atingir o universal, sem este pré-requisito, a nossa experiência permanece oca, sem conteúdo. Segundo o Talmud (*Taanit* 5a): "Falou o Santo, Louvado Seja: 'Não entrarei na Jerusalém de cima antes de entrar na Jerusalém de baixo' ". Sem a realização aqui e agora, neste nosso mundo concreto e material, com todo o particularismo da nossa pessoa, todas as realizações em mundos superiores não passam de ilusão.

Nas ciências ninguém o duvida: Somente podemos generalizar depois de termos estudado exaustivamente o particular; e, em política, quanta miséria causaram aqueles que doutrinaram acerca de povos, tribos, classes, raças, dos quais jamais conheceram ninguém.

Com isto chegamos a uma última conclusão acerca do ecumenismo: Ecumenismo não significa unificação das religiões; ecumenismo não visa à conversão. Ecumenismo quer unicamente compreensão do que Moisés Mendelssohn, há 220 anos, quis dizer com as palavras: "Para que exista um único pastor onipresente, não é necessário que o rebanho inteiro paste no mesmo campo, nem que entre e saia por uma única porta na casa do Senhor".

A Fobia da Dupla Lealdade

Participando do "Instituto de Verão" em Jerusalém no ano de 1950, com um grupo numeroso de jovens judeus norte-americanos, reencontrei, pela primeira vez, o horror da "dupla lealdade". Tive a impressão de ver ressuscitado algo julgado morto há muito tempo: A repulsa de certos grupos judaico-alemães pelo sionismo que, como temiam, ia prejudicá-los na sua lealdade para com a Alemanha. Estes escrúpulos estavam destinados a morrer tragicamente nos terrores do extermínio nazista.

No entanto, a fobia da dupla lealdade recrudesce em terras americanas, não se excetuando o nosso próprio meio de judeus-brasileiros, como ficou patente na reação de muitos às palavras do Dr. Nahum Goldmann, quando este pleiteou a mesma igualdade de direitos para os grupos minoritários, coletivamente, que já foi reconhecida em quase todos os países do mundo, a todos os cidadãos, individualmente, sem distinção de raça, religião etc.

Em todas as sociedades, o indivíduo pertence a múltiplos agrupamentos, em parte até bastante heterogêneos. Somos membros de uma, duas ou mais famílias, descendemos de um ou mais grupos culturais e étnicos que nos ligam a determinados círculos, pertencemos a alguma religião, a nossa profissão nos une a certos meios, a nossa inclinação política nos torna solidários com algum partido, etc. Evidentemente esta enumeração poderia ser continuada à vontade.

Cada uma destas dependências em que se encontra a nossa pessoa impõe-nos obrigações, exige lealdade. Estas lealdades nem sempre são condizentes uma com a outra. O homem, pela natureza complexa da sua existência consciente, enfrenta dilemas a toda hora, tem que decidir-se entre lealdades, tem que escolher entre obrigações. Isto é o ônus da liberdade do homem, com a qual foi distinguido dentre as demais criaturas.

A personalidade do indivíduo é perfilada pelo etos das suas escolhas. O momento ético só pode existir onde há conflitos. A pluralidade das suas afiliações, ao invés de rebaixá-lo, estabelece uma das bases para a formação da personalidade do homem.

Exemplifiquemos esta afirmação com um Galilei que, no conflito entre a lealdade para com a Igreja e a lealdade para com uma pequena equipe de cientistas em vias de descobrir um mundo novo, escolheu a última, aceitando todas as consequências terríveis de um desafio ao maior poder na sociedade de seu tempo. Sócrates se viu num conflito entre a sua consciência pedagógica, os princípios que durante anos havia ensinado a um grupo seleto de seguidores, e a sua lealdade para com o Estado, que já havia posto em prova muitas vezes nos campos de batalha. Contudo, preferiu a morte ao abandono dos ensinamentos que o haviam tornado tão caro aos seus discípulos. George Washington, cidadão do Império Britânico e da América, preferiu, no momento crucial, a lealdade para com a última, embora esta escolha implicasse numa sangrenta guerra de libertação.

Todos nós que vivemos no Estado de São Paulo, somos cidadãos paulistas, como brasileiros. Se tivéssemos estado nestas condições já no ano de 1932, as duas lealdades daí decorrentes teriam entrado em choque. Cada um de nós teria enfrentado uma dupla lealdade, de paulista e de brasileiro, que exigiria uma definição.

É uma pergunta de importância excepcional que se coloca aos pais das nossas crianças: Querem afastar da sua vida, na medida do possível, as fontes de conflito, as decisões pessoais, preparando para elas soluções pré-tomadas, estereotipadas, como prevalecem na sociedade norte-americana e, muito mais ainda, na sociedade russa? Ou preferem para elas o peso da liberdade humana, a aflição dos conflitos, o caminho árduo em que se formam as personalidades?

Vivemos numa época em que é evidente o enfraquecimento do etos individual em todo o mundo. O determinismo científico mal compreendido, especialmente nas ciências que tratam do homem como psicologia, sociologia e economia, aparenta implicar na plena submissão do indivíduo e das suas decisões sob determinantes gerais, sejam estes leis psicológicas, sociológicas ou conjunturas socioeconômicas. Assim, os homens se tornariam meros elos na corrente de causas e efeitos, suas ações e reações perfeitamente previsíveis.

Para o judeu americano estas tendências niveladoras, ocultas na consciência científica moderna, aliam-se a temores de discriminação e de insegurança política, decorrentes de um trauma coletivo, formado por uma herança histórica repleta de perseguições. Por isso, um americano de descendência irlandesa pode solidarizar-se com os destinos da Irlanda, com muito menos hesitações do que um americano judeu com Israel. Recordações sombrias o fazem muito mais ansioso para não se diferenciar do resto da população do que é o caso com as minorias em geral.

Mas, conjuntamente com as lembranças dolorosas, a nossa herança histórica contém um aspecto extremamente luminoso. É a fé milenar na liberdade do homem que, dotado do livre arbítrio de um lado e do conhecimento do bem do outro, está perfeitamente capacitado para escolher: "Eis que coloco perante vós, hoje, a bênção e a maldição... (Dt. 11, 26). A escolha é de cada um e nenhum doutrinamento coletivo pode substituí-la.

Pois o etos pessoal que se forja na preferência conscienciosa entre as obrigações, as quais, apesar de todas legítimas, podem negar-se mutuamente, o etos pessoal que é a base de toda personalidade autêntica, deve permanecer o alvo de nossos esforços educacionais, especialmente sob o impacto das forças niveladoras da civilização moderna, a não ser que caiamos na ilusão de que uma sociedade, como um algarismo, aumente de valor pelo acréscimo gratuito de zeros.

Anti-israelismo, Antissionismo e Antissemitismo

O povo judeu é muito emotivo e, muitas vezes, mais que a uma argumentação objetiva, acessível a "razões do coração", particularmente prolíferas na dialética judaica. Isto se deve, evidentemente, a uma história excessivamente carregada de emoções. Mas chegou a hora de analisarmos com sangue frio, sem emoções e sem retórica, nossa situação real como se apresenta no presente momento, levando em devida consideração todas as implicações da existência do Estado de Israel.

Não há duvida que este fato se reflete profundamente nas condições de vida de judeus em todo o mundo. Queiramos ou não, somos identificados universalmente com o Estado de Israel. As vantagens políticas e econômicas que este pequeno país pode oferecer a países em que vivem judeus tornam estes simpáticos aos olhos dos seus concidadãos não judeus, enquanto que são debitados ao desfavor dos judeus eventuais prejuízos e desvantagens que possam decorrer da existência do Estado de Israel como, por exemplo, o aumento do preço do petróleo que, em pequena medida, sempre exagerada, se relaciona com a crise no Oriente Médio.

Consequentemente, a situação dos judeus em todo o mundo mudou profundamente com a existência do Estado de Israel. Além do antissemitismo clássico, que resulta de tensões sociais entre as populações e suas minorias judaicas, enfrentamos hoje um fenômeno novo: Ressentimentos pelas posições assumidas pelo Estado de Israel e pelos seus efeitos negativos, políticos e econômicos, ou pelas consequências da mera existência deste pequeno país, sentidas pelas populações do mundo. Este fenômeno é erroneamente chamado de "antissionismo", embora não se reporte, de forma alguma, ao sionismo, mas à própria existência do Estado de Israel e aos esforços de desenvolvê-lo e solidificá-lo. É evidente que para enfrentar este "anti-israelismo", são exigidos meios diferentes daqueles tradicionalmente utilizados contra a discriminação antissemita.

O antissemitismo é uma doença infraorgânica do corpo social devido à rejeição de um elemento, sentido como estranho e prejudicial de um ponto de vista religioso, social, econômico, político ou mesmo racial. Uma cura dessa doença só pode ser concebida de duas formas: a) pela total dissolução do elemento estranho no corpo social, remédio que implica, inevitavelmente, na extinção do judaísmo, mesmo quando ao judeu, como indivíduo, sejam reconhecidos todos os direitos cívicos; b) pela conversão da maioria a uma atitude pluralista que não mais encare diferenças nacionais de minorias como um mal, mas, bem ao contrário, como um valor que só pode enriquecer a pátria espiritual, social e economicamente, pelas contribuições criativas e originais que as minorias podem oferecer para resolver os problemas do país.

Para encontrar métodos eficientes de combate ao assim chamado "antissionismo", este deve ser estudado e compreendido cientificamente, no contexto das estruturas políticas de uma interdependência entre o Estado de Israel e as populações judaicas na diáspora. É muito contraproducente, e a longo prazo bastante prejudicial, a retórica barata que identifica antissionismo e antissemitismo, para obter de judeus e não judeus uma pronta rejeição emocional indiferenciada dos dois fenômenos.

O que se chama hoje em dia, erroneamente, de "antissionismo", sendo de fato "anti-israelismo", é um fenômeno de relacionamento internacional, em que a própria existência do Estado de Israel – *nunca do próprio sionismo* – é sentida como inconveniente aos interesses de determinados povos e nações: O "antissionismo" dos palestinos vê na existência do Estado de Israel a causa do desterro de uma parte dos seus patrícios e da frustração das suas ambições nacionais; o "antissionismo" dos Estados árabes encontra no Estado de Israel o empecilho ao pan-arabismo e um quisto ocidental que penetra ameaçadoramente na vida do Oriente. O "antissionismo" das demais potências vê no reconhecimento dos direitos à vida do Estado de Israel um fator que impede a obtenção do petróleo, de capitais ou mercados para o escoamento da produção excedente. É evidente que os "remédios" contra este "antissionismo" devem ser de uma ordem totalmente diferente dos que se recomenda aplicar contra o antissemitismo: O "antissionismo" não melhora com o desaparecimento de minorias judaicas na dispersão, nem com um crescente "pluralismo" na atitude interna das potências com relação ao valor das suas minorias. O "antissio-

272 NAS SENDAS DO JUDAÍSMO

nismo" que encara a existência do Estado de Israel – repito, *não do sionismo* – como prejudicial aos interesses nacionais, somente pode ser combatido por dois tipos de ação e argumentos: a) apontando em que áreas e em que medida a existência do Estado de Israel é, de fato, proveitosa aos interesses nacionais b) mostrando em que áreas e em que medida o próprio "antissionismo" resulta em prejuízos e como o influxo de capitais árabes poderá criar novas dependências bastante indesejáveis. Argumento forte contra o "antissionismo" é sempre o valor de qualquer colaboração israelense na vida nacional, econômica, técnica ou cultural.

Não há dúvida de que o "antissionismo" pode gerar antissemitismo e vice-versa. É certo que a promoção interna de pontos de vista "antissionistas" entre cidadãos e eleitores de que as cúpulas politicamente dependem, pode facilmente recorrer ao antissemitismo ou fortalecê-lo; assim como nações infestadas pelo antissemitismo optarão com maior naturalidade por uma política "antissionista". Mas nem por isso, "antissionismo" e antissemitismo deixam de ser fenômenos de etiologia inteiramente diferente, fenômenos que, portanto, devem ser enfrentados por métodos totalmente distintos.

Duas faces estranhamente diferentes de uma única moeda que se chama "existência judaica" no século XX: De dentro, do lado da autocompreensão, judaísmo e sionismo são inseparáveis: Desde os seus começos o judaísmo apresenta um aspecto que se pode chamar de "sionista": Abrão deixa a pátria, a casa dos seus pais, para seguir para uma terra, a Terra de Israel, que o Eterno lhe mostraria e onde sua descendência se tornaria uma bênção para toda a humanidade. Moisés liderou um povo libertado da escravidão e lhe ensinou leis e estatutos morais e jurídicos, para implantar na Terra de Israel uma vida de realização, vida regida pela justiça e pelo amor e respeito ao próximo. Iehudá ha-Levi e Moisés Maimônides, os maiores representantes da espiritualidade judaica na Idade Média, não concebiam uma vida judaica sem contato íntimo com a Terra de Israel. O primeiro morreu ali e o segundo lá está enterrado, depois de jamais, em toda sua vida, ter abandonado o seu profundo apego a este país. As rezas que o judeu há milhares de anos pronuncia, durante o ano todo, ressoam com saudades pela terra perdida e com preces pedindo que o Eterno a restitua ao seu povo e permita a sua reconstrução. Desconhecer este aspecto do judaísmo era possível somente aos sectários da emancipação, cegados pelos seus interesses políticos na equiparação civil do judeu numa sociedade que ainda não amadurecera para admitir direitos iguais às minorias.

Por mais inseparáveis que sejam judaísmo e sionismo na autocompreensão do judeu, totalmente diferentes são os dois tipos de ataque à existência judaica, que engloba, em nossos dias, a existência do Estado de Israel: O ataque antissemita, devido à rejeição das minorias judaicas nas sociedades em que vivem dispersas; e o ataque contra a

ANTI-ISRAELISMO, ANTISSIONISMO E ANTISSEMITISMO 273

própria existência do Estado de Israel – e contra todos os judeus na diáspora que com ele são considerados solidários – devido a interesses de Estado, pretensamente contrários à existência e ao fortalecimento da nova pátria de judeus.

Estas estruturas de interdependência entre o Estado de Israel e a diáspora e suas implicações para o antissemitismo e para o "antissionismo" ainda não foram estudadas devidamente, embora tais pesquisas tenham um imenso valor prático para a orientação política tanto do Estado de Israel como dos judeus que vivem na dispersão. Centros universitários de estudos políticos das estruturas de interdependência Israel-Diáspora, devem urgentemente ser criados para ajudar às nossas lideranças em todo o mundo a caminhar pela vereda certa.

A sobrevivência do judaísmo é um assunto muito sério. Jamais houve ameaças tão perigosas como hoje em dia. *Simplesmente não há mais tempo para improvisações.*

Nomina Sunt Omina
Também os Nomes São Destino

Da mesma forma que as pessoas, assim também as terras se distinguem pelo seu caráter que, por sua vez, exerce grande influência sobre a determinação do seu destino. Não foi por acaso que as mais antigas culturas do Oriente Médio, berço da civilização humana, se desenvolvessem no vale do Nilo e na faixa, abençoada pela irrigação, entre os rios Eufrates e Tigre.

Enquanto que as terras da antiga Babilônia e do antigo Egito eram, e ainda hoje são, regiões de grande riqueza agrícola que, ano a ano, oferecem aos seus habitantes a rica colheita de solos fartamente irrigados, há entre estes dois países uma faixa de terra que não conta com esta regularidade garantida de crescimento das plantações, onde o alimento depende, grandemente, das chuvas, sempre escassas e consideradas um "favor especial da divindade". Quando faltam inteiramente, surgem graves crises de fome, das quais, já na mais remota antiguidade, temos notícia através das histórias bíblicas de Abrão e Jacó.

Além disso, aquelas terras são ainda marcadas pelo duvidoso privilégio de oferecerem as únicas vias de passagem terrestre entre o rico Egito e a poderosa Babilônia, passagem esta ladeada pelos desertos intransitáveis da Arábia e pelo "grande mar", o Mediterrâneo. Assim, enquanto que o Egito e a Babilônia, de certa forma, funcionavam como "pontos finais" de linha de comunicação, as terras de Canaã consti-tuíam uma área de trânsito, o que significava não somente que as grandes potências da época estavam sempre cobiçando o domínio destas zonas estratégicas, mas que estas ofereciam igualmente o palco para o confronto de formidáveis adversários na "hora da verdade". Não param ali as lutas entre potências rivais, estrangeiras ou locais.

Foi Israel o único povo que compreendeu profundamente esse caráter muito particular da sua terra, o único, também, que conseguiu transformar este aglomerado de condições climáticas, físicas, políticas e militares tão diversas, numa poderosa unidade política no reinado de David e, quase mil anos mais tarde pelo braço forte dos asmoneus. Ainda em nossa época, foi do imenso amor, da profunda compreensão que o povo judeu sempre nutriu por este país, que renasceu a consciência nacional palestinense, tanto de judeus como de árabes.

O povo judeu sempre soube que esta terra dificilmente se prestaria para o descanso e o relaxamento. A sensibilidade religiosa de Israel compreendeu a instabilidade climática e política dessa terra como "dependência do amor divino" e como aversão que este solo sempre sentia de toda forma de "contaminação" religiosa, moral e social. Essa terra daria os seus benefícios somente a um povo que permanecesse fiel à "Aliança" com seu Deus. "E será quando ouvirdes os mandamentos que hoje vos ordeno, amando e servindo o Eterno, vosso Deus, com todo vosso coração e toda vossa alma, então darei chuva a vossa terra, na sua época, a primeira e a segunda chuva, a fim de que colhas o teu trigo, teu mosto e teu vinho" (Dt. 11, 13-14).

A Terra de Israel não é uma terra como a do Egito ou a da Babilônia, que oferecem a sua riqueza incondicionalmente; é uma terra que faz depender o bem-estar dos seus habitantes da pureza religiosa, social e moral, do fato de os moradores não poluírem o solo com costumes indecentes, corrupção ou violência. "Vós, porém, observai os meus estatutos e as minhas leis e não cometeis nenhuma dessas abominações, nem o cidadão nem o estrangeiro que habita entre vós. Porque todas essas abominações foram cometidas pelos homens que habitaram esta terra antes de vós, e a terra se tornou impura. Se vós a tornais impura, não vos vomitará ela como vomitou a nação que vos precedeu" (Lv. 18, 26-28).

Se Israel, como afirmamos, foi o único povo a compreender a "alma" da sua terra, a única nação que conseguiu transformá-la em pujante realidade política, o que acontecia com aquela região nas épocas em que Israel não dominava ali?

Antes da conquista de Canaã aquela área constituía um aglomerado de cidades-estados, com maior ou menor importância que, durante muito tempo, existiam como vassalos dos faraós do Egito que, até a 19ª dinastia chamavam aquela província de *Retenu* – não sabemos o que este nome significa – e doravante *Pa-Hurru*, país dos hurritas, *Pa-Amurru*, país dos amoritas, povos com os quais os faraós tiveram que disputar a hegemonia na região. Já na primeira metade do terceiro milênio a.C. os sumérios referiram-se às terras dos dois lados do rio Jordão como *Ku-Martu-Ki*, país do ocidente. Todos os indícios

276 NAS SENDAS DO JUDAÍSMO

confirmam que em época alguma existiu, antes de Israel, uma grande potência que tivesse partido daquelas terras, mas que estas, bem ao contrário, eram objeto de sucessivas aventuras a partir do norte ou do sul, continuamente vítimas de apetites estrangeiros.

Como que para aumentar ainda mais a dramaticidade da migração israelita, cem anos depois da sua primeira penetração no país, cujas cidades fortificadas ainda ofereciam grande perigo aos invasores, um povo de guerreiros navegantes atracou nas costas do sul, provindo da ilha de Creta, da área das culturas greco-micênicas. Estes conquistadores, os filisteus, estavam imbuídos da maior boa vontade de dar cabo, não somente às cidades cananitas, mas, juntamente com elas, às tribos de Israel que se firmaram, preferencialmente, nas montanhas. Mestres na forjaria do ferro e construtores de temíveis carros de combate, os filisteus gozaram de tanta superioridade técnica e militar que os peritos devem ter sido unânimes em prever a rápida derrota total de Israel e o fim de todas as suas ambições – como, aliás, aconteceu quando em 1948, os exércitos de cinco Estados árabes se lançaram contra o pequenino Estado judeu recém-proclamado e ainda sem administração civil ou militar. Mas, graças a Deus, também peritos podem errar, especialmente quando não contam com as incríveis forças morais que a boa causa da sua luta pode inspirar aos povos. Sob a liderança de David, gênio político e militar de excepcional visão, a luta entre filisteus e israelitas pela posse da Terra Prometida terminou com a vitória total dos últimos, estendendo-se o poder do trono de Jerusalém até a Mesopotâmia e os confins do Sinai.

Não queremos, nem podemos, escrever a história da casa de David, nem da trágica cisão do reino após a morte de Salomão. Não falaremos da destruição do Estado do norte, de Israel, em 722 a.C., nem do Estado de Judá, no sul, em 586 a.C.; queremos apenas ressaltar que, vários séculos depois da derrota dos filisteus, encontramos na obra do grande historiador grego Heródoto, a primeira referência a uma *Syria Palaistine* (I,105) a uma Síria palestinense, ou província palestinense da Síria, deixando o autor, por comodidade, de repetir, em seguida, o substantivo *Syria*, usando para designação da região apenas o adjetivo *palaistine*. Esta evocação do filisteus para a designação duma terra que tinham perdido cinco séculos antes, explica-se, provavelmente, pelo fato de que as fontes gregas de Heródoto conheciam daquelas terras apenas os invasores filisteus, antigos vizinhos seus, e as identificaram com o seu nome.

Depois que os exilados de Judá retornaram da Babilônia, a nova pátria passa a ser chamada de Judeia. Depois do seu trágico fim em 70 d.C., foi feita ainda uma última e desesperada tentativa de restabelecer a independência nacional, na revolta sangrenta de Bar-Kokhbá. O imperador romano Adriano, sensibilizado pela gravidade do perigo que o Império Romano acabava de correr pelo levante, construiu sobre os escombros de Jerusalém uma cidade pagã, *Aelia Capitolina*, onde judeus eram proibidos de entrar sob pena de morte. E, doravante, não existia mais Judeia para a administração romana, apenas uma província "Palestina", nome que desenterrava o espectro dos arquiinimigos de Israel, dos filisteus, para lhes atribuir, contra todas as evidências históricas, como vimos, o vínculo primeiro com esta terra e, dessa forma, desvinculá-la para sempre dos judeus que ainda continuavam a considerá-la sua pátria e a se relacionar com ela com amor e nostalgia.

Para as potências que se sucederam no domínio sobre o Oriente Médio, assim como para os demais povos, a terra do povo da Bíblia continuava sendo apenas a província que os árabes, depois da sua conquista, chamaram inicialmente de *Filastin*, adotando o uso romano, mas com o tempo este nome caiu em desuso entre eles, pois costumavam chamar suas províncias segundo as respectivas capitais.

Pobre província! Província abandonada! Suas condições de vida deterioraram-se de século para século, sob a soberania de romanos, bizantinos, persas, árabes, cruzados, turcomanos, mamelucos e otomanos, jamais conseguindo merecer o amor de quem as considerasse dignas de autonomia e independência, de desempenharem um papel próprio na história da humanidade. O nome "Palestina" permanece uma mera designação geográfica, sem qualquer conotação política ou cultural. Mesmo quando, em fins do século XIX, o nacionalismo árabe renascia, a Palestina não mereceu, da parte dele, consideração alguma, continuando a ser encarada apenas como uma província meridional da Síria.

Foi somente através do sionismo que a "Palestina" foi novamente colocada no centro das atenções dum movimento nacional, não somente de judeus, mas – ó ironia trágica da história – também de refugiados árabes que tinham deixado seus lares devido ao ataque militar dos exércitos da Liga Árabe ao recém fundado Estado de Israel. Não pode haver a mínima dúvida que foi o amor do povo de Israel à sua antiga terra que provocou a elevação duma região abandonada e semidesolada para a dignidade de pátria, não apenas para judeus, mas igualmente para os árabes, que hoje tentam monopolizar o privilégio de serem "palestinos".

Fraternidade Universal

Em 1949, por lei federal, o Brasil declarou o primeiro dia do ano, 1 de janeiro, o "Dia da Fraternidade Universal". Na cultura ocidental o ideal de uma fraternidade universal comove, há séculos, as consciências, expressando-se de forma representativa no último movimento da Quinta Sinfonia de Beethoven, em que orquestra, coro e solistas se juntam numa grandiosa apoteose musical em que, segundo as palavras imortais do "Hino à Alegria" de Schiller, "todos os homens se tornam irmãos" e os do mundo se unem num fraternal abraço.

Parece que nas últimas décadas, depois das profundas decepções que a humanidade sofreu após a derrota do nazismo, o entusiasmo pela fraternidade universal arrefeceu. No lugar do amor fraternal entre todos os homens que, como se esperava, sucederia à mensagem nazista do ódio, o que aconteceu foi uma crescente desconsideração dos direitos do homem, o recrudescimento do jogo de interesses imperialistas das superpotências e dos cegos egoísmos das nações.

Não passaria de uma falsa ilusão o ideal de fraternidade universal para que tenha se desvanecido tão rapidamente? Contudo, é muito antigo e não nasceu com o Iluminismo europeu. Uma das suas mais belas manifestações encontramos já na pregação dos profetas da Israel bíblica.

Miqueias (4, 1-5) fala de dias futuros, quando a importância da "Casa do Eterno" será reconhecida e a ela afluirão as nações. Muitos povos dirigir-se-ão a Jerusalém, para "aprenderem os caminhos do Deus de Jacó e seguirem as suas sendas. Porque de Sião sairá a Lei, e de Jerusalém a palavra do Eterno". Este julgará entre as nações e "forjarão de suas espadas arados, e de suas lanças, podadeiras. Uma nação não levantará a espada contra outra nação, e não se prepararão mais para a guerra." E esta visão de paz e de fraternidade universal finaliza com o grande princípio da compreensão mútua: "Pois todos os povos caminham, cada qual em nome do seu deus: nós, porém, caminhamos em nome do Eterno, nosso Deus, para sempre e eternamente".

Se, de um lado, parece óbvio que paz e fraternidade universal serão somente possíveis na base de uma compreensão mútua universal, pode-se perguntar, de outro, como combinar a visão do triunfo final dos grandes ensinamentos bíblicos, a certeza de que "de Sião sairá a Lei e de Jerusalém a palavra do Eterno", com o principio da compreensão ecumênica de que "Pois todos os povos caminham, cada qual em nome do seu deus: nós, porém, caminhamos em nome do Eterno, nosso Deus, para sempre e eternamente"?

Com esta pergunta caímos no erro mais trágico e mais persistente do pensamento humano: O erro que concebe as grandes ideias da humanidade como mutuamente exclusivas: Como se o monoteísmo ético de Israel fosse incompatível com a pesquisa ontológica dos gregos, o judaísmo com as outras grandes religiões do mundo, o socialismo com o princípio da livre iniciativa, o sionismo com o nacionalismo árabe. Foi este engano fatal que, não apenas em nosso século, mas em todos os tempos, fez a ideia da fraternidade universal falhar apesar de uma promoção tão inspirada como a visão de Miqueias ou a Nona Sinfonia de Beethoven.

Já Mendelssohn dizia em 1783, no seu livro *Jerusalém*: "Para que exista um único Pastor onipresente, não é preciso que o rebanho inteiro entre e saia por uma única porta da casa do Senhor." Para que "de Sião saia a Lei e de Jerusalém a palavra do Eterno", não é necessário que toda a humanidade se converta ao judaísmo, tampouco é indispensável tornar-se cristão para compreender e aceitar a maravilhosa mensagem de autossacrifício pelo amor aos homens, como foi pregada e vivida por Jesus. É perfeitamente concebível que "de Sião saísse a Lei" e, não obstante, "todos os povos caminhassem, cada qual invocando o nome do seu Deus..."

Pois não são exclusivos os grandes ensinamentos que a humanidade aprendeu no decorrer da sua história. Em cada cultura existe algo que é relevante para as demais, por mais diferentes que sejam entre si. Pois todas não passam de aspectos apenas parciais de uma única existência que, na sua complexidade, sempre está além dos limites de captação por qualquer forma específica de apreensão. É fato bem conhecido aos estudiosos das ciências humanas: Não é possível compreender uma criação alheia sem o recurso das minhas próprias vivências, e todo pesquisador de culturas muito diferentes da nossa sabe como o aprofundamento em mentalidades alheias contribui para a autocompreensão. Em outros termos: Compreender bem o seu judaísmo é essencial para que o judeu possa compreender outras religiões; o aprofundamento do árabe nas raízes do nacionalismo árabe deveria fazê-lo compreender melhor o sionismo.

Torna-se claro, desse modo, porque a fraternidade universal não tem perspectivas num mundo em que a autocompreensão e a compreensão mútua não se fecundam uma à outra, num mundo em que não se reconhece a validade dos mais diferentes caminhos para alcançar a verdade. Quantos não pretendem ser seus donos exclusivos! Mas enquanto perdurar esta estreiteza de visão, o ideal da fraternidade universal não tem perspectivas de ser mais do que um belo "sonho de uma noite de verão".

2. Outros

Experiência Religiosa e Psicoterapia

Partimos do pressuposto de que o psiquismo do ser humano tem determinada estrutura, universalmente exibida, da mesma forma como a sua existência física: Todos os homens têm duas pernas, dois braços, uma boca, um nariz etc. Pressupomos ainda que a preocupação religiosa faz parte, universalmente, desta estrutura, uma vez que não encontramos cultura que não apresente alguma preocupação do tipo religioso, que não precisa ser, necessariamente, preocupação com Deus[1].

Assim surge, necessariamente, a seguinte pergunta: Uma vez que a religiosidade faz parte da estrutura normal da consciência humana, em que medida distorções da consciência religiosa podem gerar fenômenos psicopatológicos e em que medida, inversamente, uma psicoterapia pode restabelecer o equilíbrio da consciência religiosa?

Em resposta dois exemplos, escolhidos apenas por terem ocorrido nas minhas atividades de ensino e pesquisa.

Na Bíblia hebraica, os atributos de Deus são atributos da Sua atuação e da Sua vontade, antes de serem atributos do Seu ser, como tematizado na ontologia da filosofia grega. Entre os atributos da atuação divina, dois se destacam: O atributo do amor e o atributo da justiça. Valores que devem ser cultivados também pelo ser humano, criado à

---

1. J. Huxley, *Religion Without Revelation*, C. A. Watts & Co. Ltd., Londres, 1967; Walter I. Rehfeld, *Considerações sobre a Ocorrência de Estruturas de Consciência Religiosa em Filosofia*, Boletim n. 34 (Nova Série), Faculdade de Filosofia, Letras e Ciências Humanas da Universidade de São Paulo, pp. 280-282.

284 NAS SENDAS DO JUDAÍSMO

imagem do Criador. "Ele te fez saber, ó homem", exclama o profeta Miqueias (6, 8) "o que o Senhor deseja de ti: apenas que pratiques a justiça, ames a caridade e andes humildemente com teu Deus". Exatamente o mesmo consta das palavras do deutero-Isaías (56, 1), "Assim diz o Senhor: Guardai o direito e praticai a caridade, pois a Minha salvação é próxima".

Como os mestres do Talmud, nas academias de estudo que elaboraram a lei bíblica numa *Halakhá*, numa "caminhada" correta através da vida, constataram posteriormente que justiça e amor não são apenas os dois atributos mais importantes da Divindade, são intimamente correlacionados, complementando um ao outro. "No dia em que o Senhor Deus, os criou (os céus e a terra)", reza o texto bíblico (Gn. 2, 4), colocando "Senhor", transcrição do nome próprio de Deus, do Tetragrama, e a palavra "Deus" juntos. Ora, segundo a tradição talmúdica, o primeiro simboliza o amor de Deus, e a segunda Sua justiça. Para que este aparente pleonasmo? Para associar os dois atributos na criação do mundo. O Talmud explica esta associação através duma pequena metáfora: "Isto é comparável a um rei que possuía copos novos. Disse o rei: 'Se puser neles líquido quente, estourarão; se os encher de algo gelado, racharão'. O que fez o rei? Misturou o quente com o gelado, encheu os copos e eles ficaram intactos". Conclui o Talmud: "Assim também o Santo, louvado seja: 'se Eu criar o mundo segundo o Meu atributo de amor, os crimes prevalecerão; se segundo o atributo da justiça, como o mundo pode se suster?' Por isso, criou o mundo segundo os atributos de amor e justiça associados" (Midrasch *Bereschit Rabá* 12, 15).

Mas é fácil mostrar que os atributos de justiça e amor não são apenas complementares, mas também interdependentes. Não existe justiça autêntica sem amor, nem um amor verdadeiro sem justiça.

Não há justiça sem amor, pois não há justiça sem compreensão do acusado. Esta compreensão, no entanto, é impossível sem um mínimo de amor. E não há amor sem justiça, pois um amor verdadeiro é mais que mero gozo sentimental ou físico com a presença da pessoa amada. Tal amor, no fundo, não passará de egoísmo. O verdadeiro amor leva à identificação com a pessoa amada, ao desejo de ajudá-la a ser tudo que pode ser; o amor quer participar da evolução de quem se ama, assumir a sua parte de responsabilidade por seu futuro. Ora, isto não é possível sem a pratica da justiça, sem uma justa crítica de falhas e erros. Amor, portanto, pressupõe justiça, como justiça pressupõe amor.

No hebraico há um termo comum para esta associação de amor e justiça: É *tzedek*, um amor justo ou uma justiça amorosa. O ideal de *tzedek* pressupõe um equilíbrio de amor e justiça.

E se este equilíbrio for perturbado? Não surgiriam complicações psicológicas? Estas não exigiriam tratamento?

Foi esta a pergunta que se colocou o professor Henri Barukh, ex-diretor da Escola de Altos Estudos e membro da Academia Na-

EXPERIÊNCIA RELIGIOSA E PSICOTERAPIA   285

cional de Medicina de Paris. Sua conclusão foi que o desiquilíbrio de justiça e amor na personalidade humana tem consequências graves de desajustamento psicológico. Pode ser diagnosticado por um teste por ele elaborado, que chamou de "Teste de *Tzedek*". Criou também uma terapia especial para restabelecer o equilíbrio entre amor e justiça e, dessa forma, curar um número de distúrbios[2].

O outro exemplo está ligado à terapia catártica, desenvolvida pela psicanálise.

Na verdade, o processo catártico foi descoberto pelo filósofo grego Aristóteles que, em seu livro *Poética*, da segunda metade do século IV a.C., afirmou que a boa tragédia deve evocar medo e compaixão nos espectadores. Por que justamente medo e compaixão? A fim de que o público possa sair do espetáculo libertado do medo e da compaixão que o perseguem o tempo todo. Com isto Aristóteles tinha descoberto uma lei psicológica de grande importância, que assegura que a revivescência de ocorrências do passado liberta da carga emocional a elas associada, particularmente quando sua problemática pode ser resolvida agora de maneira mais feliz.

Neste princípio baseia-se a terapia catártica de Freud, que teve sucesso na cura de muitos tipos de neuroses. Ora, por mais de dois milênios, este método de libertação é aplicado pelas Grandes Festas judaicas, sem jamais ter sido teorizado. Pela recordação e pela auto-crítica, o judeu é levado a reviver a situação de pecado, encontrando, assim, uma oportunidade de escolher uma nova solução, melhor e mais adequada, no lugar do comportamento condenável do passado.

Dessa maneira, fica clara a significação simbólica do ritual do "bode expiatório". Lemos em Levítico 16, 7-10: [O sumo sacedote]

tomará os dois bodes e os colocará diante do Senhor, à entrada da Tenda da Revelação. Lançará sortes sobre os dois bodes: uma para o Senhor e outra para Azazel [espírito de impureza, da morte e do deserto]. Oferecerá o bode sobre o qual caiu a sorte "para o Senhor" e oferecê-lo-á como oferta pelo pecado. Quanto ao bode sobre o qual caiu a sorte "para Azazel", será colocado vivo diante do Senhor para se fazer com ele o rito de expiação, a fim de ser enviado a Azazel, no deserto.

Como se fazia a expiação? Exatamente como é feita hoje: Recordando os erros e as falhas do passado, aprofundando-se na situação do pecado por evocação de todos os seus pormenores e tentando reparar eventuais prejuízos causados para o próximo. Desta forma inicia-se o *teschuvá* (retorno), a saída certa para uma situação aparentemente insolúvel.

Desde que o Templo de Jerusalém foi destruído e o ritual dos dois bodes não é mais praticado, a culpa em que o judeu incorreu é

---

2. Henri Barukh, *Tzedek*, Swan House Publishing Co., Binghamton, N. Y., 1972, onde teste e terapia são descritos e relacionados com o conceito religioso.

conscientizada através de um esforço de recordação do passado; *Rosch ha-Schaná*, o "Ano Novo" judaico é também *iom ha-zikaron*, "dia da recordação". Esta é acompanhada por um rigoroso autojulgamento: *Rosch ha-Schaná* é igualmente *iom ha-din*, "dia do julgamento". A partir desta prestação íntima de contas, tenta-se encontrar uma solução nova para problemas que atacamos de forma errada, incorrendo assim em culpa. Em *Kol Nidrei*, na véspera de *iom Kipur*, "Dia do Perdão", a festa mais solene e importante do ano calendário, a evocação da culpa do passado atinge seu auge e se expressa na famosa melodia do *Kol Nidrei*, de infinita melancolia.

Se todo este processo for honesto e autêntico, sincero o pesar diante de quem se magoou e a disposição de reparar danos eventualmente causados; se for profundo o desejo de mudar de vida, então a consciência de culpa de fato desaparece, dando lugar a um imenso alívio e se sai do *Iom Kipur* realmente purificado e renovado. *Kipur*, "expiação" e "catarse" equivalem-se, ambos baseados numa grande e eterna lei universal da alma humana.

A catarse leva regularmente à renovação humana e à libertação das garras duma situação de complexo que impede a evolução normal, religiosa e moral. Simbolicamente, o "bode expiatório" representava o "eu pré-catártico", enquanto que o bode da oferta de culpa representava o "eu pós-catártico", aceitável para a dedicação de Deus.

Certamente existem muitos outros exemplos, em outras religiões que, da mesma maneira, atestam a relação entre religiosidade e psicoterapia. Os dois escolhidos estavam ao meu fácil alcance o que, certamente, não os privilegia frente a outros casos que podem ser examinados, uma vez que o caminho da analogia entre religiosidade e psicoterapia clínica for aberto.

Nossa Dívida para com as Vítimas do Holocausto

O Holocausto produziu entre nós, judeus, seis milhões de vítimas inocentes e dez milhões de sobreviventes que não devem sua salvação a nenhum mérito pessoal. Pois se admitirmos que o próprio fato da sobrevivência constitui um mérito, afirmaríamos, ao mesmo tempo, que os que sucumbiram não possuíam este mérito. Não se poderia cometer injustiça maior para com as vítimas do Holocausto.

Mas por causa deste próprio privilégio imerecido de sobreviver, nós, que escapamos ao Holocausto e os nossos filhos, sentimos uma terrível dívida para com nossos antepassados, avós, tios-avós, pais, tios ou irmãos que sucumbiram às atrocidades nazistas. Esta dívida não pode ser de lágrimas ou de sentimentos. Somente pode consistir no uso de nossa vida que, inexplicavelmente, nos foi conservada, na tentativa de dar sentido à vida deles que cruelmente foi extinta; a nossa dívida para com eles consiste em esforçar-nos a fazer tudo para que eles não tenham sofrido ou morrido em vão.

Duas coisas podem dar sentido ao seu sacrifício: a) nossa contribuição para a consolidação do Estado de Israel, para que seja no futuro capaz de impedir que os judeus sejam de novo vítimas indefesas; b) fazer tudo para impedir que novamente possam surgir condições que eventualmente levem a um novo holocausto.

As vítimas do holocausto eram vítimas do ódio. Jamais, portanto, a perpetuação do ódio deve ser o que devemos aos que tombaram por causa do ódio.

A condição básica de todos os holocaustos é a indolência de coração do cidadão honrado. Sente-se, claramente, nas cenas que acabamos de ver, que os acusados neste interrogatório não são apenas os criminosos que tiveram que comparecer às barras da justiça. *Estes podiam atuar somente na base de determinadas atitudes dos demais*, de todos os que fechavam os olhos perante tudo quanto ameaçava seu sossego; de todos os que declaravam apenas cumprir seu dever e apenas obedecer ordens; de todos os que se refugiavam no caráter subalterno, isento de responsabilidades, das suas funções. Mesmo dos próprios presos que, ao alcançar uma posição melhor no campo, se enquadraram no sistema. Por mais indiscutível que seja a criminalidade dos acusados, eles estão com uma trágica razão ao mostrar que sua culpa criminosa e atroz teria sido impossível sem aquela culpa anônima e difusa, da qual todos, testemunhas, advogado, promotor e mesmo o juiz, partilham.

Neste sentido somos todos acusados, somos todos culpados. Os réus, sempre de novo, afirmam não terem sabido de nada, não terem exercido funções responsáveis pelos horrores que foram cometidos. Mas não fazemos todos nós exatamente o mesmo? Não nos recusamos, diariamente, a tomar conhecimento de violências praticadas ao nosso redor? Não tentamos, a toda hora, convencer os outros e nós mesmos de que exercemos funções que nada têm a ver com estes sofrimentos?

Repetindo e concluindo: Nossa dívida para com as vítimas do Holocausto é, portanto, dupla: a) como judeus, consiste na nossa consolidação do Estado de Israel, que deve poder constituir uma garantia de que judeus jamais sejam novamente massacrados como vítimas indefesas; b) como seres humanos – e não podemos ser judeus sem sermos humanos – nossa dívida consiste na tentativa de conscientizar nós mesmos e os que conosco convivem, do fato de que ainda fazemos parte de padrões de comportamento que possibilitam holocaustos.

Se conseguirmos isto, impossibilitaremos a repetição de holocaustos. E não pode haver sentido maior para o sofrimento das vítimas de um holocausto do que este, de que com o seu padecimento, os holocaustos se tornarão impossíveis para sempre. É este o tributo que devemos à sua memória.

Sete Teses sobre a Recordação Histórica

A recordação histórica vista sob um prisma psicológico, onde pode ser classificada como sendo sadia ou patológica.

1. Existe uma recordação sadia, fecunda e construtiva, cujo ensinamento nos ajuda na edificação de um futuro melhor para toda a humanidade; mas há, igualmente, uma recordação patológica que por ser mórbida, permanece estéril e torna impossível o melhoramento das relações entre homens e nações.
2. Por patológico entendemos perturbação ou disfunção que prejudica a vida normal do organismo e das suas partes, no homem ou na sociedade.
3. Uma recordação histórica torna-se patológica quando registra, unilateralmente, apenas aquelas consequências de acontecimentos do passado que importam para o próprio grupo ou para a própria pessoa, desconsiderando o que estes mesmos acontecimentos significaram para outros.
4. A disfunção patológica duma recordação desse gênero se manifesta:
   a) Em que um indivíduo ou um grupo se sinta o único no mundo a ser constantemente injustiçado; portanto, reclamando de outros concessões que ele próprio jamais estaria disposto a dispensar.
   b) No egocentrismo que se desenvolve num indivíduo, ou num grupo, pelo fato de que se julga vítima exclusiva dos acontecimentos. Um tal egocentrismo impossibilita o desenvolvimento de relações normais entre indivíduos e nações.

NAS SENDAS DO JUDAÍSMO

c) Em que reclama do passado traumatizante apenas privilégios, sem se conscientizar dos deveres que as experiências históricas igualmente nos impõem. Desta forma a recordação resultará apenas em protestos estéreis, impossibilitando iniciativas construtivas.

5. Por outro lado, uma recordação histórica é sadia, fecunda e construtiva, na medida em que consegue tirar do passado ensinamentos válidos para o presente e para o futuro. Somente ao aprender estes ensinamentos, é possível evitar no futuro o que aconteceu no passado.

6. Exemplos brilhantes de recordação história sadia, fecunda e construtiva são dados pela Torá. Mencionaremos apenas o caso do mandamento do *schabat*, primeira legislação trabalhista da humanidade. O direito ao descanso semanal que assiste a todos que trabalham, inclusive aos estrangeiros, aos servos, aos socialmente indefesos como viúvas e órfãos, até mesmo aos animais, esta primeira "Declaração de Direitos do Homem", é motivada por uma recordação histórica: "Recorda que foste escravo na terra do Egito, e que o Eterno te fez sair de lá com mão forte e braço estendido" (Dt. 5, 15). Neste exemplo a recordação histórica é sadia porque:
a) Leva a ensinamentos válidos para todos os seres humanos.
b) Propõe deveres que incidem sobre todos, antes de mais nada sobre os que, pessoalmente, se viam implicados pelo acontecimento histórico lembrado.

7. Também a recordação do Holocausto pode ser "sadia" nestes termos. Quais os ensinamentos que dele devemos tirar e quais os deveres que impõe, antes de mais nada a nós mesmos?

Esta pergunta lança o maior desafio para a nossa geração.

Lunicultura e Judaísmo

Lunáticos sempre existiram na Terra, lunáticos não muito firmes na cabeça, mas firmemente com os pés no chão. Um lunático cujos pés se afastassem do chão e cuja cabeça voasse para a lua? Que absurdo! E a façanha foi realizada, não por lunáticos, mas por homens altamente especializados nas últimas técnicas da nossa civilização. Já pela segunda vez, os representantes mais sofisticados da nossa espécie humana, pisaram na lua. Pisaram na lua como se aquele prateado e pensativo guardião da noite, no seu sublime afastamento, pudesse tornar-se chão!

Como se a lua, desde que o homem existe, não tivesse sido o mais intenso brilho das suas insônias! Luz do silêncio e claridade da noite! Sabedoria da solidão e da distância! Estrela essencialmente romântica, cuja imagem suscita os mais profundos anseios da alma humana, anseios que se escondem do sol do dia, racional, penetrante e despoetizador. Não foi desde sempre a lua o símbolo da sabedoria profunda que não se dá com o conhecimento trivial da realidade da luz do dia?

Contudo, lá chegaram para admirar a paisagem lunar na sua impressionante e cruel aridez. Poeira, pedra e rochas nuas, com montanhas e crateras de formação comprovadamente de enorme antiguidade. Os astronautas vieram a conhecer um panorama estranho e desértico. Nenhuma vida foi constatada, nem mesmo a existência tão temida de bactérias ou vírus.

Estes característicos panorâmicos – que estranha coincidência – são quase idênticos à paisagem onde desde tempos imemoriais se adorava o senhor da lua. Sinai, centro antiquíssimo de veneração lu-

292 NAS SENDAS DO JUDAÍSMO

nar, assemelha-se marcadamente com a superfície da estrela adorada, conhecida apenas agora!

Etimologicamente, Sinai deriva do nome babilônico *Sin*, contração de *Zu-en*, "senhor que sabe", como os sumérios chamavam o deus da lua, conhecedor do futuro e revelador, pelas suas aparições e constelações com os outros astros, dos acontecimentos vindouros, cobertos, ainda, pelos véus do mistério. Sinai, lugar de *Sin* é, desde milhares de anos, o nome daquela península montanhosa, fantasticamente árida e estranhamente parecida à superfície lunar, cujo culto lá era radicado desde os mais remotos tempos conhecidos pela documentação histórica e arqueológica.

Para um único povo, pequeno em número mas importante no seu impacto sobre o pensamento da humanidade, para um único povo a península do Sinai tornou-se o lugar do seu destino: Falo do povo de Israel. Ali incumbiu-se da sua missão histórica de provar, pela realização no seu próprio meio, o caráter divino da sua Lei, cuja quintessência era o Decálogo.

O patriarca desse povo, Abraão, proveio da cidade de Ur, outro centro milenar da veneração lunar. De Ur, o pai de Abraão emigrou, com todo o seu clã que incluía Abraão e Lot, para Haran, também marcada pelo culto da lua. A procedência da família de Abraão de Ur e de Haran, dos dois núcleos da adoração lunar na Mesopotâmia, não se deve ao acaso. As tradições judaicas são profundamente marcadas pela influência lunar. É conhecido que o nosso calendário se rege pelo ciclo lunar. Menos sabido é que o nosso sábado originou-se da grande festa da lua cheia dos babilônicos, chamada *shappatu*. Quem sabe já foi Abraão que, ainda em Ur ou em Haran, não se restringiu a festejar a lua cheia mas comemorou também o quarto crescente, o quarto minguante e a lua nova e com estes quatro *shappatu* intervalou períodos bem próximos da nossa semana de sete dias. O posterior sentido profundo do *schabat*, religioso, social e econômico, como sétimo dia do descanso e como sétimo ano da restituição da liberdade aos escravos e da redenção das terras alienadas por pressão econômica, já não é mais herança de antigos cultos lunares, mas contribuição do espírito da Lei de Israel.

Uma das palavras hebraicas para "lua" é *yareakh*, cuja raiz se liga a *oreakh*, em português "itinerante". A lua apresenta-se, à fantasia humana, geralmente como viajante solitária na escuridão noturna, bem próximo à sensibilidade humana, como é ressaltado pelos belos versos de Jó: "Se olhei para o sol quando resplandecia, ou para a lua quando caminhava cheia de brilho, e o meu coração se deixou enganar em oculto e beijos lhes mandei com a minha mão." (31, 26-27) Caminhava também a estirpe de Abraão ao sair de Ur e de Haran, centros do culto da lua, beduínos itinerantes, criadores de gado, migrando de Ur para Canaã, de Canaã para o Egito, do Egito para o Sinai e de lá novamente para o país de Canaã. Não sossegava Israel na procura dos seus sonhos noturnos, das promessas recebidas sob as estrelas do céu, até encontrar o seu destino histórico no Sinai, na grotesca paisagem rochosa, milenarmente consagrada ao deus da lua, a *Sin*, o "senhor que sabe", conhecedor dos destinos.

Pode-se dizer, talvez, que em certo sentido, não pejorativo, os judeus, pela sua origem, são mais "lunáticos" do que os próprios astronautas.

Mesmo com o Surveyor III e os pedestais de dois módulos lunares nas suas entranhas, a lua continua a caminhar, brilhante e pensativa, pelo firmamento noturno. E, em Israel, mesmo trivializada pela técnicas modernas, a reconstrução do país dos profetas não parou.

Conservará a lua a sua significação simbólica, tão cara a uma humanidade sonhadora, sofredora, insatisfeita com as cruéis deficiências do dia solar?

Continuará Israel, seguindo as suas tendências lunares, a perscrutar a escuridão da noite na procura da luz nascente dos dias do Messias quando todos os homens se tornarão irmãos, livres e iguais, filhos do mesmo Deus do amor e da justiça, de Deus conhecedor dos anseios mais profundos da alma humana que parecem refletir-se no brilho prateado da lua?

Agora somente o futuro poderá dizê-lo!

De Deus Criador da Doença, a Deus, Criador do Médico: Um Caminho de Dúvidas

Quando Israel criou, há três mil anos, uma cosmovisão do monoteísmo ético, foi um produto da sua sensibilidade religiosa e ética e não da sua razão.

Isto é muito claramente demonstrado por aquele delicioso *midrasch* (*Bereschit Rabá* 38, 13) que conta, como Abrão – pela tradição bíblica, o primeiro monoteísta – ficou encarregado da loja de seu pai quando este teve que empreender uma viagem. Era uma loja de ídolos fabricados por seu pai. Quando veio uma mulher, entregando uma tigela de deliciosas comidas – comprando um ídolo é bom levá-lo de bom humor! – Abrão, depois da saída dela, pegou um pau longo e grosso e quebrou todos os ídolos, menos o maior, em cujas mãos deixou o pau. Ao pai, indignado ao deparar-se com o espetáculo, Abrão explicou que, no momento de oferecer a comida, cada um começou a gritar: "Eu vou comer primeiro!", até que o maior quebrou todos os menores. O pai, furioso, achou a explicação impossível, recomendando o filho que o pai deveria refletir bem sobre esta "impossibilidade" que sua boca acabara de pronunciar.

Esta lenda mostra bem que não era a pluralidade de seres divinos que perturbava a consciência religiosa de Abrão mas, antes de mais nada, a pluralidade de vontades divinas, cada uma reclamando validade absoluta. E este permaneceria o característico fundamental da religiosidade israelita para sempre, a procura da Sua vontade. Religiosidade essencialmente antiteológica, proibia e ainda proíbe a procura do divino entre os seres (segundo mandamento), admitindo e estimulando

DE DEUS CRIADOR DA DOENÇA, A DEUS, CRIADOR DO MÉDICO... 295

a procura da Sua vontade. Daí o termo "monoteísmo ético", que é aplicado à religiosidade israelita.

A criação do monoteísmo ético resultou da sensibilidade moral e religiosa do israelita, da "lógica do seu coração", como diria Blaise Pascal e não da sua razão. Consequentemente, enquanto trouxe um imenso progresso à solução dos problemas religiosos e morais, sociais e jurídicos, filosoficamente o monoteísmo criou mais problemas do que solucionou.

Mencionemos apenas um dentre eles. Se Deus é um, nenhum outro poder pode interferir na Sua ação: Ele será também onipotente e onisciente. No entanto, num mundo em que reina um Deus onipotente e onisciente, não pode haver livre arbítrio. Até os meus movimentos mais simples, este levantar do meu braço, deve ter sido conhecido e decidido previamente por Deus; de outra forma não poderia ter-se realizado. Mas num mundo em que não há livre-arbítrio, de nada adiantam mandamentos e leis, tornam-se supérfluos tribunais de justiça, pois não pode haver justiça onde tudo acontece como predeterminado por Deus. Ora, foi justamente a dádiva dos mandamentos e da Lei a razão de ser do pacto de Deus com Israel.

A contradição entre a onipotência divina e a outorga da Lei tem seu paralelo na medicina: O conflito entre o caráter providencial da doença e a vocação humana de curá-la. Em nível filosófico, este conflito é de difícil solução, embora o mesmo não exista numa "lógica do coração", na sensibilidade religiosa e moral. Ambos os níveis sempre coexistem. Assim, podia acontecer que grandes filósofos judaicos da Idade Média pudessem ser simultaneamente exímios médicos e grandes autores de obras de medicina; homens do vulto de um Isaac Israeli, Yehudá ha-Levi e Maimônides.

A sensibilidade religiosa e moral não apenas permitiu mas até estimulou a união da missão religiosa com a missão médica. Não seria apenas uma a nossa saúde, a do corpo e a da alma? Certamente os mestres do Talmude aprendiam boa parte da medicina daqueles dias, o que se reflete nos escritos talmúdicos, pois muitas vezes o rabino era também médico.

> Honra ao médico, porque é indispensável,
> Porque toda medicina é de Deus...
> O Altíssimo deu ao homem a ciência
> Para ser por ele glorificado pelas
> Suas maravilhas.
>
> (Ecl 38, 1-2, 6)

Desde aqueles lindos versos de Jesus ben Sirac escritos no século II a.C., a identidade do Criador da doença e do Criador do médico é estabelecida no judaísmo, não obstante as dificuldades lógicas.

Nesta fusão da missão religiosa com a missão médica apoia-se a figura semilendária de Assaf ha-Rofê, "Assaf, o médico". Semi-lendária, pois nada sabemos acerca de Assaf, a não ser o que consta do *Sefer Assaf* (*Livro de Assaf*), que nem sequer foi escrito por ele, mas pelos seus discípulos. Deste texto existem nada menos que 16 manuscritos, completos ou parciais, em Munique, Oxford, Londres (British Museum), Florença e Paris. Não foram publicados até hoje, embora de incalculável valor científico, contendo longos transcritos de textos médicos gregos de outra forma perdidos. De outro lado, as obras médicas árabes não são mencionadas, de modo que o livro deve datar do século VI, antes, portanto, da conquista árabe.

Assaf era profundamente religioso e tentou harmonizar fé e ciência. Acreditava que muitas doenças vêm como castigos divinos (Deus, Criador da doença) e que *teschuvá*, arrependimento e retorno aos bons caminhos, juntamente com as boas ações, fossem tão importantes para a cura como os remédios. Do outro lado, Assaf combateu durante toda a sua carreira os curandeiros e os mágicos que pretendiam curar pacientes, sem possuírem a formação adequada para isso (Deus, Criador do médico). Foi Assaf o primeiro a reconhecer o caráter hereditário de determinadas doenças.

No mesmo sentido pronunciou-se, seis séculos mais tarde, Maimônides, na sua bela "Oração de um médico":

> Mandas ao homem o Teu mensageiro, a doença...
> A eterna Providência designou-me para zelar pela vida
> e pela saúde das Tuas criaturas...

Se a medicina pode ser compreendida pela tradição religiosa como missão, facilmente combinável com a missão rabínica há, para possibilitar isto, grandes aberturas que a lei judaica oferece às necessidade médicas. Diz a Torá: "Guardareis os meus estatutos e as minhas normas: quem os cumprir encontrará neles a vida" (Lv. 18, 5); e o Talmud comenta: "Viverá por seu meio e não morrerá por sua causa" (*Ioma* 85b). E outra passagem talmúdica diz: "Não há nada que se possa sobrepor ao dever de salvar uma vida, a não ser a proibição da idolatria, do incesto e do derramamento de sangue" (*Ioma* 82a). Isto quer dizer que a vida é mais preciosa que qualquer lei ritual. Pois a Lei foi dada para se viver com ela, jamais para se morrer por ela.

Dessa forma, desaparece a distinção formal entre ética e ritual. Ambos fundamentam-se na vida, ambos visam a uma experiência repleta e realizada. Ambos dignificam e elevam o homem de um nível meramente animal a um nível duma criatura feita à semelhança do divino. Ambos levam a uma ética ritualizada, tornada habitual e permanente, respectivamente a um rito, a uma prática de profundas raízes éticas. No fundo não existe no judaísmo esta antinomia entre *jus* e *fas*

DE DEUS CRIADOR DA DOENÇA, A DEUS, CRIADOR DO MÉDICO... 297

que caracterizava o direito romano: Uma rígida separação entre lei do tribunal e lei moral. Segundo as tradições mais antigas de Israel, Lei só pode ser uma, Torá, o ensinamento de Deus, a Sua vontade, sem distinção também entre princípios e aplicação. Vontade divina, por sua vez, equivale a uma vida bem vivida, a *Halakhá* (caminhada), de *halokh* (caminhar). Lei é para os mestres talmúdicos, *halakhá*, uma caminhada correta através da vida.

A vida possui um valor superior e incomensurável com qualquer outra coisa: É o valor dos valores, pois apenas em vida podem os demais valores se realizar. O valor da vida é incomensurável também com sua duração temporal. Uma hora pode ser mais preciosa do que meses ou anos. Disse R. Yaakov: "É mais bela uma hora de *teschuvá* (retorno, arrependimento, renovação íntima) e de realização de boas obras, do que toda a vida do mundo vindouro" (*Pirkei Avot* IV, 17). Esta observação parece-me muito importante, particularmente para o médico. A vida não vale pelo seu comprimento, nem pela sua juventude; vale pelos seus raros momentos de autorrealização. E um raro momento destes sempre pode estar por vir. Mesmo quando alguém sofre duma doença incurável, estando com seus dias contados, esta hora pode estar ainda por vir.

Deve ficar claro que, quando falamos de vida, entendemos a vida humana, independentemente de diferenças religiosas, raciais, políticas, sociais e de sexo; independentemente também de idade. Ora, nenhuma vida, segundo o judaísmo, pode ser salva pelo preço de outra vida. "Quem diz que teu sangue é mais vermelho do que o dele? Talvez o sangue dele seja mais vermelho!", observa o Talmud. (*Sanhedrin*, 74a)

Intransitável é o caminho de dúvidas teológicas e filosóficas que levam de Deus, Criador da doença, a Deus, Criador do médico... ou melhor dizendo, que não levam de Um para o Outro, mas separam entre os dois para sempre. É o abismo que se abre para quem conhece apenas pela razão. Mas o que é certo para a experiência do médico, sem dúvida é certo, também, para a experiência religiosa: Não é a teoria que cria a prática, mas, ao contrário, a prática que cria a teoria. Mas a base de toda a prática e, portanto, de toda a teoria, é a vida, esta mesma vida que os senhores, amigos médicos, assumiram a missão de preservar.

Este livro foi impresso na cidade de Cotia,
nas oficinas da Meta Brasil, para a Editora Perspectiva